OEUVRES

COMPLETES

DE

VOLTAIRE.

OEUVRES

COMPLETES

DE

VOLTAIRE.

TOME VINGT-SEPTIEME.

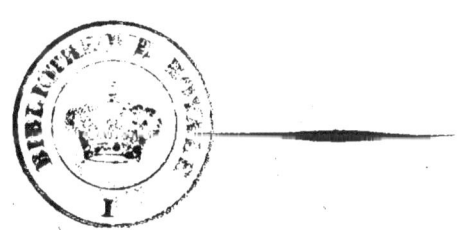

DE L'IMPRIMERIE DE LA SOCIÉTÉ LITTÉRAIRE-
TYPOGRAPHIQUE.

1 7 8 5.

MELANGES

HISTORIQUES.

AVERTISSEMENT

DES EDITEURS.

CES mélanges renferment les réponfes de M. de *Voltaire* à plufieurs critiques de fes ouvrages hiftoriques, un traité précieux fur l'efprit de doute qu'il faut porter dans l'étude de l'hiftoire, & un recueil de fragmens dans lequel nous avons fait entrer plufieurs morceaux hiftoriques déta-chés. On trouvera dans ce dernier ouvrage quel-ques répétitions ; mais il était très-difficile de les éviter fans gâter ces différens morceaux, ou fans priver le lecteur de plufieurs détails très-agréa-bles. M. de *Voltaire*, en répétant les mêmes chofes, a prefque toujours varié fon ftyle & fes réflexions.

Les réponfes aux critiques regardent princi-palement *la Beaumelle*, le jéfuite *Nonotte*, l'auteur du *Supplément à la philofophie de l'hiftoire*, & celui de trois volumes de lettres publiées fous des noms de juifs portugais.

C'eft feulement dans la vie de M. de *Voltaire* qu'il faut parler de *la Beaumelle*, qui troubla long temps le repos de ce grand-homme, mais qui n'était ni affez inftruit fur l'hiftoire, ni affez éclairé pour faire des remarques utiles fur fes ouvrages.

On en peut dire autant du jéfuite *Nonotte*. Le libelle méprifable intitulé *Erreurs de Voltaire* ne méritait pas de réponfe. Les deux autre ouvrages font d'un genre différent : on ne peut refufer beaucoup d'érudition à l'auteur du *Supplément à la philofophie de l'hiftoire*, ni même cette efpèce de critique qui ne demande que la connaiffance des auteurs & celle des langues. Mais on défirerait qu'il eût mis dans fon ouvrage plus de cette autre critique plus rare & plus difficile, fondée fur une connaiffance philofophique de la nature & des hommes. On pourrait lui reprocher auffi ce ton de fupériorité qu'il n'était permis à perfonne de prendre à l'égard de l'auteur de Mahomet & d'Alzire , de l'Effai fur les mœurs & l'efprit des nations : enfin lorfqu'on lit dans ce *fupplément* que M. de *Voltaire eft une bête féroce qu'il faut chaffer de toute fociété policée*, il eft bien difficile de ne point pardonner la gaieté avec laquelle cet illuftre vieillard a répondu.

On attribue également les lettres des fix juifs à un favant académicien ; mais nous ne pouvons le croire. Elles font trop éloignées de ce ftyle poli, même dans la critique, qui diftingue les académiciens de la capitale , furtout lorfque le grand nom de leur adverfaire leur fait un devoir de ces égards. Ils favent trop qu'il n'eft permis de s'en difpenfer que lorfqu'on a le malheur d'être forcé de fe défendre contre des hommes que l'intérêt même de la fociété oblige de dévouer au mépris public. Le temps des académiciens eft d'ailleurs trop précieux pour qu'ils puiffent s'occuper pendant trois gros volumes de la petite nation juive. Comment au milieu de tant de

découvertes utiles dans les fciences & les arts,
lorfque l'Europe entière eft occupée des queftions
les plus importantes de la légiflation, du commerce, de la politique, un académicien pourrait-
il arrêter fi long-temps fes regards fur les crimes,
les brigandages, les débauches, d'une horde de
voleurs arabes.

Nous croyons plus naturel d'attribuer ces
lettres à de véritables juifs : il eft tout fimple qu'ils
s'occupent & cherchent à occuper les autres des
aventures de leurs ancêtres ; on peut pardonner à
un juif qui a lu le Talmud de parler avec hauteur
à un grand poëte qui n'a étudié que *Locke* &
Newton. On peut même les excufer de manquer
de charité ; ils ne font point fous la loi de
grâce : & quand les petits-fils de *Siméon*, de
Phinée, de *Jofué*, de *Samuel*, de *David*, &c.
fe bornent à faire l'apologie de ces héros, & à
dire de groffes injures à un philofophe, on doit
leur favoir gré de leur modération. N'eft-il pas
évident qu'un auteur qui prend la défenfe de
tant d'affaffinats, de tant d'ufages barbares, ne
peut être un chrétien ; & qu'il n'y a qu'un juif
qui puiffe dire que les Juifs aient fu l'aftronomie,
& cultivé les arts ?

On fe tromperait fi l'on imaginait que le zèle
pour la religion produit les ouvrages de ce
genre. Quand ce n'eft point l'envie ou la faim,
c'eft l'orgueil qui les infpire. Un homme a paffé
vingt années à lire un vieux livre, à en comparer
les manufcrits & les éditions, à reftituer quelques lignes défigurées ; & vous allez lui dire que

A 3

ce livre n'eſt qu'un recueil de contes à dormir debout ! Ce ſavant doit vous regarder comme un ennemi de la ſociété, *une bête féroce*.

Un autre eſt accoutumé à entendre dire à des bambins : Cela eſt bien ſûr, car monſieur l'abbé l'a dit; & il apprend qu'il y a des hommes aſſez audacieux pour oſer révoquer en doute ce qu'a dit monſieur l'abbé. Alors il ſe fait juif, dans l'eſpérance d'être écouté hors de ſon collége, & il dénonce l'auteur téméraire qui ne veut pas tout croire ſur ſa parole. Comment ! je paſſe dans mon quartier pour un miniſtre de la divinité ; & ſans reſpect pour le ſacrement de l'ordre & la bénédiction de licence, vous voulez raiſonner avec moi comme avec votre égal, parce que vous avez fait de beaux vers, & que vous écrivez éloquemment en proſe ! L'Etat eſt renverſé ſi on laiſſe une pareille licence impunie. Nous ne pouvons lapider cet audacieux ſuivant la douceur des lois juives, conſolons-nous en lui diſant des injures.

Telle eſt la ſource de ces libelles auxquels M. de *Voltaire* daigna ſi ſouvent répondre : mais dans ces réponſes il a preſque toujours le talent d'amuſer & d'inſtruire ſes lecteurs; & ſes adverſaires n'ont malheureuſement jamais eu ni l'un ni l'autre.

LE

PYRRHONISME

DE L'HISTOIRE,

LE

PYRRHONISME

DE L'HISTOIRE.

CHAPITRE PREMIER.

Plusieurs doutes.

JE fais gloire d'avoir les mêmes opinions que l'auteur de l'*Essai sur les mœurs & l'esprit des nations* : je ne veux ni un pyrrhonisme outré, ni une crédulité ridicule ; il prétend que les faits principaux peuvent être vrais, & les détails très-faux. Il peut y avoir eu un prince égyptien nommé *Sésostris* par les Grecs, qui ont changé tous les noms d'Egypte & de l'Asie, comme les Italiens donnent le nom de *Londra* à *London* que nous appelons *Londres*, & celui de *Luigi* aux rois de France nommés *Louis*. Mais s'il y eut un *Sésostris*, il n'est pas absolument sûr que son père destina tous les enfans égyptiens qui naquirent le même mois que son fils, à être un jour avec lui les conquérans du monde. On pourrait même douter qu'il ait fait courir chaque matin cinq ou six lieues à ces enfans, avant de leur donner à déjeûner.

L'enfance de *Cyrus* expofée, les oracles rendus à *Créfus*, l'aventure des oreilles du mage *Smerdis*, le cheval de *Darius*, qui créa fon maître roi, & tous ces embelliffemens de l'hiftoire, pourraient être conteftés par des gens qui en croiraient plus leur raifon que leurs livres.

Il a ofé dire & même prouver que les monumens les plus célèbres, les fêtes, les commémorations les plus folemnelles, ne conftatent point du tout la vérité des prétendus événemens tranfmis de fiècle en fiècle à la crédulité humaine par ces folemnités.

Il a fait voir que fi des ftatues, des temples, des cérémonies annuelles, des jeux, des myftères inftitués, étaient une preuve, il s'enfuivrait que *Caftor* & *Pollux* combattirent en effet pour les Romains; que *Jupiter* les arrêta dans leur fuite; il s'enfuivrait que les Faftes d'*Ovide* font des témoignages irréfragables de tous les miracles de l'ancienne Rome, & que tous les temples de la Grèce étaient des archives de la vérité.

Voyez dans le Réfumé de fon *Effai fur les mœurs & l'efprit des nations*, depuis la page 346 jufqu'à la page 348 du tome IV de cette nouvelle édition.

CHAPITRE II.

De Boffuet.

Nous fommes dans le fiècle où l'on a détruit prefque toutes les erreurs de phyfique. Il n'eft plus permis de parler de l'empyrée, ni des cieux criftallins,

ni de la fphère de feu dans le cercle de la lune. Pourquoi fera-t-il permis à *Rollin*, d'ailleurs fi eftimable,
de nous bercer de tous les contes d'*Hérodote*, & de
nous donner pour une hiftoire véridique un conte
donné par *Xénophon* pour un conte? de nous redire,
de nous répéter la fabuleufe enfance de *Cyrus*, & fes
petits tours d'adreffe, & la grâce avec laquelle *il fervait
à boire à fon papa Aftyage* qui n'a jamais exifté?

On nous apprend à tous, dans nos premières
années, une chronologie démontrée fauffe : on nous
donne des maîtres en tout genre, excepté des maîtres
à penfer. Les hommes même les plus favans, les
plus éloquens n'ont fervi quelquefois qu'à embellir
le trône de l'erreur, au lieu de le renverfer. *Boffuet*
en eft un grand exemple dans fa prétendue *Hiftoire
univerfelle*, qui n'eft que celle de quatre à cinq
peuples ; & furtout de la petite nation juive, ou
ignorée, ou juftement méprifée du refte de la terre,
à laquelle pourtant il rapporte tous les événemens,
& pour laquelle il dit que tout a été fait, comme
fi un écrivain de Cornouailles difait que rien n'eft
arrivé dans l'empire romain qu'en vue de la province
de Galles. C'eft un homme qui enchâffe continuellement des pierres fauffes dans de l'or. Le hafard
me fait tomber dans ce moment fur un paffage de
fon *Hiftoire univerfelle* où il parle des héréfies : (*)
Ces héréfies, dit-il, *tant prédites par* JESUS-CHRIST....
Ne dirait-on pas à ces mots que JESUS-CHRIST a
parlé dans cent endroits des opinions différentes qui
devaient s'élever dans la fuite des temps fur les dogmes
du chriftianifme ? Cependant la vérité eft qu'il n'en

(*) Page 327, édition d'*Etienne David*, 1739.

a parlé en aucun endroit ; le mot d'*héréfie* même n'eft dans aucun évangile , & certes il ne devait pas s'y rencontrer, puifque le mot de *dogme* ne s'y trouve pas. JESUS n'ayant annoncé par lui-même aucun dogme ne pouvait annoncer aucune héréfie. Il n'a jamais dit , ni dans fes fermons, ni à fes apôtres : Vous croirez que ma mère eft vierge ; vous croirez que je fuis confubftantiel à DIEU ; vous croirez que j'ai deux volontés ; vous croirez que le Saint-Efprit procède du père & du fils ; vous croirez à la tranf-fubftantiation ; vous croirez qu'on peut réfifter à la grâce efficace, & qu'on n'y réfifte pas.

Il n'y a rien, en un mot, dans l'évangile qui ait le moindre rapport aux dogmes chrétiens. DIEU voulut que fes difciples, & les difciples de fes difciples, les annonçaffent, les expliquaffent, dans la fuite des fiècles ; mais JESUS n'a jamais dit un mot ni fur ces dogmes alors inconnus, ni fur les conteftations qu'ils excitèrent long-temps après lui.

Il a parlé de faux prophètes comme tous fes pré-déceffeurs ; gardez-vous, difait-il , des faux prophètes : mais eft-ce là défigner , fpécifier , les conteftations théologiques , les héréfies fur des points de fait ? *Boffuet* abufe ici vifiblement des mots ; cela n'eft pardonnable qu'à *Calmet* , & à de pareils commen-tateurs.

D'où vient que *Boffuet* en a impofé fi hardiment ? d'où vient que perfonne n'a relevé cette infidélité ? C'eft qu'il était bien fûr que fa nation ne lirait que fuperficiellement fa belle déclamation univerfelle ; & que les ignorans le croiraient fur fa parole, parole éloquente, & quelquefois trompeufe.

CHAPITRE III.

De l'Histoire ecclésiastique de Fleuri.

J'AI vu une statue de boue dans laquelle l'artiste avait mêlé quelques feuilles d'or ; j'ai séparé l'or, & j'ai jeté la boue. Cette statue est l'*Histoire ecclésiastique* compilée par *Fleuri*, ornée de quelques discours détachés dans lesquels on voit briller des traits de liberté & de vérité, tandis que le corps de l'histoire est souillé de contes qu'une vieille femme rougirait de répéter aujourd'hui.

C'est un *Théodore* dont on changea le nom en celui de *Grégoire Thaumaturge*, qui, dans sa jeunesse, étant pressé publiquement par une fille de joie de lui payer l'argent de leurs rendez-vous vrais ou faux, lui fait entrer le diable dans le corps pour son salaire.

St Jean & la *Ste Vierge* viennent ensuite lui expliquer les mystères du christianisme. Dès qu'il est instruit, il écrit une lettre au diable, la met sur un autel païen ; la lettre est rendue à son adresse, & le diable fait ponctuellement ce que *Grégoire* lui a commandé. Au sortir de là il fait marcher des pierres comme *Amphion*. Il est pris pour juge par deux frères qui se disputaient un étang ; & pour les mettre d'accord, il fait disparaître l'étang ; il se change en arbre comme *Prothée* ; il rencontre un charbonnier nommé *Alexandre*, & le fait évêque : voilà probablement l'origine de la foi du charbonnier.

C'est un *St Romain* que l'empereur *Dioclétien* fait jeter au feu. Des juifs qui étaient présens se moquent de *St Romain*, & disent que leur Dieu délivra des flammes *Sidrac*, *Misac*, & *Abdénago*, mais que le petit *St Romain* ne sera pas délivré par le Dieu des chrétiens. Aussitôt il tombe une grande pluie qui éteint le bûcher à la honte des juifs. Le juge irrité condamne *St Romain* à perdre la langue (apparemment pour s'en être servi à demander de la pluie.) Un médecin de l'empereur, nommé *Ariston*, qui se trouvait là, coupe aussitôt la langue de *St Romain* jusqu'à la racine. Dès que le jeune homme, qui était né bègue, eut la langue coupée, il se met à parler avec une volubilité inconcevable. Il faut que vous soyez bien mal adroit, dit l'empereur au médecin, & que vous ne sachiez pas couper des langues. *Ariston* soutient qu'il a fait l'opération à merveille, & que *Romain* devrait en être mort au lieu de tant parler. Pour le prouver, il prend un passant, lui coupe la langue, & le passant meurt.

C'est un cabaretier chrétien nommé *Théodote*, qui prie DIEU de faire mourir sept vierges chrétiennes de soixante & dix ans chacune, condamnées à coucher avec les jeunes gens de la ville d'Ancyre. L'abbé *Fleuri* devait au moins s'apercevoir que les jeunes gens étaient plus condamnés qu'elles. Quoi qu'il en soit, *St Théodote* prie DIEU de faire mourir les sept vierges; DIEU lui accorde sa demande. Elles sont noyées dans un lac: *St Théodote* vient les repêcher, aidé d'un cavalier céleste qui court devant lui. Après quoi il a le plaisir de les enterrer, ayant, en qualité de cabaretier, enivré les soldats qui les gardaient.

Tout cela fe trouve dans le fecond tome de
l'hiftoire de *Fleuri*, & tous fes volumes font remplis
de pareils contes. Eft-ce pour infulter au genre
humain, j'oferais prefque dire, pour infulter à DIEU
même, que le confeffeur d'un roi a ofé écrire ces
déteftables abfurdités? difait-il en fecret à fon fiècle :
Tous mes contemporains font imbécilles, ils me
liront, & ils me croiront? ou bien, difait-il : Les gens
du monde ne me liront pas, les dévotes imbécilles
me liront fuperficiellement, & c'en eft affez pour
moi ?

Enfin l'auteur des difcours peut-il être l'auteur
de ces honteufes niaiferies ? voulait-il, attaquant
les ufurpations papales dans fes difcours, perfuader
qu'il était bon catholique, en rapportant des
inepties qui déshonorent la religion? Difons pour
fa juftification qu'il les rapporte comme il les a
trouvées, & qu'il ne dit jamais qu'il les croie. Il
favait trop que des abfurdités monacales ne font
pas des articles de foi ; & que la religion confifte dans
l'adoration de DIEU, dans une vie pure, dans les
bonnes œuvres, & non dans une crédulité imbécille
pour des fottifes du pédagogue chrétien. Enfin, il
faut pardonner au favant *Fleuri* d'avoir payé ce tribut
honteux. Il a fait une affez belle amende honorable
par fes difcours.

L'abbé de *Longuerue* dit que lorfque *Fleuri* commença à écrire l'hiftoire eccléfiaftique, il la favait
fort peu. Sans doute il s'inftruifit en travaillant, &
cela eft très-ordinaire ; mais ce qui n'eft pas ordinaire, c'eft de faire des difcours auffi politiques &
auffi fenfés après avoir écrit tant de fottifes. Auffi

qu'eft-il arrivé ? on a condamné à Rome fes excellens
difcours , & on y a très-bien accueilli fes ftupidités :
quand je dis qu'elles y font bien accueillies , ce
n'eft pas qu'elles y foient lues , car on ne lit point
à Rome.

C H A P I T R E   I V.

De l'hiftoire juive.

C'E S T une grande queftion parmi plufieurs théologiens , fi les livres purement hiftoriques des Juifs
ont été infpirés ; car pour les livres de préceptes &
pour les prophéties, il n'eft point de chrétien qui
en doute , & les prophètes eux-mêmes difent tous
qu'ils écrivent au nom de D I E U ; ainfi on ne peut
s'empêcher de les croire fur leur parole fans une
grande impiété : mais il s'agit de favoir fi D I E U a
été réellement dans tous les temps l'hiftorien du
peuple juif.

Le Clerc & d'autres théologiens de Hollande
prétendent, qu'il n'était pas même néceffaire que
D I E U daignât dicter toutes les annales hébraïques ;
& qu'il abandonna cette partie à la fcience & à la
foi humaine. *Grotius*, *Simon*, *Dupin*, ne s'éloignent
pas de ce fentiment. Ils penfent que D I E U difpofa
feulement l'efprit des écrivains à n'annoncer que la
vérité.

On ne connaît point les auteurs du livre des
Juges, ni de ceux des Rois & des Paralipomènes.
Les premiers écrivains hébreux citent d'ailleurs
d'autres

d'autres livres qui ont été perdus , comme (*a*)
celui des Guerres du Seigneur , (*b*) le Droiturier,
ou le livre des juftes , (*c*) celui des Jours de
Salomon , (*d*) & ceux des Annales des rois d'Ifraël
& de Juda. Il y a furtout des textes qu'il eft difficile
de concilier : par exemple on voit dans le Pentateuque que les Juifs facrifièrent dans le défert au
Seigneur , & que leur feule idolâtrie fut celle du
veau d'or ; cependant il eft dit dans *Jérémie* , (*e*)
dans *Amos*, (*f*) & dans les Difcours de *St Etienne*, (*g*)
qu'ils adorèrent pendant quarante ans le dieu *Moloch*
& le dieu *Remphan*, & qu'ils ne facrifièrent point au
Seigneur.

Il n'eft pas aifé de comprendre comment D I E U
dicta l'hiftoire des rois de Juda & d'Ifraël, puifque
les rois d'Ifraël étaient hérétiques , & que même
quand les Hébreux voulurent avoir des rois, D I E U
leur déclare expreffément , par la bouche de fon
prophète *Samuel* , que c'eft (*h*) rejeter D I E U que
d'obéir à des monarques ; or plufieurs favans ont
été étonnés que D I E U voulût être l'hiftorien d'un
peuple qui avait renoncé à être gouverné par lui.

Quelques critiques trop hardis ont demandé fi
D I E U peut avoir dicté que le premier roi *Saül* rem-
porta une victoire à la tête de trois cents trente
mille hommes , (*i*) puifqu'il eft dit qu'il n'y avait

(*a*) Nomb. chap. XXI , v. 14.
(*b*) *Jofué* , chap. X , v. 13 , & II
des Rois , v. 1 , 18.
(*c*) III des rois , chap. XI , v. 41.
(*d*) *Ibid.* chap. XIV, v. 19 , 29 ,
& ailleurs.

(*e*) Chap. VII , v. 22.
(*f*) Chap. V , v. 26.
(*g*) Actes des apôtres , chap. VII ,
v. 43.
(*h*) I des Rois , chap. X , v. 19.
(*i*) *Ibid.* chap. XI , v. 8.

que deux épées (*k*) dans toute la nation, & qu'ils étaient obligés d'aller chez les Philiftins pour faire aiguifer leurs coignées & leurs ferpettes.

Si DIEU peut avoir dicté que *David*, qui était (*l*) felon fon cœur, (*m*) fe mit à la tête de quatre cents brigands chargés de dettes.

Si *David* peut avoir commis tous les crimes que la raifon peu éclairée par la foi ofe lui reprocher.

Si DIEU a pu dicter les contradictions qui fe trouvent entre l'hiftoire des Rois & les Paralipomènes.

On a encore prétendu que l'hiftoire des Rois ne contenant que des événemens fans aucune inftruction, & même beaucoup de crimes, il ne paraiffait pas digne de l'être éternel d'écrire ces événemens & ces crimes. Mais nous fommes bien loin de vouloir defcendre dans cet abyme théologique ; nous refpectons, comme nous le devons, fans examen, tout ce que la fynagogue & l'Eglife chrétienne ont refpecté.

Qu'il nous foit feulement permis de demander pourquoi les Juifs, qui avaient une fi grande horreur pour les Egyptiens, prirent pourtant toutes les coutumes égyptiennes ; la circoncifion, les ablutions, les jeûnes, les robes de lin, le bouc émiffaire, la vache rouffe, le ferpent d'airain, & cent autres ufages ?

Quelle langue parlaient-ils dans le défert ? Il eft dit au pfeaume LXXX (*n*) qu'ils n'entendirent pas

(*k*) I des Rois, chap. XIII, v. 20,   (*m*) *Ibid.* chap. XXII, v. 2.
22.   (*n*) Verf. 5.
(*l*) *Ibid.* chap. XIII, v. 14.

l'idiome qu'on parlait au-delà de la mer Rouge. Leur langage au fortir de l'Egypte était-il égyptien ? Mais pourquoi ne retrouve-t-on dans les caractères dont ils fe fervent aucune trace des caractères d'Egypte ? Pourquoi aucun mot égyptien dans leur patois mêlé de tyrien, d'azotien, & de fyriaque corrompu ?

Quel était le *Pharaon* fous lequel ils s'enfuirent ? Etait-ce l'éthiopien catifan dont il eft dit dans *Diodore de Sicile* (*o*) qu'il bannit une troupe de voleurs vers le mont Sina, après leur avoir fait couper le nez ?

Quel prince régnait à Tyr lorfque les Juifs entrèrent dans le pays de Chanaan ? Le pays de Tyr & de Sidon était-il alors une république ou une monarchie ?

D'où vient que *Sanchoniathon*, qui était de Phénicie, ne parle point des Hébreux ? S'il en avait parlé, *Eufébe*, qui rapporte des pages entières de *Sanchoniathon*, n'aurait-il pas fait valoir un fi glorieux témoignage en faveur de la nation hébraïque ?

Pourquoi ni dans les monumens qui nous reftent de l'Egypte, ni dans le Shafta & dans le Veidam des Indiens, ni dans les cinq Kings des Chinois, ni dans les lois de *Zoroaftre*, ni dans aucun ancien auteur grec, ne trouve-t-on aucun des noms des premiers patriarches juifs qui font la fource du genre-humain ?

Comment *Noé*, le reftaurateur de la race des hommes, dont les enfans fe partagèrent tout l'hémifphère, a-t-il été abfolument inconnu dans cet hémifphère ?

(*o*) Liv. II.

Comment *Enoch*, *Seth*, *Caïn*, *Abel*, *Eve*, *Adam* le premier homme, ont - ils été par - tout ignorés, excepté dans la nation juive?

On pourrait faire ces questions & mille autres encore plus embarrassantes, si les livres des Juifs étaient, comme les autres, un ouvrage des hommes; mais étant d'une nature entièrement différente, ils exigent la vénération, & ne permettent aucune critique. Le champ du pyrrhonisme est ouvert pour tous les autres peuples, mais il est fermé pour les Juifs. Nous sommes à leur égard comme les Egyptiens, qui étaient plongés dans les plus épaisses ténèbres de la nuit, tandis que les Juifs jouissaient du plus beau soleil dans la petite contrée de Gessen.

Ainsi n'admettons nul doute sur l'histoire du peuple de DIEU; tout y est mystère & prophétie, parce que ce peuple est le précurseur des chrétiens. Tout y est prodige, parce que c'est DIEU qui est à la tête de cette nation sacrée : en un mot, l'histoire juive est celle de DIEU même, & n'a rien de commun avec la faible raison de tous les peuples de l'univers. Il faut, quand on lit l'ancien & le nouveau testament, commencer par imiter le père *Canaye*.

CHAPITRE V.

Des Egyptiens.

COMME l'histoire des Egyptiens n'est pas celle de DIEU, il est permis de s'en mocquer. On l'a déjà fait avec succès sur ses dix-huit mille; villes & sur Thèbes aux cent portes par lesquelles sortait un million de foldats, ce qui fuppofait cinq millions d'habitans dans la ville, tandis que l'Egypte entière ne contient aujourd'hui que trois millions d'ames.

Prefque tout ce qu'on raconte de l'ancienne Egypte a été écrit apparemment avec une plume tirée de l'aile du phénix, qui venait fe brûler tous les cinq cents ans dans le temple d'Hiéropolis pour y renaître.

Les Egyptiens adoraient-ils en effet des bœufs, des boucs, des crocodiles, des finges, des chats, & jufqu'à des oignons ? Il fuffit qu'on l'ait dit une fois pour que mille copiftes l'aient redit en vers & en profe. Le premier qui fit tomber tant de nations en erreur fur les Egyptiens eft *Sanchoniathon*, le plus ancien auteur que nous ayons parmi ceux dont les Grecs nous ont confervé des fragmens. Il était voifin des Hébreux, & inconteftablement plus ancien que *Moïfe*, puifqu'il ne parle pas de ce *Moïfe*, & qu'il aurait fait mention fans doute d'un fi grand-homme & de fes épouvantables prodiges, s'il fut venu après lui, ou s'il avait été fon contemporain.

Voici comme il s'exprime : *Ces chofes font écrites dans l'Hiftoire du monde de Thaut & dans fes mémoires : mais ces premiers hommes confacrèrent des plantes & des productions de la terre ; ils leurs attribuèrent la divinité; ils révérèrent les chofes qui les nourriffaient ; ils leur offrirent leur boire & leur manger, cette religion étant conforme à la faibleffe de leurs efprits,*

Il eft très-remarquable que *Sanchoniathon*, qui vivait avant *Moïfe*, cite les livres de *Thaut*, qui avaient huit cents ans d'antiquité ; mais il eft plus remarquable encore que *Sanchoniathon* s'eft trompé,

B 3

en difant que les Egyptiens adoraient des oignons : ils ne les adoraient certainement pas, puifqu'ils les mangeaient.

Cicéron, qui vivait dans le temps où *Céfar* conquit l'Egypte, dit dans fon livre de la Divination *qu'il n'y a point de fuperftition que les hommes n'aient embraffée, mais qu'il n'eft encore aucune nation qui fe foit avifée de manger fes dieux.*

De quoi fe feraient nourris les Egyptiens, s'ils avaient adoré tous les bœufs & tous les oignons ? L'auteur de l'*Effai fur les mœurs & l'efprit des nations* a dénoué le nœud de cette difficulté, en difant qu'il faut faire une grande différence entre un oignon confacré & un oignon dieu. Le bœuf *Apis* était confacré ; mais les autres bœufs étaient mangés par les prêtres & par tout le peuple.

Une ville d'Egypte avait confacré un chat, pour remercier les dieux d'avoir fait naître des chats qui mangent des fouris. *Diodore de Sicile* rapporte que les Egyptiens égorgèrent de fon temps un Romain qui avait eu le malheur de tuer un chat par mégarde. Il eft très-vraifemblable que c'était le chat confacré. Je ne voudrais pas tuer une cigogne en Hollande. On y eft perfuadé qu'elles portent bonheur aux maifons fur le toit defquelles elles fe perchent. Un hollandais de mauvaife humeur me ferait payer cher fa cigogne.

Dans un nome d'Egypte voifin du Nil, il y avait un crocodile facré. C'était pour obtenir des dieux que les crocodiles mangeaffent moins de petits enfans. *Origène*, qui vivait dans Alexandrie, & qui devait être bien inftruit de la religion du pays, s'exprime ainſi dans ſa réponſe à *Celſe* au liv. III : *Nous n'imitons point les Egyptiens dans le culte d'Iſis & d'Oſiris; nous n'y joignons point Minerve comme ceux du nome de Saïs.* Il dit dans un autre endroit : *Ammon ne ſouffre pas que les habitans de la ville d'Apis vers la Libie mangent des vaches.* Il eſt clair par ces paſſages qu'on adorait *Iſis & Oſiris.*

Il dit encore : *Il n'y aurait rien de mauvais à s'abſtenir des animaux utiles aux hommes ; mais épargner un croco-dile, l'eſtimer conſacré à je ne ſais quelle divinité, n'eſt-ce pas une extrême folie ?*

Il eſt évident par tous ces paſſages, que les prêtres, les ſchoëns d'Egypte adoraient des dieux & non pas des bêtes. Ce n'eſt pas que les manœuvres & les blanchiſſeuſes ne puſſent très-bien prendre pour une divinité la bête conſacrée. Il ſe peut même que des dévotes de cour, encouragées dans leur zèle par quelques théologiens d'Egypte, aient cru le bœuf *Apis* un dieu, lui aient fait des neu-vaines, & qu'il y ait eu des héréſies.

Voyez ce qu'en dit l'auteur de la *Philoſophie de l'hiſtoire.* (*p*)

Le monde eſt vieux, mais l'hiſtoire eſt d'hier. Celle que nous nommons *ancienne*, & qui eſt en effet très-récente, ne remonte guère qu'à quatre ou cinq mille ans : nous n'avons avant ce temps que quelques probabilités ; elles nous ont été tranſmiſes dans les annales des brachmanes, dans la chronique chinoiſe, dans l'hiſtoire d'*Hérodote.* Les anciennes chroniques chinoiſes ne regardent que cet empire

---

(*p*) *Rites égyptiens, Eſſai ſur les mœurs &c.* tome I, *introduction.*

féparé du refle du monde. *Hérodote*, plus intéreffant pour nous, parle de la terre alors connue. En récitant aux Grecs les neuf livres de fon hiftoire, il les enchanta par la nouveauté de cette entreprife, par le charme de fa diction, & furtout par les fables.

CHAPITRE VI.

De l'hiftoire d'Hérodote.

PRESQUE tout ce qu'il raconte fur la foi des étrangers eft fabuleux, mais tout ce qu'il a vu eft vrai. On apprend de lui, par exemple, quelle extrême opulence & quelle fplendeur régnaient dans l'Afie mineure, aujourd'hui, dit-on, pauvre & dépeuplée. Il a vu à Delphes les préfens d'or prodigieux que les rois de Lydie avaient envoyé au temple; & il parle à des auditeurs qui connaiffaient Delphes comme lui. Or quel efpace de temps a dû s'écouler, avant que les rois de Lydie euffent pu amaffer affez de tréfors fuperflus pour faire des préfens fi confidérables à un temple étranger!

Mais quand *Hérodote* rapporte les contes qu'il a entendus, fon livre n'eft plus qu'un roman qui reffemble aux fables miléfiennes.

C'eft un *Candaule* qui montre fa femme toute nue à fon ami *Gygès*; c'eft cette femme qui par modeftie ne laiffe à *Gygès* que le choix de tuer fon mari, d'époufer la veuve, ou de périr.

C'eft un oracle de Delphes qui devine que dans le même temps qu'il parle, *Créfus* à cent lieues de là fait cuire une tortue dans un plat d'airain,

C'eſt dommage que *Rollin*, d'ailleurs eſtimable, répète tous les contes de cette eſpèce. Il admire la ſcience de l'oracle & la véracité d'*Apollon*, ainſi que la pudeur de la femme du roi *Candaule*; & à ce ſujet il propoſe à la police d'empêcher les jeunes gens de ſe baigner dans la rivière. Le temps eſt ſi cher, & l'hiſtoire ſi immenſe, qu'il faut épargner aux lecteurs de telles fables & de telles moralités.

L'hiſtoire de *Cyrus* eſt toute défigurée par des traditions fabuleuſes. Il y a grande apparence que ce *Kiro* ou *Koſrou* qu'on nomme *Cyrus*, à la tête des peuples guerriers d'Elam, conquit en effet Babylone amollie par les délices. Mais on ne ſait pas ſeulement quel roi régnait alors à Babylone; les uns diſent *Balthazar*, les autres *Anaboth*. *Hérodote* fait tuer *Cyrus* dans une expédition contre les Maſſagètes. *Xénophon* dans ſon roman moral & politique le fait mourir dans ſon lit.

On ne ſait autre choſe dans ces ténèbres de l'hiſtoire, ſinon qu'il y avait depuis très-long-temps de vaſtes empires & des tyrans, dont la puiſſance était fondée ſur la miſère publique; que la tyrannie était parvenue juſqu'à dépouiller les hommes de leur virilité, pour s'en ſervir à d'infames plaiſirs au ſortir de l'enfance, & pour les employer dans leur vieilleſſe à la garde des femmes; que la ſuperſtition gouvernait les hommes; qu'un ſonge était regardé comme un avis du ciel, & qu'il décidait de la paix & de la guerre &c.

A meſure qu'*Hérodote* dans ſon hiſtoire ſe rapproche de ſon temps, il eſt mieux inſtruit & plus vrai. Il faut avouer que l'hiſtoire ne commence pour nous qu'aux entreprifes des Perfes contre les Grecs. On ne trouve avant ces grands événemens que quelques récits vagues , enveloppés de contes puériles. *Hérodote* devient le modèle des hiftoriens, quand il décrit ces prodigieux préparatifs de *Xerxès* pour aller fubjuguer la Grèce, & enfuite l'Europe. Il exagère fans doute le nombre de fes foldats ; mais il les mène avec une exactitude géographique de Suze jufqu'à la ville d'Athènes. Il nous apprend comment étaient armés tant de peuples différens que ce monarque traînait après lui : aucun n'eft oublié , du fond de l'Arabie & de l'Egypte jufqu'au-delà de la Bactriane ; & de l'extrémité feptentrionale de la mer Cafpienne, pays alors habité par des peuples puiffans, & aujourd'hui par des tartares vagabonds. Toutes les nations , depuis le Bofphore de Thrace jufqu'au Gange, font fous fes étendards.

On voit avec étonnement que ce prince poffédait plus de terrain que n'en eut l'empire romain. Il avait tout ce qui appartient aujourd'hui au grand-mogol en-deçà du Gange , toute la Perfe , & tout le pays des Usbecks , tout l'empire des Turcs fi vous en exceptez la Romanie ; mais en récompenfe il poffédait l'Arabie. On voit par l'étendue de fes Etats quel eft le tort des déclamateurs en vers & en profe , de traiter de fou *Alexandre*, (*q*) vengeur de la Grèce, pour avoir fubjugué l'empire de l'ennemi des Grecs. Il alla en Egypte , à Tyr , & dans l'Inde , mais il le devait ; & Tyr, l'Egypte, & l'Inde , appartenaient à la puiffance qui avait ravagé la Grèce.

_____

(*q*) Voyez l'article *Alexandre* dans le *Dictionnaire philofophique.*

CHAPITRE VII.

Ufage qu'on peut faire d'Hérodote.

HERODOTE eut le même mérite qu'*Homère*; il fut le premier hiftorien comme *Homère* le premier poëte épique, & tous deux faifirent les beautés propres d'un art qu'on croit inconnu avant eux. C'eft un fpectacle admirable dans *Hérodote* que cet empereur de l'Afie & de l'Afrique, qui fait paffer fon armée immenfe fur un pont de bateaux d'Afie en Europe; qui prend la Thrace, la Macédoine, la Theffalie, l'Achaïe fupérieure; & qui entre dans Athènes abandonnée & déferte. On ne s'attend point que les Athéniens, fans ville, fans territoire, réfugiés fur leurs vaiffeaux avec quelques autres grecs, mettront en fuite la nombreufe flotte du grand roi; qu'ils rentreront chez eux en vainqueurs; qu'ils forceront *Xerxès* à ramener ignominieufement les débris de fon armée; & qu'enfuite ils lui défendront par un traité de naviguer fur leurs mers. Cette fupériorité d'un petit peuple généreux, libre, fur toute l'Afie efclave, eft peut-être ce qu'il y a de plus glorieux chez les hommes. On apprend auffi par cet événement, que les peuples de l'Occident ont toujours été meilleurs marins que les peuples afiatiques. Quand on lit l'hiftoire moderne, la victoire de Lépante fait fouvenir de celle de Salamine; & on compare dom *Juan d'Autriche* & *Colonne*, à *Thémiftocle* & à *Euribiades*. Voilà peut-être le feul fruit qu'on peut tirer de la connaiffance de ces temps reculés.

Il est toujours bien hardi de vouloir pénétrer dans les desseins de DIEU ; mais cette témérité est mêlée d'un grand ridicule quand on veut prouver que le DIEU de tous les peuples de la terre, & de toutes les créatures des autres globes, ne s'occupait des révolutions de l'Asie, & qu'il n'envoyait lui-même tant de conquérans les uns après les autres, qu'en considération du petit peuple juif, tantôt pour l'abaisser, tantôt pour le relever, toujours pour l'instruire, & que cette petite horde opiniâtre & rebelle était le centre, & l'objet des révolutions de la terre.

Si le conquérant mémorable qu'on a nommé *Cyrus* se rend maître de Babylone, c'est uniquement pour donner à quelques juifs la permission d'aller chez eux. Si *Alexandre* est vainqueur de *Darius*, c'est pour établir des fripiers juifs dans Alexandrie. Quand les Romains joignent la Syrie à leur vaste domination, & englobent le pays de Judée dans leur empire, c'est encore pour instruire les Juifs. Les Arabes & les Turcs ne sont venus que pour corriger ce peuple. Il faut avouer qu'il a eu une excellente éducation ; jamais on n'eut tant de précepteurs, & jamais on n'en profita si mal.

On serait aussi-bien reçu à dire que *Ferdinand* & *Isabelle* ne réunirent les provinces de l'Espagne que pour chasser une partie des Juifs & pour brûler l'autre ; que les Hollandais n'ont secoué le joug du tyran *Philippe II* que pour avoir dix mille juifs dans Amsterdam ; & que DIEU n'a établi le chef visible de l'Eglise catholique au vatican, que pour y entretenir des synagogues moyennant finance.

Nous favons bien que la Providence s'étend fur toute la terre ; mais c'eft par cette raifon-là même qu'elle n'eft pas bornée à un feul peuple.

CHAPITRE VIII.

De Thucydide.

REVENONS aux Grecs. *Thucydide* , fuccefleur d'*Hérodote* , fe borne à nous détailler l'hiftoire de la guerre du Péloponèfe, pays qui n'eft pas plus grand qu'une province de France ou d'Allemagne , mais qui a produit des hommes en tout genre dignes d'une réputation immortelle : & comme fi la guerre civile , le plus horrible des fléaux , ajoutait un nouveau feu & de nouveaux refforts à l'efprit humain , c'eft dans ce temps que tous les arts floriffaient en Grèce. C'eft ainfi qu'ils commencent à fe perfectionner enfuite à Rome dans d'autres guerres civiles du temps de *Céfar* ; & qu'ils renaiffent encore dans notre quinzième & feizième fiècle de l'ère vulgaire, parmi les troubles de l'Italie.

CHAPITRE IX.

Epoque d'Alexandre.

APRÈS cette guerre du Péloponèfe , décrite par *Thucydide*, vient le temps célébre d'*Alexandre*, prince digne d'être élevé par *Ariftote* , qui fonde beaucoup plus de villes que les autres conquérans n'en ont détruit , & qui change le commerce de l'univers.

De fon temps & de celui de fes fucceffeurs floriffait Carthage ; & la république romaine commençait à fixer fur elle les regards des nations. Tout le Nord & l'Occident font enfevelis dans la barbarie. Les Celtes, les Germains, tous les peuples du Nord, font inconnnus. (Voyez l'article *Alexandre.*)

Si *Quinte - Curce* n'avait pas défiguré l'hiftoire d'*Alexandre* par mille fables, que de nos jours tant de déclamateurs ont répétées, *Alexandre* ferait le feul héros de l'antiquité dont on aurait une hiftoire véritable. On ne fort point d'étonnement quand on voit des hiftoriens latins, venus quatre cents ans après lui, faire affiéger par *Alexandre* des villes indiennes auxquelles ils ne donnent que des noms grecs, & dont quelques-unes n'ont jamais exifté.

Quinte-Curce, après avoir placé le Tanaïs au-delà de la mer Cafpienne, ne manque pas de dire que le Gange, en fe détournant vers l'Orient, porte auffi-bien que l'Indus fes eaux dans la mer Rouge qui eft à l'Occident. Cela reffemble au difcours de *Trimalcion* qui dit qu'il a chez lui une *Niobé* enfermée dans le cheval de Troye ; & qu'*Annibal*, au fac de Troye, ayant pris toutes les ftatues d'or & d'argent, en fit l'airain de Corinthe.

On fuppofe qu'il affiége une ville nommée *Ara* près du fleuve Indus, & non loin de fa fource. C'eft tout jufte le grand chemin de la capitale de l'empire, à huit cents milles du pays où l'on prétend que féjournait *Porus*, comme le difent auffi nos miffionnaires.

Après cette petite excurfion fur l'Inde, dans laquelle *Alexandre* porta fes armes par le même chemin que le *Sha-Nadir* prit de nos jours, c'eft-à-dire par la

Perfe & le Candahar, continuons l'examen de *Quinte-Curce*.

Il lui plaît d'envoyer une ambaffade des Scythes à *Alexandre* fur les bords du fleuve Jaxartes. Il leur met dans la bouche une harangue telle que les Américains auraient dû la faire aux premiers conquérans efpagnols. Il peint ces Scythes comme des hommes paifibles & juftes, tout étonnés de voir un voleur grec venu de fi loin pour fubjuguer des peuples que leurs vertus rendaient indomptables. Il ne fonge pas que ces Scythes invincibles avaient été fubjugués par les rois de Perfe. Ces mêmes Scythes fi paifibles & fi juftes fe contredifent bien honteufement dans la harangue de *Quinte-Curce;* ils avouent qu'ils ont porté le fer & la flamme jufque dans la haute Afie. Ce font en effet ces mêmes Tartares qui, joints à tant de hordes du Nord, ont dévafté fi long-temps l'univers connu, depuis la Chine jufqu'au mont Atlas.

Toutes ces harangues des hiftoriens feraient fort belles dans un poëme épique où l'on aime fort les profopopées. Elles font l'apanage de la fiction, & c'eft malheureufement ce qui fait que les hiftoires en font remplies; l'auteur fe met fans façon à la place de fon héros.

Quinte-Curce fait écrire une lettre par *Alexandre* à *Darius*. Le héros de la Grèce dit dans cette lettre que *le monde ne peut fouffrir deux foleils ni deux maîtres. Rollin* trouve avec raifon qu'il y a plus d'enflure que de grandeur dans cette lettre. Il pouvait ajouter qu'il y a encore plus de fottife que d'enflure. Mais *Alexandre* l'a-t-il écrite ? c'eft-là ce qu'il fallait examiner. Il n'appartient qu'à dom *Japhet* d'Arménie, le fou de

Charles-Quint, de dire que *deux foleils, dans un lieu trop étroit, rendraient trop exceffif le contraire du froid.* Mais *Alexandre* était-il un dom *Japhet* d'Arménie?

Un traducteur pincé de l'énergique *Tacite*, ne trouvant point dans cet hiftorien la lettre de *Tibére* au fénat contre *Séjan*, s'avife de la donner de fa tête, & de fe mettre à la fois à la place de l'empereur & de *Tacite*. Je fais que *Tite-Live* prête fouvent des harangues à fes héros : quel a été le but de *Tite-Live* ? de montrer de l'efprit & de l'éloquence. Je lui dirais volontiers : Si tu veux haranguer, va plaider devant le fénat de Rome ; fi tu veux écrire l'hiftoire, ne nous dis que la vérité.

N'oublions pas la prétendue *Thaleftris* reine des Amazones, qui vint trouver *Alexandre* pour le prier de lui faire un enfant. Apparemment le rendez-vous fut donné fur les bords du prétendu Tanaïs.

CHAPITRE X.

Des villes facrées.

CE qu'il eût fallu bien remarquer dans l'hiftoire ancienne, c'eft que toutes les capitales & même plufieurs villes médiocres furent appelées *facrées*, *villes de* DIEU. La raifon en eft qu'elles étaient fondées fous les aufpices de quelque dieu protecteur.

Babylone fignifiait la *ville de* DIEU. du père Dieu. Combien de villes dans la Syrie, dans la Parthie, dans l'Arabie, dans l'Egypte, n'eurent point d'autre nom que celui de *ville facrée*? Les Grecs les appelèrent
Diofpolis

Diofpolis, *Hierapolis*, en traduifant leur nom exactement. Il y avait même jufqu'à des villages, jufqu'à
des collines facrées, *Hieracome*, *Hierabolis*, *Hierapetra*.
Les forterelfes, furtout *Hieragerma*, étaient habitées
par quelque dieu.

Ilion, la citadelle de Troye, était toute divine;
elle fut bâtie par *Neptune*. Le palladium lui affurait
la victoire fur tous fes ennemis. La Mecque devenue
fi fameufe, plus ancienne que Troye, était facrée.
Aden ou Eden, fur le bord méridional de l'Arabie,
était auffi facrée que la Mecque, & plus antique.

Chaque ville avait fes oracles, fes prophéties qui
lui promettaient une durée éternelle, un empire
éternel, des profpérités éternelles; & toutes furent
trompées.

Outre le nom particulier que chaque métropole
s'était donné, & auquel elle joignait toujours les
épithètes de divin, de facré, elles avaient un nom
fecret & plus facré encore, qui n'était connu que
d'un petit nombre de prêtres auxquels il n'était permis
de le prononcer que dans d'extrèmes dangers, de peur
que ce nom connu des ennemis ne fût invoqué par
eux, ou qu'ils ne l'employaffent à quelque conjura-
tion, ou qu'ils ne s'en ferviffent pour engager le dieu
tutélaire à fe déclarer contre la ville.

Macrobe nous dit que le fecret fut fi bien gardé
chez les Romains, que lui-même n'avait pu le découvrir. L'opinion qui lui paraît la plus vraifemblable,
eft que ce nom était *Opis confiva* ou *Ops confiva* : (r)
Angelo Politiano prétend que ce nom était *Amarillis*;

(r) *Macrob.* liv. III, chap. IX.

Mélanges hift. Tome I.   C

mais il en faut croire plutôt *Macrobe* qu'un étranger du seizième siècle.

Les Romains ne furent pas plus instruits du nom secret de Carthage que les Carthaginois de celui de Rome. On nous a seulement conservé l'évocation secrète prononcée par *Scipion* contre Carthage : *S'il est un dieu ou une déesse qui ait pris sous sa protection le peuple & la ville de Carthage, je vous vénère, je vous demande pardon, je vous prie de quitter Carthage, ses places, ses temples ; de leur laisser la crainte, la terreur, & le vertige ; & de venir à Rome avec moi & les miens. Puissent nos temples, nos sacrifices, notre ville, notre peuple, nos soldats, vous être plus agréables que ceux de Carthage ! Si vous en usez ainsi, je vous promets des temples & des jeux.*

Le dévouement des villes ennemies était encore d'un usage très-ancien. Il ne fut point inconnu aux Romains. Ils dévouèrent en Italie, Veïes, Fidène, Gabie, & d'autres villes ; hors de l'Italie, Carthage & Corinthe : ils dévouèrent même quelquefois des armées. On invoquait dans ces dévouemens *Jupiter*, en élevant la main droite au ciel, & la déesse *Tellus* en posant la main à terre.

C'était l'empereur seul, c'est-à-dire le général d'armée ou le dictateur qui fesait la cérémonie du dévouement ; il priait les dieux d'*envoyer la fuite, la crainte, la terreur*, &c. ; & il promettait d'immoler trois brebis noires.

Il semble que les Romains aient pris ces coutumes des anciens Etrusques, les Etrusques des Grecs, & les Grecs des Asiatiques. Il n'est pas étonnant qu'on en trouve tant de traces chez le peuple juif.

Outre la ville facrée de Jérufalem, ils en avaient encore plufieurs autres; par exemple, Lydda, parce qu'il y avait une école de rabbins. Samarie fe regardait auffi comme une ville fainte. Les Grecs donnèrent auffi à plufieurs villes le nom de *Sebaftos, augufte, facrée.*

CHAPITRE XI.

Des autres peuples nouveaux.

LA Grèce & Rome font des républiques nouvelles en comparaifon des Chaldéens, des Indiens, des Chinois, des Egyptiens.

L'hiftoire de l'empire romain eft ce qui mérite le plus notre attention, parce que les Romains ont été nos maîtres & nos légiflateurs. Leurs lois font encore en vigueur dans la plupart de nos provinces : leur langue fe parle encore ; & long-temps après leur chute, elle a été la feule langue dans laquelle on rédigea les actes publics en Italie, en Allemagne, en Efpagne, en France, en Angleterre, en Pologne.

Au démembrement de l'empire romain en Occident, commence un nouvel ordre de chofes, & c'eft ce qu'on appelle l'*hiftoire du moyen âge ;* hiftoire barbare des peuples barbares, qui, devenus chrétiens, n'en deviennent pas meilleurs.

Pendant que l'Europe eft ainfi bouleverfée, on voit paraître au feptième fiècle les Arabes jufque-là renfermés dans leurs déferts. Ils étendent leur puiffance & leur domination dans la haute Afie, dans l'Afrique, & envahiffent l'Efpagne : les Turcs leur

fuccèdent , & établiffent le fiége de leur empire à
Conftantinople, au milieu du quinzième fiècle.

C'eft fur la fin de ce fiècle qu'un nouveau monde
eft découvert ; & bientôt après la politique de l'Europe & les arts prennent une forme nouvelle. L'art
de l'imprimerie & la reftauration des fciences font
qu'enfin on a quelques hiftoires affez fidelles, au lieu
des chroniques ridicules renfermées dans les cloîtres
depuis *Grégoire de Tours*. Chaque nation dans l'Europe
a bientôt fes hiftoriens. L'ancienne indigence fe tourne
en fuperflu ; il n'eft point de ville qui ne veuille
avoir fon hiftoire particulière. On eft accablé fous
le poids des minuties. Un homme qui veut s'inftruire eft obligé de s'en tenir au fil des grands
événemens , d'écarter tous les petits faits particuliers
qui viennent à la traverfe ; il faifit dans la multitude
des révolutions l'efprit des temps & des mœurs des
peuples.

Il faut furtout s'attacher à l'hiftoire de fa patrie ,
l'étudier , la poffĕder , réferver pour elle les détails ,
& jeter une vue plus générale fur les autres nations.
Leur hiftoire n'eft intéreffante que par les rapports
qu'elles ont avec nous , ou par les grandes chofes
qu'elles ont faites : les premiers âges depuis la chute
de l'empire romain ne font , comme on l'a remarqué
ailleurs , que des aventures barbares fous des noms
barbares , excepté le temps de *Charlemagne*. Et que
d'obfcurités encore dans cette grande époque !

L'Angleterre refte prefque ifolée jufqu'au règne
d'*Edouard III*. Le Nord eft fauvage jufqu'au feizième
fiècle ; l'Allemagne eft long-temps une anarchie. Les
querelles des empereurs & des papes défolent fix

cents ans l'Italie, & il est difficile d'apercevoir la vérité à travers les passions des écrivains peu instruits, qui ont donné des chroniques informes de ces temps malheureux.

La monarchie d'Espagne n'a qu'un événement sous les rois visigoths, & cet événement est celui de sa destruction. Tout est confusion jusqu'au règne d'*Isabelle* & de *Ferdinand*.

La France jusqu'à *Louis XI*, est en proie à des malheurs obscurs, sous un gouvernement sans règle. *Daniel*, & après lui le président *Hénault*, ont beau prétendre que les premiers temps de la France sont plus intéressans que ceux de Rome, ils ne s'aperçoivent pas que les commencemens d'un si vaste empire sont d'autant plus intéressans qu'ils sont plus faibles, & qu'on aime à voir la petite source d'un torrent qui a inondé près de la moitié de l'hémisphère.

Pour pénétrer dans le labyrinthe ténébreux du moyen âge, il faut le secours des archives, & on n'en a presque point. Quelques anciens couvens ont conservé des chartes, des diplomes, qui contiennent des donations dont l'autorité est très-suspecte. L'abbé de *Longuerue* dit que de quinze cents chartes il y en a mille de fausses, & qu'il ne garantit pas les autres.

Ce n'est pas là un recueil où l'on puisse s'éclairer sur l'histoire politique, & sur le droit public de l'Europe.

L'Angleterre est de tous les pays celui qui a, sans contredit, les archives les plus anciennes & les plus suivies. Ces actes recueillis par *Rimer*, sous les auspices de la reine *Anne*, commencent avec le douzième siècle, & sont continués sans interruption

C 3

jufqu'à nos jours. Ils répandent une grande lumière fur l'hiftoire de France. Ils font voir, par exemple, que la Guienne appartenait au *Prince noir*, fils d'*Edouard III*, en fouveraineté abfolue, quand le roi de France *Charles V* la confifqua par un arrêt, & s'en empara par les armes. On y apprend quelles fommes confidérables & quelle efpèce de tribut paya *Louis XI.* au roi *Edouard IV* qu'il pouvait combattre, & combien d'argent la reine *Elifabeth* prêta à *Henri le grand*, pour l'aider à monter fur fon trône, &c.

CHAPITRE XII.

De quelques faits rapportés dans Tacite & dans Suétone.

JE me fuis dit quelquefois en lifant *Tacite* & *Suétone :* Toutes ces extravagances atroces imputées à *Tibére*, à *Caligula*, à *Néron*, font-elles bien vraies ? Croirai-je fur le rapport d'un feul homme, qui vivait long-temps après *Tibére*, que cet empereur, prefque octogénaire, qui avait toujours eu des mœurs décentes jufqu'à l'auftérité, ne s'occupa dans l'île de Caprée que des débauches qui auraient fait rougir un jeune giton ? Serai-je bien fûr qu'il changea le trône du monde connu en un lieu de proftitution, tel qu'on n'en a jamais vu chez les jeunes gens les plus diffolus ? Eft-il bien certain qu'il nageait dans ces viviers fuivi de petits enfans à la mamelle, qui favaient déjà nager auffi, qui le mordaient aux feffes, quoiqu'ils n'euffent pas encore de dents, & qui lui léchaient fes vieilles & dégoûtantes parties honteufes ? Croirai-je qu'il fe fit entourer de *fpintriœ*, c'eft-à-dire, de bandes des plus abandonnés débauchés, hommes & femmes, partagés trois à trois, une fille fous un garçon, & ce garçon fous un autre?

Ces turpitudes abominables ne font guère dans la nature. Un vieillard, un empereur épié de tout ce qui l'approche, & fur qui la terre entière porte des yeux d'autant plus attentifs qu'il fe cache davantage, peut-il être accufé d'une infamie fi inconcevable, fans des preuves convaincantes? Quelles preuves rapporte *Suétone*? aucune. Un vieillard peut avoir encore dans la tête des idées d'un plaifir que fon corps lui refufe. Il peut tâcher d'exciter en lui les reftes de fa nature languiffante par des reffources honteufes, dont il ferait au défefpoir qu'il y eût un feul témoin. Il peut acheter les complaifances d'une proftituée *cui ore & manibus allaborandum eft*, engagée elle-même au fecret par fa propre infamie. Mais a-t-on jamais vu un vieux premier préfident, un vieux chancelier, un vieux archevêque, un vieux roi, affembler une centaine de leurs domeftiques, pour partager avec eux ces obfcénités dégoûtantes, pour leur fervir de jouet, pour être à leurs yeux l'objet le plus ridicule & le plus méprifable? On haïffait *Tibère*; & certe fi j'avais été citoyen romain, je l'aurais détefté lui & *Octave*, puifqu'ils avaient détruit ma république : on avait en exécration le dur & fourbe *Tibère*; & puifqu'il s'était retiré à Caprée dans fa vieilleffe, il fallait bien que ce fût pour fe livrer aux plus indignes débauches : mais le fait eft-il arrivé? J'ai entendu dire des chofes plus horribles d'un très-grand prince & de fa fille, je n'en ai jamais rien cru ; & le temps a juftifié mon incrédulité.

Les folies de *Caligula* font-elles beaucoup plus vraifemblables ? Que *Caligula* ait critiqué *Homère* & *Virgile*, je le croirai fans peine. *Virgile* & *Homère* ont des défauts. S'il a méprifé ces deux grands-hommes, il y a beaucoup de princes qui, en fait de goût, n'ont pas le fens commun. Ce mal eft très-médiocre : mais il ne faut pas inférer de-là qu'il ait couché avec fes trois fœurs, & qu'il les ait proftituées à d'autres. De telles affaires de famille font d'ordinaire fort fecrètes. Je voudrais du moins que nos compilateurs modernes, en reffaffant les horreurs romaines pour l'inftruction de la jeuneffe, fe bornaffent à dire modeftement, *on rapporte*, *le bruit court*, *on prétendait à Rome*, *on foupçonnait*. Cette manière de s'énoncer me femble infiniment plus honnête & plus raifonnable.

Il eft bien moins croyable encore que *Caligula* ait inftitué une de fes fœurs, *Julia Drufilla*, héritière de l'empire. La coutume de Rome ne permettait pas plus que la coutume de Paris, de donner le trône à une femme.

Je penfe bien que dans le palais de *Caligula* il y avait beaucoup de galanterie & de rendez-vous, comme dans tous les palais du monde ; mais qu'il ait établi dans fa propre maifon des b..... où la fleur de la jeuneffe allait pour fon argent, c'eft ce qu'on me perfuadera difficilement.

On nous raconte que, ne trouvant point un jour d'argent dans fa poche pour mettre au jeu, il fortit un moment & alla faire affaffiner trois fénateurs fort riches, & revint enfuite en difant : *J'ai à préfent de quoi jouer*. Croira tout cela qui voudra ; j'ai toujours quelque petit doute.

Je conçois que tout Romain avait l'ame républi-
caine dans son cabinet, & qu'il se vengeait quelquefois,
la plume à la main, de l'usurpation de l'empereur.
Je présume que le malin *Tacite*, & le feseur
d'anecdotes *Suétone*, goûtaient une grande consolation
en décriant leurs maîtres dans un temps où personne
ne s'amusait à discuter la vérité. Nos copistes de tous
les pays répètent encore tous les jours ces contes si
peu avérés. Ils ressemblent un peu aux historiens de
nos peuples barbares du moyen âge, qui ont copié
les rêveries des moines. Ces moines flétrissaient tous
les princes qui ne leur avaient rien donné, comme
Tacite & *Suétone* s'étudiaient à rendre odieuse toute la
famille de l'oppresseur *Octave*.

Mais, me dira-t-on, *Suétone* & *Tacite* ne rendaient-
ils pas service aux Romains en fesant détester les
Césars ?... oui, si leurs écrits avaient pu ressusciter la
république.

CHAPITRE XIII.

De Néron & d'Agrippine.

Toutes les fois que j'ai lu l'abominable histoire
de *Néron* & de sa mère *Agrippine*, j'ai été tenté de n'en
rien croire. L'intérêt du genre-humain est que tant
d'horreurs aient été exagérées ; elles font trop de
honte à la nature.

Tacite commence par citer un *Cluvius*. Ce *Cluvius*
rapporte que, vers le milieu du jour, *medio diei*,
Agrippine se présentait souvent à son fils, déjà
échauffé par le vin, pour l'engager à un inceste avec

elle ; qu'elle lui donnait des baifers lafcifs , *lafciva ofcula*, qu'elle l'excitait par des careffes auxquelles il ne manquait pas la confommation du crime, *prænuntias flagitii*, *blanditias*, & cela en préfence des convives, *annotantibus proximis ;* qu'auffitôt l'habile *Sénèque* préfentait le fecours d'une autre femme contre les empreffemens d'une femme, *Senecam contrà muliebres illecebras fubfidium à fœmina petiviffe*, & fubftituait fur le champ la jeune affranchie *Aclé* à l'impératrice-mère *Agrippine.*

Voilà un fage précepteur que ce *Sénèque !* quel philofophe ! Vous obferverez qu'*Agrippine* avait alors environ cinquante ans. Elle était la feconde des fix enfans de *Germanicus*, que *Tacite* prétend, fans aucune preuve, avoir été empoifonné. Il mourut l'an 19 de notre ère, & laiffa *Agrippine* âgée de dix ans.

Agrippine eut trois maris. *Tacite* dit que, bientôt après l'époque de ces careffes inceftueufes, *Néron* prit la réfolution de tuer fa mère. Elle périt en effet l'an 59 de notre ère vulgaire. Son père *Germanicus* était mort il y avait déjà quarante ans. *Agrippine* en avait donc à-peu-près cinquante, lorfqu'elle était fuppofée folliciter fon fils à l'incefte. Moins un fait eft vraifemblable, plus il exige de preuves. Mais ce *Cluvius*, cité par *Tacite*, prétend que c'était une grande politique, & qu'*Agrippine* comptait par-là fortifier fa puiffance & fon crédit. C'était au contraire s'expofer au mépris & à l'horreur. Se flattait-elle de donner à *Néron* plus de plaifirs & de défirs que de jeunes maîtreffes? fon fils bientôt dégoûté d'elle ne l'auraitil pas accablée d'opprobre ? n'aurait-elle pas été l'exécration de toute la cour ? Comment d'ailleurs ce *Cluvius* peut-il dire qu'*Agrippine* voulait fe proftituer

à fon fils en préfence de *Sénèque* & des autres convives?
De bonne foi, une mère couche-t-elle avec fon fils
devant fon gouverneur & fon précepteur, en préfence
des convives & des domeftiques?

Un autre hiftorien véridique de ces temps-là,
nommé *Fabius Rufticus*, dit que c'était *Néron* qui avait
des défirs pour fa mère, & qu'il était fur le point de
coucher avec elle, lorfqu'*Aélé* vint fe mettre à fa
place. Cependant ce n'était point *Aélé* qui était alors
la maîtreffe de *Néron*, c'était *Poppée* ; & foit *Poppée*,
foit *Aélé*, foit une autre, rien de tout cela n'eft vraifemblable.

Il y a dans la mort d'*Agrippine* des circonftances
qu'il eft impoffible de croire. D'où a-t-on fu que
l'affranchi *Anicet*, préfet de la flotte de Mifène,
confeilla de faire conftruire un vaiffeau qui, en fe
démontant en pleine mer, y ferait périr *Agrippine*?
Je veux qu'*Anicet* fe foit chargé de cette étrange invention ; mais il me femble qu'on ne pouvait conftruire
un tel vaiffeau fans que les ouvriers fe doutaffent
qu'il était deftiné à faire périr quelque perfonnage
important. Ce prétendu fecret devait être entre les
mains de plus de cinquante travailleurs. Il devait
bientôt être connu de Rome entière ; *Agrippine* devait
en être informée. Et quand *Néron* lui propofa de
monter fur ce vaiffeau, elle devait bien fentir que
c'était pour la noyer.

Tacite fe contredit certainement lui-même dans le
récit de cette aventure inexplicable. Une partie de
ce vaiffeau, dit-il, fe démontant avec art, devait la
précipiter dans les flots, *cujus pars ipfo in mari per
artem foluta effunderet ignaram.*

Enfuite il dit qu'à un fignal donné, le toit de la chambre où était *Agrippine*, étant chargé de plomb, tomba tout-à-coup, & écrafa *Crepereius* l'un des domeftiques de l'impératrice : *cum dato figno ruere tectum loci*, &c.

Or fi ce fut le toit, le plafond de la chambre d'*Agrippine* qui tomba fur elle, le vaiffeau n'était donc pas conftruit de manière qu'une partie fe détachant de l'autre dût jeter dans la mer cette princeffe.

Tacite ajoute qu'on ordonna alors aux rameurs de fe pencher d'un côté pour fubmerger le vaiffeau ; *unum in latus inclinare atque itâ navem fubmergere*. Mais des rameurs, en fe penchant, peuvent-ils faire renverfer une galère ; un bateau même de pêcheurs ? Et d'ailleurs ces rameurs fe feraient-ils volontiers expofés au naufrage ? Ces mêmes matelots affomment à coups de rames une favorite d'*Agrippine*, qui, étant tombée dans la mer, criait qu'elle était *Agrippine*. Ils étaient donc dans le fecret. Or confie-t-on un fecret à une trentaine de matelots ? De plus, parle-t-on quand on eft dans l'eau ?

Tacite ne manque pas de dire *que la mer était tranquille ; que le ciel brillait d'étoiles, comme fi les dieux avaient voulu que le crime fût plus manifefte* : *noctem fideribus illuftrem*, &c.

En vérité n'eft-il pas plus naturel de penfer que cette aventure était un pur accident, & que la malignité humaine en fit un crime à *Néron*, à qui on croyait ne pouvoir rien reprocher de trop horrible ? Quand un prince s'eft fouillé de quelques crimes, il les a commis tous. Les parens, les amis des profcrits,

les feuls mécontens, entaffent accufations fur accufations ; on ne cherche plus la vraifemblance. Qu'importe qu'un *Néron* ait commis un crime de plus ?
celui qui les raconte y ajoute encore ; la poftérité eft
perfuadée ; & le méchant prince a mérité jufqu'aux
imputations improbables dont on charge fa mémoire.
Je crois avec horreur que *Néron* donna fon confentement au meurtre de fa mère, mais je ne crois point
à l'hiftoire de la galère. Je crois encore moins aux
Chaldéens qui, felon *Tacite*, avaient prédit que
Néron tuerait *Agrippine ;* parce que ni les Chaldéens,
ni les Syriens, ni les Egyptiens, n'ont jamais rien
prédit, non plus que *Noftradamus*, & ceux qui ont
voulu exalter leur ame.

Prefque tous les hiftoriens d'Italie ont accufé le
pape *Alexandre VI*, de forfaits qui égalent au moins
ceux de *Néron ;* mais *Alexandre VI*, comme *Néron*,
était coupable lui-même des erreurs dans lefquelles
ces hiftoriens font tombés.

On nous raconte des atrocités non moins exécrables
de plufieurs princes afiatiques. Les voyageurs fe donnent une libre carrière fur tout ce qu'ils ont entendu
dire en Turquie & en Perfe. J'aurais voulu à leur
place mentir d'une façon toute contraire. Je n'aurais
jamais vu que des princes juftes & clémens, des juges
fans paffion, des financiers défintéreffés ; & j'aurais
préfenté ces modèles aux gouvernemens de l'Europe.
La Cyropédie de *Xénophon* eft un roman ; mais des
fables qui enfeignent la vertu, valent mieux que des
hiftoires mêlées de fables qui ne racontent que des
forfaits.

CHAPITRE XIV.

De Pétrone.

Tout ce qu'on a débité fur *Néron* m'a fait examiner de plus près la fatire attribuée au conful *Caius Petronius*, que *Néron* avait facrifié à la jaloufie de *Tigillin*. Les nouveaux compilateurs de l'hiftoire romaine n'ont pas manqué de prendre les fragmens d'un jeune écolier nommé *Titus Petronius*, pour ceux de ce conful, qui, dit-on, envoya à *Néron* avant de mourir cette peinture de fa cour fous des noms empruntés.

Si on retrouvait en effet un portrait fidelle des débauches de *Néron* dans le *Pétrone* qui nous refte, ce livre ferait un des morceaux les plus curieux de l'antiquité.

Naudot a rempli les lacunes de ces fragmens, & a crû tromper le public. Il veut le tromper encore en affurant que la fatire de *Titus Petronius*, jeune & obfcur libertin, d'un efprit très-peu réglé, eft le *Caius Petronius*, conful de Rome. Il veut qu'on voie toute la vie de *Néron* dans des aventures des plus bas coquins de l'Italie, gens qui fortent de l'école pour courir du cabaret au b..., qui volent des manteaux, & qui font trop heureux d'aller dîner chez un vieux fous-fermier, marchand de vin, enrichi par des ufures, qu'on nomme *Trimalcion*.

Les commentateurs ne doutent pas que ce vieux financier abfurde & impertinent, ne foit le jeune empereur *Néron*, qui après tout avait de l'efprit & des

talens. Mais en vérité, comment reconnaître cet
empereur dans un fot qui fait continuellement les
plus infipides jeux de mots avec fon cuifinier ; qui
fe lève de table pour aller à la garde-robe ; qui revient
à table pour dire qu'il eft tourmenté de vents, qui
confeille à la compagnie de ne point fe retenir, qui
affure que plufieurs perfonnes font mortes pour
n'avoir pas fu fe donner à propos la liberté du
derrière ; & qui confie à fes convives que fa groffe
femme *Fortunata* fait fi bien fon devoir là-deffus,
qu'elle l'empêche de dormir la nuit.

Cette mauffade & dégoûtante *Fortunata* eft, dit-
on, la jeune & belle *Aété*, maîtreffe de l'empereur.
Il faut être bien impitoyablement commentateur pour
trouver de pareilles reffemblances. Les convives font,
dit-on, les favoris de *Néron*. Voici quelle eft la converfation de ces hommes de cour.

L'un d'eux dit à l'autre : ,, De quoi ris-tu, vifage
,, de brebis ? fais-tu meilleure chère chez toi ? Si
,, j'étais plus près de ce caufeur, je lui aurais déjà
,, donné un foufflet. Si je piffais feulement fur lui,
,, il ne faurait où fe cacher. Il rit : de quoi rit-il?...
,, Je fuis un homme libre comme les autres ; j'ai
,, vingt bouches à nourrir par jour, fans compter
,, mes chiens ; & j'efpère mourir de façon à ne
,, rougir de rien quand je ferai mort. Tu n'es qu'un
,, morveux: tu ne fais dire ni *a* ni *b* : tu reffembles
,, à un pot de terre, à un cuir mouillé qui n'en eft
,, pas meilleur pour être plus fouple. Es-tu plus
,, riche que moi? dîne deux fois. ,,

Tout ce qui fe dit dans ce fameux repas de
Trimalcion eft à-peu-près dans ce goût. Les plus

bas gredins tiennent parmi nous des difcours plus honnêtes dans leurs tavernes. C'eft-là pourtant ce qu'on a pris pour la galanterie de la cour des céfars. Il n'y a point d'exemple d'un prejugé fi groffier. Il vaudrait autant dire que *Le portier des chartreux* eft un portrait délicat de la cour de *Louis XIV*.

Il y a des vers très-heureux dans cette fatire, & quelques contes très-bien faits, furtout celui de la matrone d'Ephèfe. La fatire de *Pétrone* eft un mélange de bon & de mauvais, de moralités & d'ordures ; elle annonce la décadence du fiècle qui fuivit celui d'*Augufte*. On voit un jeune homme échappé des écoles pour fréquenter le barreau, & qui veut donner des règles & des exemples d'éloquence & de poëfie.

Il propofe pour modèle le commencement d'un poëme ampoulé de fa façon. Voici quelques-uns de fes vers :

Craffum Parthus habet ; Lybico jacet æquore Magnus ;
Julius ingratâm perfudit fanguine Romam ;
Et quafi non poffet tot tellus ferre fepulchra,
Divifit cineres.

,, *Craffus* a péri chez les Parthes ; *Pompée* fur ,, les rivages de Lybie ; le fang de *Céfar* a coulé dans ,, Rome ; & comme fi la terre n'avait pas pu porter ,, tant de tombeaux, elle a divifé leurs cendres. ,,

Peut-on voir une penfée plus fauffe & plus extra-vagante ! Quoi ! la même terre ne pouvait porter trois fépulcres ou trois urnes ? & c'eft pour cela que *Craffus*, *Pompée*, & *Céfar*, font morts dans des lieux différens. Eft-ce ainfi que s'exprimait *Virgile*?

On

On admire, on cite ces vers libertins :

Qualis nox illa, Dii Deæque !
Quàm mollis thorus ! Hæfimus calentes,
Et transfudimus hinc & hinc labellis
Errantes animas. Valete, curæ.
Mortalis ego fic perire cœpi.

Les quatre premiers vers font heureux, & furtout par le fujet ; car les vers fur l'amour & fur le vin plaifent toujours, quand ils ne font pas abfolument mauvais. En voici une traduction libre. Je ne fais fi elle eft du préfident *Bouhier*.

Quelle nuit ! ô tranfports, ô voluptés touchantes !
Nos corps entrelacés, & nos ames errantes,
Se confondaient enfemble, & mouraient de plaifir.
C'eft ainfi qu'un mortel commença de périr.

Le dernier vers traduit mot à mot eft plat, inco-hérent, ridicule ; il ternit toutes les grâces des précé-dens ; il préfente l'idée funefte d'une mort véritable. *Pétrone* ne fait prefque jamais s'arrêter. C'eft le défaut d'un jeune homme dont le goût eft encore égaré. C'eft dommage que ces vers ne foient pas faits pour une femme ; mais enfin il eft évident qu'ils ne font pas une fatire de *Néron*. Ce font les vers d'un jeune homme diffolu qui célèbre fes plaifirs infames.

De tous les morceaux de poëfie répandus en foule dans cet ouvrage, il n'y en a pas un feul qui puiffe avoir le plus léger rapport avec la cour de *Néron*. Ce font tantôt des confeils pour former les jeunes avocats à l'éloquence de ce que nous appelons *le barreau* ; tantôt des déclamations fur l'indigence des gens de lettres, des éloges de l'argent comptant, des regrets de n'en point avoir, des invocations à *Priape*, des images ou ampoulées ou lafcives; & tout le livre eft un amas confus d'érudition & de débauches, tel que ceux que les anciens Romains appelaient *Satura*. Enfin, c'eft le comble de l'abfurdité d'avoir pris de fiècle en fiècle cette fatire pour l'hiftoire fecrète de *Néron*: mais dès qu'un préjugé eft établi, que de temps il faut pour le détruire!

CHAPITRE XV.

Des contes abfurdes intitulés hiftoire *depuis Tacite.*

Dès qu'un empereur romain a été affaffiné par les gardes prétoriennes, les corbeaux de la littérature fondent fur le cadavre de fa réputation. Ils ramaffent tous les bruits de la ville, fans faire feulement réflexion que ces bruits font prefque toujours les mêmes. On dit d'abord que *Caligula* avait écrit fur fes tablettes les noms de ceux qu'il devait faire mourir inceffam-ment, & que ceux qui, ayant vu ces tablettes, s'y trouvèrent eux-mêmes au nombre des profcrits, le prévinrent & le tuèrent.

Quoique ce foit une étrange folie d'écrire fur fes tablettes, *nota bene que je dois faire affaffiner un tel jour tels & tels fénateurs*, cependant il fe pourrait, à toute force, que *Caligula* ait eu cette imprudence: mais on en dit autant de *Domitien*, on en dit autant de *Commode;* la chofe devient alors ridicule, & indigne de toute croyance.

Tout ce qu'on raconte de ce *Commode* eft bien fingulier. Comment imaginer que lorfqu'un citoyen romain voulait fe défaire d'un ennemi, il donnait de l'argent à l'empereur qui fe chargeait de l'affaffinat pour le prix convenu? Comment croire que *Commode*, ayant vu paffer un homme extrêmement gros, fe donna le plaifir de lui faire ouvrir le ventre, pour lui rendre la taille plus légère?

Il faut être imbécille pour croire d'*Héliogabale* tout ce que raconte *Lampride*. Selon lui, cet empereur fe fait circoncire pour avoir plus de plaifir avec les femmes; quelle pitié! enfuite il fe fait châtrer, pour en avoir davantage avec les hommes. Il tue, il pille, il maffacre, il empoifonne. Qui était cet *Héliogabale*? un enfant de treize à quatorze ans, que fa mère & fa grand'mère avaient fait nommer empereur, & fous le nom duquel ces deux intrigantes fe difputaient l'autorité fuprême. (s)

CHAPITRE XVI.

Des diffamations.

JE me plais à citer l'auteur de l'*Effai fur les mœurs, & l'efprit des nations*, parce que je vois qu'il aime la vérité, & qu'il l'annonce courageufement. Il a dit qu'avant que les livres fuffent communs, la réputation d'un prince dépendait d'un feul hiftorien. Rien n'eft

(s) C'eft ainfi cependant qu'on a écrit l'hiftoire romaine depuis *Tacite*. Il en eft une autre encore plus ridicule; c'eft l'hiftoire bizantine. Cet indigne recueil ne contient que des déclamations & des miracles; il eft l'opprobre de l'efprit humain, comme l'empire grec était l'opprobre de la terre.

plus vrai. Un *Suétone* ne pouvait rien sur les vivans, mais il jugeait les morts, & personne ne se souciait d'appeler de ses jugemens; au contraire, tout lecteur les confirmait, parce que tout lecteur est malin.

Il n'en est pas tout-à-fait de même aujourd'hui. Que la satire couvre d'opprobres un prince, cent échos répètent la calomnie, je l'avoue; mais il se trouve toujours quelque voix qui s'élève contre les échos, & qui à la fin les fait taire. C'est ce qui est arrivé à la mémoire du duc d'*Orléans*, régent de France. Les philippiques de *la Grange*, & vingt libelles secrets lui imputaient les plus grands crimes; sa fille était traitée comme l'a été *Messaline* par *Suétone*. Qu'une femme ait deux ou trois amans, on lui en donne bientôt des centaines. En un mot des historiens contemporains n'ont pas manqué de répéter ces mensonges; & sans l'auteur du *Siècle de Louis XIV*, ils seraient encore aujourd'hui accrédités dans l'Europe.

On a écrit que *Jeanne de Navare*, femme de *Philippe le bel*, fondatrice du collège de Navarre, admettait dans son lit les écoliers les plus beaux, & les fesait jeter ensuite dans la rivière avec une pierre au cou. Le public aime passionnément ces contes, & les historiens le servaient selon son goût. Les uns tirent de leur imagination les anecdotes qui pourront plaire, c'est-à-dire les plus scandaleuses. Les autres de meilleure foi, ramassent des contes qui ont passé de bouche en bouche; ils pensent tenir de la première main les secrets de l'Etat, & ne font nulle difficulté de décrier un prince & un général d'armée pour gagner dix piſtoles. C'eſt ainſi qu'en ont uſé *Gatien de Courtilz*, le *Noble*, la *Dunoyer*, *la Baumelle*, & cent malheureux correcteurs d'imprimerie réfugiés en Hollande.

Si les hommes étaient raiſonnables, ils ne voudraient d'hiſtoires que celles qui mettraient les droits des peuples ſous leurs yeux, les lois ſuivant leſquelles chaque père de famille peut diſpoſer de ſon bien, les événemens qui intéreſſent toute une nation, les traités qui les lient aux nations voiſines, les progrès des arts utiles, les abus qui expoſent continuellement le grand nombre à la tyrannie du petit; mais cette manière d'écrire l'hiſtoire eſt auſſi difficile que dangereuſe. Ce ſerait une étude pour le lecteur, & non un délaſſement. Le public aime mieux des fables, on lui en donne.

CHAPITRE XVII.

Des écrivains de parti.

AUDI alteram partem eſt la loi de tout lecteur, quand il lit l'hiſtoire des princes qui ſe ſont diſputé une couronne, ou des communions qui ſe ſont réciproquement anathématiſées.

Si la faction de la ligue avait prévalu, *Henri IV* ne ſerait connu aujourd'hui que comme un petit prince de Béarn, débauché, & excommunié par les papes.

Si *Arius* l'avait emporté ſur *Athanaſe* au concile de Nicée, ſi *Conſtantin* avait pris ſon parti, *Athanaſe* ne paſſerait aujourd'hui que pour un novateur, un hérétique, un homme d'un zèle outré, qui attribuait à JESUS ce qui ne lui appartenait pas.

Les Romains ont décrié la foi carthaginoise ; les Carthaginois ne se louaient pas de la foi romaine. Il faudrait lire les archives de la famille d'*Annibal*, pour juger. Je voudrais avoir jusqu'aux mémoires de *Caïphe* & de *Pilate*. Je voudrais avoir ceux de la cour de *Pharaon* ; nous verrions comment elle se défendait d'avoir ordonné à toutes les accoucheuses égyptiennes de noyer tous les petits mâles hébreux, & à quoi servait cet ordre pour des juifs qui n'employaient jamais que des sage-femmes juives.

Je voudrais avoir les pièces originales du premier schisme des papes de Rome, entre *Novatien* & *Corneille* ; de leurs intrigues, de leurs calomnies, de l'argent donné de part & d'autre, & surtout des emportemens de leurs dévotes.

C'est un plaisir de lire les livres des *Whigs*, & des *Toris*. Ecoutez les *Whigs*, les *Toris* ont trahi l'Angleterre ; écoutez les *Toris*, tout *Whig* a sacrifié l'Etat à ses intérêts : de sorte qu'à en croire les deux partis, il n'y a pas un seul honnête homme dans la nation.

C'était bien pis du temps de la rose rouge, & de la rose blanche. M. de *Walpole* a dit un grand mot dans la préface de ses *Doutes historiques* sur *Richard III* : *Quand un roi heureux est jugé, tous les historiens servent de témoins.*

Henri VII dur & avare fut vainqueur de *Richard III*. Aussitôt toutes les plumes qu'on commençait à tailler en Angleterre, peignent *Richard III* comme un monstre pour la figure & pour l'ame. Il avait une épaule un peu plus haute que l'autre ; & d'ailleurs il était affez joli, comme fes portraits le témoignent ; on en fait un vilain boffu, & on lui donne un vifage affreux. Il a fait des actions cruelles ; on le charge de tous les crimes, de ceux mêmes qui auraient été vifiblement contre fes intérêts.

La même chofe eft arrivée à *Pierre de Caftille*, furnommé *le cruel*. Six bâtards de feu fon père excitent contre lui une guerre civile, & veulent le détrôner. Notre *Charles le fage* fe joint à eux, & envoie contre lui fon *Bertrand du Guefclin*. *Pierre*, à l'aide du fameux *Prince noir*, bat les bâtards & les Français ; *Bertrand* eft fait prifonnier ; un des bâtards eft puni : *Pierre* eft alors un grand-homme.

La fortune change ; le grand *Prince noir* ne donne plus de fecours au roi *Pierre*. Un des bâtards ramène *du Guefclin*, fuivi d'une troupe de brigands qui même ne portaient pas d'autre nom ; *Pierre* eft pris à fon tour ; le bâtard *Henri de Tranftamare* l'affaffine indignement dans fa tente : voilà *Pierre* condamné par les contemporains. Il n'eft plus connu de la poftérité que par le furnom de *cruel*; & les hiftoriens tombent fur lui comme des chiens fur un cerf aux abois.

Donnez-vous la peine de lire les mémoires de *Marie de Médicis*; le cardinal de *Richelieu* eft le plus ingrat des hommes, le plus fourbe & le plus lâche des tyrans. Lifez, fi vous pouvez, les épîtres dédicatoires adreffées à ce miniftre ; c'eft le premier des mortels, c'eft un héros, c'eft même un faint ; & le petit flatteur *Sarafin*, finge de *Voiture*, l'appelle le *divin cardinal* dans fon ridicule éloge de la ridicule tragédie de l'*Amour tyrannique*, compofée par le grand *Scudéri*, fur les ordres du cardinal divin.

La mémoire du pape *Grégoire VII* eft en exécration en France, & en Allemagne. Il eft canonifé à Rome.

De telles réflexions ont porté plufieurs princes à ne fe point foucier de leur réputation : mais ceux-là ont eu plus grand tort que tous les autres ; car il vaut mieux pour un homme d'Etat avoir une réputation conteftée que de n'en point avoir du tout.

Il n'en eft pas des rois & des miniftres comme des femmes, dont on dit que celles dont on parle le moins font les meilleures. Il faut qu'un prince, un premier miniftre aime l'Etat & la gloire. Certaines gens difent que c'eft un défaut en morale ; mais s'il n'a pas ce défaut, il ne fera jamais rien de grand.

CHAPITRE XVIII.

De quelques contes.

EST-IL quelqu'un qui ne doute un peu du pigeon qui apporta du ciel une bouteille d'huile à *Clovis*, & de l'ange qui apporta l'oriflamme ? *Clovis* ne mérita guère ces faveurs en fefant affaffiner les princes fes voifins. Nous penfons que la majefté bienfefante de nos rois n'a pas befoin de ces fables pour difpofer le peuple à l'obéiffance, & qu'on peut révérer & aimer fon roi fans miracle.

On ne doit pas être plus crédule pour l'aventure de *Florinde*, dont le joyau fut fendu en deux par le marteau du roi vifigoth d'Efpagne dom *Roderic;* que pour le viol de *Lucrèce*, qui embellit l'hiftoire romaine.

Rangeons tous les contes de *Grégoire de Tours*, avec ceux d'*Herodote*, & des mille & une nuits. Envoyons les trois cents foixante mille farrazins que tua *Charles Martel*, & qui mirent enfuite le fiége devant Narbonne, aux trois cents mille fibarites tués par cent mille crotoniates, dans un pays qui peut à peine nourrir trente mille ames.

CHAPITRE XIX.

de la reine Brunehaud.

LES temps de la reine *Brunehaud* ne méritent guère qu'on s'en fouvienne; mais le fupplice prétendu de cette reine eft fi étrange, qu'il faut l'examiner.

Il n'eft pas hors de vraifemblance que dans un fiècle auffi barbare, une armée compofée de brigands, ait pouffé l'atrocité de fes fureurs jufqu'à maffacrer une reine âgée de foixante & feize ans; ait infulté à fon corps fanglant, & l'ait traîné avec ignominie. Nous touchons au temps où les deux illuftres frères de *Wit* furent mis en pièces par la populace hollandaife qui leur arracha le cœur, & qui fut affez dénaturée pour en faire un repas abominable. Nous favons que la populace parifienne traita ainfi le maréchal d'*Ancre*. Nous favons qu'elle voulut violer la cendre du grand *Colbert*.

Telles ont été chez les chrétiens feptentrionaux les barbaries de la lie du peuple. C'eft ainfi qu'à la

journée de la St Barthelemi on traîna le corps mort
du célébre *Ramus* dans les rues, en le fouettant à la
porte de tous les colléges de l'univerfité. Ces horreurs
furent inconnues aux Romains, & aux Grecs ; dans
la plus grande fermentation de leurs guerres civiles,
ils refpectaient du moins les morts.

Il n'eft que trop vrai que *Clovis* & fes enfans, ont
été des monftres de cruauté ; mais que *Clotaire II* ait
condamné folemnellement la reine *Brunehaud* à un
fupplice auffi inouï, auffi recherché, que celui dont on
dit qu'elle mourut, c'eft ce qu'il eft difficile de perfuader
à un lecteur attentif qui pèfe les vraifemblances, &
qui, en puifant dans les fources, examine fi ces
fources font pures. (Voyez ce qu'on a dit à ce fujet
dans *la Philofophie de l'hiftoire*, qui fert d'introduction
à l'*Effai fur les mœurs & l'efprit des nations depuis
Charlemagne* &c. pages 234 & 235 du tome I de
cette édition.

CHAPITRE XX.

Des donations de Pipinus ou Pepin le Bref
à l'églife de Rome.

L'AUTEUR de l'*Effai fur les mœurs & l'efprit des
nations* doute, avec les plus grands publiciftes d'Allemagne, que *Pepin d'Auftrafie* ait donné l'exarchat de
Ravenne à l'évêque de Rome *Etienne III* ; il ne croit
pas cette donation plus authentique que l'apparition
de St Pierre, de St Paul, & de St Denis, fuivis d'un
diacre, & d'un fous-diacre, qui defcendirent du ciel

empyrée pour guérir cet évêque *Etienne* de la fièvre,
dans le monaftère de Saint-Denis. Il ne la croit pas
plus avérée que la lettre écrite & fignée dans le ciel
par *St Paul* & *St Pierre*, au même *Pepin d'Auftrafie*, ou
que toutes ces légendes de ces temps fauvages.

Quand même cette donation de l'exarchat de
Ravenne eût été réellement faite, elle n'aurait pas
plus de validité que la conceffion d'une île par dom-
Quichotte, à fon écuyer *Sancho-Pança*.

Pepin, majordome du jeune *Childeric* roi des Francs,
n'était qu'un domeftique rebelle devenu ufurpateur.
Non-feulement il détrôna fon maître par la force &
par l'artifice ; mais il l'enferma dans un repaire de
moines, & l'y laiffa périr de mifère. Ayant chaffé fes
deux frères qui partageaient avec lui une autorité
ufurpée ; ayant forcé l'un de fe retirer chez le duc
d'Aquitaine, l'autre à fe tondre, & à s'enfevelir dans
l'abbaye du mont Caffin ; devenu enfin maître abfolu,
il fe fit facrer roi des Francs, à la manière des rois
lombards, par *St Boniface* évêque de Mayence :
étrange cérémonie pour un faint, que celle de
couronner, & de confacrer la rebellion, l'ingratitude,
l'ufurpation, la violation des lois divines & humaines,
& de celles de la nature ! De quel droit cet auftrafien
aurait-il pu donner la province de Ravenne & la
Pentapole à un évêque de Rome ? elles appartenaient,
ainfi que Rome, à l'empereur grec. Les Lombards
s'étaient emparés de l'exarchat ; jamais aucun évêque,
jufqu'à ce temps, n'avait prétendu à aucune fouveraineté. Cette prétention aurait révolté tous les
efprits, car toute nouveauté les révolte ; & une
telle ambition dans un pafteur de l'Eglife eft fi

authentiquement profcrite dans l'évangile, qu'on ne pouvait introduire qu'avec le temps, & par degrés, ce mélange de la grandeur temporelle & de la fpirituelle, ignoré dans toute la chrétienté pendant huit fiècles.

Les Lombards s'étaient rendus maîtres de tout le pays, depuis Ravenne jufqu'aux portes de Rome. Leur roi *Aſtolphe* prétendait qu'après s'être emparé de l'exarchat de Ravenne, Rome lui appartenait de droit, parce que Rome depuis long-temps était gouvernée par l'exarque impérial, prétention auffi injufte que celle du pape aurait pu l'être.

Rome était régie alors par un duc, & par le fénat, au nom de l'empereur *Conſtantin*, flétri dans la communion romaine par le furnom de *Copronyme*. L'évêque avait un très-grand crédit dans la ville, par fa place, & par fes richeffes; crédit que l'habileté peut augmenter jufqu'à le convertir en autorité. Il eft député de fes diocéfains auprès du nouveau roi *Pepin*, pour demander fa protection contre les Lombards. Les Francs avaient déjà fait plus d'une irruption en Italie. Ce pays qui avait été l'objet des courfes des Gaulois avait fouvent tenté les Francs leurs vainqueurs incorporés à eux. Ce prélat fut très-bien reçu. *Pepin* croyait avoir befoin de lui pour affermir fon autorité combattue par le duc d'Aquitaine, par fon propre frère, par les Bavarois, & par les Lendes, Francs encore attachés à la maifon détrônée. Il fe fit donc facrer une feconde fois par ce pape, ne doutant pas que l'onction reçue du premier évêque d'Occident n'eût une influence fur les peuples, bien fupérieure à celle d'un nouvel évêque d'un pays barbare. Mais s'il avait donné alors l'exarchat de Ravenne à *Etienne III*, il aurait donné un pays qui ne lui appartenait point, qui n'était pas en fon pouvoir, & fur lequel il n'avait aucun droit.

Il fe rendit médiateur entre l'empereur & le roi lombard; donc il eft évident qu'il n'avait alors aucune prétention fur la province de Ravenne. *Aftolphe* refufe la médiation, & vient braver le prince franc dans le Milanais: bientôt obligé de fe retirer dans Pavie, il y paffe, dit-on, une tranfaction par laquelle *il mettra en féqueftre l'exarchat entre les mains de Pepin pour le rendre à l'empereur.* Donc, encore une fois, *Pepin* ne pouvait s'approprier ni donner à d'autres cette province. Le lombard s'engageait encore à rendre au Saint-Père quelques châteaux, quelques domaines, autour de Rome, nommés alors les juftices de St Pierre, concédés à fes prédéceffeurs par les empereurs leurs maîtres.

A peine *Pepin* eft-il parti, après avoir pillé le Milanais & le Piémont, que le roi lombard vient fe venger des Romains qui avaient appelé les Francs en Italie. Il met le fiége devant Rome, *Pepin* accourt une feconde fois, il fe fait donner beaucoup d'argent, comme dans fa première invafion; il impofe même au lombard un tribut annuel de douze mille écus d'or.

Mais quelle donation pouvait-il faire? Si *Pepin* avait été mis en poffeffion de l'exarchat comme féqueftre, comment pouvait-il le donner au pape en reconnaiffant lui-même par un traité folemnel que

c'était le domaine de l'empereur ? quel chaos, &
quelles contradictions !

CHAPITRE XXI.

Autres difficultés sur la donation de Pepin aux papes.

ON écrivait alors l'histoire avec si peu d'exactitude,
on corrompait les manuscrits avec tant de hardiesse,
que nous trouvons dans la vie de *Charlemagne*, faite
par *Eginhard* son secrétaire, ces propres mots: *Pepin
fut reconnu roi par l'ordre du pape, jussu summi pontificis.*
De deux choses l'une, ou l'on a falsifié le manuscrit
d'*Eginhard*, ou cet *Eginhard* a dit un insigne men-
songe. Aucun pape jusqu'alors ne s'était arrogé le
droit de donner une ville, un village, un château ;
aurait-il commencé tout d'un coup par donner le
royaume de France ? cette donation serait encore
plus extraordinaire que celle d'une province entière
qu'on prétend que *Pepin* donna au pape. Ils auraient
l'un après l'autre, fait des présens de ce qui ne leur
appartenait point du tout. L'auteur italien qui écrivit
en 1722, pour faire croire qu'originairement Parme &
Plaisance avaient été concédés au Saint-Siége, comme
une dépendance de l'exarchat, ne doute pas que ces
empereurs grecs ne fussent justement dépouillés de
leurs droits sur l'Italie, *parce que*, dit-il, *ils avaient
soulevé les peuples contre* DIEU. (*t*)

(*t*) Page 120 de la seconde partie de la Dissertation historique sur les
duchés de Parme & de Plaisance.

Et comment les empereurs, s'il vous plaît, avaient-ils soulevé les peuples contre DIEU ? en voulant qu'on adorât DIEU seul, & non pas des images, selon l'usage des trois premiers siècles de la primitive Eglise. Il est assez avéré que dans les trois premiers siècles de cette primitive Eglise, il était défendu de placer des images, d'élever des autels, de porter des chasubles, & des surplis, de brûler de l'encens, dans les assemblées chrétiennes ; & dans le septième c'était une impiété de n'avoir pas d'images. C'est ainsi que tout est variation dans l'Etat & dans l'Eglise.

Mais quand même les empereurs grecs auraient été des impies, était il bien juste & bien religieux à un pape de se faire donner le patrimoine de ses maîtres par un homme venu d'Austrasie ?

Le cardinal *Bellarmin* suppose bien pis. *Les premiers chrétiens*, dit-il, *ne supportaient les empereurs que parce qu'ils n'étaient pas les plus forts ;* (u) & ce qui peut paraître encore plus étrange, c'est que *Bellarmin* ne fait que suivre l'opinion de St *Thomas*. Sur ce fondement, l'italien, qui veut absolument donner aujourd'hui Parme & Plaisance au pape, ajoute ces mots singuliers : *Quoique Pepin n'eût pas le domaine de l'exarchat, il pouvait en priver ceux qui le possédaient, & le transférer à l'apôtre St Pierre, & par lui au pape.*

Ce que ce brave italien ajoute encore à toutes ces grandes maximes, n'est pas moins curieux : *Cet acte*, dit-il, *ne fut pas seulement une simple donation, ce fut une restitution :* & il prétend que dans l'acte original qu'on n'a jamais vu, *Pepin* s'était servi du

(u) *De Rom. Pont. lib. XV, cap. VII.*

mot *restitution* ; c'est ce que *Baronius* avait déjà
affirmé : & comment restituait-on au pape l'exarchat
de Ravenne ? *c'est, selon eux, que le pape avait succédé
de plein droit aux empereurs, à cause de leur hérésie.*

Si la chose est ainsi, il ne faut plus jamais parler
de la donation de *Pepin ;* il faut seulement plaindre
ce prince de n'avoir rendu au pape qu'une très-petite
partie de ses Etats. Il devait assurément lui donner
toute l'Italie, la France, l'Allemagne, l'Espagne, &
même, en cas de besoin, tout l'empire d'Orient.

Poursuivons : la matière paraît intéressante ; c'est
dommage que nos historiens n'aient rien dit de
tout cela.

Le prétendu *Anastase,* dans la vie d'*Adrien,* assure
avec serment que *Pepin protesta n'être venu en Italie
mettre tout à feu & à sang, que pour donner l'exarchat au
pape, & pour obtenir la rémission de ses péchés.* Il faut
que depuis ce temps les choses soient bien changées ;
je doute qu'aujourd'hui il se trouvât aucun prince
qui vint en Italie avec une armée, uniquement pour
le salut de son ame.

CHAPITRE XXII.

Fable, origine de toutes les fables.

JE ne puis quitter cet italien qui fait le pape
seigneur du monde entier, sans dire un mot de
l'origine de ce droit. Il répète, d'après cent auteurs,
que ce fut le diable qui rendit ce service au
Saint-Siége, & voici comment.

Deux

Deux juifs, grands magiciens, rencontrèrent un jour un jeune ânier qui était fort embarraffé à conduire fon âne ; ils le confidérèrent attentivement, obfervèrent les lignes de fa main, & lui demandèrent fon nom : ils devaient bien le favoir, puifqu'ils étaient magiciens. Le jeune homme leur ayant dit qu'il s'appelait *Conon*, ils virent clairement à ce nom & aux lignes de fa main, qu'il ferait un jour empereur fous le nom de *Léon III ;* & ils lui demandèrent pour toute récompenfe de leur prédiction, que dès qu'il ferait inftallé, il ne manquât pas d'abolir le culte des images.

Le lecteur voit d'un coup d'œil le prodigieux intérêt qu'avaient ces deux juifs à voir les chrétiens reprendre l'ufage de la primitive Eglife. Il eft bien plus à croire qu'ils auraient mieux aimé avoir le privilége exclufif de vendre des images que de les faire détruire. *Léon III*, fi l'on s'en rapporte à cent hiftoriens éclairés & véridiques, ne fe déclara contre le culte des tableaux & des ftatues, que pour faire plaifir aux deux juifs. C'était bien le moins qu'il pût faire. Dès qu'il fut déclaré hérétique, l'Orient & l'Occident furent de plein droit dévolus au fiége épifcopal de Rome.

Il était jufte & dans l'ordre de la Providence qu'un pape *Léon III* dépoffédât la race d'un empereur *Léon III ;* mais par modération il ne donna que le titre d'empereur à *Charlemagne*, en fe réfervant le droit de créer les céfars & une autorité divine fur eux ; ce qui eft démontré par tous les écrivains de la cour de Rome, ainfi que tout ce qu'ils démontrent.

Mélanges hift. Tome I.   E

CHAPITRE XXIII.

Des donations de Charlemagne.

LE bibliothécaire *Anaſtaſe* dit, plus de cent ans après, que l'*on conſerve à Rome la charte de cette donation*. Mais ſi ce titre avait exiſté, pourquoi ne ſe trouve-t-il plus ? Il y a encore à Rome des chartes bien antérieures. On aurait gardé avec le plus grand ſoin, un diplome qui donnait une province. Il y a bien plus, cet *Anaſtaſe* n'a jamais probablement rien écrit de ce qu'on lui attribue ; c'eſt ce qu'avouent *Labe* & *Cave*. Il y a plus encore ; on ne ſait préciſément quel était cet *Anaſtaſe*. Puis fiez-vous aux manuſcrits qu'on a trouvés chez des moines.

Charlemagne, dit-on, pour ſurabondance de droit fit une nouvelle donation en 774. Lorſque pourſuivant en Italie ſes infortunés neveux, qu'il dépouilla de l'héritage de leur père, & ayant épouſé une nouvelle femme, il renvoya durement à *Didier*, roi des Lombards, ſa fille qu'il répudia ; il aſſiégea le roi ſon beau-père & le fit priſonnier. On ne peut guère douter que *Charlemagne*, favoriſé par les intrigües du pape *Adrien* dans cette conquête, ne lui eût concédé le domaine utile de quelques villes dans la Marche d'Ancone ; c'eſt le ſentiment de M. de *Voltaire*. Mais lorſque dans un acte on trouve des choſes évidemment fauſſes, elles rendent le reſte de l'acte un peu ſuſpect.

Le même prétendu *Anaſtaſe* ſuppoſe que *Charlemagne* donna au pape la Corſe, la Sardaigne,

Parme , Mantoue , les duchés de Spolète & de Bénévent , la Sicile , & Venife , ce qui eſt d'une fauffeté reconnue. Ecoutons , fur ce menfonge , l'auteur de l'*Effai fur les mœurs &c.* tom. I, pag. 405.

,, On pourrait mettre cette donation à côté de celle ,, de *Conſtantin*. On ne voit point que jamais les papes ,, aient poffédé aucun de ces pays jufqu'au temps ,, d'*Innocent III.* S'ils avaient eu l'exarchat, ils auraient ,, été fouverains de Ravenne & de Rome ; mais dans ,, le teftament de *Charlemagne* , qu'*Eginhard* nous a ,, confervé , ce monarque nomme à la tête des ,, villes métropolitaines qui lui appartiennent, Rome ,, & Ravenne , auxquelles il fait des préfens. Il ,, ne put donner ni la Sicile , ni la Corfe, ni la ,, Sardaigne , qu'il ne poffédait pas ; ni le duché de ,, Bénévent dont il avait à peine la fouveraineté ; ,, encore moins Venife , qui ne le reconnaiffait pas ,, pour empereur. Le duc de Venife reconnaiffait ,, alors , pour la forme, l'empereur d'Orient, & en ,, recevait le titre d'*Hypatos*. Les lettres du pape ,, *Adrien* parlent des patrimoines de Spolète & de ,, Bénévent ; mais ces patrimoines ne fe peuvent ,, entendre que des domaines que les papes poffé- ,, daient dans ces deux duchés. *Grégoire VII* lui- ,, même avoue dans fes lettres , que *Charlemagne* ,, donnait douze cents livres de penfion au Sᵗ Siége. ,, Il n'eſt guère vraifemblable qu'il eût donné un ,, tel fecours à celui qui aurait poffédé tant de belles ,, provinces. Le Sᵗ Siége n'eut Bénévent que long- ,, temps après , par la conceffion très-équivoque ,, qu'on croit que l'empereur *Henri le noir* lui en ,, fit vers l'an 1047. Cette conceffion fe réduifit

,, à la ville, & ne s'étendit point jufqu'au duché;
,, il ne fut point queſtion de confirmer le don de
,, *Charlemagne.*

,, Ce qu'on peut recueillir de plus probable au
,, milieu de tant de doutes, c'eſt que du temps de
,, *Charlemagne*, les papes obtinrent en propriété une
,, partie de la Marche d'Ancone, outre les villes, les
,, châteaux, & les bourgs, qu'ils avaient dans les autres
,, pays. Voici fur quoi je pourrais me fonder. Lorſque
,, l'empire d'Occident ſe renouvela dans la famille
,, des *Othons*, au dixième ſiècle, *Othon III* aſſigna parti-
,, culièrement au St Siége la Marche d'Ancone,
,, en confirmant toutes les conceſſions faites à cette
,, égliſe : il paraît donc que *Charlemagne* avait donné
,, cette Marche, & que les troubles ſurvenus depuis
,, en Italie avaient empêchés les papes d'en jouir.
,, Nous verrons qu'ils perdirent enſuite le domaine
,, utile de ce petit pays ſous l'empire de la maiſon
,, de Suabe. Nous les verrons tantôt grands terriens,
,, tantôt dépouillés preſque de tout, comme pluſieurs
,, autres ſouverains. Qu'il nous ſuffiſe de ſavoir qu'ils
,, poſſèdent aujourd'hui la ſouveraineté reconnue
,, d'un pays de cent quatre - vingt grands milles
,, d'Italie en longueur, des portes de Mantoue aux
,, confins de l'Abbruzze, le long de la mer Adriatique;
,, & qu'ils en ont plus de cent milles en largeur,
,, depuis Civita-Vecchia juſqu'au rivage d'Ancone,
,, d'une mer à l'autre. Il a fallu négocier toujours
,, & ſouvent combattre pour s'aſſurer cette domi-
,, nation. ,,

J'ajouterai à ces vraiſemblances une raiſon qui
me paraît bien puiſſante. La prétendue charte de

Charlemagne eſt une donation réelle. Or, fait-on une donation d'une choſe qui a déjà été donnée ? Si j'avais à plaider cette cauſe devant un tribunal réglé & impartial, je ne voudrais alléguer que la donation prétendue de *Charlemagne* pour invalider la prétendue donation de *Pepin :* mais ce qu'il y a de plus fort encore, contre toutes ces ſuppoſitions, c'eſt que ni *Andelme*, ni *Aimoin*, ni même *Eginhard*, ſecrétaire de *Charlemagne*, n'en parlent pas. *Eginhard* fait un détail très-circonſtancié des legs pieux que laiſſe *Charlemagne*, par ſon teſtament, à toutes les égliſes de ſon royaume. *On ſait*, dit-il, *qu'il y a vingt & une villes métropolitaines dans les Etats de l'empereur.* Il met Rome la première & Ravenne la ſeconde. N'eſt-il pas certain, par cet énoncé, que Rome & Ravenne n'appartenaient point aux papes ?

CHAPITRE XXIV.

Que Charlemagne exerça les droits des empereurs romains.

IL me ſemble qu'on ne peut ni rechercher la vérité avec plus de candeur, ni en approcher de plus près dans l'incertitude où l'hiſtoire de ces temps nous laiſſe. Cet auteur impartial paraît certain que *Charlemagne* exerça tous les droits de l'empire en Occident autant qu'il le put. Cette aſſertion eſt conforme à tout ce que les hiſtoriens rapportent, aux monumens qui nous reſtent, & encore plus à la politique, puisque c'est le propre de tout homme d'étendre son autorité aussi loin qu'elle peut aller.

C'est par cette raison que *Charlemagne* s'attribua la puissance législative sur Venise & sur le Béné- ventin, que l'empereur grec disputait, & qui par le fait n'appartenait ni à l'un ni à l'autre ; c'est par la même raison que le duc ou doge de Venise *Jean*, ayant tué un évêque en 802, fut accusé devant *Charlemagne*. Il aurait pu l'être devant la cour de Constantinople ; mais ni les forces de l'Orient, ni celles de l'Occident ne pouvaient pénétrer dans ces lagunes ; & Venise, au fond, fut libre malgré deux empereurs. Les doges payèrent quelque temps un manteau d'or en tribut aux plus forts ; mais le bonnet de la liberté resta toujours dans une ville imprenable.

CHAPITRE XXV.

De la forme du gouvernement de Rome sous Charlemagne.

C'EST une grande question chez les politiques de savoir quelle fut précisément la forme du gouver- nement de Rome, quand *Charlemagne* se fit déclarer empereur par l'acclamation du peuple, & par l'organe du pontife *Léon III*. *Charles* gouverna-t-il en qualité de consul & de patrice, titre qu'il avait pris dès l'an 774 ? quels droits furent laissés à l'évêque ? quels droits conservèrent les sénateurs qu'on appelait toujours *patres conscripti* ? quels privilèges conservèrent les citoyens ? c'est de quoi aucun écrivain ne nous informe ; tant l'histoire a toujours été écrite avec négligence.

Quel fut précisément le pouvoir de *Charlemagne* dans Rome ? c'est sur quoi on a tant écrit qu'on l'ignore. Y laissa-t-il un gouverneur ? imposait-il des tributs ? gouvernait-il Rome comme l'impératrice-reine de Hongrie gouverne Milan & Bruxelles ? c'est de quoi il ne reste aucun vestige.

Je regarde Rome, depuis le temps de l'empereur *Léon III* l'isaurien, comme une ville libre, protégée par les Francs, ensuite par les Germains ; qui se gouverna tant qu'elle put en république, plutôt sous le patronage que sous la puissance des empereurs ; dans laquelle le souverain pontife eut toujours le premier crédit ; & qui enfin a été entièrement soumise aux papes.

Les citoyens de cette célèbre ville aspirèrent toujours à la liberté dès qu'ils y virent le moindre jour ; ils firent toujours les plus grands efforts pour empêcher les empereurs, soit francs, soit germains, de résider à Rome, & les évêques d'y être maîtres absolus.

C'est-là le nœud de toute l'histoire de l'empire d'Occident depuis *Charlemagne* jusqu'à *Charles-Quint*. C'est le fil qui a conduit l'auteur de l'*Essai sur les mœurs &c.* dans ce grand labyrinthe.

Les citoyens romains furent presque toujours les maîtres du môle d'Adrien, de cette forteresse de Rome appelée depuis le château St Ange, dans laquelle ils donnèrent si souvent un asile à leur évêque contre la violence des Allemands ; de-là vient que les empereurs aujourd'hui, malgré leur titre de rois des Romains, n'ont pas une feule maifon dans Rome. Il n'eft même pas dit que *Charlemagne* fe mit en poffeffion de ce môle d'Adrien. Je demanderai encore pourquoi *Charlemagne* ne prit jamais le titre d'*Augufte?*

CHAPITRE XXVI.

Du pouvoir papal dans Rome, & des patrices.

ON a vu depuis très-fouvent des confuls & des patrices à Rome qui furent les maîtres de ce château au nom du peuple. Le pape *Jean XII* le tenait comme patrice contre l'empereur *Othon I.* Le conful *Crefcentius* y foutint un long fiége contre *Othon III*, & chaffa de Rome le pape *Grégoire V* qu'*Othon* avait nommé. Après la mort de ce conful, les Romains chaffèrent de Rome ce même *Othon* qui avait ravi la veuve du conful, & qui s'enfuit avec elle.

Les citoyens accordèrent une retraite au pape *Grégoire VII* dans ce môle, lorfque l'empereur *Henri IV* entra dans Rome par force en 1083. Ce pontife fi fier n'ofait fortir de cet afile. On dit qu'il offrit à l'empereur de le couronner en fefant defcendre fur fa tête du haut du château une couronne attachée avec une ficelle ; mais *Henri IV* ne voulut point de cette ridicule cérémonie. Il aima mieux fe faire couronner par un nouveau pape qu'il avait nommé lui-même.

Les Romains confervèrent tant de fierté dans leur décadence & dans leur humiliation, que quand *Fréderic Barberouffe* vint à Rome en 1155 pour s'y faire couronner, les députés du peuple qui le reçurent à la porte lui dirent : *Souvenez-vous que nous vous avons fait citoyen romain d'étranger que vous étiez.*

Ils voulaient bien que lés empereurs fuſſent couronnés dans leur ville ; mais d'un côté ils ne ſouffraient pas qu'ils y demeuraſſent, & de l'autre ils ne permirent jamais qu'aucun pape s'intitulât ſouverain de Rome : & jamais en effet on n'a frappé de monnaie ſur laquelle on donnât ce titre à leur évêque.

En 1114 les citoyens élurent un tribun du peuple ; & le pape *Lucius II*, qui s'y oppoſa, fut tué dans le tumulte.

Enfin les papes n'ont été véritablement maîtres à Rome que depuis qu'ils ont eu le château Sᵗ Ange en leur pouvoir. Aujourd'hui la chancellerie allemande regarde encore l'empereur comme l'unique ſouverain de Rome ; & le ſacré collége ne regarde l'empereur que comme le premier vaſſal de Rome, protecteur du Sᵗ Siége. Telle eſt la vérité qui eſt développée dans l'*Eſſai ſur les mœurs &c.*

Le ſentiment de l'auteur que je cite eſt donc que *Charlemagne* eut le domaine ſuprême, & qu'il accorda au Sᵗ Siége pluſieurs domaines utiles dont les papes n'eurent la ſouveraineté que très-long-temps après.

CHAPITRE XXVII.

Sottise infame de l'écrivain qui a pris le nom de Chiniac la Bastide du Claux, avocat au parlement de Paris.

Après cet exposé fidelle, je dois témoigner ma surprise de ce que je viens de lire dans un commentaire nouveau du discours du célèbre *Fleuri* sur les libertés de l'Eglise gallicane. Je vais rapporter les propres paroles du commentateur, qui se déguise sous le nom de *maître Pierre de Chiniac de la Bastide du Claux, avocat au parlement.* Il n'y a point assurément d'avocat qui écrive de ce style. (1)

,, Si on ne consultait que les *Voltaire* & ceux de son ,, bord, on ne trouverait en effet que problèmes & ,, qu'impostures dans nos historiens. ,, Ensuite cet aimable & poli commentateur, après avoir attaqué les gens de *notre bord* avec des complimens dignes en effet d'un matelot à bord, croit nous apprendre qu'il y a dans Ravenne une pierre cassée, sur laquelle sont gravés ces mots : *Pipinus pius primus amplificandæ Ecclesiæ viam aperuit, & exarchatum Ravennæ cum amplissimis....* ,, Le pieux *Pepin* ouvrit le premier le chemin d'agrandir ,, l'Eglise, & l'exarchat de Ravenne avec de très-grands..

(1) L'avocat *Chiniac* est un personnage très-réel ; mais quoique ce zélé défenseur de l'Eglise janséniste ait essuyé une accusation juridique d'adultère, & que ces procès fassent toujours rire ; il n'en est pas plus connu, & n'a jamais pu réussir à occuper le public ni de ses ouvrages, ni de ses aventures.

le refte manque. Notre commentateur gracieux prend cette infcription pour un témoignage authentique. Nous connaiffons depuis long-temps cette pierre; je ne voudrais point d'autre preuve de la fauffeté de la donation. Cette pierre n'avait été connue qu'au dixième fiècle: on ne produifit point d'autre monument pour affurer aux papes l'exarchat; donc il n'y en avait point. Si on fefait paraître aujourd'hui une pierre caffée avec une infcription, qui certifiât que le pieux *François I* fit une donation du louvre aux cordeliers; de bonne foi, le parlement regarderait-il cette pierre comme un titre juridique? & l'académie des infcriptions l'inférerait-elle dans fes recueils?

Le latin ridicule de ce beau monument n'eft pas à la vérité un fceau de réprobation; mais c'en eft un que le menfonge avéré concernant *Pepin*. L'infcription affirme que *Pepin eft le premier qui ait ouvert la voie.* Cela eft faux: avant lui *Conftantin* avait donné des terres à l'évêque & à l'églife de St Jean de Latran de Rome jufque dans la Calabre. Les évêques de Rome avaient obtenu de nouvelles terres des empereurs fuivans. Ils en avaient en Sicile, en Tofcane, en Ombrie; ils avaient les juftices de St Pierre, & des domaines dans la Pentapole. Il eft très-probable que *Pepin* augmenta ces domaines. De quoi fe plaint donc le commentateur? que prétend-il? pourquoi dit-il que l'auteur de l'*Effai fur les mœurs & l'efprit des nations, eft trop peu verfé dans ces connaiffances, ou trop fourbe pour mériter quelque attention?* Quelle fourberie, je vous prie, y a-t-il de dire fon avis fur Ravenne & fur la Pentapole? Nous avouons que c'eft-là parler en digne commentateur; mais ce n'eft pas, à ce qu'il nous femble, parler en homme verfé *dans ces connaiffances*, ni verfé dans la politeffe, ni même verfé dans le fens commun.

L'auteur de l'*Effai fur les mœurs &c.*, qui affirme peu, fe fonde pourtant fur le teftament même de *Charlemagne*, pour affirmer qu'il était fouverain de Rome & de Ravenne, & que par conféquent il n'avait point donné Ravenne au pape. *Charlemagne* fait des legs à ces villes, qu'il appelait *nos principales villes*. Ravenne était la ville de l'empereur & non pas celle du pape.

Ce qu'il y a de plus étrange, c'eft que le commentateur eft lui-même entièrement de l'avis de mon auteur; il n'écrit que d'après lui; il veut prouver comme lui que *Charlemagne* avait le pouvoir fuprême dans Rome; & oubliant tout d'un coup l'état de la queftion, il fe répand en invectives ridicules contre fon propre guide. Il eft en colère de ne favoir pas quelle était l'étendue & la borne du nouveau pouvoir de *Charlemagne* dans Rome. Je ne le fais pas plus que lui, & cependant je m'en confole. Il eft vraifemblable que ce pouvoir était fort mitigé pour ne pas trop choquer les Romains. On peut être empereur fans être defpotique. Le pouvoir des empereurs d'Allemagne eft aujourd'hui très-borné par celui des électeurs & des princes de l'Empire. Le commentateur peut refter fans fcrupule dans fon ignorance pardonnable; mais il ne faut pas dire de groffes injures, parce qu'on eft un ignorant; car lorfqu'on dit des injures fans efprit, on ne peut ni plaire ni inftruire: le public veut qu'elles foient fines, ingénieufes, & à propos. Il n'appartient même que très-rarement à l'innocence outragée de repouffer la calomnie dans le ftyle des Philippiques; & peut-être n'eft-il permis d'en ufer

ainsi, que quand la calomnie met en danger un honnête homme : car alors c'est se battre contre un serpent,
& on n'est pas dans le cas de *Tartuffe* qui s'accusait
d'avoir tué une puce avec trop de colère.

CHAPITRE XXVIII.

D'une calomnie abominable & d'une impiété horrible
du prétendu Chiniac.

Passe encore qu'on se trompe sur une pancarte
de *Pepin le bref*, le pape n'en a pas sur Ravenne un
droit moins confirmé par le temps & par le consen-
tement de tous les princes ; la plupart des origines
sont suspectes, & un droit reconnu de tout le monde
est incontestable.

Mais de quel front le prétendu *Chiniac de la Bastide*
du Claux, commentateur des libertés de l'Eglise
gallicane, peut-il citer cet abominable passage qu'il
dit avoir lu dans un dictionnaire ? JESUS-CHRIST *a*
été le plus habile charlatan & le plus grand imposteur qui
ait paru depuis l'existence du monde. On est naturellement
porté à croire qu'un homme qui cite un trait si horrible avec confiance ne l'a pas inventé. Plus l'atrocité
est extrême, moins on s'imagine que ce soit une
fiction. On croit la citation vraie, précisément parce
qu'elle est abominable ; cependant il n'y en a pas un
mot, pas l'ombre d'une telle idée dans le livre dont
parle ce *Chiniac*. Est-ce là une liberté gallicane ? j'ai
lu très-attentivement ce livre qu'il cite ; je sais que
c'est un recueil d'articles traduits du lord *Shaftes-*
bury, du lord *Bolingbroke*, de *Trenchard*, de *Gordon*,

du docteur *Midleton*, du célèbre *Abauzit*; & d'autres morceaux connus qui font mot à mot dans le grand dictionnaire encyclopédique, tel que l'article *Messie*, lequel est tout entier d'un pasteur d'une église réformée, & dont nous possédons l'original.

Non-seulement l'infame citation du prétendu *Chiniac* n'est dans aucun endroit de ce livre; mais je puis assurer qu'elle ne se trouve dans aucun des livres écrits contre la religion chrétienne, depuis *Celse* & l'empereur *Julien*: le devoir de mon état est de les lire pour y mieux répondre, ayant l'honneur d'être bachelier en théologie. J'ai lu tout ce qu'il y a de plus fort & de plus frivole. *Volston* lui-même, *Jean-Jacques Rousseau*, qui ont osé nier si audacieusement les miracles de notre seigneur JESUS-CHRIST, n'ont pas écrit une seule ligne qui ait la moindre teinture de cette horrible idée; au contraire ils rendent à JESUS-CHRIST le plus profond respect; & *Volston* surtout se borne à regarder les miracles de notre seigneur comme des types & des paraboles.

J'avance hardiment que si cet insolent blasphème se trouvait dans quelque mauvais livre, mille voix se feraient élevées contre le monstre qui l'aurait vomi. Enfin je défie le *Chiniac* de me le montrer ailleurs que dans son libelle; apparemment il a pris ce détour pour blasphémer sous le masque contre notre Sauveur, comme il blasphème à tort & à travers contre notre saint père le pape, & souvent contre les évêques: il a cru pouvoir être criminel impunément, en prenant les flèches infernales dans un carquois sacré, & en couvrant d'opprobre la religion qu'il feint de défendre. Je ne crois pas qu'il y ait d'exemple ni d'une calomnie fi impudente , ni d'une fraude fi baffe, ni d'une impiété fi effrayante ; & je penfe que D I E U me pardonnera , fi je dis quelques injures à ce *Chiniac.*

Il faut fans doute avoir abjuré toute pudeur , ainfi qu'avoir perdu toute raifon pour traiter JESUS-CHRIST de *charlatan* & *d'impofteur ;* lui qui vécut toujours dans l'hùmble obfcurité ; lui qui n'écrivit jamais une feule ligne , tandis que de modernes docteurs fi peu doctes nous affomment de gros volumes fur des queftions dont il ne parla jamais ; lui qui fe foumit depuis fa naiffance jufqu'à fa mort à la religion dans laquelle il était né ; lui qui en recommanda toutes les obfervances, qui ne prêcha jamais que l'amour de DIEU & du prochain ; qui ne parla jamais de DIEU que comme d'un père, felon l'ufage des Juifs ; qui , loin de fe donner jamais le titre de DIEU, dit en mourant : (x) *Je vais à mon père qui eft votre père, à mon* DIEU *qui eft votre* DIEU ; lui enfin dont le faint zèle condamne fi hautement l'hypocrifie & les fureurs des nouveaux charlatans, qui dans l'efpérance d'obtenir un petit bénéfice , ou de fervir un parti qui les protège , feraient capables d'employer le fer ou le poifon , comme ils ont employé les convulfions & les calomnies.

Ayant cherché en vain pendant plus de trois mois la citation du prétendu *Chiniac* , & ayant prié mes amis de chercher de leur côté , nous avons tous été forcés avec horreur de lire plus de quatre cents volumes contre le chriftianifme, tant en latin qu'en anglais, en italien, en français, & en allemand. Nous

(x) *Jean* , ch. XX , v. 17.

proteſtons devant DIEU que le blaſphème en queſtion n'eſt dans aucun de ces livres. Nous avons cru enfin qu'il pourrait ſe rencontrer dans le diſcours qui ſert de préface à l'*Abrégé de l'hiſtoire eccléſiaſtique.* On prétend que cet avant-propos eſt d'un héros philoſophe, né dans une autre communion que la nôtre; génie ſublime, dit-on, qui a ſacrifié également à *Mars*, à *Minerve.*, & aux *Grâces;* mais qui ayant le malheur de n'être pas né catholique romain, & ſe trouvant ſous le joug de la réprobation éternelle, s'eſt trop livré aux enſeignemens trompeurs de la raiſon, qui égare inconteſtablement quiconque n'écoute qu'elle. Je ne forme point de jugement téméraire; je ſuis loin de penſer qu'un ſi grand-homme ne ſoit pas chrétien. Voici les paroles de cette préface.

„ L'établiſſement de la religion chrétienne a eu,
„ comme tous les empires, de faibles commence-
„ mens. Un juif de la lie du peuple, dont la
„ naiſſance eſt douteuſe, qui mêle aux abſurdités
„ d'anciennes prophéties hébraïques, des préceptes
„ d'une bonne morale, auquel on attribue des
„ miracles, & qui finit par être condamné à un
„ ſupplice ignominieux, eſt le héros de cette ſecte.
„ Douze fanatiques ſe répandent de l'Orient juſqu'en
„ Italie; ils gagnent les eſprits par cette morale ſi
„ ſainte & ſi pure qu'ils prêchaient; & ſi l'on excepte
„ quelques miracles propres à ébranler des imagi-
„ nations ardentes, ils n'enſeignaient que le déiſme.
„ Cette religion commençait à ſe répandre dans le
„ temps que l'empire romain gémiſſait ſous la
„ tyrannie de quelques monſtres, qui le gouvernèrent
conſécutivement

,, confécutivement. Durant ces règnes de fang, le
,, citoyen, préparé à tous les malheurs qui peuvent
,, accabler l'humanité, ne trouvait de confolation &
,, de foutien contre d'auffi grands maux que dans
,, le ftoïcifme. La morale des chrétiens reffemblait à
,, cette doctrine, & c'eft l'unique caufe de la rapidité
,, des progrès que fit cette religion. Dès le règne de
,, *Claude*, les chrétiens formaient des affemblées nom-
,, breufes, où ils prenaient des agapes, qui étaient
,, des foupers en communauté. ,,

Ces paroles font audacieufes, elles font d'un foldat
qui fait mal farder ce qu'il croit la vérité ; mais après
tout, elles difent pofitivement le contraire du blafphème
annoncé par *Chiniac*.

La religion chrétienne a eu de faibles commencemens, &
tout le monde en convient. *Un juif de la lie du peuple*,
rien n'était plus vrai aux yeux des Juifs. Ils ne pouvaient
deviner qu'il était né d'une Vierge & du Saint-Efprit,
& que *Jofeph* mari de fa mère, defcendait du roi *David*.
De plus il n'y a point de *lie* aux yeux de D I E U ;
devant lui tous les hommes font égaux.

Douze fanatiques fe répandent de l'Orient jufqu'en Italie.
Le terme de *fanatique* parmi nous eft très-odieux, &
ce ferait une terrible impiété d'appeler de ce nom les
apôtres : mais fi dans la langue maternelle de l'auteur,
ce terme ne veut dire que *perfuadé*, *zélé*, nous n'avons
aucun reproche à lui faire ; il nous paraît même très-
vraifemblable qu'il n'a nulle intention d'outrager ces
apôtres, puifqu'il compare les premiers chrétiens aux
refpectables ftoïciens. En un mot, nous ne fefons point
l'apologie de cet ouvrage ; & dès que notre faint père

Mélanges hift. Tome I.   F

le pape, juge impartial de tous les livres, aura condamné celui-ci, nous ne manquerons pas de le condamner de cœur & de bouche.

CHAPITRE XXIX.

Bévue énorme de Chiniac.

LE prétendu la *Baſtide de Chiniac du Claux* a répondu que les paroles par lui citées ſe trouvent dans le *Militaire philoſophe*, non pas préciſément & mot à mot, mais dans le même ſens. Ce *Militaire philoſophe* eſt, dit-on, du ſieur *St Hyacinthe* qui fut cornette de dragons en 1685, & employé dans la fameuſe dragonade à la révocation de l'édit de Nantes. Mais examinons les paroles dans ce militaire. (*y*)

,, Voici, après de mûres réflexions, le jugement ,, que je porte de la religion chrétienne : je la trouve ,, abſurde, extravagante, injurieuſe à DIEU, perni- ,, cieuſe aux hommes, facilitant & même autoriſant ,, les rapines, les ſéductions, l'ambition, l'intérêt de ,, ſes miniſtres, & la révélation des ſecrets des familles; ,, je la vois comme une ſource intariſſable de meurtres, ,, de crimes, & d'atrocités, commiſes ſous ſon nom; ,, elle me ſemble un flambeau de diſcorde, de haine, ,, de vengeance, & un maſque dont ſe couvre l'hypo- ,, criſie pour tromper plus adroitement ceux dont la ,, crédulité lui eſt utile ; enfin j'y vois le bouclier de ,, la tyrannie contre les peuples qu'elle opprime, & la

(*y*) Chap. IX, page 84 de la dernière édition.

„ verge des bons princes quand ils ne font pas fuperfti-
„ tieux. Avec cette idée de votre religion, outre le
„ droit de l'abandonner, je fuis dans l'obligation la
„ plus étroite d'y renoncer & de l'avoir en horreur,
„ de plaindre ou de méprifer ceux qui la prêchent, & de
„ vouer à l'exécration publique ceux qui la foutiennent
„ par leurs violences & leurs perfécutions. „

Ce morceau eft une invective fanglante contre les
abus de la religion chrétienne, telle qu'elle a été prati-
quée depuis tant de fiècles, mais non pas contre la
perfonne de J E S U S - C H R I S T qui a recommandé tout
le contraire. J E S U S n'a point ordonné la *révélation des
fecrets des familles.* Loin de favorifer l'ambition, il l'a
anathématifée; il a dit en termes formels: (z) *Il n'y
aura ni premier ni dernier parmi vous; — le fils de l'homme
n'eft pas venu pour être fervi, mais pour fervir.* C'eft un
menfonge facrilége de dire que notre Sauveur a autorifé
la *rapine.* Ce n'eft pas affurément la prédication de
J E S U S, qui eft *une fource intariffable de meurtres, de
crimes, & d'atrocités, commifes fous fon nom.* Il eft vifible
qu'on a abufé de ces paroles: (aa) *Je ne fuis point venu
apporter la paix, mais le glaive;* de ces autres paffages:
(bb) *Que celui qui n'écoute pas l'Eglife foit comme un païen
ou comme un douanier: — (cc) contrains-les d'entrer. Si
quelqu'un vient à moi, & ne hait pas fon père & fa mère
& fa femme & fes enfans & fes frères & fes fœurs & encore fon
ami, il ne peut être mon difciple;* & enfin des paraboles
dans lefquelles il eft dit que (dd) le maître *fit jeter
dans les ténèbres extérieures, pieds & mains liés, celui qui*

(z) *Matth.* chap. XX, v. 27 & 28.   (cc) *Luc,* chap. XIV, v. 23 & 26.
(aa) *Ibid.* chap. X, v. 34.   (dd) *Matth.* ch. XXII, v. 12 & 13.
(bb) *Ibid.* chap. XVIII, v. 17.

n'avait pas la robe nuptiale à un repas. Ces difcours, ces énigmes, font affez expliqués par toutes ces maximes évangéliques qui n'enfeignent que la paix & la charité. Ce ne fut même jamais aucun de ces paffages qui excita le moindre trouble. Les difcordes, les guerres civiles, n'ont commencé que par des difputes fur le dogme. L'amour-propre fait naître l'efprit de parti, & l'efprit de parti fait couler le fang. Si on s'en était tenu à l'efprit de JESUS, le chriftianifme aurait été toujours en paix. M. de *St Hyacinthe* a donc tort de reprocher au chriftianifme ce qu'on ne doit reprocher qu'à plufieurs chrétiens.

La propofition du *Militaire philofophe* eft donc auffi dure que le blafphème du prétendu *Chiniac* eft affreux.

Concluons que le pyrrhonifme hiftorique eft très-utile; car fi dans cent ans, le *Commentaire des libertés gallicanes* & le *Militaire philofophe* tombent dans les mains d'un de ceux qui aiment les recherches, les anecdotes; & fi ces deux livres ne font pas réfutés dans leur temps, ne fera-t-on pas en droit de croire que dans le fiècle de ces auteurs on blafphémait ouvertement JESUS-CHRIST? Il eft donc très-important de les confondre de bonne heure, & d'empêcher *Chiniac* de calomnier fon fiècle.

Il n'eft pas furprenant que ce même *Chiniac*, ayant ainfi outragé JESUS-CHRIST notre fauveur, outrage auffi fon vicaire: *Je ne vois pas*, dit-il, *comment le pape tient le premier rang entre les princes chrétiens.* Cet homme n'a pas affifté au facre de l'empereur, il aurait vu l'archevêque de Mayence tenir le premier rang entre les électeurs; il n'a jamais dîné avec un évêque, il aurait vu qu'on lui donne toujours la place d'honneur:

il devait favoir que par toute l'Europe on traite les gens d'églife comme les femmes avec beaucoup de déférence ; ce n'eft pas à dire qu'il faille leur baifer les pieds, excepté peut-être dans un tranfport de paffion. Mais revenons au pyrrhonifme de l'hiftoire.

CHAPITTRE XXX.

Anecdote hiftorique très-hafardée.

DUHAILLAN prétend, dans un de fes opufcules, que *Charles VIII* n'était pas fils de *Louis XI* ; c'eft peut-être la raifon fecrète pour laquelle *Louis XI* négligea fon éducation & le tint toujours éloigné de lui. *Charles VIII* ne reffemblait à *Louis XI* ni par l'efprit ni par le corps. Enfin la tradition pouvait fervir d'excufe à *Duhaillan ;* mais cette tradition était fort incertaine, comme prefque toutes le font. La diffemblance des pères & des enfans eft encore moins une preuve d'illégitimité, que la reffemblance n'eft une preuve du contraire.

Que *Louis XI* ait haï *Charles VIII*, cela ne conclut rien. Un fi mauvais fils pouvait aifément être un mauvais père. Quand même douze *Duhaillans* m'auraient affuré que *Charles VIII* était né d'un autre que de *Louis XI*, je ne devrais pas les en croire aveuglément. Un lecteur fage doit, ce me femble, prononcer comme les juges : *Pater eft quem nuptiæ demonftrant.*

CHAPITRE XXXI.

Autre anecdote plus hasardée.

ON a dit que la duchesse de *Montpensier* avait accordé ses faveurs au moine *Jacques Clément* pour l'encourager à assassiner son roi. Il eût été plus habile de les promettre que de les donner : mais ce n'est pas ainsi qu'on excite un prêtre fanatique au parricide ; on lui montre le ciel & non une femme. Son prieur *Bourgoin* était bien plus capable de le déterminer que la plus grande beauté de la terre. Il n'avait point de lettre d'amour dans sa poche quand il tua le roi, mais bien les histoires de *Judith* & d'*Aod*, toutes déchirées, toutes grasses à force d'avoir été lues.

CHAPITRE XXXII.

De *Henri IV.*

JE pense entièrement comme l'auteur de l'*Essai sur les mœurs &c.* sur la mort de *Henri IV ;* je pense que ni *Jean Châtel* ni *Ravaillac* n'eurent aucuns complices ; leur crime était celui du temps ; le cri de la religion fut leur seul complice. Je ne crois point que *Ravaillac* ait fait le voyage de Naples, ni que le jésuite *Alagona* ait prédit dans Naples la mort de ce prince, comme le répète encore notre *Chiniac.* Les jésuites n'ont jamais été prophètes ; s'ils l'avaient été, ils auraient prédit leur deſtruction : mais au contraire ces pauvres gens ont toujours affuré qu'ils dureraient juſqu'à la fin des ſiècles. Il ne faut jamais jurer de rien.

CHAPITRE XXXIII.

De l'abjuration de Henri IV.

LE jéſuite *Daniel* a beau me dire, dans ſa très-ſèche & très-fautive hiſtoire de France, que *Henri IV* avant d'abjurer, était depuis long-temps catholique, j'en croirai plus *Henri I V* lui-même que le jéſuite *Daniel*; ſa lettre à la belle *Gabrielle*, *c'eſt demain que je fais le ſaut périlleux*, prouve au moins qu'il avait encore dans le cœur autre choſe que du catholiciſme. Si ſon grand cœur avait été depuis ſi long-temps ſi pénétré de la grâce efficace, il aurait peut-être dit à ſa maîtreſſe : *Ces évêques m'édifient;* mais il lui dit: *Ces gens-là m'ennuient.* Ces paroles ſont-elles d'un bon catéchumène ?

Ce n'eſt pas un ſujet de pyrrhoniſme que les lettres de ce grand homme à *Coriſande d'Andoin* comteſſe de *Gramont*, elles exiſtent encore en original. L'auteur de l'*Eſſai ſur les mœurs & l'eſprit des nations* rapporte pluſieurs de ces lettres intéreſſantes ; en voici des morceaux curieux : *Tous ces empoiſonneurs ſont tous papiſtes. J'ai découvert un tueur pour moi.* — *Les prêcheurs romains prêchent tout haut qu'il n'y a plus qu'une mort à voir; ils admoneſtent tout bon catholique de prendre exemple* (*ſur l'empoiſonnement du prince de Condé.*) — *Et vous êtes de cette religion !* — *Si je n'étais huguenot, je me ferais turc.*

C'eſt ce qui n'eſt point du tout certain , cela n'eſt pas même vraiſemblable. Ils étaient florentins ; le grand-duc de *Florence* avait reconnu le premier *Henri IV;* il ne craignait rien tant que le pouvoir de l'Eſpagne en Italie ; *Concini* & ſa femme n'avaient point de crédit du temps de *Henri I V*. S'ils avaient ourdi quelque trame avec le conſeil de Madrid , ce ne pouvait être que pour la reine. C'eſt donc accuſer la reine d'avoir trahi ſon mari ; & , encore une fois , il n'eſt pas permis d'inventer de telles accuſations ſans preuve. Quoi! un écrivain dans ſon grenier pourra prononcer une diffamation que les juges les plus éclairés du royaume tremblaient d'écouter ſur leur tribunal !

Pourquoi appeler un maréchal de France & ſa femme, dame d'atour de la reine , *ces deux miſérables* ? Le maréchal d'*Ancre* , qui avait levé une armée à ſes frais contre les rebelles , mérite-t-il une épithète qui n'eſt convenable qu'à *Ravaillac* , à *Cartouche* , aux voleurs publics, aux calomniateurs publics ?

CHAPITRE XXXVI.

Réflexion.

IL n'eſt que trop vrai qu'il ſuffit d'un fanatique pour commettre un parricide ſans aucun complot. *Damiens* n'en avait point. Il a répété quatre fois dans ſon interrogatoire qu'il n'a commis ſon crime que par principe de religion. Je puis dire qu'ayant été autrefois à portée de connaître les convulſionnaires , j'en ai vu plus de vingt capables d'une pareille horreur ;

La nation efpagnole n'a guère recours à ces crimes honteux ; & les grands d'Efpagne ont eu dans tous les temps une fierté généreufe qui ne leur a pas permis de s'avilir jufque-là.

Si *Philippe II* mit à prix la tête du prince d'*Orange*, il eut du moins le prétexte de punir un fujet rebelle; comme le parlement de Paris mit à cinquante mille écus la tête de l'amiral *Coligni* , & depuis celle du cardinal *Mazarin*. Ces profcriptions publiques tenaient de l'horreur des guerres civiles; mais comment le duc de *Lerme* fe ferait-il adreffé fecrétement à un miférable tel *que Ravaillac* ?

CHAPITRE XXXV.

Bévue fur le maréchal d'Ancre.

LE même auteur dit que *le maréchal d'Ancre & fa femme furent écrafés pour ainfi dire par la foudre.* L'un ne fut à la vérité écrafé qu'à coups de piftolets , & l'autre fut brûlée en qualité de forcière. Un affaffinat & un arrêt de mort rendu contre une maréchale de France, dame d'atour de la reine, réputée magicienne, ne font honneur ni à la chevalerie , ni à la jurifprudence de ce temps-là. Mais je ne fais pourquoi l'hiftorien s'exprime en ces mots : *Si ces deux miférables n'étaient pas complices de la mort du roi , ils méritaient du moins les plus rigoureux châtimens. Il eft certain que du vivant même du roi, Concini & fa femme avaient avec l'Efpagne des liaifons contraires aux deffeins du roi.*

Il eſt difficile après tous ces témoignages de la main de *Henri IV*, d'être fermement perſuadé qu'il fût catholique dans le cœur.

CHAPITRE XXXIV.

Bévue ſur Henri IV.

UN autre hiſtorien moderne (*) de *Henri IV* accuſe du meurtre de ce héros le duc de *Lerme* : C'eſt, dit-il, *l'opinion la mieux établie*. Il eſt évident que c'eſt l'opinion la plus mal établie. Jamais on n'en a parlé en Eſpagne ; & il n'y eut en France que le continuateur du préſident de *Thou* qui donna quelque crédit à ces ſoupçons vagues & ridicules. Si le duc de *Lerme* premier miniſtre employa *Ravaillac*, il le paya bien mal. Ce malheureux était preſque ſans argent quand il fut ſaiſi. Si le duc de *Lerme* l'avait ſéduit ou fait ſéduire ſous la promeſſe d'une récompenſe proportionnée à ſon attentat, aſſu- rément *Ravaillac* l'aurait nommé lui & ſes émiſſaires, quand ce n'eût été que pour ſe venger. Il nomma bien le jéſuite d'*Aubigni*, auquel il n'avait fait que montrer un couteau. Pourquoi aurait-il épargné le duc de *Lerme* ? c'eſt une obſtination bien étrange que celle de ne pas croire *Ravaillac* dans ſon interrogatoire & dans les tortures. Faut-il inſulter une grande maiſon eſpagnole ſans la moindre apparence de preuves ?

Et voilà juſtement comme on écrit l'hiſtoire.

(*) M. de *Buri.*

(*ee*) tant leur démence était atroce. La religion mal entendue eſt une fièvre que la moindre occaſion fait tourner en rage.

Le propre du fanatiſme eſt d'échauffer les têtes. Quand le feu qui fait bouillir les cervelles ſuperſtitieuſes a fait tomber quelques flammèches dans une âme infenſée & atroce ; quand un ignorant furieux croit imiter faintement *Phinée*, *Aod*, *Judith*, & leurs ſemblables, cet ignorant a plus de complices qu'il ne penſe. Bien des gens l'ont excité au parricide ſans le ſavoir. Quelques perſonnes profèrent des paroles indiſcrètes & violentes ; un domeſtique les répète, il les amplifie, il les enfuneſte encore comme diſent les italiens ; un *Châtel*, un *Ravaillac*, un *Damiens*, les recueille : ceux qui les ont prononcées ne ſe doutent pas du mal qu'ils ont fait : ils ſont complices involontaires ; mais il n'y a eu ni complot ni inſtigation. En un mot, on connaît bien mal l'eſprit humain, ſi l'on ignore que le fanatiſme rend la populace capable de tout.

C H A P I T R E X X X V I I.

Du dauphin François.

LE dauphin *François*, fils de *François I*, joue à la paume ; il boit beaucoup d'eau fraîche dans une tranſpiration abondante ; on accuſe l'empereur *Charles-Quint* de l'avoir fait empoiſonner. Quoi ! le vainqueur aurait craint le fils du vaincu ! Quoi ! il aurait fait

(*ee*) Un entr'autres dont il a été queſtion dans le procès de *Damiens*.

périr à la cour de France le fils de celui dont alors
il prenait deux provinces, & il aurait déshonoré toute
la gloire de fa vie par un crime infame & inutile ! Il
aurait empoifonné le dauphin en laiffant deux frères
pour le venger. L'accufation eft abfurde ; auffi je me
joins à l'auteur toujours impartial de l'*Effai fur les
mœurs &c.* , pour détefter cette abfurdité.

Mais le dauphin *François* avait auprès de lui un
gentilhomme italien , un comte *Montecuculi* qui lui
avait verfé l'eau fraîche dont il réfulta une pleuréfie.
Ce comte était né fujet de *Charles-Quint ;* il lui avait
parlé autrefois ; & fur cela feul on l'arrête , on le met
à la torture ; des médecins ignorans affirment que les
tranchées caufées par l'eau froide font caufées par
l'arfénic. On fait écarteler *Montecuculi ;* & toute la France
traite d'empoifonner le vainqueur de *Soliman,* le libé-
rateur de la chrétienté, le triomphateur de Tunis , le
plus grand-homme de l'Europe ! Quels juges condam-
nèrent *Montecuculi* ? je n'en fais rien ; ni *Mézerai* ni
Daniel ne le difent. Le préfident *Hénault* dit : *Le dauphin
François eft empoifonné par Montecuculi fon échanfon, non
fans foupçon contre l'empereur.*

Il eft clair qu'il faut au moins douter du crime de
Montecuculi ; ni lui ni *Charles-Quint* n'avaient aucun
intérêt à le commettre. *Montecuculi* attendait de fon
maître une grande fortune ; & l'empereur n'avait rien
à craindre d'un jeune homme tel que *François.* Ce
procès funefte peut donc être mis dans la foule des
cruautés juridiques que l'ivreffe de l'opinion, celle de
la paffion , & l'ignorance , ont trop fouvent déployées
contre les hommes les plus innocens.

CHAPITRE XXXVIII.

De Samblançai.

NE peut-on pas mettre dans la même claffe le fupplice de *Samblançai* ? Le crime qu'on lui impute eft beaucoup plus raifonnable que celui de *Montecuculi*. Il eft bien plus ordinaire de voler le roi que d'empoifonner les dauphins. Cependant aujourd'hui les hiftoriens fenfés doutent que *Samblançai* fût coupable. Il fut jugé par des commiffaires ; c'eft déjà un grand préjugé en fa faveur. La haine que lui portait le chancelier *Duprat* eft encore un préjugé plus fort. On eft réduit, lorfqu'on lit les grands procès criminels, à fufpendre au moins fon jugement entre les condamnés & les juges, témoin les arrêts rendus contre *Jacques Cœur*, contre *Enguerrand de Marigni*, & tant d'autres. Comment donc pourrait-on croire aveuglément mille anecdotes rapportées par des hiftoriens, puifqu'on ne peut même en croire des magiftrats qui ont examiné les procès pendant des années entières ? On ne peut s'empêcher de faire ici une réflexion fur *François I.* Quel était donc le caractère de ce grand-homme, qui fait pendre le vieillard innocent *Samblançai* qu'il appelait fon père ; qui fait écarteler un gentilhomme italien parce que fes médecins font des ignorans ; qui dépouille le connétable de *Bourbon* de fes biens par l'injuftice la plus criante ; qui, ayant été vaincu par lui & fait prifonnier, met fes deux enfans en captivité pour aller revoir Paris ; qui jure & promet même en parole d'honneur de rendre la Bourgogne à *Charles-Quint* son vainqueur , & qui eft obligé de fe déshonorer par politique; qui accorde aux Turcs dans Marfeille la liberté d'exercer leur religion , & qui fait brûler à petit feu dans la place de l'Eftrapade de malheureux luthériens , tandis qu'il leur met les armes à la main en Allemagne ? Il a fondé le collége royal : oui ; mais eft-on grand pour cela , & un collége répare-t-il tant d'horreurs & tant de baffeffes ?

CHAPITRE XXXIX,

Des Templiers.

QUE dirons-nous du maffacre eccléfiaftique juri-dique des templiers ? leur fupplice fait frémir d'horreur. L'accufateur laiffe dans nos efprits plus que de l'incer-titude. Je crois bien plus à quatre-vingts gentilshommes qui proteftent de leur innocence devant DIEU en mourant, qu'à cinq ou fix prêtres qui les condamnent.

CHAPITRE XL.

Du pape Alexandre VI.

LE cardinal *Bembo* , *Paul Jove* , *Tomafi* , & enfin *Guichardin* , femblent croire que le pape *Alexandre VI* mourut du poifon qu'il avait préparé , de concert avec fon bâtard *Céfar Borgia* , au cardinal *Sant-Agnolo* , au cardinal de Capoue, à celui de Modène, & à plufieurs autres; mais ces hiftoriens ne l'affurent pas pofitivement. Tous les ennemis du Saint-Siége ont accrédité cette horrible anecdote. Je fuis comme l'auteur de l'*Effai fur les mœurs &c.* ; je n'en crois rien ; & ma grande raifon, c'eft qu'elle n'eft point du tout vraifemblable. Le pape & fon bâtard étaient fans contredit les deux plus grands fcélérats parmi les puiffances de l'Europe ; mais ils n'étaient pas des fous.

Il eft évident que l'empoifonnement d'une douzaine de cardinaux, à fouper, aurait rendu le père & le fils fi exécrables que rien n'aurait pu les fauver de la fureur du peuple romain, & de l'Italie entière. Un tel crime n'aurait jamais pu être caché, quand même il n'aurait pas été puni par l'Italie conjurée ; il était d'ailleurs directement contraire aux vues de *Céfar Borgia.* Le pape fon père était fur le bord de fon tombeau : *Borgia* avec fa brigue pouvait faire élire une de fes créatures ; eft-ce un moyen pour gagner les cardinaux que d'en empoifonner douze ?

Enfin les regiftres de la maifon d'*Alexandre VI* le font mourir d'une fièvre double tierce, poifon affez dangereux pour un vieillard qui eft dans fa foixante & treizième année.

CHAPITRE XLI.

De Louis XIV.

JE fuppofe que dans cent ans prefque tous nos livres foient perdus, & que dans quelque bibliothèque d'Allemagne on retrouve l'hiftoire de *Louis XIV* par *la Hode* fous le nom de *la Martinière*, la dixme royale de *Boisguilbert* fous le nom du maréchal de *Vauban*, les teftamens de *Colbert* & de *Louvois* fabriqués par *Gatien de Courtilz*, l'hiftoire de la régence du duc d'Orléans par le même *la Hode*, ci-devant jéfuite, les mémoires de Mme de *Maintenon* par *la Beaumelle*, & cent autres ridicules romans de cette efpèce. Je fuppofe qu'alors la langue françaife foit une langue favante dans le fond de l'Allemagne; que d'exclamations les commentateurs de ce pays-là ne feraient-ils point fur ces précieux monu-mens échappés aux injures du temps ! comment pourraient-ils ne pas voir en eux les archives de la vérité ? les auteurs de ces livres étaient tous des contem-porains qui ne pouvaient être ni trompés ni trompeurs. C'eft ainfi qu'on jugerait. Cette feule réflexion ne doit-elle pas nous infpirer un peu de défiance fur plus d'un livre de l'antiquité ?

CHAPITRE XLII.

Bévues & doutes.

QUELLES erreurs groffières, quelles fottifes ne débite-t-on pas tous les jours dans les livres qui font entre les mains des grands & des petits, & même de gens qui favent à peine lire ? L'auteur de l'*Effai fur les mœurs & l'efprit des nations* ne nous fait-il pas remarquer qu'il fe débite tous les ans dans l'Europe quatre cents mille almanachs, qui nous indiquent les jours propres à être faignés ou purgés, & qui prédifent la pluie ? que prefque tous les livres fur l'économie ruftique enfeignent la manière de multiplier le blé, & de faire pondre des coqs ? N'a-t-il pas obfervé que depuis Mofcou jufqu'à Strasbourg & à Bafle, on met dans les mains de tous les enfans la géographie d'*Hubner* ? & voici ce qu'on leur apprend dans cette géographie :

Que.

Que l'Europe contient trente millions d'habitans, tandis qu'il eſt évident qu'il y en a plus de cent millions; qu'il *n'y a pas une lieue de terrain inhabitée*, tandis qu'il y a plus de deux cents lieues de déſert dans le Nord, & plus de cent lieues de montagnes arides ou couvertes de neiges éternelles, ſur leſquelles ni un homme ni un oiſeau ne s'arrête.

Il enſeigne que *Jupiter ſe changea en taureau pour mettre au monde Europe treize cents ans, jour pour jour, avant* JESUS-CHRIST; & que d'ailleurs *tous les Européens deſcendent de Japhet*.

Quels détails ſur les villes! L'auteur va juſqu'à dire à la face des Romains & de tous les voyageurs, que l'égliſe de *St Pierre a huit cents quarante pieds de longueur*. Il augmente les domaines du pape comme il alonge ſon égliſe; il lui donne libéralement le duché de Bénévent, quoiqu'il n'ait jamais poſſédé que la ville; il y a peu de pages où il ne ſe trouve de ſemblables bévues.

Conſultez les tables de *Lenglet*, vous y trouverez encore que *Hatton*, archevêque de Maïence, fut aſſiégé dans une tour par des rats, pris par des rats, & mangé par des rats; qu'on vit des armées céleſtes combattre en l'air, & que deux armées de ſerpens ſe livrèrent ſur la terre une ſanglante bataille.

Encore une fois, ſi dans notre ſiècle qui eſt celui de la raiſon, on publie de telles pauvretés, que n'a-t-on pas fait dans les ſiècles des fables? Si on imprime publiquement dans les plus grandes capitales tant de menſonges hiſtoriques, que d'abſurdités n'écrivait-on pas obſcurément dans de petites provinces barbares?

abſurdités multipliées avec le temps par des copiſtes,
& autoriſées enſuite par des commentaires.

Enfin, ſi les événemens les plus intéreſſans, les plus
terribles, qui ſe paſſent ſous nos yeux, ſont enveloppés
d'obſcurités impénétrables, que ſera-ce des événemens
qui ont vingt ſiècles d'antiquité? Le grand *Guſtave* eſt
tué dans la bataille de Lutzen; on ne ſait s'il a été
aſſaſſiné par un de ſes propres officiers. On tire des
coups de fuſil dans les carroſſes du grand *Condé*; on
ignore ſi cette manœuvre eſt de la cour ou de la
fronde. Pluſieurs principaux citoyens ſont aſſaſſinés
dans l'hôtel-de-ville en ces temps malheureux; on
n'a jamais ſu quelle fut la faction coupable de ces
meurtres. Tous les grands événemens de ce globe ſont
comme ce globe même, dont une moitié eſt expoſée
au grand jour, & l'autre plongée dans l'obſcurité.

C H A P I T R E X L I I I.

Abſurdité & horreur.

Q̲U̲E l'on ſe trompe ſur le nombre des habitans
d'un royaume, leur argent comptant, leur commerce,
il n'y a que du papier de perdu. Que, dans le loiſir des
grandes villes, on ſe ſoit trompé ſur les travaux de la
campagne, les laboureurs n'en ſavent rien, & vendent
leur blé aux diſcoureurs. Des hommes de génie peuvent tomber impunément dans quelques erreurs ſur
la formation d'un fœtus, & ſur celle des montagnes;
les femmes font toujours des enfans comme elles
peuvent, & les montagnes reſtent à leur place.

Mais il y a un genre d'hommes funeste au genre-humain, qui subsiste encore tout détesté qu'il est, & qui peut-être subsistera encore quelques années. Cette espèce bâtarde est nourrie dans les disputes de l'école, qui rendent l'esprit faux, & qui gonflent le cœur d'orgueil. Indignés de l'obscurité où leur métier les condamne, ils se jettent sur les gens du monde qui ont de la réputation, comme autrefois les crocheteurs de Londres se battaient à coups de poing contre ceux qui passaient dans les rues avec un habit galonné; ce sont ces misérables qui appellent le président de *Montesquieu* impie, le conseiller d'Etat *la Mothe le Vayer* déiste, le chancelier de *l'Hospital* athée. Mille fois flétris, ils n'en sont que plus audacieux, parce que, sous le masque de la religion, ils croient pouvoir nuire impunément.

Par quelle fatalité tant de théologiens mes confrères ont-ils été de tous les gens de lettres les plus hardis calomniateurs, si pourtant on peut donner le titre d'hommes de lettres à ces fanatiques? c'est qu'ils ne craignent rien quand ils mentent. Si on pouvait lire leurs écrits polémiques, ensevelis dans la poussière des bibliothèques, on y verrait continuellement la sorbonne & les maisons professes des jésuites, trans-férées aux halles.

Les jésuites surtout poussèrent l'impudence aux derniers excès, quand ils furent puissans; lorsqu'ils n'écrivaient pas des lettres de cachet, ils écrivirent des libelles.

On est obligé d'avouer que ce sont des gens de cet affreux caractère, qui ont attiré sur leurs confrères les coups dont ils sont écrasés, & qui ont perdu à jamais

G 2

ABSURDITÉ

100

un ordre dans lequel il y a eu des hommes refpeƈtables. Il faut convenir que ce font des énergumènes, tels que les *Patouillet* & les *Nonotte*, qui ont enfin foulevé toute la France contre les jéfuites. Plus les gens habiles de leur ordre avaient de crédit à la cour, plus les petits pédans de leurs colléges étaient impudens à la ville.

Un de ces malheureux ne s'eft pas contenté d'écriro contre tous les parlemens du royaume, du ftyle dont *Guignard* écrivit contre *Henri IV*. Ce fou vient de faire un ouvrage contre prefque tous les gens de lettres illuftres; & toujours dans le deffein de venger DIEU, qui pourtant femble un peu abandonner les jéfuites : il intitule fa rapfodie *antiphilofophique;* elle l'eft bien en effet; mais il pouvait l'intituler auffi *antihumaine, antichrétienne.*

Croirait-on bien que cet énergumène, à l'article *fanatifme*, fait l'éloge de cette fureur diabolique? Il femble qu'il ait trempé fa plume dans l'encrier de *Ravaillac*. Du moins *Néron* ne fit point l'éloge du parricide; *Alexandre VI* ne vanta point l'empoifonnement & l'affaffinat. Les plus grands fanatiques déguifaient leurs fureurs fous le nom d'un faint enthoufiafme, d'un divin zèle; enfin nous avons *confitentem fanaticum.*

Le monftre crie fans ceffe, Dieu, Dieu, Dieu! excrément de la nature humaine, dans la bouche de qui le nom de DIEU devient un facrilége; vous qui ne l'atteftez que pour l'offenfer, & qui vous rendez plus coupable encore par vos calomnies, que ridicule par vos abfurdités; vous, le mépris & l'horreur de tous les hommes raifonnables, vous prononcez le nom de DIEU dans tous vos libelles, comme des foldats qui s'enfuient en criant : *Vive le roi !*

Quoi! c'eft au nom de D I E U que vous calomniez!
Vous dites qu'un homme très-connu, devant qui
vous n'oferiez paraître, a conjuré en fecret avec les
prêtres d'une célébre ville pour y établir le focinia-
nifme; vous dites que ces prêtres viennent tous les
foirs fouper chez lui, & qu'ils lui fourniffent des argumens contre vos fottifes. Vous en avez menti, mon
révérend père : *mentiris impudentiffimè*, comme difait
Pafcal. Les portes de cette ville font fermées avant
l'heure du fouper. Jamais aucun prêtre de cette ville
n'a foupé dans fon château qui en eft à deux lieues;
il ne vit avec aucun, il n'en connaît aucun; c'eft ce
que vingt mille hommes peuvent attefter.

Vous penfez que les parlemens vous ont confervé
le privilége de mentir, comme on dit que les galériens
peuvent voler impunément.

Quelle rage vous pouffe à infulter par les plus
plattes impoftures un avocat du parlement de Paris,
célébre dans les lettres; (*) & un des premiers favans
de l'Europe, honoré des bienfaits d'une tête cou-
ronnée, qui par-là s'eft honorée à jamais; (**) & un
homme auffi illuftre par fes bienfaits que par fon
efprit, dont la refpectable époufe eft parente du plus
noble & du plus digne miniftre qu'ait eu la France, &
qui a des enfans dignes de fon mari & d'elle? (***)

Vous êtes affez lâche pour remuer les cendres de
M. de *Montefquieu*, afin d'avoir occafion de parler de
je ne fais quel brouillon de jéfuite irlandais, nommé
Routh, qu'on fut obligé de chaffer de fa chambre, où
cet intrus s'établiffait en député de la fuperftition &

(*) M. *Saurin*.   (**) M. *Diderot*.   (***) M. *Helvétius.*

G 3

pour fe faire de fête, tandis que *Montefquieu*, environné de fages, mourait en fage : jéfuite, vous infultez
au mort, après qu'un jéfuite a ofé troubler la dernière
heure du mourant; & vous voulez que la poftérité
vous détefte, comme le fiècle préfent vous abhorre
depuis le Mexique jufqu'en Corfe.

Crie encore : Dieu, Dieu, Dieu ! tu reffembleras
à ce prêtre irlandais qu'on allait pendre pour avoir
volé un calice : *Voyez*, difait-il, *comme on traite les bons
Kételiques qui font venus en France pour la rlichion* !

Chaque fiècle, chaque nation a eu fes *Garaffes*.
C'eft une chofe incompréhenfible que cette multitude
de calomnies dévotement vomies dans l'Europe par
des bouches infectées qui fe difent facrées ! C'eft,
après l'affaffinat & le poifon, le crime le plus grand,
& c'eft celui qui a été le plus commun.

Fin du Pyrrhonifme de l'hifloire.

REPONSE

A

LA BEAUMELLE.

REPONSE

A

LA BEAUMELLE.

LETTRE

A MONSIEUR ROQUES,

CONSEILLER ECCLESIASTIQUE DU SERENISSIME
LANDGRAVE DE HESSE-HOMBOURG.

MONSIEUR,

JE n'ai dédié à perfonne le *Siècle de Louis XIV*,
parce que ni la vérité, ni la liberté, n'aiment les
dédicaces ; & que ces deux biens, qui devraient
appartenir au genre-humain, n'ont befoin du fuffrage
de perfonne. Mais je vous dédie ce fupplément,
quoiqu'il foit auffi vrai & auffi libre que le refte de
l'ouvrage. La raifon en eft que je fuis forcé de vous
appeler en témoignage devant l'Europe littéraire.
La querelle dont il s'agit, pourrait être bien méprifable par elle - même, comme toutes les querelles,
& confondue bientôt dans la foule de tant de
difputes littéraires, de tant de différends dont la
mémoire fe perd, avant même que la mémoire des
combattans foit anéantie. Mais le rapport qui lie
cette difpute aux événemens du fiècle de *Louis XIV*,

les éclairciffemens que les lecteurs en pourront
tirer pour mieux connaître ces temps mémorables,
ferviront peut-être à la fauver pour quelque temps
de l'oubli où les ouvrages polémiques femblent
condamnés.

C'eft vous, Monfieur, qui m'apprîtes le premier
qu'un éléve de Genève, nommé M. de *la Beaumelle*,
fefait réimprimer clandeftinement la première édition
du *Siècle de Louis XIV* à Francfort fur le Mein.

C'eft vous qui m'apprîtes que cette édition
fubreptice était chargée de quatre lettres de *la
Beaumelle*, dans lefquelles il outrage des officiers de
la maifon du roi de Pruffe. Votre probité fut furprife
de la témérité avec laquelle cet auteur parle de
plufieurs fouverains de l'Europe, dans fes commentaires fur le *Siècle de Louis XIV*, & des belles
injures qu'il me dit dans mon propre ouvrage.
Vous eûtes la générofité de m'en avertir, vous eûtes
celle d'offrir de l'argent à fon libraire pour fupprimer
ce fcandale.

Je fais bien que la littérature eft une guerre
continuelle ; mais je ne devais pas m'attendre à
une pareille excurfion. Je vous écrivis que je ne
favais pas comment je m'étais attiré ces hoftilités
de la part d'un homme que je n'avais connu à
Berlin que pour tâcher de lui rendre fervice. Je me
plaignis à vous de fon procédé ; vous eûtes la
bonté de lui faire paffer mes juftes plaintes. Il avait
l'honneur d'être lié avec vous, parce qu'il s'était
deftiné à Genève au miniftère de votre religion : &
quoique fa conduite femblât le rendre peu digne
de cette fonction & de votre amitié, vous aviez pour

lui l'indulgence qu'un homme de votre probité com-
patiffante peut avoir pour un jeune homme qui
s'égare, & qu'on efpère de ramener à fon devoir.

Il faut avouer qu'il vous expofa ingénuement
la raifon qui l'avait porté à l'atrocité que vous
condamniez. Je ne puis mieux faire, Monfieur, que
de rapporter ici une partie de la lettre qu'il vous
écrivit, il y a fix mois, pour juftifier en quelque forte
fa conduite. La voici mot pour mot.

„ *Maupertuis* vient chez moi, ne me trouve pas;
„ je vais chez lui : il me dit qu'un jour, au fouper
„ des petits appartemens, M. de *Voltaire* avait parlé
„ d'une manière violente contre moi; qu'il avait dit
„ au roi, que je parlais peu refpectueufement de lui
„ dans mon livre, que je traitais fa cour philofophe
„ de *nains* & de *bouffons*, (*a*) que je le comparais
„ aux petits princes allemands , & mille fauffetés
„ de cette force. *Maupertuis* me confeilla d'envoyer
„ mon livre au roi en droiture, avec une lettre qu'il
„ vit & corrigea lui-même. „

Il n'eft que trop vrai , Monfieur, que ce cruel
procédé trop public de *Maupertuis* mon perfécuteur
a été l'origine du livre fcandaleux de *la Beaumelle*,
& a caufé des malheurs plus réels. Il n'eft que trop
vrai que *Maupertuis* manqua au fecret qu'on doit à
tout ce qui fe dit au fouper d'un roi. Et ce qui eft
encore plus douloureux, c'eft qu'il joignit la fauffeté à l'infidélité. Il eft faux que j'euffe averti fa
majefté pruffienne de la manière dont *la Beaumelle*

(*a*) Le roi de Pruffe comble les gens de lettres de bienfaits , par les
mêmes principes que les princes d'Allemagne comblent de bienfaits les
nains & les bouffons &c. Trait du *Qu'en dira-t-on*.

avait ofé parler de ce monarque & de fa cour, dans fon livre intitulé le *Qu'en dira-t-on*, ou *Mes penfées;* je l'aurais pu, & je l'aurais dû en qualité de fon chambellan. Ce ne fut pas moi, ce fut un de mes camarades qui remplit ce devoir. J'ofe en attefter fa majefté elle-même. Elle me doit cette juftice, elle ne peut refufer de me la rendre. Le chambellan qui l'en avertit, eft M. le marquis d'*Argens* : il l'avoue, & il en fait gloire.

Je n'étais que trop informé des coups qu'on me portait : courir chez un jeune étranger, chez un voyageur, chez un paffant; lui révéler le fecret des foupers du roi fon maître, me calomnier en tout; lui rapporter ce qui s'était fait & dit dans mon appartement après le fouper; le déguifer, l'envenimer, comme il eft prouvé par le refte de la lettre de *la Beaumelle*; c'était une des moindres manœuvres que j'avais à effuyer. Prefque tout Berlin était inftruit de cette perfécution. Sa majefté l'ignora toujours. J'étais bien loin de troubler la douceur de la retraite de Potfdam, & d'importuner le roi notre bienfaiteur commun par des plaintes. Ce monarque fait que non-feulement je ne lui ai jamais dit un feul mot contre perfonne, mais que je n'oppofais que de la douceur & de la gaieté aux duretés continuelles de mon ennemi. Il ne pouvait contenir fa haine, & je fouffrais avec patience. Je reftai conftamment dans ma chambre, fans en fortir que pour me rendre auprès de fa majefté quand elle m'appelait. Je gardai un profond filence fur les procédés de *Maupertuis*, & fur les trois volumes de *la Beaumelle*, qu'ont produits ces procédés.

Dans le même temps, M. de *Maupertuis* voulut opprimer M. *Kœnig* autrefois fon ami, & toujours le mien. M. *Kœnig* avait tâché, ainfi que moi, d'apprivoifer fon amour-propre par des éloges ; il avait fait exprès le voyage de Berlin pour conférer amiablement avec lui fur une méprife dans laquelle *Maupertuis* pouvait être tombé. Il lui avait montré une ancienne lettre de *Leibnitz*, qui pouvait fervir à rectifier cette erreur. Quelle fut la récompenfe du voyage de M. *Kœnig* ? fon ami, devenu dès-lors fon ennemi implacable, profite d'un aveu que M. *Kœnig* lui a fait avec candeur, pour le perdre & pour le déshonorer. M. *Kœnig* lui avait avoué que l'original de cette lettre de *Leibnitz* n'avait jamais été entre fes mains, & qu'il tenait la copie d'un citoyen de Berne mort depuis long-temps. Que fait *Maupertuis* ? il engage adroitement les puiffances les plus refpectables à faire chercher en Suiffe cet original, qu'il fait bien qu'on ne trouvera pas : ayant ainfi enchaîné à fes artifices la bonté même de fon maître, il fe fert de fon pouvoir à l'académie de Berlin pour faire déclarer fauffaire un philofophe fon ami, par un jugement folemnel ; jugement furpris par l'autorité ; jugement qui ne fut point figné par les affiftans ; jugement dont la plupart des académiciens m'ont témoigné leur douleur ; jugement réprouvé & abhorré de tous les gens de lettres. Il fait plus ; il pouffe la vengeance jufqu'à vouloir paraître modéré. Il demande à l'académie qu'il dirige, la grâce de celui qu'il fait condamner. Il fait plus encore ; il ofe écrire lettre fur lettre à Mme la princeffe d'Orange, pour impofer filence à l'innocent qu'il perfécute , & qu'il croit flétrir. Il le pourfuit dans fon afile; il veut lui lier les mains tandis qu'il le frappe.

J'ai l'honneur d'être de dix-huit académies, & je puis vous affurer qu'il n'y a point d'exemple qu'aucune d'elles ait jamais été traitée ainfi. Toute l'Europe favante applaudit encore à la manière dont la fociété royale de Londres fe comporta dans la fameufe difpute entre *Newton* & *Leibnitz*. Il s'agiffait de la plus belle découverte qu'on ait jamais faite en mathématiques. La fociété royale nomma des commiffaires tirés de différentes nations, qui examinèrent toutes les pièces pendant un an. L'authenticité de ces pièces fut conftatée. Le grand *Newton*, élu préfident de la fociété royale, n'extorqua point en fa faveur un jugement qui ne devait être rendu que par le public. Il ne fit point déclarer fon adverfaire fauffaire ; il n'affecta point de demander fa grâce à la fociété royale, en le fefant condamner avec ignominie ; il ne le pourfuivit point avec cruauté dans fon afile ; il n'écrivit point à l'électrice de Hanovre pour faire ordonner le filence à *Leibnitz* ; il ne le menaça point d'une peine académique en demandant fa grâce ; il ne compromit point le roi d'Angleterre, il ne le trompa point. On ne mit que de l'exactitude, de la vérité, de l'évidence, dans ce grand procès où il s'agiffait d'une véritable gloire. C'étaient des dieux qui difputaient à qui il appartenait de donner la lumière au monde. Mais il ne faut pas que la belette de la fable prétende bouleverfer le ciel & la terre pour un trou de lapin qu'elle a ufurpé.

Tout Berlin, toute l'Allemagne, criaient contre une conduite fi odieufe ; mais perfonne n'ofait la découvrir au roi de Pruffe ; & le perfécuteur triomphait, en abufant des bontés de fon maître : j'ai été le feul qui ai ofé élever ma faible voix. J'ai rendu hardiment ce fervice à la vérité, à l'innocence, à l'académie de Berlin ; j'ofe dire à la patrie, que mon attachement pour le roi de Pruffe avait rendue la mienne. J'ai feul fait parvenir les cris de l'Europe favante entière aux oreilles de fa majefté. J'en ai appelé du grand - homme mal informé au grand - homme mieux informé. J'ai pris le parti de M. *Kœnig*, ainfi que le célébre & refpeftable *Wolf* qui a écrit fur cette affaire une lettre dont j'ai l'original entre les mains, la voici :

„ Il eft reconnu pour certain & très - certain „ que la vérité eft toute entière du côté du profef- „ feur *Kœnig*, foit dans l'authenticité de la lettre de „ *Leibnitz*, foit dans l'étrange jugement de l'aca- „ démie, foit dans la prétendue découverte de fon „ adverfaire, qui ne ferait qu'un renverfement des „ lois de la nature, (*b*) fi elle n'était pas une „ contradiftion. „

J'ai pris le parti de M. *Kœnig* avec les académiciens des fciences de Paris, avec tous les autres, avec l'Europe littéraire. Je me fuis expofé par mon peu de ménagement à perdre les honneurs, les biens, dont un grand roi me comblait, & fes bontés plus

(*a*) *Certum eft , quàm quod certiffimum , veritatem effe ex parte Kœnigii , five authenticitatem fragmenti ex litteris Leibnitzii , five judicium famofum academiæ fpeftes , five prætenfam legem ad ruinam totius machinæ tendentem , fi non in fe contradiftionem involverct.*

précieufes cent fois que tous ces biens & tous ces honneurs. J'ai rifqué la plus cruelle difgrace auprès d'un monarque qui m'avait arraché dans ma vieilleffe à ma patrie, à ma famille, à mes amis, à mes emplois; d'un monarque qui m'avait prévenu, il y a plus de quinze ans, par fes bontés auxquelles j'avais répondu avec enthoufiafme; pour qui j'avais tout quitté, tout façrifié; & fur qui je fondais enfin le bonheur des derniers jours de ma vie. Je n'ai pas balancé.

Il m'a fallu à la fois combattre contre mon perfécuteur *Maupertuis*, & pour M. *Kœnig* mon ami, & pour moi-même. Il a fallu, dans le temps même que l'auteur de la *Vénus phyfique* & de ces étranges lettres m'accablait, répondre à un livre plus mauvais encore, qu'il a fait compofer. Oui, Monfieur, c'eft lui qui a porté *la Beaumelle* à faire cette malheureufe édition du *Siècle de Louis XIV*, dans laquelle lui feul, des gens de lettres qui étaient auprès du roi de Pruffe, n'eft pas offenfé. S'il n'avait pas excité *la Beaumelle* contre moi par une calomnie, ce jeune homme, à qui je n'avais jamais donné lieu de fe plaindre de moi, n'aurait point fait ce fcandaleux ouvrage. Mon perfécuteur a beau employer tous fes artifices pour faire défavouer aujourd'hui à *la Beaumelle* cette lettre dans laquelle fes manœuvres font conftatées; la lettre exifte, Monfieur, entre vos mains; & j'en ai gardé foigneufement la copie authentique, tranfcrite par vousmême. Cette lettre qui fert à convaincre *Maupertuis* d'infidélité envers fon maître, & de calomnie envers moi; cette lettre, dis-je, eft encore plus reconnue

que

que celle de *Leibnitz*, qui a fervi à manifefter les erreurs de fon amour-propre à la face de tout le monde.

Il peut faire déclarer fauffaire qui il voudra dans une affemblée de fon académie ; il fera déclaré injufte par tout le public. Il verra que dans la littérature on ne réuffit point par les fouterrains de la fraude, comme il a dû voir qu'on ne fubjugue point les efprits par la hauteur & la violence ; qu'il ne faut dans les écrits que de la raifon, & dans la fociété que de la douceur ; qu'enfin la vérité, quoique peu circonfpecte par cela même qu'elle eft la vérité, la candeur bien que trop fimple, l'innocence fans politique, confondent tôt ou tard l'erreur, le manége, la violence. *La Beaumelle*, qui eft jeune encore, apprendra à fes dépens à ne plus faire fervir fon amour-propre imprudent & fans pudeur à l'amour-propre artificieux d'un autre. Je m'adreffe, comme M. *Kœnig*, au public, juge fouverain des ouvrages & des hommes. Ce public détefte l'oppreffeur, fe moque de l'abfurde, plaint le malheureux, & aime la vérité.

P. S. Vous m'apprenez, Monfieur, par vos lettres, que *la Beaumelle* promet de me pourfuivre jufqu'aux enfers. Il eft bien le maître d'y aller quand il voudra. Vous me faites entendre que pour mieux mériter fon gîte, il imprimera contre moi beaucoup de chofes perfonnelles, fi je réfute les commentaires qu'il a imprimés fur le *Siècle de Louis XIV*. Vous m'avouerez que c'eft un beau procédé d'imprimer trois volumes d'injures, d'impoftures contre un homme, & de lui dire enfuite : Si vous ofez vous défendre, je vous calomnierai encore.

Mélanges hift. Tome I.   H

Vous me rapportez, Monſieur, dans votre lettre du 22 mars, *que la manière dont il s'y prendra ne pourra que me faire beaucoup de peine; & quand il aurait tout le tort du monde, le public ne s'en informera pas, & rira à bon compte.*

Sachez, Monſieur, que le public peut rire d'un homme heureux & avantageux qui dit, ou fait, ou écrit, des ſottiſes; mais qu'il ne rit point d'un homme infortuné & perſécuté. *La Beaumelle* peut réimprimer tout ce qu'on a écrit contre moi dans plus de cinquante volumes; cela lui procurera peu de profit & peu de rieurs. Je vous réponds que ſes nouveaux chef-d'œuvres ne me feront aucune peine. Je lui donne une pleine liberté. Je crois bien que *la Beaumelle* eſt un écrivain à faire rire : mais ſi l'auteur de la *Spectatrice danoiſe*, du *Qu'en dira-t-on*, ou de *Mes penſées*, qui a outragé tant de ſouverains & de particuliers avec une inſolence ſi brutale, & qui n'eſt impuni que par l'excès du mépris qu'on a pour lui, penſe devenir un homme plaiſant, il m'étonnera beaucoup. Il s'agit à préſent du *Siècle de Louis XIV.* Il faut voir qui a raiſon de *la Beaumelle* ou de moi, & c'eſt de quoi les lecteurs pourront juger.

Fin de la Réponſe à la Beaumelle.

SUPPLEMENT

AU SIECLE

DE

LOUIS XIV.

SUPPLEMENT

AU SIECLE

DE

LOUIS XIV.

PREMIERE PARTIE.

Les éditions nombreuses d'un livre dans sa nouveauté ne prouvent jamais que la curiosité du public,
& non le mérite de l'ouvrage. L'auteur du *Siècle de
Louis XIV* sentait tout ce qui manquait à ce monument
qu'il avait voulu élever à l'honneur de sa nation. Il
serait incomparablement moins indigne de la France,
s'il avait été achevé dans son sein ; mais on sait quels
engagemens & quel attachement d'un côté, quelles
bontés prévenantes de l'autre, avaient arraché l'auteur
à sa patrie. Parvenu à un âge assez avancé, éprouvant
par des maladies continuelles une décrépitude préma-
turée, & craignant d'être prévenu par la mort, il
hasarda enfin, au commencement de l'année 1752,
de livrer au public la faible esquisse du *Siècle de
Louis XIV*, dans l'espérance que cet ouvrage engagerait
les gens de lettres, & les hommes instruits des affaires
publiques, à lui fournir de nouvelles couleurs pour
achever le tableau. Il ne s'est pas trompé dans son
attente. Il a reçu des instructions de toutes parts, & il

H 3

s'eft trouvé en état, dans l'efpace d'une année, de donner une meilleure forme à fon ouvrage. Il a tout retouché, jufqu'au ftyle. La même impartialité reconnue règne dans le livre, mais avec une attention beaucoup plus fcrupuleufe. Il eft permis à l'auteur de le dire, parce qu'il eft permis d'annoncer qu'on s'eft acquitté d'un devoir indifpenfable. On a rempli ce devoir, à l'égard du cardinal *Mazarin*, dans la nouvelle édition. Voici comment on s'exprime fur ce miniftre :

,, Le grand-homme d'Etat eft celui dont il refte de ,, grands monumens utiles à la patrie : le monument ,, qui immortalife le cardinal *Mazarin* eft l'acquifition ,, de l'Alface. Il donna cette province à la France ,, dans le temps que le royaume était déchaîné contre ,, lui ; & par une fatalité fingulière, il lui fit plus de ,, bien lorfqu'il était perfécuté, que dans la tran- ,, quillité d'une puiffance abfolue. ,,

On prie le lecteur de jeter les yeux fur tout ce qui concerne la paix de Rifvick, dans cette nouvelle édition, la feule qu'on puiffe confulter : c'eft un morceau très-utile tiré des mémoires manufcrits de M. de *Torcy*. Ces mémoires démentent formellement ce que tant d'hiftoriens, tant d'hommes d'Etat, & milord *Bolingbroke* lui-même, avaient cru, que le miniftère de Verfailles avait dès-lors dévoré en idée la fucceffion du royaume d'Efpagne ; & rien ne répand plus de jour fur les affaires du temps, fur la politique, & fur l'efprit du confeil de *Louis XIV*.

On voit quels fervices rendit le maréchal d'*Harcourt* dans la grande crife de l'Efpagne, lorfque l'Europe en alarmes, attendait d'un mot de *Charles II* mourant, quel ferait le fucceffeur de tant d'Etats. De nouvelles anecdotes font ainfi femées dans tous les chapitres.

On en trouve au fecond volume fur l'homme *au mafque de fer;* mais les morceaux les plus curieux fans contredit, & les plus dignes de la poftérité, font deux mémoires de la propre main de *Louis XIV.* Le chapitre du *Gouvernement intérieur* eft très-augmenté ; c'eft-là qu'on voit d'un coup d'œil ce qu'était la France avant *Louis XIV*, ce qu'elle a été par lui & depuis lui. Les matériaux feuls de ce chapitre font connaître la nation & le monarque. Il n'y a nul mérite à les avoir mis en œuvre ; mais c'eft un grand bonheur d'avoir pu les recueillir.

Le dernier chapitre contient cinquante-fix articles nouveaux, concernant les écrivains qui ont fleuri dans le fiècle de *Louis XIV*, & dont plufieurs l'ont illuftré. Il a fallu que l'auteur fît venir de loin la plupart de leurs ouvrages, qu'il les parcourût, qu'il tâchât d'en faifir l'efprit, & qu'il refferrât dans les bornes les plus étroites ce qu'il a cru devoir penfer d'eux, d'après les plus favans hommes. Ainfi deux lignes ont coûté quelquefois quinze jours de leɑure. L'auteur, quoique très-malade, a travaillé fans relâche une année entière à ces deux feuls petits volumes, dans lefquels il a tâché de renfermer tout ce qui s'eft fait & s'eft écrit de plus remarquable dans l'efpace de cent années. L'amour feul de la patrie & de la vérité l'a foutenu dans un travail d'autant plus pénible qu'il paraît moins l'être. Tous les honnêtes gens de France & des pays étrangers lui en ont fu gré ; & même en Angleterre les efprits fermes, dont cette nation philofophe & guerrière abonde, ont tous avoué que l'auteur n'avait

été ni flatteur ni fatirique. Ils l'ont regardé comme
un concitoyen de tous les peuples. Ils ont reconnu
dans *Louis XIV*, non pas un des plus grands-hommes,
mais un des plus grands rois ; dans fon gouvernement
une conduite ferme, noble, & fuivie, quoique mêlée
de fautes ; dans fa cour le modèle de la politeffe, du
bon goût, & de la grandeur, avec trop d'adulation ;
dans fa nation les mœurs les plus fociables, la culture
des arts & des belles-lettres pouffées au plus haut point,
l'intelligence du commerce, un courage digne de
combattre les Anglais, puifque rien n'a pu l'abattre,
& des fentimens de hauteur & de générofité qu'un
peuple libre doit admirer dans un peuple qui ne l'eft
pas. Il fallait détruire des préjugés de cent années,
d'autant plus forts que le célébre *Addiffon* & le cheva-
valier *Steele*, injuftes en ce feul point, les avaient
enracinés ; & l'auteur les a détruits, du moins s'il en
croit ce qu'on lui mande. Il n'a plus rien à fouhaiter,
s'il a obtenu de la nation qui a produit *Marlborough*,
Newton, & *Pope*, du refpeʤ pour le génie de la France.

Mais, tandis que le libraire de M. de *Voltaire*
travaillait à cette édition nouvelle & fi fupérieure aux
autres, il arriva qu'un jeune homme élevé à Genève,
qui commence à être connu dans la littérature, ayant
paffé à Berlin, & s'étant enfuite arrêté à Francfort, y
travailla à une édition clandeftine d'après la première,
quoiqu'il fût public que le libraire *Walther*, en vertu
de fes droits, en préparait une nouvelle incomparablement plus ample & plus utile.

C'était violer dans l'Empire le privilége impérial.
On avait vu jufqu'à préfent des libraires ravir aux
auteurs le fruit de leurs travaux, en contrefefant

leurs ouvrages ; mais on n'avait point vu d'homme de lettres exercer cette piraterie. Il vendit quinze ducats à la veuve *Knock* & *Eflinger* de Francfort les lettres & les remarques dont il enrichiffait cette édition frauduleufe.

Le public, qui ne pouvait être inftruit de cette prévarication, voit une nouvelle édition avec des remarques par M. *L. B.* ; il eft frappé de l'air d'autorité avec lequel ce M. *L. B.* donne fes décifions. Il croit que c'eft quelque homme d'Etat, ou quelque favant profond dans l'hiftoire ; il ne peut deviner que c'eft l'éditeur des lettres de Mme de *Maintenon*, l'auteur de la *Speélatrice danoife*, l'auteur de *Mes penfées*, ou du *Qu'en dira-t-on*. Ce grand écrivain fait bien de l'honneur à l'auteur du *Siècle de Louis XIV* ; il le traite comme tous les potentats de l'Europe ; il le condamne & l'inftruit. Il aurait dû feulement faire quelques petits changemens dans fes beaux commentaires, comme il changeait pour le bien de la chrétienté des feuillets de fon chef-d'œuvre du *Qu'en dira-t-on*, dans toutes les grandes villes où il paffait. Il fubftituait de province en province un feuillet à un autre ; il mettait à la tête de *Mes penfées*, cinquième, fixième, édition. Il difait fon avis, dans une page nouvelle, du pays d'où il venait de fortir, & parlait de tous les princes de la manière la plus flatteufe ; car il leur fuppofait à tous la plus grande clémence.

Etait-il hors de Saxe ? il imprimait (page 392) *j'ai vu à Drefde un roi... un miniftre... un héritier... une princeffe... un peuple......* Les épithètes fuivent en lettres initiales, & la leéture en fait frémir. Etait-il hors de Berlin ? il imprimait (page 244) *Prédiélion...*

la Pruffe... & (page 220) des foldats qu'une barbare difcipline dépouille de tout fentiment d'honneur, à qui on fait haïr une vie qu'on les force à conferver, dont les crimes font impunis, &c.; & dans le même article ce judicieux auteur dit que *l'inhumanité des châtimens fait périr ces hommes* (impunis) *dans l'étifie, ou languir par des defcentes.*

A peine eft-il hors de Gotha, qu'il dit : (p. 108) *Je voudrais bien favoir de quel droit de petits princes, un duc de Gotha, par exemple, vendent aux grands le fang de leurs fujets?*

S'il part de Suiffe, il outrage (p. 300) les *Sinners,* les *Steigers,* les *Vatteville,* les *Diesbachs,* en les nommant par leurs noms.

Se croit-il hors d'état de voyager en Angleterre? il dit (p. 258) que *milord Bath ferait déshonoré en France.* A-t-il quitté la Hollande? il infère (p. 279) que *bientôt la Hollande ne fera bonne qu'à être fubmergée, quand le flathoudérat fera bien établi.*

Eft-il loin de la France? il dit (p. 302) que le *defpotifme y a éteint jufqu'au nom de vertu.* Mais dès qu'il veut venir à Paris, il ôte cette page, & il met dans une autre que le lieutenant de police eft un *Meffala,* & il efpère que *Meffala* protégera les honnêtes gens qui penfent.

Voilà donc ce que ce perfonnage appelle *Mes penfées,* & ce qu'on a lu avec la curiofité & les fentimens que cette noble hardieffe doit infpirer. Pour rendre fes autres penfées meilleures, il les a prifes par-tout. Il butine des idées comme il a butiné des lettres ; mais il défigure un peu ce qu'il touche.

Rapporte-t-il une dépêche du cardinal de *Richelieu* ? il lui fait dire une fottife. Il prétend que le cardinal de *Richelieu* a écrit : *Le roi a changé de miniftre, & fon miniftre de maxime.* Il ne fent pas que ce n'eft point le nouveau miniftre, le cardinal de *Richelieu* lui-même, qui a changé. Il y a dans la lettre : *Le roi a changé de miniftre, & le confeil de maxime.* Voilà des paroles d'un grand fens ; mais de la manière dont il les cite, elles n'en ont aucun.

Il défigure de la même façon des vers de la tragédie de Rome fauvée, en leur fubftituant les fiens ; car ce galant homme eft auffi poëte, ou du moins il veut faire des vers.

Il y a pourtant quelques penfées dans fon livre qui font à lui, & qui ne peuvent être qu'à lui : par exemple, il donne des confeils à un jeune courtifan pour fe conduire avec vertu, & il lui dit : (p. 58) *Le mérite parvient à la cour par la baffeffe, & le métalent par l'effronterie. Rampez donc effrontément.* On ne faurait donner un confeil plus honnête.

Il avait entendu à Paris au théâtre ces vers dans la bouche de *Cicéron :*

  ,, La même fermeté dans le cœur des mortels
  ,, Forme les grands héros & les grands criminels.
  ,, Qui du crime à la terre a donné les exemples,
  ,, S'il eût aimé la gloire, eût mérité des temples.
  ,, Catilina lui-même, à tant d'horreurs inftruit,
  ,, Eût été Scipion, fi je l'avais conduit.
  ,, Je réponds de Céfar ; il eft l'appui de Rome :
  ,, J'y vois plus d'un Sylla, mais j'y vois un grand-homme.

Voici comme l'auteur de *Mes penfées* s'approprie ces vers dans fa profe : (p. 79) *Une république fondée par Cartouche aurait eu de plus fages lois que la république de Solon. Ce font les mêmes qualités qui font les grands héros & les grands criminels ; & l'ame du grand Condé reffemblait à celle de Cartouche.*

Il y a dans ce petit recueil vingt maximes pareilles. Elles caractérifent une ame qui n'eft pas celle du grand *Condé* : & ce qui eft rare, c'eft l'air de maître avec lequel ce monfieur ofe dire ce que les *Clarendon* & les de *Thou* n'auraient exprimé qu'avec défiance, ou plutôt ce qu'ils n'auraient jamais dit. *Donnez-moi*, dit-il, (p. 25) *un Stuart qui ait l'ame de Cromwell, & je le ferai roi d'Angleterre.* Vous le ferez roi d'Angleterre? vous! quel fefeur de monarques! Le fou du roi *Jacques I* s'étant un jour affis fur le trône, on lui demanda : Que fais-tu là, maraud? il répondit : Je règne. L'auteur de *Mes penfées* fait plus, il fait régner. C'eft ce modefte & fage écrivain, ce grand politique, ce précepteur du genre-humain, qui, pour l'inftruction publique, a donné l'édition du *Siècle de Louis XIV.*

Comme, avec une imagination fi brillante, il pourrait favoir quelque chofe de l'hiftoire, il ne ferait pas impoffible qu'il eût en effet critiqué à propos quelque fauffe date, quelque méprife dans les faits ; mais point. Son génie ne lui a pas permis de s'abaiffer à ces détails. C'eft *la Beaumelle* qui daigne enfeigner la langue françaife à *Voltaire ;* c'eft *la Beaumelle* qui décide fur les auteurs ; c'eft *la Beaumelle* qui fe mêle de condamner *Louis XIV ;* c'eft *la Beaumelle* qui dit qu'*on fe gâte à Pofdam ;* c'eft *la Beaumelle* qui, fans daigner jamais apporter la moindre raifon de fes décifions, parle avec la même modeftie que s'il avait un roi d'Angleterre à faire.

Il règle les rangs des rois. Il dit que le roi de Sardaigne ne cédera jamais le pas au roi de France. Quelquefois il condamne en un feul mot. Par exemple, l'auteur du *Siècle de Louis XIV* dit que la France, depuis la mort de *François II*, avait toujours été déchirée par des guerres civiles, ou troublée par des factions ; & le favant *la Beaumelle* demande *quand ?*. Voilà un excellent critique en hiftoire! Il ignore les horribles guerres civiles fous *Charles IX*, *Henri III*, *Henri IV*, & les factions qui marquèrent toutes les années du règne de *Louis XIII*.

Ceci eft bon, dit-il ; *cela eft médiocre; cette phrafe eft mauvaife.* Il dit en un endroit que l'auteur du *Siècle* écrit comme un clerc de procureur. L'auteur du *Siècle* lui aurait plus eu d'obligation des inftructions hiftoriques, qu'il devait attendre d'un homme qui prend la peine de contrefaire fon livre en l'enrichiffant de notes. L'auteur était en effet tombé dans des méprifes confidérables. Il était bien difficile que, n'ayant alors pour tout fecours que fes mémoires qu'il avait apportés de France, il ne fe fût pas trompé quelquefois. Toutes les erreurs qu'il a reconnues, & dont les hommes refpectables ont eu la bonté de l'avertir, ont été foigneufement corrigées dans les éditions nouvelles de 1753. Mais *la Beaumelle* s'eft bien donné de garde d'en relever aucune. Où aurait-il appris à les démêler, lui qui ne fait pas feulement que le fameux prince d'Orange *Guillaume III* fut créé ftathouder, après avoir été nommé capitaine & amiral général? lui qui ignore l'ancien droit qu'avait l'empereur fur la ville de Bamberg, droit qui tire fon origine des conventions faites avec les papes, dans le temps qu'ils avaient la principauté de Bamberg, principauté qu'ils échangèrent depuis pour celle de Bénévent. Sait-il mieux l'hiftoire du temps que l'hiftoire ancienne, quand, dans une de fes remarques, il dit que l'entreprife, en faveur du prétendant en 1744, a eu les fuites les plus heureufes? Tout le monde fait à quel point elle fut inutile. Le maréchal de *Saxe*, qui devait la conduire, rentra dans le port; & il n'y eut de diverfion opérée par le prince *Edouard*, que lorfqu'il paffa feul en Ecoffe en 1745 fans confeil, fans fecours, & affifté de fon feul courage.

Plus il eft ignorant, plus il parle en maître; & plus il parle en maître, fans alléguer des raifons, moins il mérite qu'on lui réponde direétement. Mais comme on doit avoir pour le public le refpeét de l'inftruire, & de lui préfenter les autorités fur lefquelles les plus importantes & les plus curieufes vérités de cet effai hiftorique font fondées, on prendra occafion des bévues de *la Beaumelle*, pour dire ici des chofes utiles. Ce qu'il y a de plus vil peut fervir à quelques ufages.

On parlera d'abord du célébre teftament du roi d'Efpagne *Charles II.* Il s'agit de prouver que la cour de Verfailles n'y eut pas la moindre part, & qu'elle n'avait jamais fongé à la fucceffion entière de cette monarchie. L'auteur du *Siècle* cite M. le marquis de *Torcy*, alors miniftre en France. Il attefte le témoignage authentique de ce fecrétaire d'Etat ; un *la Beaumelle* nie ce témoignage ! il demande *où il eft !* On répond non à lui, mais à tous les lecteurs, que ce témoignage fe trouve dans les mémoires manufcrits de M. de *Torcy* lefquels font entre les mains de fa famille. On ne les confiera pas à *la Beaumelle* fans doute ; mais ce manufcrit eft affez connu. Un autre témoignage du marquis de *Torcy* fe trouve encore écrit de fa main à la marge de l'hiftoire italienne de *Louis XIV*, par le comte *Ottieri*, imprimée à Rome, & de laquelle *la Beaumelle* n'a jamais entendu parler. Cet ouvrage eft extrêmement rare. Le cardinal de *Polignac* étant à Rome, eut le crédit de le faire fupprimer. M. de *Voltaire* procura la lecture de fon exemplaire à M. le marquis de *Torcy*. *Ottieri*, comme tous les hiftoriens, imputait à *Louis XIV* le deffein de rompre le traité de partage, & de faire tomber dans fa maifon toute la monarchie d'Efpagne. M. de *Torcy* réfute en peu de mots cette erreur fi accréditée, & dit expreffément que *Louis XIV n'y a jamais penfé.* Ce volume du comte *Ottieri*, précieux par fa rareté, & plus encore par la note du marquis de *Torcy*, a été donné par M. de *Voltaire* à M. le maréchal de *Richelieu*, qui le conferve dans fa bibliothèque.

Il faut diftinguer les erreurs dans les hiftoriens. Une fauffe date, un nom pour un autre, ne font que des matières pour un *errata*. Si d'ailleurs le corps de l'ouvrage eft vrai ; fi les intérêts, les motifs, les événemens font développés avec fidélité ; c'eft alors une ftatue bien faite à laquelle on peut reprocher quelque pli négligé à la draperie.

On pourrait à toute force pardonner à l'hiftorien de *Limiers*, d'avoir fait affifter au grand confeil qui fe tint à Verfailles, au fujet du teftament de *Charles II*, Mme de *Maintenon* qui n'y entra jamais, & M. de *Pompone* qui était mort : mais ce qu'on ne peut pardonner, c'eft l'ignorance des deux traités de partage ; c'eft d'avoir fuppofé que le roi d'Angleterre avait engagé *Charles II* à faire un teftament en faveur du prince de *Bavière ;* c'eft d'avoir imaginé que *Louis XIV* avait enfuite envoyé un autre teftament à figner au roi d'Efpagne, en faveur du duc d'*Anjou.* Il n'eft pas permis de fe tromper fur une révolution fi grande, fi importante, devenue la bafe d'un nouveau fyftème de l'Europe. L'auteur du *Siècle* eft, de tous les hiftoriens qui ont parlé de cet événement, le premier qui ait fu & qui ait dit la vérité.

Que le père *Daniel*, dans fes abrégés chronologiques de *Louis XIII* & de *Louis XIV*, fe trompe fur quelques noms, fur la pofition de quelques villes ; qu'il prenne l'entrée de quelques troupes dans une ville ouverte, pour un fiége ; ces légères fautes ne font prefque rien, parce qu'il importe peu à la poftérité qu'on ait eu tort ou raifon dans des petits faits qui font perdus pour elle. Mais on ne peut fouffrir les déguifemens avec lefquels il raconte les batailles importantes, ni furtout fon affectation de n'étaler que des combats, qui, après tout, ne font que des chofes fort communes, dans les faftes d'un fiècle mémorable par tant d'autres endroits finguliers. C'eft ce qu'on lui reproche dans fa grande hiftoire. Il aurait dû approfondir les lois, les ufages, le commerce, les arts, parler de tout en philofophe.

Il

Il ne l'a pas fait : & quoique fon hiftoire de France foit la meilleure de toutes, notre hiftoire refte encore à faire.

On ennoblira encore ici l'humiliation où l'on defcend de parler d'un tel critique, en rendant compte d'une autre anecdote très-importante. Cette particularité ne fe trouve que dans l'édition du *Siècle* de 1753. On y voit par quel motif *Louis XIV* reconnut le fils de *Jacques II* pour roi en 1701. L'auteur du *Siècle* avoue feulement, dans toutes les premières éditions, que plufieurs membres du parlement d'Angleterre lui ont dit que fans cette démarche de *Louis XIV* le parlement n'aurait peut-être point pris parti dans la guerre de la fucceffion. Notre *la Beaumelle* demande qui font *ces membres du parlement ? plufieurs autres membres, dit-il, & tous les hiftoriens m'ont affuré le contraire.*

Vous, jeune homme, qui n'avez jamais été à Londres, qui n'avez pu vous informer de ce fait, puifque l'auteur du *Siècle* eft le premier qui l'ait fait connaître, vous ofez dire que des pairs d'Angleterre vous en ont parlé ! vous ofez dire que cette anecdote eft difcutée dans tous les autres hiftoriens ! Apprenez de qui l'auteur la tient ; de milord *Bolingbroke*, qu'il a fréquenté pendant plufieurs années ; & ce que milord *Bolingbroke* lui en avait toujours dit fe trouve confirmé aujourd'hui par fes *lettres hiftoriques* qui viennent de paraître. Il n'y a qu'à lire les pages 158 & 159 de fon tome fecond. C'eft là qu'on verra comment, par un accord heureux, on peut concilier ce que MM. de *Torcy* & *Bolingbroke* ont dit tant de fois, & ce qui eft très-vrai, que ce furent

Mêlanges hift. Tome I.   I

des femmes à qui le prétendant dut la confolation
d'être reconnu roi par *Louis XIV*. Milord *Bolingbroke*
ne favait cette anecdote que confufément, & M. de
Torcy en était inftruit dans le plus grand détail &
avec la plus grande certitude. Milord *Bolingbroke* dit
dans fes lettres que des *intrigues de femmes déterminèrent
Louis XIV ;* mais quelles étaient ces femmes ? Ce
fut la propre veuve du roi *Jacques*, la mère du prétendant, qui vint en larmes conjurer *Louis XIV* de
ne pas refufer de vains honneurs au fils d'un roi
qu'il avait protégé, & qu'il avait toujours reconnu
pour roi, même après le traité de Ryfvick, fans
que *Guillaume III* s'en fut offenfé. Elle lui demanda
cette grâce au nom de fa magnanimité & de fa gloire;
& le roi céda à ces deux noms qui pouvaient fur
lui plus que tout le confeil. C'eft-là ce que milord
Bolingbroke ne favait pas, & ce qui fe trouve dans
la nouvelle édition du *Siècle* parmi d'autres faits
auffi curieux que véritables.

La Beaumelle peut encore porter fon ignorance
téméraire jufqu'à dire, que les petites querelles de
la duchefle de *Marlborough* & de miladi *Masham*
n'influèrent en rien fur les affaires : ce conte, dit-il,
eft pris de l'Antimachiavel, & n'en eft pas le meilleur endroit.
Ce conte eft une vérité reconnue de toute l'Angleterre, que Mme la duchefle de *Marlborough* avoua
elle-même plufieurs fois à M. de *Voltaire*, & qu'elle
a confirmé depuis dans fes mémoires. Ce conte n'eft
point tiré de l'*Antimachiavel*, que fon illuftre auteur
ne compofa qu'en 1739. M. de *Voltaire* avait déjà
quelques années auparavant pouffé le *Siècle de
Louis XIV* jufqu'à la bataille de Turin, & fon manufcrit

était entre les mains du roi de Pruſſe dès l'année 1737. Ce manuſcrit était la ſuite d'une Hiſtoire univerſelle depuis *Charlemagne*, écrit dans le même goût & dans le même eſprit. On lui en a volé la partie intéreſſante ; & ſi *la Beaumelle* ſait où elle eſt, M. de *Voltaire* lui en donnera plus de quinze ducats.

Pour continuer à rendre ce mémoire inſtruétif, & pour nourrir l'ignorante ſéchereſſe des remarques d'un jeune homme qui oſe cenſurer une hiſtoire, ſans rapporter un ſeul fait, ſans alléguer la moindre probabilité ſur quoi que ce puiſſe être, paſſons à l'homme *au maſque de fer*; & examinons, avec les leéteurs ſérieux & attentifs, la plus ſingulière & la plus étonnante anecdote qui ſoit dans aucune hiſtoire.

L'auteur du *Siècle* dit que tous les hiſtoriens de *Louis XIV* ont ignoré ce fait, & il a aſſurément raiſon. *La Beaumelle* répond, avec ſa prudence ordinaire : *les Mémoires de Perſe en ont parlé*. Voici ce qu'on pourrait lui répliquer.

Premièrement, mon ouvrage était fait en partie long-temps avant les *Mémoires de Perſe* qui n'ont paru qu'en 1745. En ſecond lieu, il n'appartient qu'à vous de citer parmi les hiſtoriens un libelle qui eſt auſſi obſcur, & preſque auſſi mépriſable que votre *Qu'en dira-t-on ;* un libelle où il y a auſſi peu de vérité que dans vos ouvrages, où la plupart des rois ſont inſultés, où les événemens ſont déguiſés ainſi que les noms propres.

Le haſard fait tomber ce livre entre mes mains dans ce moment même. Je trouve qu'en effet il y eſt parlé de l'homme *au maſque de fer*. L'auteur, à l'exemple de tous les auteurs de ces fortes d'ouvrages, mêle dans cette aventure beaucoup de menfonges à un peu de vérité : il dit que le duc d'Orléans, régent de France, qu'il appelle *Ali-Omajou*, alla quelque temps avant fa mort voir à la baftille ce fameux & inconnu prifonnier. Tout Paris fait qu'il eft faux que le duc d'Orléans ait jamais fait une vifite à la baftille. Il dit que ce prifonnier était le comte de *Vermandois* qu'il appelle *Giafer ;* & il prétend que ce comte de *Vermandois*, fils légitime de *Louis XIV* & de la ducheffe de *la Vallière*, fut dérobé à la connaiffance des hommes par fon propre père, & conduit en prifon avec un mafque fur le vifage, dans le temps qu'on le fit paffer pour mort. Il dit que ce fut pour le punir d'un foufflet que ce prince avait donné à monfeigneur le dauphin. Comment peut-on imprimer une fable auffi groffiére ? Ne fait-on pas que le comte de *Vermandois* mourut de la petite vérole au camp devant Dixmude en 1683 ? Le dauphin avait alors vingt-deux ans : on ne donne des foufflets à un dauphin à aucun âge ; & c'eft en donner un bien terrible au fens commun & à la vérité que de rapporter de pareils contes. D'ailleurs, le prifonnier *au mafque de fer* était mort en 1704 ; & l'auteur des *Mémoires de Perfe* le fait vivre jufqu'à la fin de 1721.

J'avoue que je fuis furpris de trouver dans ces *Mémoires de Perfe* une anecdote qui eft très-vraie parmi tant de fauffetés. J'avais appris cette anecdote l'année paffée : c'eft celle de l'affiette d'argent & du pêcheur, laquelle eft inférée dans mes éditions de Drefde & de Paris de 1753. Elle a été racontée fouvent par

M. *Riouffe*, ancien commiffaire des guerres à Cannes. Il avait vu ce prifonnier dans fa jeuneffe, quand on le transféra de l'île Sainte-Marguerite à Paris. Il était en vie l'année paffée, & peut-être vit-il encore. Les aventures de ce prifonnier d'Etat font publiques dans tout le pays ; & M. le marquis d'*Argens*, dont la probité eft connue, a entendu il y a long-temps conter le fait dont je parle à M. *Riouffe*, & aux hommes les plus confidérables de fa province.

On veut favoir le nom du médecin de la baftille que j'ai dit avoir traité fouvent cet étrange prifonnier. On peut s'en informer à M. *Marfolan*, gendre de ce médecin, & qui a été long-temps chirurgien de M. le maréchal de *Richelieu*.

Plufieurs perfonnes enfin me demandent tous les jours quel était ce captif fi illuftre & fi ignoré. Je ne fuis qu'hiftorien, je ne fuis point devin. Ce n'était pas certainement le comte de *Vermandois;* ce n'était pas le duc de *Beaufort*, qui ne difparut qu'au fiége de Candie, & dont on ne put diftinguer le corps dont les Turcs avaient coupé la tête. M. de *Chamillart* difait quelquefois, pour fe débarraffer des queftions preffantes du dernier maréchal de *la Feuillade* & de M. de *Caumartin*, que c'était un homme qui avait tous les fecrets de M. *Fouquet*. Il avouait donc au moins par-là que cet inconnu avait été enlevé quelque temps après la mort du cardinal *Mazarin*. Or, pourquoi des précautions fi inouïes pour un confident de M. *Fouquet*, pour un fubalterne ? Qu'on fonge qu'il ne difparut en ce temps-là aucun homme

I 3

confidérable. Il eft donc clair que c'était un prifonnier de la plus grande importance, dont la deftinée
avait toujours été fecrète. C'eft tout ce qu'il eft
permis de conjecturer.

Le critique, fans rien approfondir, fe contente
de mettre en note *ouï dire.* Mais une grande partie
de l'hiftoire n'eft fondée que fur des *ouï-dire* raffemblés & comparés. Aucun hiftorien quel qu'il foit
n'a tout vu. Le nombre & la force des témoignages
forment une probabilité plus ou moins grande.
L'hiftoire de l'homme *au mafque de fer* n'eft pas
démontrée comme une propofition d'*Euclide*; mais
le grand nombre de témoignages qui la confirment,
celui des vieillards qui en ont entendu parler aux
miniftres, la rendent plus authentique pour nous
qu'aucun fait particulier des quatre cents premières
années de l'hiftoire romaine.

Le critique me reproche d'affecter fur d'autres
points de citer des autorités refpectables, entre
autres celle du cardinal de *Fleuri*; comme fi j'étais
un jeune homme ébloui de la grandeur. La familiarité avec les puiffans de ce monde eft une vanité;
& il faut être bien faible pour en faire gloire.

Vous dites, pour infirmer le témoignage du
cardinal de *Fleuri*, qu'il ne m'aimait pas; cela peut
être : auffi n'ai-je point dit qu'il m'aimât. J'aurais
plus volontiers fait ma cour au favant abbé de *Fleuri*
qu'à l'heureux cardinal de *Fleuri;* mais je fuis obligé
d'avouer que lorfqu'il fut que je travaillais, je ne
dirai pas à l'hiftoire de *Louis XIV*, mais au tableau
de fon fiècle, il me fit venir quelquefois à Iffi pour
m'apprendre, difait-il, des anecdotes. Ce fut lui,

& lui feul dont je tins que M. de *Bâville* intendant du Languedoc avait été le principal inftigateur de la fameufe révocation de l'édit de Nantes : il le favait bien. C'était à M. de *Bâville* qu'il devait fa fortune. Ce fut lui qui un jour me montra à Verfailles, au bout de fon appartement, la place où le roi avait époufé Mme de *Maintenon* ; ce fut lui qui me dit que le chevalier de *Forbin* n'avait point été témoin du mariage, quoiqu'en dife l'abbé de *Choifi*, dont les mémoires font auffi peu fûrs en bien des endroits qu'ils font négligemment écrits. En effet, M. de *Forbin*, homme de mer, n'étant point attaché intimement au roi, n'était pas fait pour être le témoin d'une cérémonie fi fecrète. Cet emploi ne pouvait être que le partage d'anciens domeftiques affidés.

Je demandai au cardinal fi *Louis XIV* était inftruit de fa religion, pour laquelle il avait toujours montré un fi grand zèle ; il me répondit ces propres mots : *Il avait la foi du charbonnier.* Du refte il ne me dit guère que des particularités qui le concernaient lui-même, & qui étaient fort peu de chofe. Il me parlait fans ceffe d'un procès qu'il avait eu avec les jéfuites, étant évêque de Fréjus, & de la peine extrême que cette petite querelle avait faite à *Louis XIV.* Il avait la faibleffe de croire que ces bagatelles pouvaient entrer dans l'hiftoire du fiécle : il n'eft pas le feul qui ait eu cette faibleffe. Une chofe plus digne de la poftérité, c'eft que dans ces entretiens le cardinal de *Fleuri* convint que la conftitution de l'Angleterre était admirable. Il me femble qu'il eft beau à un cardinal, à un premier miniftre de France, d'avoir fait cet aveu. Il ajouta que c'était

I 4

une machine compliquée, aifée à déranger, & fujette
à bien des abus. Je lui répondis que les abus étaient
attachés à la nature humaine, mais que les lois
n'avaient rendu nulle part la nature humaine plus
refpeétable. Il me dit qu'il avait toujours eu l'afcen-
dant fur le miniftre anglais; il avait grande raifon:
il avait fait alors la guerre & la paix fans l'inter-
vention de ce miniftre. *Walpole* croyait me gouverner,
difait-il, & il me femble que je l'ai gouverné. Un
la Beaumelle pourra avancer que cela n'eft pas vrai;
& moi je le rapporte parce que cela eft vrai.

J'allais après ces entretiens écrire chez *Barjeac*
ce que fon maître m'avait dit de plus important;
& je ne fefais pas plus ma cour à *Barjeac* qu'à fon
maître, pour ne pas augmenter la foule: Encore une
fois, je n'étais pas le favori du cardinal, bien que
j'euffe long-temps été admis dans fa fociété avant
qu'il fût premier miniftre; ou plutôt, parce que j'y
avais été admis, & que ma franchife n'eft guère
faite pour plaire à des hommes puiffans. Mais
apprenez de moi ce que doit un hiftorien à la vérité,
& le feul mérite de mon ouvrage. Je n'aimais pas
plus le cardinal de *Fleuri* qu'il ne m'aimait; cependant j'ai parlé de lui dans le tableau de l'Europe, à
la fin du *Siècle de Louis XIV*, comme s'il m'avait
comblé de bienfaits. Quand l'hiftorien parle, l'homme
doit fe taire. L'éloge que j'ai fait de ce miniftre ne
m'a rien coûté; & fi *Trajan* m'avait perfécuté, je dirais
que *Trajan* a tort, mais qu'il eft un grand-homme.

La Beaumelle me fait un plaifant reproche d'avoir
confulté pendant vingt années les premiers hommes
du royaume pour m'inftruire de la vérité. Que ne

me reproche-t-il auffi d'avoir demandé à tant d'offi-
ciers-généraux des inftructions fur la guerre de 1741 ?
d'avoir travaillé fix mois fans relâche dans les bureaux
des miniftres, tandis que j'étais hiftoriographe de
France, place véritablement honorable pour un écrivain, & que j'ai facrifiée ? Que ne me fait-il un
crime d'avoir tout vu par mes yeux, tout extrait
de ma main, tout raffemblé ? d'avoir laiffé à mon
roi & à ma patrie ce monument qui ne doit paraître
qu'après ma mort, & que j'ai achevé dans une terre
étrangère ? J'ai fait mon devoir, & je regarde encore
comme un devoir de répondre aux derniers des écrivains, parce que le mépris qu'on leur doit cède au
refpect qu'on doit à la vérité. Voilà ce que l'auteur
du *Siècle de Louis XIV* pourrait dire.

Il continuerait ainfi, s'il voulait prendre la peine
d'inftruire cet écolier.

1°. Apprenez que la valeur numéraire des efpèces
eft arbitraire & n'eft pas indifférente, comme vous
le dites. Le roi eft le maître de faire valoir douze
livres l'écu qui eft à préfent fixé à fix ; mais, en ce
cas, fi vous avez fix mille livres de rentes fur l'hôtel-
de-ville, vous ne toucherez plus que cinq cents de
ces mêmes écus dont on vous comptait mille auparavant. Cette leçon eft courte & nette ; tâchez d'être
dans le cas d'en profiter, mais vous n'en prenez
pas le chemin.

2°. Apprenez que la plupart des évêques appe-
lans, & ceux qui fignèrent les propofitions de 1682,
ne s'intitulaient pas *évêques par la permiffion du St Siége*.

3°. Apprenez que jamais le marquis de *Fénélon*
ni M. de *Plelo*, l'un ambaffadeur en Hollande, l'autre

en Danemarck, n'ont commandé des régimens fou-
doyés par ces puissances , comme M. de *Charnacé*.

4°. Apprenez que *Vittorio Siri*, qui quelquefois
était aussi partial pour la cour qui le payait, que *le
Vassor* le fut contre elle en qualité de réfugié, était un
auteur très-instruit de tout ce qui s'était passé de
son temps ; & que le témoignage d'un auteur
contemporain , pensionnaire d'une cour , est du
plus grand poids , quand le témoignage n'est pas
favorable à cette cour.

5°. Apprenez que le cardinal *Mazarin* n'a jamais
passé pour mal-adroit.

6°. Apprenez que ce n'est pas à vous à décider
des droits du parlement de Paris. L'auteur du *Siècle*
a rapporté quels étaient les sentimens de la cour &
ceux de la ville dans des temps de trouble : il n'a
pas osé avoir un avis , & vous osez juger !

7°. Apprenez que ces vers que le duc de *la
Rochefoucauld* citait au sujet de madame de *Longueville*,
& que vous gâtez ,

Pour mériter son cœur, pour plaire à ses beaux yeux,
J'ai fait la guerre aux rois, je l'aurais faite aux dieux.

sont tirés de la tragédie d'Alcyonée ; & pour égayer
la matière, je vous apprendrai qu'après sa rupture
avec madame de *Longueville* il parodia ainsi ces vers :

Pour ce cœur inconstant, qu'enfin je connais mieux,
J'ai fait la guerre aux rois, j'en ai perdu les yeux.

8°. Apprenez que les favoris de *Henri III* étaient
appelés les *mignons* & non les *petits-maîtres*.

9°. Apprenez que ce n'eft que depuis 1741 que la chancellerie impériale traite les rois de *majefté* dans le protocole de l'Empire.

10°. Apprenez que *Louis XIV* obtint un défaveu formel de l'action de l'ambaffadeur *Vatteville*, lorfqu'il força d'abord le roi *Philippe IV* à le rappeler.

11°. Apprenez que la méthode du maréchal de *Vauban* lui appartenait toute entière, & qu'elle n'était pas, comme on vous l'a dit, *d'un hollandais qui n'avait pu être employé dans fa patrie ;* & fouvenez-vous que quand on eft affez téméraire pour attaquer la mémoire d'un homme tel que le maréchal de *Vauban*, il faut citer des autorités convaincantes.

12°. Apprenez que fi vous gagiez, comme vous le dites, que les aides-de-camp de *Louis XIV* ne mangeaient pas à fa table, vous perdriez. Ils y mangeaient comme ceux de *Louis XV*, titrés ou non titrés. Les gentilshommes ordinaires de fa chambre y mangeaient auffi quand ils avaient fait les fonctions d'aides-de-camp. M. du *Libois* fut le dernier qui eut cet honneur &c. M. de *Larrey*, auteur de l'hiftoire de *Louis XIV*, était confeiller aulique du roi de Pruffe, & n'était pas gentilhomme de la chambre de *Louis XIV*, comme vous le dites, & ne pouvait l'être étant calvinifte.

13°. Apprenez que cette criminelle remarque, *qu'un roi abfolu qui veut le bien eft un être de raifon, & que Louis XIV ne réalifa jamais cette chimère*, eft auffi puniffable que fauffe. Vous avez l'infolence, vous jeune barbouilleur de papier, d'outrager *Louis XIV* & *Louis XV !* Je détourne les yeux de votre crime, pour dire à cette occafion qu'un roi abfolu, quand

il n'eft pas un monftre , ne peut vouloir que la
grandeur & la profpérité de fon Etat , parce qu'elle
eft la fienne propre , parce que tout père de famille
veut le bien de fa maifon. Il peut fe tromper fur le
choix des moyens, mais il n'eft pas dans la nature
qu'il veuille le mal de fon royaume.

J'ai une obfervation néceffaire à faire ici fur le
mot *defpotique* dont je me fuis fervi quelquefois. Je
ne fais pourquoi ce terme , qui dans fon origine
n'était que l'expreffion du pouvoir très-faible & très-
limité d'un petit vaffal de Conftantinople , fignifie
aujourd'hui un pouvoir abfolu & même tyrannique.
On eft venu au point de diftinguer , parmi les
formes des gouvernemens ordinaires , ce gouvernement defpotique dans le fens le plus affreux , le
plus humiliant pour les hommes qui le fouffrent,
& le plus déteftable dans ceux qui l'exercent. On
s'était contenté auparavant de reconnaître deux
efpèces de gouvernemens, & de ranger les unes &
les autres fous différentes divifions. On eft parvenu
à imaginer une troifième forme d'adminiftration
naturelle à laquelle on a donné le nom d'Etat defpotique , dans laquelle il n'y a d'autre loi, d'autre
juftice , que le caprice d'un feul homme. On ne s'eft
pas aperçu que le defpotifme , dans ce fens abominable, n'eft autre chofe que l'abus de la monarchie,
de même que dans les Etats libres l'anarchie eft
l'abus de la république. On s'eft imaginé , fur de
fauffes relations de Turquie & de Perfe , que la
feule volonté d'un vifir ou d'un itimadoulet tient
lieu de toutes les lois , & qu'aucun citoyen ne
poffède rien en propriété de ces vaftes pays ; comme

fi les hommes s'y étaient affemblés pour dire à un autre homme : Nous vous donnons un pouvoir abfolu fur nos femmes, fur nos enfans, & fur nos vies ; comme s'il n'y avait pas chez ces peuples des lois auffi facrées, auffi réprimantes, que chez nous ; comme s'il était poffible qu'un Etat fubfiftât fans que les particuliers fuffent les maîtres de leurs biens. On a confondu exprès les abus de ces empires avec les lois de ces empires. On a pris quelques coutumes particulières au férail de Conftantinople pour les lois générales de la Turquie : & parce que la Porte donne des timariots à vie, comme nos anciens rois donnaient des fiefs à vie ; parce que l'empereur ottoman fait quelquefois le partage des biens d'un bacha né efclave dans fon férail ; on s'eft imaginé que la loi de l'Etat portait qu'aucun particulier n'eût de bien en propre. On a fuppofé que dans Conftantinople le fils d'un ouvrier ou d'un marchand n'héritait pas du fruit de l'induftrie de fon père. On a ofé prétendre que le même defpotifme régnait dans le vafte empire de la Chine, pays où les rois, & même les rois conquérans, font foumis aux plus anciennes lois qu'il y ait fur la terre. Voilà comme on s'eft formé un fantôme hideux pour le combattre ; & en fefant la fatire de ce gouvernement defpotique qui n'eft que le droit des brigands, on a fait celle du monarchique qui eft celui des pères de famille. Je ne veux point entrer dans un détail délicat qui me mènerait trop loin ; mais je dois dire que j'ai entendu par le defpotifme de *Louis XIV*, l'ufage toujours ferme & quelquefois trop grand qu'il fit

de son pouvoir légitime. Si dans des occasions il a
fait plier sous ce pouvoir les lois de l'Etat, qu'il
devait respecter, la postérité le condamnera en ce
point : ce n'était pas à moi de prononcer ; mais je
défie qu'on me montre aucune monarchie sur la
terre dans laquelle les lois, la justice distributive,
les droits de l'humanité, aient été moins foulés aux
pieds, & où l'on ait fait de plus grandes choses
pour le bien public, que pendant les cinquante-cinq
années que *Louis XIV* régna lui-même.

14°. Apprenez que l'établissement des milices
n'est point le malheur de la France, comme vous
avez l'impudence de le dire ; que ces milices qui
sont la pépinière des armées, contribuèrent à
sauver la France dans les dernières campagnes du
maréchal de *Villars*, & à la rendre victorieuse dans
les campagnes de *Louis XV ;* que l'excellente méthode
qu'on a prise en 1724 concernant le maintien de
ces milices, est due principalement aux conseils
de M. du *Verney*, & qu'elle a été très-perfectionnée
par M. le comte d'*Argenson*. (*) On se fait un
devoir de rendre cette justice à de bons citoyens,
pour se laver de l'opprobre de vous adresser la
parole.

15°. Apprenez qu'il est faux que tous les catholiques du Languedoc avouent que la seule cause du
supplice du fameux ministre *Brousson*, fut qu'il était
hérétique. L'abbé *Bruis*, dans son histoire des
troubles des Cévènes, rapporte qu'il avait eu autrefois des intelligences avec les ennemis, & qu'il fut

_____

(*) Voyez dans le *Siècle de Louis XIV* une note des éditeurs sur les
Milices.

roué fur fa propre confeffion. Ces intelligences étaient très-peu de chofe. On ufa avec lui d'une extrême rigueur ; ce fut une cruauté, plus qu'une injuftice. On fefait pendre les prédicans de votre communion, qui venaient prêcher malgré les édits. On rouait ceux qui avaient excité à la revolte ; telle était la loi. Elle était dure, mais il n'y eut rien d'arbitraire dans les jugemens. (1)

16°. Apprenez que *Louis XIV* n'a jamais dit au lord *Stair* ambaffadeur d'Angleterre, à l'occafion du port qu'il voulait faire à Mardick : *Monfieur l'ambaffadeur, j'ai toujours été le maître chez moi, quelquefois chez les autres ; ne m'en faites pas fouvenir.*

Vous n'êtes qu'un menteur, car ce n'eft pas avec vous qu'il faut ménager les termes, quand vous dites : *Je fais de fcience certaine que Louis XIV tint ce difcours.* J'avais dit que je favais de fcience certaine qu'il ne le tint pas : mais voici pourquoi je m'étais exprimé ainfi. Je demande pardon à M. le préfident *Hénault* de mêler ici fon nom à celui d'un homme tel que vous ; mais la vérité de l'hiftoire exige que je le cite, & que j'attefte fa bonne foi & fa candeur. C'eft lui feul qui a rapporté cette anecdote. Il a fouffert la hardieffe que j'ai prife de le contredire, hardieffe d'autant plus excufable en moi, qu'on fait à quel point j'aime & j'eftime fon ouvrage & fa perfonne. Il permettra encore que je révèle ce qui s'eft paffé entre lui & moi à ce fujet, parce que mon refpect pour la vérité eft égal à l'amitié que j'ai pour lui.

(1) Ces jugemens furent prefque toujours rendus par des commiffaires, & par conféquent on peut les regarder comme injuftes, même dans la forme.

Je lui dis avant mon départ : Etes-vous bien fûr que le feu roi ait tenu à un ambaffadeur d'Angleterre un difcours qui me femble fi peu convenable ? Il aurait pu parler ainfi à un miniftre des Etats-Généraux, parce qu'en effet il avait été le maître chez eux ; mais certainement il ne l'avait jamais été chez les Anglais. Il devait la paix à cette nation, & même une partie de fes frontières ; comment donc aurait-il pu s'exprimer d'une manière fi peu conforme à fa fituation, & qui ne pouvait manquer de lui attirer une réponfe très-défagréable d'un homme tel que milord *Stair*, dont vous avez connu le caractère ?

Vous avez raifon, me répondit-il ; M. de *Torcy* m'a dit les mêmes chofes que vous ; il m'a ajouté que jamais le comte de *Stair* n'avait parlé au roi qu'en fa préfence, & il m'a protefté n'avoir jamais entendu prononcer ces paroles à *Louis XIV*. Pourquoi donc les avez-vous rapportées ? lui dis-je. Il me fit l'honneur de me répliquer qu'elles étaient imprimées avant que M. le marquis de *Torcy* l'eût averti, & qu'il avait cité cette anecdote dans fon livre, fur la foi des hommes les plus confidérables de la cour. Il difait vrai, & il avait pour lui des témoignages nombreux & refpectables. Je lui repartis que felon la doctrine des probabilités, le témoignage de M. de *Torcy*, feul témoin néceffaire, joint à toutes les vraifemblances qui font très-fortes, anéantiffait le rapport de tous ceux qui n'avaient pas été témoins, quelque unanime qu'il pût être, & quelque autorité que lui donnaffent les noms les plus illuftres. Il me femble qu'à la fin de la converfation, M. le préfident *Hénault* eut la bonté de

convenir

convenir qu'à la première édition de fon livre , qui fera fans doute fouvent réimprimé , parce qu'il fera toujours néceffaire , il mettrait un petit correctif à cette anecdote en la rapportant comme un ouï-dire. Ce que je viens de raconter , & dont je demande encore très-humblement pardon à M. le préfident *Hénault*, doit moins fervir à fortifier le pyrrhonifme de l'hiftoire qu'à faire voir avec quel fcrupule il faut pefer les autorités, & balancer les raifons. Ce trait apprendra aux lecteurs quels foins j'ai pris de m'inf-truire ; & peut-être regrettera-t-on que je ne puiffe plus être à la fource des lumières que j'aurais fidelle-ment répandues.

17°. Apprenez combien il eft indécent & révoltant de dire à propos du comte de *Plelo* , *qu'il ne mourut au lit d'honneur que parce qu'il s'ennuyait à périr à Copenhague, & qu'il était eftimé des favans danois , parce qu'ils font fort ignorans.* Jugez ce que vous devez attendre de pareilles remarques qui infultent follement les vivans & les morts. Vous dites que le roi *Cafimir* était un fot, ainfi que tous les Polonais, Quel afile vous reftera-t-il fur la terre ?

18°. Apprenez combien il eft ridicule d'avancer que jamais *Louis XIV* n'eut une cour plus nom-breufe que lors qu'obligé de quitter fa capitale , il était prêt d'être livré au grand *Condé* à la journée de Blenau.

17°. Aprenez que le grade militaire eft toujours à l'armée au-deffus de la naiffance, & que le premier grade donne à la cour cette prérogative. *Fabert* maré-chal de France paffait par-tout, fans contredit, devant les *Montmorencis* & les *Châtillons* , lieutenans-généraux,

Mélanges hift. Tome I.   K

20°. Apprenez à connaître l'Allemagne. Diftin-guëz le confeil de ce qu'on appelle les légiftes. Sachez que , furtout dans les Etats du roi de Pruffe, les magiftrats font bien loin de difputer quelque chofe aux officiers.

21°. Apprenez que jamais *Louis XIV* n'a dit au parlement de Paris , que *Louis XIII* n'aimait pas les huguenots, & les craignait; & que pour lui il ne les craignait ni ne les aimait. Ce monarque n'allait point au parlement pour faire des antithèfes , & il n'a jamais tenu de lits de juftice à l'occafion des prétendus réformés.

22°. Apprenez que vous vous trompez autant fur ce que *Louis XIV* dit au parlement de Paris , que fur ce qu'il n'y dit pas. Le difcours qu'il y prononça en 1654 , que je rapporte , & que vous niez, eft mot pour mot dans un extrait d'un journal du parlement que j'ai vu. Plufieurs mémoires du temps citent exactement les mêmes paroles. Quand je dis que vous vous trompez , je n'entends pas que vous vous méprenez , que vous avez mal lu , mal retenu , ce qui pourrait arriver à tout critique ; j'en-tends que vous n'avez rien lu , & que vous barbouillez au hafard des notes qui n'ont d'autre fondement que l'envie de mettre au bas des pages de mon livre, mal contrefait, des fauffetés dont votre témérité feule eft capable.

23°. Apprenez qu'il eft faux, qu'il eft impoffible, que le confeil de *Louis XIII* ait follicité le cardinal du *Perron* de s'oppofer, comme vous ofez l'avancer, à cette fameufe propofition du tiers-état, *qu'aucune puiſſance ſpirituelle ne peut priver les rois de leur puiſſance ſacrée , qu'ils ne tiennent que de* DIEU *ſeul , &c.*

Quoi ! vous avez le front de repréſenter le conſeil d'un roi de France comme une troupe d'imbécilles & de perfides qui follicitent le clergé d'enſeigner qu'on peut dépoſer & tuer ſes maîtres ! ſi le malheur des temps, & l'eſprit de diſcorde, avaient jamais pu porter le conſeil d'un roi à une ſi lâche fureur, il faudrait avoir des preuves plus claires que le jour, pour tirer de l'obſcurité une anecdote auſſi infame. Mais quelle preuve en pouvez-vous avoir ? vous, audacieux ignorant, qui n'avez jamais rien lu, & qui écrivez de caprice ce que vous diĉte votre démence. Vous avez peut-être entendu dire confuſément que le conſeil du roi ſe mêla, comme il le devait, de cette célébre querelle entre le clergé & le tiers-état dans les états de 1614. Il ne ſera pas inutile de dire ici que le 5 de janvier 1615, la chambre du clergé fit enfin ſignifier à la chambre du tiers-état l'article qu'elle dreſſa ſuivant la quinzième feſſion du concile de Conſtance, qui condamne comme abominable & hérétique l'opinion, *qu'il eſt permis d'attenter à la perſonne ſacrée des rois ;* mais elle ne ſe relâcha point ſur l'article de la dépoſition ; & le cardinal du *Perron* maintint toujours *qu'il n'était pas ſûr & indubitable qu'un roi ne pût pas être dépoſé par l'Egliſe.*

Le parlement, qui dans tous les temps a maintenu le droit de la couronne contre les entrepriſes eccléſiaſtiques, avait pris ce temps pour donner un arrêt le 2 janvier, conforme à ſes arrêts précédens, par leſquels *nulle puiſſance n'a droit ni pouvoir de diſpenſer les ſujets du ſerment de fidélité.* La chambre du clergé

K 2

demanda la caffation de cet arrêt, fous prétexte qu'il
était rendu pendant la tenue des états, & que le parlement n'avait pas droit de fe mêler de la légiflation
tandis que les légiflateurs étaient affemblés. Ce nouvel
incident échauffa les efprits. On affembla le confeil
du roi le 6 janvier ; & le prince de *Condé*, chef du
confeil, après avoir opiné févèrement contre le cardinal
du *Perron*, & après avoir donné les plus grands éloges
à la fidélité & au zèle du parlement, conclut pourtant,
pour le bien de la paix, à interdire fur ce point toute
difpute au clergé & au tiers-état, & à défendre au
parlement de publier fon arrêt, pour conferver, difait-
il, la fupériorité des états fur le parlement. Voilà
toute la part que le confeil fuprême de *Louis XIII*
eut dans cette affaire importante. Voilà comment,
felon le critique *la Beaumelle*, ce confeil follicita le
clergé de déclarer qu'il eft permis de dépofer, & de
tuer les rois. L'auteur du *Siècle de Louis XIV* était,
& devait être informé de toutes ces particularités : il
ne les a pas rapportées dans le tableau raccourci qu'il
a fait de tant d'événemens ; & il a dû d'autant moins
en faire mention que cette fcène fe paffa près de trente
années avant les temps qui font l'objet de fon travail.
Un auteur doit toujours en favoir beaucoup plus que
fon livre, fans quoi il ferait incapable de le faire :
un critique doit en favoir plus encore que l'auteur,
fans quoi il eft incapable de bien critiquer.

24°. Apprenez qu'il eft faux qu'un officier fe foit
percé de fon épée en préfence de *Louis XIV*, après
avoir été outragé par une raillerie fanglante de ce
monarque. Vous voulez flétrir en vain fa mémoire
par un conte qui n'eft pas même accrédité dans la

populace, & qui ne fe trouve dans aucun auteur connu des honnêtes gens.

25°. Apprenez que beaucoup d'hiftoriens ont prétendu que la reine *Anne* était d'intelligence avec fon frère, quand ce frère en 1708 tenta de faire une defcente en Ecoffe; que *Reboulet* eft de cette opinion; que lui & fes garans fe trompent; & que pour ofer être critique, il faut favoir ce que les hiftoriens ont rapporté, & ce qu'ils ont mal rapporté.

26°. Apprenez que l'électeur palatin était à Manheim, quand M. de *Turenne* faccageait Heidelberg, & fon pays.

27°. Apprenez que le chevalier de *Lorraine* était à Paris, & non à Rome, quand Mme de *Coatquen* lui révéla le fecret de l'Etat, qu'elle avait arraché à M. de *Turenne*; que ce grand-homme ayant eu le courage d'avouer fa faibleffe, la perfidie de Mme de *Coatquen* étant éclaircie, la divifion ayant troublé la maifon de *Monfieur*; le chevalier ayant été enfermé à Pierre-en-Scife, eut enfuite permiffion d'aller à Rome.

28°. Apprenez que c'eft le comble de l'impertinence de dire que *toutes les guerres d'aujourd'hui font des guerres de commerce*; qu'il n'y a eu que celle de l'Angleterre avec l'Efpagne en 1739, qui ait eu le commerce pour objet; que jamais la France n'en a eu jufqu'ici aucune de cette nature; que les guerres pour les fucceffions de l'Efpagne & d'Autriche étaient d'un genre un peu fupérieur.

29°. Apprenez que jamais ce *Cavalier*, chef des fanatiques, n'obtint l'exercice de la religion calvinifte dans le Languedoc. C'eût été obtenir le rétabliffement de l'Edit de Nantes. Il n'eut cette permiffion que pour les régimens qu'il voulut lever.

30°. Apprenez, fi vous pouvez, quel eft l'excès ridicule d'un jeune ignorant qui dit d'un ton de maître: *Le maréchal de Villars ne prédit point la perte de la bataille d'Hochftet ; il a dit feulement les raifons pour lefquelles elle fut perdue.* Il femble, à vous entendre parler, que vous ayez entretenu ce général. Sachez que cette lettre écrite par lui à M. de *Maifons* fon beau-frère, fur la feule nouvelle de la pofition de l'armée françaife à Hochftet, eft une chofe connue dans fa famille. Un laquais de cette maifon, qui aurait entendu fes maîtres parler de cette anecdote, ferait fans fois plus croyable que vous. Il vous fied bien à vous, moins inftruit & moins accrédité que ce laquais, de parler avec cette confiance, d'un général dont vous n'avez jamais pu approcher ! il vous fied bien de l'appeler *le plus vain des hommes*, & de lui reprocher fes richeffes!

31°. Apprenez que ceux qui vous ont dit que les filles héritent de la Navarre, & que c'eft pour cela que Mᵐᵉ *Royale* a eu le pas fur mefdames de France, vous ont dit trois fottifes. Le patrimoine de la partie de la Navarre, qui appartenait à *Henri IV*, fut réuni par lui à la couronne de France en 1607, & plus folemnellement en 1620 par *Louis XIII*, lorfqu'il créa le parlement de Pau ; par conféquent cet Etat eft foumis à la loi falique. Aucune princeffe du fang de France, qui n'eft pas reine, n'a le pas fur mefdames de France, c'eft-à-dire fur les filles du roi. Ses filles gardent entr'elles le rang de l'ordre de la naiffance. La ducheffe de Savoie, fille de *Henri IV*, qu'on appelait Mᵐᵉ *Royale*, ne put jamais être en concurrence avec plufieurs filles d'un roi de France. Elle était la feconde des filles de *Henri IV*. La première fut femme de *Philippe IV* roi d'Efpagne, la troifième fut reine d'Angleterre. Il n'y eut point de mefdames de France du temps de *Louis XIII* ni de *Louis IV*. Vous favez aufïï peu l'hiftoire que le cérémonial.

32°. Apprenez que vous êtes aufïï téméraire quand vous approuvez que quand vous critiquez. Le portrait, dites-vous, que j'ai fait des princes de *Vendôme* eft très-refïemblant. Oui, il l'eft, parce que j'ai eu l'honneur de voir trois ans de fuite le dernier prince de *Vendôme*; mais ce n'eft pas à vous à le dire. C'eft ainfi que pourrait s'exprimer un homme qui les aurait long-temps approchés; mais vous n'avez pas plus de droit de confirmer mon témoignage que de le nier.

33°. Apprenez que c'eft dans les memoires manuf-crits du marquis de *Dangeau* que fe trouvent ces paroles de *Louis XIV* fur le maréchal de *Villeroi*: *On fe déchaîne contre lui parce qu'il eft mon favori*. Ce n'eft pas aïïez que je les aie lues dans ces mémoires pour les rapporter; elles m'ont été confirmées par d'autres perfonnes, & furtout par le cardinal de *Fleuri*. Ce n'eft que fur plufieurs témoignages qu'il eft permis d'écrire l'hiftoire. Le rapport d'un témoin confidérable donne de la probabilité, le rapport de plufieurs peut faire la certitude hiftorique, & la négation de *la Beaumelle* fait une impertinence.

34°. Apprenez que *St Olon* gentilhomme ordinaire du roi, envoyé à Fez & à Gènes, n'était, & ne pouvait être un fecrétaire d'ambaïïade. Sachez qu'il n'y a point chez les miniftres de France de fecrétaire d'ambaïïade proprement dit, comme il fe pratique ailleurs, mais

K 4

des fecrétaires d'ambaffadeurs, choifis & payés par l'ambaffadeur même. Sachez que le roi de France n'envoie jamais d'ambaffadeur à Gènes, & que *Louis XIV* y fit porter fes menaces par cet officier de fa maifon, comme un pareil officier y a été envoyé par *Louis XV* qui la protégeait. Sachez que je le fuis, quoi que vous en difiez, & que je ne m'en vante pas comme vous le dites; que je regarde avec beaucoup d'indifférence tous les titres & tous les honneurs, en refpectant profondément ceux qui m'en ont honoré; que je ne mets jamais aucun titre à la tête de mes ouvrages; que je ne m'annonce, que je ne me donne que pour un homme de lettres, que vous auriez dû choifir plutôt pour votre maître que pour votre ennemi. Vous avez en vain l'infolence de vouloir avilir un corps de la maifon du roi de France, en difant que de mauvais hiftoriens de *Louis XIV*, *Racine*, *Larrey*, & moi, étaient de ce corps. A l'égard de *Racine*, *Louis XIV* voulut l'élever à cette dignité pour récompenfer un très-grand mérite; & *Louis XV* a daigné me faire la même grâce qui eft au-deffus de ma naiffance, pour favorifer mes faibles efforts, & pour encourager les lettres. Cette condefcendance de deux grands rois fait honneur à leur générofité, & ne peut faire aucun tort à un corps d'officiers de la couronne, auffi ancien que la monarchie.

Je pourrais vous donner autant de leçons que vous avez fait de remarques; mais je me contenterai de vous donner en général l'avis d'étudier, & de vous repentir.

SECONDE PARTIE.

POUR mieux fe juftifier auprès du public de tant de détails, & pour rendre autant qu'on le peut les chofes perfonnelles d'une utilité générale, on fera ici une remarque littéraire qu'on foumet au jugement de tous ceux qui lifent ou qui écrivent l'hiftoire. *La Beaumelle*, en jeune homme inconfidéré, me reproche de n'avoir pas femé affez de portraits dans mon ouvrage. J'ai toujours penfé que c'eft une efpèce de charlatanèrie de peindre autrement que par les faits les hommes publics, avec lefquels on n'a pu avoir de liaifon. J'ai peint le fiècle, & non la perfonne de *Louis XIV*, ni celle de *Guillaume III*, ni le grand *Condé*, ni *Marlborough*. Il n'appartient qu'au père *Mainbourg* de faire des portraits recherchés & fleuris des héros que l'on n'a pas vus de près. Le cardinal de *Retz* a fait une efpèce de galerie de portraits dans fes mémoires: cette liberté lui était très-permife. Il avait connu tous ceux dont il parlait, dans toutes les fituations de leur ame, dans leur vie particulière & publique, dans leurs amitiés & dans leurs haines, dans leur bonne & mauvaife fortune. Il ferait feulement à fouhaiter, peut-être, que fon pinceau eût été quelquefois moins conduit par la paffion. De tous ces caractères tracés par des contemporains, qu'il y en a peu d'entièrement fidelles ! N'entend-on pas tous les jours porter des jugemens différens d'un homme en place par la même perfonne, felon qu'elle eft plus ou moins contente ? J'eus une preuve bien forte de ce que j'avance, lorfqu'un jour à Blenheim je fuppliai Mme la duchesse de *Marlborough* de me montrer fes mémoires. Elle me répondit : *Attendez quelque temps : je fuis occupée actuellement à réformer le caractère de la reine Anne ; je me fuis remife à l'aimer depuis que ces gens-ci gouvernent.*

Recherche qui voudra ces portraits de la figure, de l'efprit, du cœur de ceux qui ont joué les premiers rôles fur le théâtre du monde. Je fais que ces peintures vraies ou fauffes amufent notre imagination. Le bon fens eft fouvent en garde contre elles.

Je me foucie fort peu que *Colbert* ait eu les fourcils épais & joints, la phyfionomie rude & baffe, l'abord glaçant ; qu'il ait joint de petites vanités au foin de faire de grandes chofes : j'ai porté la vue fur ce qu'il a fait de mémorable, fur la reconnaiffance que les fiècles à venir lui doivent, non fur la manière dont il mettait fon rabat, & fur l'air bourgeois que le roi difait qu'il avait confervé à la cour.

Un *la Beaumelle* peut dire à fon gré, dans la vie de Mme de *Maintenon*, que Mme de la *Vallière avait des yeux bleus, point atteints du défir de plaire ; que* Mme de *Montefpan avait le nez de France le mieux tiré ; l'autour du cou environné de mille petits amours.* Il peut dire que Mlle de *Fontange* était une grande fille bien faite, que Mme de *Montefpan* lui découvrait la gorge devant le roi, & qu'elle difait : *Voyez, Sire, que cela eft beau ! qu'en dites-vous ? admirez donc.* Il peut ajouter que *Louis XIV* l'aima comme *Pigmalion*. C'eft-là le ftyle dont il croit qu'il faut écrire l'hiftoire, & que fa modeftie veut me donner pour modèle. C'eft à lui de peindre en détail toutes les dames de la cour de *Louis XIV*, il les a connues à Genève ; & moi, comme il le dit très-bien, je n'ai confulté pendant vingt ans que des gens qui ont mal vu.

A l'égard des écrivains qui devinent d'après leurs propres idées, celles des perfonnages du temps paffé, & qui de quelques événemens peu connus prennent droit de démêler les plus fecrets replis des cœurs, bien moins connus encore ; ceux-là donnent à l'hiftoire les couleurs du roman. La curiofité infatiable des lecteurs voudrait voir les ames des grands perfonnages de l'hiftoire, fur le papier, comme on voit leurs vifages fur la toile ; mais il n'en va pas de même. L'ame n'eft qu'une fuite continuelle d'idées & de fentimens qui fe fuccèdent & fe détruifent : les mouvemens qui reviennent le plus fouvent forment ce qu'on appelle le caractère ; & ce caractère même reçoit mille changemens par l'âge, par les maladies, par la fortune. Il refte quelques idées, quelques paffions dominantes, enfans de la nature, de l'éducation, de l'habitude, qui fous différentes formes nous accompagnent jufqu'au tombeau. Ces traits principaux de l'ame s'altèrent encore tous les jours, felon qu'on a mal dormi ou mal digéré. Le caractère de chaque homme eft un chaos ; & l'écrivain qui veut débrouiller après des fiècles ce chaos, en fait un autre. Pour l'hiftorien qui ne veut peindre que de fantaifie, qui ne veut que montrer de l'efprit, il n'eft pas digne du nom d'hiftorien. Un fait vrai vaut mieux que cent antithèfes.

Il en eft à peu près de même des harangues. Si les héros qu'on fait parler ne les ont pas prononcées, l'hiftoire alors eft romanefque en ce point. Il n'y a que deux difcours directs dans toute l'hiftoire du *Siècle*

de Louis XIV. Ils furent tous deux prononcés en
effet, l'un par le maréchal de *Vauban* au siège de Valen-
ciennes, l'autre par le duc d'*Orléans* avant la bataille
de Turin. On n'examine point ici les raisons qu'ont
eu quelques anciens de prendre une plus grande
liberté : mais on croit que dans un siècle aussi philosophe que le nôtre, & au milieu de tant de nations
éclairées, l'on doit au public ce respect de ne dire que
l'exacte vérité, de faire toujours disparaître l'auteur
pour ne laisser voir que le héros, & de ne mettre jamais
son imagination à la place des réalités. Le goût du
siècle présent est de montrer de l'esprit à quelque prix
que ce puisse être. On préfère une épigramme à tout;
& c'est en partie ce qui a fait tout dégénérer.

Après cette digression on est malheureusement obligé
de revenir à un objet bien dégoûtant pour le public,
à *la Beaumelle*. On sait bien qu'il ne peut s'agir avec
lui ni de discussion littéraire, ni d'éclaircissemens
historiques. C'est un homme qui dit en deux mots,
au bas des pages, ou des absurdités, ou des mensonges,
ou des injures.

Que ne s'en est-il tenu à outrager l'auteur du *Siècle*?
Mais la même fureur insensée qui lui a dicté son libelle
du *Qu'en dira-t-on*, l'a porté encore dans ses remarques
sur le siècle passé, à oser attaquer les puissances du
siècle où nous sommes. Enhardi qu'il est par une
impunité qui ne doit pas durer, mais qui l'aveugle,
il insulte le roi de Prusse, toute la maison d'Orléans,
& le roi de France.

Les lecteurs judicieux, & qui ont de l'humanité,
ne seront pas fâchés de retrouver ici ce passage du
chapitre des anecdotes : ,,Je ne sais pourquoi la plupart

,, des princes affectent de tromper, par de fauffes bontés,
,, ceux de leurs fujets qu'ils veulent perdre. La diffi-
,, mulation alors eft l'oppofé de la grandeur : elle
,, n'eft jamais une vertu, & ne peut devenir un talent
,, eftimable, que quand elle eft abfolument néceffaire.
,, *Louis XIV* parut fortir de fon caractère, &c. ,,

Voici la note de *la Beaumelle* : ,, *Trait admirable &*
,, *hardi parce qu'il eft écrit à Poftdam.* ,, Certainement fi
on ne favait que c'eft un *la Beaumelle* qui eft l'auteur
de ces commentaires, la poftérité qui verrait une telle
remarque faite à Berlin, imprimée en Allemagne, &
demeurée fans réponfe, ferait en droit de conclure que
le reproche fait ici à un monarque par un contemporain dans fes propres Etats, eft fondé fur la vérité.
Cependant j'ofe affurer que le portrait que ce correcteur
d'hiftoire fait fi impudemment d'un grand prince, eft
l'oppofé de fon caractère. Je parle ici en hiftorien,
qui dit la vérité fans mêlange, & fans reftriction.

Il eft dit dans l'hiftoire du *Siècle*, ,, que les dernières
,, paroles de *Louis XIV* n'ont pas peu contribué trente
,, ans après à cette paix que *Louis XV* a donnée à fes
,, ennemis ; dans laquelle on a vu un roi victorieux
,, rendre toutes fes conquêtes pour tenir fa parole,
,, rétablir tous fes alliés, & devenir l'arbitre de l'Eu-
,, rope par fon défintéreffement, plus encore que par
,, fes victoires. ,,

Que croira-t-on que *la Beaumelle* penfe de ce morceau?
Ne prêtez point, dit-il, *de vertus à Louis XV. Ce défintéreffement aurait été ridicule.*

En un autre endroit il dit que *M. de Voltaire voudrait
que le Français fût efclave.* Moi je voudrais que mes
compatriotes fuffent efclaves! je voudrais être efclave

& que tous les hommes fuſſent libres. J'entends par libres, ſoumis uniquement aux lois : c'eſt la ſeule manière de l'être.

Y a-t-il rien de plus affreux, de plus digne d'un châtiment exemplaire, que de faire entendre qu'un grand prince empoiſonna la famille royale? (page 347 du tome ſecond de l'édition de *la Beaumelle*,) & enſuite, qu'un autre prince fit aſſaſſiner *Vergier*; que ce fut un officier qui fit le coup, & qui en eut la croix de St Louis pour récompenſe? Où a-t-il pris ces blaſphèmes qu'il débite avec autant d'ignorance que de rage, & qui font rougir ceux qui s'aviliſſent juſqu'à le confondre? Le burleſque ſe joint ici à l'horreur. Qui croirait qu'à propos de l'endroit où il eſt dit que dans la ſociété la bonté de *Marie-Thérèſe* feſait ſon ſeul mérite, ce grave commentateur, qui inſulte tous les princes, met en note : *Parlez des princes avec plus de reſpect ? Parlez des choſes ſaintes avec reſpect*, dit-il ailleurs dans un autre note. Et quel eſt cet homme qui donne ainſi des leçons de religion, ſur un livre où les choſes les plus délicates ſont traitées avec la circonſpection la plus ſévère? c'eſt celui-là même qui dans ſes commentaires ſur ce livre, oſe imprimer à la page 148 du tome troiſième, que la guerre qu'on fit aux fanatiques des Cévènes *n'eſt convenable qu'à des ſauvages & à des chrétiens;* c'eſt celui-là même qui, pour remarque preſque unique ſur le chapitre du *janſéniſme*, dit *que ce chapitre doit plaire aux ſages, & déplaire aux orthodoxes.*

Quel peut avoir été le but de cet écervelé, qui pour un peu d'argent a vendu ces infamies à un libraire de Francfort? Ce n'eſt pas certainement l'envie d'éclairer le public par fes lumières; ce n'eft pas le foin d'approfondir par des remarques utiles les faits énoncés dans l'ouvrage utile de M. de *Voltaire*. Qu'a-t-il donc voulu ? lui nuire, le décrier, infulter à tort & à travers les rois & les particuliers, & trouver le fecret de fe faire lire à force d'infolence & d'outrages. Il s'eft flatté d'être lu à Berlin, parce qu'il nomme injurieufement dans cette édition meffieurs d'*Argens*, *Pollnitz*, *Algarotti*, *Darget*, & *Francheville* : il s'eft flatté d'être lu par tous ceux qui connaiffent le *Siècle de Louis XIV*, parce qu'il vomit contre l'auteur les plus fcandaleufes injures. Il a trouvé des lecteurs fans doute ; quelque fautive même que foit fon édition, quelque mal imprimée qu'elle foit, on a voulu la voir, comme on veut voir un monftre, qu'on regarde un moment par curiofité, & dont on fe détourne enfuite avec un dégoût d'horreur.

Son principal deffein dans fon édition du *Siècle de Louis XIV*, dont il a trouvé le fecret de faire un libelle, eft d'attaquer l'auteur dans fes mœurs, en attaquant celles des autres. Quel rapport, je vous prie, de l'hiftoire de *Louis XIV* avec la note de cet impertinent fur le chapitre du calvinifme?

Cavalier (le chef des révoltés des Cévènes) avait été, dit-il, *rival de Voltaire. Ils aimèrent l'un & l'autre la fille de madame du Noyer, fille de beaucoup d'efprit, & de coquetterie. Ce qui devait arriver arriva. Le héros l'emporta fur le poëte, & la phyfionomie douce & agréable fur la phyfionomie égarée & méchante.*

Voilà une des remarques les plus hiftoriques de ce libelle. Il était trifte à la vérité que la dame dont il parle eût abandonné fon mari, & enlevé fes deux filles pour fe réfugier en Hollande ; mais il faut pardonner une faute que fa religion lui fit commettre ; il faut plaindre fes deux filles, & les refpecter. Toutes deux fe font retirées en France : l'aînée eft morte à la communauté de Sainte-Agnès, honorée & chérie ; l'autre eft penfionnaire du roi, & vit d'ordinaire dans une terre qui lui appartient, & où elle nourrit les pauvres ; elle s'eft acquife auprès de tous ceux qui la connaiffent la plus grande confidération. Son âge, fon mérite, fa vertu, la famille refpectable, & nombreufe à laquelle elle appartient, les perfonnes du plus haut rang dont elle eft alliée, devaient la mettre à l'abri de l'infolente calomnie d'un fcélérat abfurde. Il y a fans doute de la honte à réfuter des chofes fi honteufes ; mais la malignité du cœur humain, qui reçoit avec avidité toutes les anecdotes fcandaleufes, fervira d'excufe à la peine qu'on prend ici.

Cavalier étant colonel au fervice d'Angleterre en 1708, paffa dans les Pays-Bas, & vit Mlle du *Noyer*, encore très-jeune ; il la demanda en mariage ; cette négociation fut rompue, & *Cavalier* alla fe marier en Irlande. L'auteur du *Siècle* était alors au collége ; il n'alla en Hollande qu'en 1714, & n'a connu *Cavalier* qu'en Angleterre en 1726. Comment *la Beaumelle* ofe-t-il donc, lui qui eft actuellement dans Paris, attaquer par de telles impoftures l'honneur d'une famille de Paris ? Les princes dédaignent quelquefois les outrages, parce qu'ils font au-deffus des outrages ; mais la juftice venge l'honneur des citoyens fi criminellement attaqués.

Où

Où a-t-il trouvé que le grand - père de feu Mme la
maréchale de *N* avait été convaincu de fauſſe monnaie
& d'aſſaſſinat ? (comme il le dit page 331 du tome II.)
Si un citoyen qui n'a pas été un homme public , un
homme livré à l'équité de l'hiſtoire, avait en effet été
coupable de ces crimes , il faudrait les taire ; & ſi on
a l'ame aſſez baſſe & aſſez méchante pour troubler ainſi
les cendres des morts ſans aucune apparence d'utilité,
on eſt tenu au moins d'apporter les preuves les plus
authentiques ; & avec ces preuves on eſt encore bien
condamnable.

Ce *la Beaumelle*, en feſant de mauvais livres, a trouvé
le moyen d'intéreſſer à ſa perſonne vingt ſouverains &
cent familles.

N'eſt-il pas encore bien digne d'une hiſtoire de
Louis XIV de mettre au bas d'une page en note, que
j'ai été convaincu de plagiat dans je ne ſais quels vers
que je fis , il y a treize ou quatorze ans , pour une jeune
princeſſe aujourd'hui reine ? que *Louis XIV* a t il à
démêler avec ces vers ? ils n'étaient pas plus faits pour
être publics que ce qu'on dit dans la converſation.
Il échappe tous les jours de ces petites pièces dont
le principal mérite eſt dans l'à propos, & dans les
circonſtances où elles ſont faites. Ceux qui en ſont
les auteurs n'en ſont nul cas , & ne les conſervent
jamais. Les écumeurs de la littérature les recueillent
avec avidité , & en chargent leurs feuilles , comme
les laquais répètent & gâtent dans l'antichambre ce
qu'ils ont mal entendu à la porte. Un nommé *Pitaval*
s'aviſa d'attribuer cette petite pièce à feu *la Motte ;*
la Beaumelle répète cette ſottiſe de *Pitaval* dans une note

Mélanges hiſt. Tome I.　　　　L

fur *Louis XIV*; & il fe trouvera encore quelque compilateur qui dans un dictionnaire, à l'article *Pitaval*, ne
manquera pas de relever cette anecdote pour l'utilité
du genre-humain.

C'eft avec la même baffeffe que cet homme imagine
que M. de *Voltaire a vendu chérement le Siécle de Louis XIV
au libraire Conrad Walther qui paye fi mal*. Il avait
droit apparemment de tirer une jufte rétribution du
fruit d'un travail fi long & fi pénible ; mais il ne l'a
pas fait. M. de *Francheville*, confeiller aulique du roi
de Pruffe, voulut bien préfider à la première édition
de Berlin, laquelle il céda à *Conrad Walther* au prix
coûtant. Ses comptes en font foi ; & M. de *Voltaire* a
fait préfent de tous fes ouvrages, & de la nouvelle
édition du *Siécle*, au même libraire, fans exiger la plus
légère récompenfe.

Il eft faux qu'il ait jamais vendu le moindre manufcrit à des libraires de Hollande & d'Allemagne. Il
leur a fait gagner beaucoup d'argent. Il veut être bien
fervi par eux, & n'eft point à leurs gages.

Ce n'eft pas qu'il croie qu'un auteur doive être
privé du fruit de fon travail, quand fes libraires
s'enrichiffent par ce travail même. Le feigneur d'une
terre ne fubfifte que de la vente de fes denrées ; un
écrivain peut vivre du prix de fes travaux. Il n'était
pas jufte que les deux *Corneilles* fuffent très-mal à leur
aife, eux qui avaient fait la fortune des libraires &
des comédiens. On nous répète tous les jours que
quand le grand *Corneille* fur la fin de fa vie venait
au théâtre, tout le monde fe levait pour lui faire
honneur. Cela n'eft pas plus vrai que le conte de cet
ambaffadeur qui demanda fi *Corneille* était du confeil

d'Etat. Les grands hommes, tels que lui, infpirent quelquefois la curiofité ; mais on ne leur rend point d'hommages. Il avait bien de la peine à obtenir des comédiens qu'ils repréfentaffent fes dernières pièces. Ils refufèrent même abfolument d'en jouer quelques-unes ; & il fut obligé de les donner à une mauvaife troupe qui était alors à Paris. On aurait dû lui faire plus d'honneur, & avoir plus de foin de fa fortune : mais fa perfonne eut auffi peu de confidération que fes premiers ouvrages lui attirèrent de gloire & de critiques. Il vécut & mourut pauvre, ainfi que fon frère. Les rétributions des fpectacles & une penfion modique n'enrichiffent pas. *Louis XIV* lui envoya une gratification dans fa dernière maladie ; mais jamais il ne fut récompenfé felon fon mérite, fi ce mérite doit l'être par l'aifance.

La Beaumelle reproche en vingt endroits à l'auteur de la *Henriade* & du *Siècle de Louis XIV* jufqu'à fa fortune, comme fi cette prétendue fortune était faite aux dépens de *la Beaumelle.* Doit-on fouiller dans les affaires d'une famille pour critiquer un poëme & une hiftoire ? Quelle lâcheté ! mais elle eft trop commune. Qu'il foit permis de faire une remarque à cette occafion : c'eft un fpectacle qui peut fervir à la connaiffance du cœur humain, que de voir certains hommes de lettres ramper tous les jours devant un riche ignorant, venir l'encenfer au bas bout de fa table, & s'abaiffer devant lui fans autre vue que celle de s'abaiffer. Ils font bien loin d'ofer en être jaloux ; ils le croient d'une nature fupérieure à leur être. Mais qu'un homme de lettres foit élevé au-deffus d'eux par la fortune, & par fes places, ceux même qui ont reçu de lui des

L 2

bienfaits portent l'envie jufqu'à la fureur. *Virgile* à fon aife fut l'objet des calomnies de *Mévius*.

Ce vice eft à la vérité de toutes les conditions, parce qu'il appartient à la nature humaine. Tout homme eft jaloux de la profpérité de ceux qui font de fon état, ou de l'état defquels il croit être. Le portier porte envie au portier, & *Efchines* à *Démofthènes*. Quand *Boileau* dit de *Chapelain* :

Qu'il foit le mieux renté de tous les beaux efprits,
Comme roi des auteurs qu'on l'élève à l'empire ;
Ma bile alors s'échauffe, & je brûle d'écrire :

c'eft comme fi *Boileau* fignait *je fuis jaloux*.

La Beaumelle dit au public : *Il y a eu de meilleurs poëtes que Voltaire, il n'y en a point eu de mieux récompenfés. Il a fept mille écus de penfion. Le roi de Pruffe comble les gens de lettres de bienfaits, par les mêmes principes que les princes d'Allemagne comblent de bienfaits les nains & les bouffons.*

La Beaumelle en cette occafion devient le *Boileau*, & *Voltaire* eft le *Chapelain*.

J'avouerai que j'ai fait autrefois je ne fais comment un poëme épique comme *Chapelain* ; mais je voudrais confoler les efprits de la trempe de *la Beaumelle*, en leur apprenant que quand le monarque dont il parle me fit renoncer dans ma vieilleffe, à ma famille, à ma maifon, à une partie de ma fortune, à mes établiffe-mens, pour m'attacher à fa perfonne, je crus pouvoir fans honte recevoir en dédommagement une penfion d'un roi qui en donne à des princes. Il me femble d'ailleurs que je ne fuis pas extrêmement bouffon. Je

me flatte peut-être ; mais ce n'eft pas en cette qualité
que le roi de Pruffe me demanda au roi mon maître ,
comme un roi de Cappadoce demanda autrefois à un
empereur romain un pantomime. Il me demanda
comme un homme qui avait répondu pendant feize
années à fes bontés prévenantes ; il me demanda pour
cultiver avec lui une langue dont il a fait la feule
langue de fa cour , pour cultiver des arts dans lefquels
il a fignalé fon génie ; & ce qui fait , ce me femble ,
honneur à ces mêmes arts , à ma nation, & à la
philofophie de ce monarque, c'eft qu'il daigna defcendre
jufqu'à me retenir auprès de lui comme fon ami ; titre
qu'autrefois des rois, & même des empereurs donnèrent
à de fimples hommes de lettres , tel que je le fuis. Je
rapporte le fait pour encourager mes confrères. Je fuis
le bucheron à qui le dieu *Mercure* donna une cognée
d'or. Tous les bucherons vinrent demander des cognées.
Au refte en oppofant ce mot d'ami, dont un grand roi
a daigné fe fervir , à ce mot de bouffon dont fe fert
la Beaumelle , on peut croire que c'eft fans la moindre
vanité. On fait ce que ce terme fignifie dans la bouche
& au bout de la plume d'un fouverain. Ce n'eft que
l'expreffion d'une exceffive bonté dont jamais l'inférieur
ne peut abufer, & qui ne fait qu'augmenter fon refpect.
Et fi l'amitié fubfifte fi rarement entre des égaux ; fi
tant de faux rapports, tant de petites jaloufies, tant de
faibleffes auxquelles nous fommes fujets, altèrent entre
les particuliers cette liaifon que l'on nomme amitié ;
combien eft-il plus aifé de perdre celle d'un roi , qui
n'eft jamais autre chofe que protection, & un peu de
bonne volonté dans un homme fupérieur ? Il aperçoit
bien mieux qu'un autre nos défauts & nos fautes ,

L 3

& il a feulement plus d'occafions d'exercer une des vertus les plus convenables aux rois, l'indulgence.

Quoi qu'il en foit, il eft très aifé que le roi de Pruffe trouve un meilleur poëte que moi, un acadé-micien plus utile, un écrivain plus inftruit, quand ce ne ferait que M. de *la Beaumelle* : mais il n'en trou-vera point de plus attaché à fa perfonne, & à fa gloire. J'avais cru faire plaifir à tant d'écrivains qui valent mieux que moi, de remettre à fa majefté les penfions & les honneurs dont elle m'avait comblé. J'ai cru que le feul honneur convenable à un homme de lettres était de cultiver les lettres jufqu'au dernier moment de fa vie, & qu'il pouvait renoncer aux penfions, aux cordons, aux clefs, comme on quitte une robe de bal & un mafque, pour rentrer paifiblement dans fa maifon. Les *la Beaumelle* me répondront que le roi de Pruffe m'a rendu ces honneurs avec une bonté qui les fâche ; je leur dirai de ne fe point décourager; & je leur confeillerai de continuer à travailler, de parler déformais des fouverains vivans, & de leurs gouvernemens avec moins d'effufion de cœur dans leurs livres, attendu que les chaînes qu'on donne aujour-d'hui aux *Arétins* ne font pas d'or. Je leur confeillerai de fortifier leurs talens & leur génie, & de venir enfuite demander ma place qu'ils rempliront beaucoup plus dignement que moi.

S'ils continuent à fe rendre utiles par des critiques non-feulement permifes, mais néceffaires dans la république des lettres, je prendrai la liberté de leur dire: Cenfurez les ouvrages, vous faites très-bien ; donnez-en de fupérieurs, vous ferez encore mieux. Quand le père *Bouhours* demande dans un de fes

livres fi un allemand peut être un bel-efprit; quand,
parmi de bonnes critiques du *Taffe*, il en hafarde de
mauvaifes; quand il dit que la grâce eft un *je ne fais
quoi*; on paraît en droit de fe moquer de lui, & même
dè dire qu'il eft un *je ne fais qui*, comme a fait *Barbier
d'Aucour*.

Si le père *Bary* montre le paradis ouvert à *Philagie*
par cent & une dévotions à la Vierge, aifées à pratiquer;
fi *Efcobar* facilite le falut par des moyens beaucoup
plus plaifans; on ne trouve point mauvais que *Pafcal*
faffe rire l'Europe aux dépens d'*Efcobar* & de *Bary*.
Il a pouffé trop loin la raillerie en fefant paffer tous
les jéfuites pour autant de *Barys* & d'*Efcobars;* mais
il s'en faut beaucoup que ce livre foit regardé du
même œil par le public, & par les jéfuites; ils ont
réuffi à le faire condamner par deux parlemens, &
n'ont pu l'empêcher d'être les délices des nations.

Si l'auteur d'un livre de phyfique, utile à la jeuneffe,
avance que *Moïfe* était un grand & profond phyficien;
s'il dit que *Locke* n'eft qu'un bavard ennuyeux; s'il
affure que le flux de l'Océan lui eft donné de DIEU
pour empêcher fon eau falée de fe corrompre, & pour
conduire nos vaiffeaux dans les ports, oubliant que
la mer Méditerranée a des ports, point de flux, & qu'elle
ne croupit point; s'il affirme que tout a été créé
uniquement pour l'homme; & s'il traite enfin avec
hauteur ceux qui ne font pas de fon avis; il eft affurément permis, en eftimant fon livre, de faire quelques
innocentes plaifanteries fur de telles opinions.

Quand *Whifton* a propofé en Angleterre des expé-
riences ridicules & impoffibles, on s'eft moqué publiquement de *Whifton*, & on a bien fait. Il y a des

L 4

erreurs qu'il faut réfuter férieufement, des abfurdités dont il faut rire, des menfonges qu'on doit repouffer avec force.

S'il s'agit d'ouvrages de goût, chacun eft en droit de dire fon avis, & l'on eft même difpenfé de la preuve. Vous pouvez me comparer à *Lucain*, fans que je le trouve mauvais. S'il eft queftion d'hiftoire, non-feulement vous pouvez relever des fautes, mais vous le devez, fuppofé que vous foyez inftruit; & en cela vous rendez fervice à votre fiècle, furtout quand ces fautes font effentielles; quand on a induit le public en erreur fur des faits importans, qu'on s'eft mépris fur les grands événemens qui ont troublé le monde, fur les lois, fur le gouvernement, fur le caractère des nations & de leurs chefs; & plutôt furtout quand on a calomnié les morts, que quand on a exténué leurs faibleffes.

Tout livre en un mot eft abandonné à la critique. Montrez-moi mes fautes, je les corrige. Voilà ma réponfe: malheur à qui en fait d'autres. DIEU me garde de traiter de libelle le livre qui m'apprend à corriger mes erreurs. La fimple critique eft une offenfe envers moi, fi je ne fuis qu'orgueilleux; c'eft une leçon fi j'ai un amour-propre raifonnable. Mais celui qui dans fes cenfures mettra les outrages violens, l'ignorance, la mauvaife foi, l'erreur, & l'impofture, à la place des raifons, fera l'horreur & le mépris des honnêtes gens. Je ne parle pas d'un malheureux qui, dans fa plate frénéfie, attaquerait groffièrement les rois, les miniftres, les citoyens, & qui ferait femblable à ces loups furieux qui, à travers les grilles de leurs cachots, veulent couvrir les paffans de leur ordure;

celui-là ne mériterait que d'être renfermé avec eux, ou de fuivre les *Cartouches* (*a*) qu'il regarde comme de grands-hommes.

(*a*) *Cartouche* était un malheureux voleur très-ordinaire, affocié avec quelques fcélérats comme lui. Le hafard fit qu'on donna fon nom à la bande de brigands dont il était. Il fut le ridicule objet de l'attention de Paris, parce qu'on fut quelque temps fans pouvoir le prendre. Il avait été ramoneur de cheminée, & fefait fervir fouvent fon ancien métier à fe fauver quand on le guettait. Un foldat aux gardes avertit enfin qu'il était couché dans un cabaret à la courtille : on le trouva fur une paillaffe avec un méchant habit, fans chemife, fans argent, & couvert de vermine. Son nom était *Bourguignon* ; il avait pris celui de *Cartouche*, comme les voleurs & les écrivains de livres fcandaleux changent de nom. Il plut au comédien *Legrand* de faire une comédie fur ce malheureux ; elle fut jouée le jour qu'il fut roué. Un autre homme s'avifa enfuite de faire un poëme épique de *Cartouche*, & de parodier la Henriade fur un fi vil fujet ; tant il eft vrai qu'il n'y a point d'extravagance qui ne paffe par la tête des hommes. Toutes ces circonftances raffemblées ont perpétué le nom de ce gueux ; & c'eft lui que *la Beaumelle* préfère à *Solon*, & égale au grand *Condé*.

TROISIEME PARTIE.

IL importe peu à la poſtérité qu'une françaiſe nommée Mme de *Villette* ait été propre nièce, ou la femme d'un neveu, de Mme de *Maintenon*. Je n'en ai parlé dans le *Siécle de Louis XIV* que pour faire voir que la perſonne qui était en effet reine de France, était plus occupée du ſoin de rendre les dernières années du roi agréables à ce monarque, que de l'ambition d'élever ſa famille. Je ne me ſuis point trompé ſur le caractère de cette perſonne ſi ſingulière. Ses lettres, qu'on a publiées avant les éditions de 1753 du *Siécle de Louis XIV*, ſont la preuve que je n'ai rien avancé dont je ne fuſſe inſtruit, & de mon amour pour la vérité. Il s'eſt trouvé que Mme de *Maintenon* avait ſigné par avance tout ce que j'avais dit d'elle.

Un traducteur que je ne connais pas, des œuvres poſthumes du vicomte de *Bolingbroke*, me fait un juſte reproche de l'inadvertance que j'ai eue d'avoir ſuppoſé que Mme de *Villette*, depuis Mme de *Bolingbroke*, était propre nièce de Mme de *Maintenon*. La vérité eſt ſi précieuſe qu'elle eſt reſpectable lors même qu'elle eſt inutile. Ce traducteur ne ſe trompe pas moins que moi, quand il dit que le marquis de *Villette* était parent & non neveu; il était neveu réellement de Mme de *Maintenon*. Il eut deux femmes: Mme de *Cailus* était fille de la première, & il épouſa en ſecondes noces Mlle de *Maſilly* qui eſt morte à Londres, épouſe de milord *Bolingbroke*. Ainſi Mme de

Villette & Mme de *Cailus* étaient toutes deux nièces de Mme de *Maintenon;* Mme de *Villette* par son premier mari, & Mme de *Cailus* par sa naiffance. Elles étaient toutes deux dans l'éclat de leur beauté quand le marquis de *Villette* fit ce fecond mariage, & Mme de *Maintenon* lui difait : *Mon neveu, il ne tiendra qu'à vous d'avoir chez vous bonne compagnie, vous avez une femme & une fille qui l'attireront.*

Le traducteur de *Bolingbroke* fe trompe un peu davantage, quand il dit que j'ai fait de Mme de *Maintenon* un portrait dans un goût tout neuf. S'il avait été inftruit, il aurait dit dans un goût très-vrai. Je pouvais charger ce portrait ; je pouvais dire d'elle :

Qu'elle n'eut d'autre droit au rang d'impératrice
Qu'un peu d'attraits peut-être, & beaucoup d'artifice.

Je pouvais parler des hommages que fa beauté & fon efprit lui attirèrent dans fa jeuneffe, en ayant été très-informé par l'abbé de *Châteauneuf* le dernier amant de la célébre *Ninon* ma bienfaitrice ; laquelle avait vécu, comme on fait, avec Mme *Scarron* plufieurs années dans la familiarité la plus intime ; mais un tableau du fiècle de *Louis XIV* ne doit pas, à mon avis, être déshonoré par de pareils traits. J'ai voulu dire des vérités utiles, non des vérités propres aux hiftoriettes. C'eft une vérité très-importante que la veuve de *Scarron*, devenue reine de France, fe foit trouvée malheureufe au faîte de la grandeur même. Elle difait à Mme de *Bolingbroke* : Ah, ma niéce, fi vous faviez ce que c'eft que d'avoir à amufer tous les jours un homme qui n'eſt plus amuſable !

C'eſt ainſi que le ſecret des cœurs eſt ſi peu connu; c'éſt ainſi que nous ſommes tous les dupes de l'appa-rence. On envie le fort de la femme , & du favori , & du miniſtre, d'un grand roi ; mais ceux qui font dans ces places , & ceux qui les regardent d'en-bas, font également faibles & également malheureux. Qu'il y a loin de l'éclat à la félicité !

              ,, *E ben che foſſi guardiano de gli orti* ,
              ,, *Viddi e conobbi pur l'inique Corti.*

Au reſte , que *la Beaumelle* donne la vie de Mme de *Maintenon* après avoir publié ſes lettres ; qu'il y copie mot à mot vingt paſſages du *Siècle de Louis XIV*, contre lequel il a écrit ; qu'il contrediſe au haſard les mémoires de l'abbé de *Choiſi*, après les avoir ſoutenus contre moi au haſard ; qu'il ſe donne la peine de dire que le roi n'acheta point la terre de *Maintenon* , mais qu'elle fut achetée de l'argent du roi , & par l'avis du roi ; qu'il rapporte que Mme de *Maintenon* dans ſa faveur voyait ſouvent Mme de *Monteſpan* , après l'avoir nié dans ſes remarques ſur le *Siècle ;* tout cela eſt fort indifférent.

Il peut même faire attaquer vers les côtes de l'Amérique , le vaiſſeau qui portait Mme d'*Aubigné*, par un vaiſſeau turc, ſans que je le reprenne.

Quelques perſonnes m'ont reproché d'avoir ménagé la mémoire de Mme de *Maintenon* , ainſi que *la Beaumelle* a oſé me reprocher dans ſes notes d'avoir pu dire plus de mal de M. le maréchal de *Villeroi* &

de M. de *Chamillart*, & de ne l'avoir pas dit. Je fais
combien la loi que *Cicéron* impofe aux hiftoriens eft
refpectable : ils ne doivent ofer dire rien de faux ;
ils ne doivent rien cacher de vrai. Mais cette loi
ordonne-t-elle que l'hiftoire foit une fatire ? A qui
Mme de *Maintenon* fit-elle du mal ? qui perfécuta-t-elle ?
Elle fit fervir les charmes de fon efprit & fa dévotion
même à fa grandeur ; elle dompta fon caractère
pour dompter *Louis XIV*. Mais quel abus odieux fit-
elle de fon pouvoir ? La conftitution *Unigenitus* lui
parut la *faine doctrine*, comme elle le dit dans fes
lettres ; mais combattit-elle pour la *faine doctrine* par
des cabales ? & fi elle ofa avoir une opinion dans
des matières qu'elle n'entendait pas , & qu'un efprit
plus mâle aurait négligées, ne doit-on pas favoir gré
à une femme de n'avoir mêlé aucune vivacité à cette
opinion ?

A l'égard du maréchal de *Villeroi* , je voudrais
bien favoir s'il faut flétrir un homme , parce qu'il a
été malheureux à la guerre , & parce qu'il avait à
combattre des généraux plus habiles que lui ? Il eft
pardonnable au peuple de s'emporter contre un
homme dont les mauvais fuccès ont fait l'infortune
de la patrie ; mais l'hiftorien doit voir dans le général
qui a fait des fautes, l'honnête homme qui n'en a
point fait dans la fociété, qui a été fidelle à l'amitié,
généreux, & bienfefant. N'y a-t-il donc d'autre gloire
que celle d'avoir fait tuer des hommes avec fuccès ?

*Il y avait beaucoup de chofes à dire du maréchal de
Villeroi* à ce que prétend *la Beaumelle ; & je les ai
omifes, parce qu'à un certain âge on eft prudent & flatteur.*
Je ne fais pas au jufte quel âge a *la Beaumelle ;* mais

il paraît qu'il n'eſt ni l'un ni l'autre, & je ne vois.
pas qu'il doive me reprocher de la flatterie.

J'ai rendu, ce me ſemble, juſtice à M. de *Chamillart;*
je n'ai rien tu , mais je n'ai rien outré. Ceux qui
pourſuivent ſa mémoire , ſavent-ils ſeulement ce que
c'eſt que l'adminiſtration des finances dans un royaume
compoſé de tant de provinces , où la régie eſt ſi
différente ; dans un royaume épuiſé par la guerre
de 1689 , & pour qui la guerre de 1701 était devenue
néceſſaire ; dans un royaume où rien ne pouvait
s'opérer que par des emprunts continuels ; enfin dans
une guerre long-temps malheureuſe, où il en a coûté
plus en une ſeule année pour l'article ſeul des vivres,
qu'il n'en coûta à *Alexandre* pour conquérir l'Aſie ?
Chamillart ſans doute n'était ni un *Colbert* , ni un
Louvois, je l'ai dit ; mais c'était un honnête homme,
un homme modéré, & je l'ai dit encore. *Un auteur*
impartial, dit le juge *la Beaumelle* , *aurait ſévi contre*
Chamillart. Quelle expreſſion & quel juge !

La France & l'Angleterre ſont pleines d'écrivains
qui croient plaider la cauſe du genre-humain, quand
ils accuſent leur patrie. Il y a des gens qui penſent
qu'un hiſtorien doit décrier ſon pays pour paraître
impartial, condamner tous les miniſtres pour paraître
juſte, & immoler ſon roi à la haine des ſiècles
à venir pour paraître libre. Pluſieurs ont écrit avec
plus de licence que moi, nul avec plus de liberté :
mon livre n'eſt pas aſſurément imprimé à Paris avec
approbation & privilége ; je n'en veux que de la
poſtérité. Mais ma liberté a été celle d'un honnête
homme, d'un citoyen du monde. Quoique j'aie été

hiftoriographe de France, je n'ai voulu achever mon ouvrage que hors de France , afin de n'être pas foupçonné de la baffeffe de flatter, & de n'être pas glacé par la crainte de déplaire.

Il n'y a que trop de perfidies dans les cours ; je le fais très-bien. Il n'y a que trop de mal dans ce monde ; c'en eft un grand de l'exagérer. Peindre les hommes toujours méchans , c'eft les inviter à l'être.

Il y avait dans le confeil de *Louis XIV* des hommes d'une vertu fupérieure à celle des *Catons*. Tel était le duc de *Beauvilliers*, qui fit réfoudre la paix de Ryfwick uniquement parce que les peuples commençaient à être malheureux. Il y avait de pareilles ames à la cour, comme le duc de *Montaufier*, & le duc de *Navailles*. Je ne parle ici que des courtifans qui ont été célébres par leurs places , ou par leurs malheurs. Meffieurs de *Pompone* & *le Pelletier* , dans leur miniftère , furent plus connus par leur probité défintéreffée que par tout le refte , & jamais il n'y eut une conduite plus irréprochable que celle de M. de *Torcy*.

L'auteur vertueux d'un fameux livre me pardonnera donc fi je prends cette occafion de combattre ce titre d'un de fes chapitres , que *la vertu n'eft point le principe du gouvernement monarchique*, & de combattre tout ce chapitre , dans lequel il ferait trop cruel qu'il eût raifon. Je lui dirai d'abord que la vertu n'eft le principe d'aucune affaire , d'aucun engagement poli- tique. La vertu n'eft point le principe du commerce de Cadix ; mais les Efpagnols qui l'exercent, & avec qui nous n'avons de fureté que leur feule bonne foi & leur difcrétion , n'ont jamais trahi ni l'une ni l'autre. La vertu eft de tous les gouvernemens , & de

toutes les conditions ; il y en a toujours plus fous
une adminiſtration paiſible , quelle qu'elle ſoit, que
dans un gouvernement orageux , où l'eſprit de parti
inſpire & juſtifie tous les crimes. Il ſe commit des
actions atroces parmi les ſeigneurs de la cour de
Charles II & de *Jacques II*, qui ne ſe commettaient
pas à la cour de *Louis XIV*.

Je dirai à l'eſtimable auteur de ce livre, que lui-
même n'a vu dans les corps dont il a été membre,
dans les ſociétés dont il a fait l'agrément , qu'une
foule de gens de bien comme lui. Je lui dirai que
s'il entend par vertu, l'amour de la liberté , c'eſt la
paſſion des républicains , c'eſt le droit naturel des
hommes , c'eſt le déſir de conſerver un bien avec
lequel chaque homme ſe croit né, c'eſt le juſte amour
de ſoi-même confondu dans l'amour de ſon pays.
S'il entend la probité , l'intégrité , il y en a toujours
beaucoup ſous un prince honnête homme. Les
Romains furent plus vertueux du temps de *Trajan* ,
que du temps des *Sylla* & des *Marius.* Les Français
le furent plus ſous *Louis XIV* que ſous *Henri III*,
parce qu'ils furent plus tranquilles.

Voici comment l'auteur s'exprime pour appuyer
ſon idée : *Si dans le peuple il ſe trouve quelque malheureux
honnête homme . le cardinal de Richelieu dans ſon Teſtament
politique , inſinue qu'un monarque doit ſe garder de s'en
ſervir. Il ne faut pas , y eſt-il dit , ſe ſervir des gens
de bas lieu ; ils ſont trop auſtères & trop difficiles.* Je
crois rendre ſervice à la nation & à cet auteur,
qui travaille pour le bien de la nation , de lui
démontrer qu'il ſe trompe. Qu'on liſe les paroles

de

de ce teſtament très-fauſſement attribué au cardinal de *Richelieu*.

,, Une baſſe naiſſance produit rarement les parties ,, néceſſaires au magiſtrat ; & il eſt certain que la ,, vertu d'une perſonne de bon lieu a quelque choſe ,, de plus noble que celle qui ſe trouve en un homme ,, de petite extraction. Les eſprits de telles gens ſont ,, d'ordinaire difficiles à manier ; & beaucoup ont ,, une auſtérité ſi épineuſe, qu'elle n'eſt pas ſeu-,, lement fâcheuſe, mais préjudiciable. Le bien eſt ,, un grand ornement aux dignités, qui ſont tellement ,, relevées par le luſtre extérieur, qu'on peut dire har-,, diment que de deux perſonnes dont le mérite eſt ,, égal, celle qui eſt la plus aiſée en ſes affaires, ,, eſt préférable à l'autre, étant certain qu'il faut ,, qu'un pauvre magiſtrat ait l'ame d'une trempe ,, bien forte, ſi elle ne ſe laiſſe quelquefois amollir ,, par la conſidération de ſes intérêts. Auſſi l'expé-,, rience nous apprend que les riches ſont moins ,, ſujets à concuſſion que les autres, & que la ,, pauvreté contraint un officier à être fort ſoigneux ,, du revenu du ſac. ,,

Il eſt clair par ce paſſage, aſſez peu digne d'ailleurs d'un grand miniſtre, que l'auteur du teſtament qu'on a cité, craint qu'un magiſtrat ſans bien & ſans naiſſance n'ait pas aſſez de nobleſſe d'ame pour être incorruptible. On veut donc en vain s'autoriſer du témoignage d'un miniſtre de France pour prouver qu'il ne faut point de vertu en France. Le cardinal de *Richelieu*, tyran quand on lui réſiſtait, & méchant parce qu'il avait des méchans à combattre, pouvait bien, dans un miniſtère qui ne fut qu'une guerre

Mélanges hiſt. Tome I. M

inteſtine de la grandeur contre l'envie, déteſter la vertu qui aurait combattu ſes violences; mais il était impoſſible qu'il l'écrivît : & celui qui a pris ſon nom, ne pouvait, (tout mal-aviſé qu'il eſt quelquefois,) l'être aſſez pour lui faire dire que la vertu n'eſt bonne à rien.

Je n'ai aſſurément nulle envie, en réfutant cette erreur, de décrier le livre célébre où elle ſe trouve. Je ſuis loin de rabaiſſer un ouvrage dont on n'a juſqu'à préſent critiqué que ce qu'il y a de bon; un ouvrage où, à côté de cent paradoxes, il y a cent vérités profondes, exprimées avec énergie; un ouvrage où les erreurs même ſont reſpeſtables, parce qu'elles partent d'un eſprit libre, & d'un cœur plein des droits du genre-humain. Je prétends ſeulement faire voir que, dans une monarchie tempérée par les lois, & ſurtout par les mœurs, il y a plus de vertu que l'auteur ne croit, & plus d'hommes qui lui reſſemblent.

Si feu milord *Bolingbroke* m'avait montré ſa hui-tième lettre ſur l'hiſtoire, où la paſſion lui fait dire que *le gouvernement de ſon pays eſt compoſé d'un roi ſans éclat, de nobles ſans indépendance, & de communes ſans liberté*, je l'aurais prié de retrancher cette phraſe dont le fond n'eſt pas vrai, & dont l'antithèſe n'eſt pas juſte ; & de ne pas donner aux leſteurs lieu de croire que dans ſes écrits le mécontent entraînait trop loin le philoſophe.

Le traduſteur du lord *Bolingbroke* veut encore s'inſcrire en faux contre ce que j'ai rapporté du célébre archevêque de Cambrai *Fénélon*. Il veut parler

apparemment de ces vers que l'archevêque fit dans
fa vieilleffe.

> Jeune j'étais trop fage
> Et voulais trop favoir &c.

Je puis protefter que le marquis de *Fénélon* fon
neveu , ambaffadeur en Hollande , me les dit à la
Haye en 1741. Il y avait dans la chambre un homme
très-connu qui pourrait s'en fouvenir ; c'eft en préfence du même homme , que M. de *Fénélon* me montra
le manufcrit original du Télémaque. J'écrivis les
vers en queftion fur mes tablettes, & je les poffède
copiés dans un ancien manufcrit tout de la même
main. M. de *Fénélon* me dit que ces vers étaient une
parodie d'un air de *Lulli :* je ne fais pas encore fur
quel air ils ont été faits ; mais tout ce que je fais ,
c'eft qu'il eft très-utile de nous dire tous les jours à
nous-mêmes , à nous qui difputons avec tant de
chaleur fur des bagatelles, fur des difficultés puériles,
que le grand archevêque de Cambrai reconnut vers
la fin de fa vie la vanité des difputes fur des objets
plus férieux.

Le traduéteur de *Bolingbroke* me fait un reproche
non moins injufte fur le cardinal *Mazarin. Ce n'eft
pas par les vaudevilles*, dit-il , *qu'il le faut juger.* Non
fans doute ; & ce n'eft ni fur les vaudevilles, ni fur
les fatires qu'il faut juger perfonne , c'eft fur les faits
avérés. Or, je voudrais bien favoir où ce traduéteur
a vu que le cardinal *Mazarin trouva la France dans le
plus grand embarras?* Quand il fut premier miniftre,
il la trouva triomphante par la valeur du grand *Condé*,
& par celle des Suédois. La paix de Veftphalie lui

fit un honneur qu'on ne peut lui ravir : mais les traités heureux font le fruit des campagnes heureufes. Cette paix était retardée quand nos profpérités étaient interrompues; elle fe fit quand *Turenne* fut maître de la Bavière, & quand *Konigsmarck* prenait Prague. Ce n'eft que les armes à la main qu'on force une nation à céder une province : encore l'acquifition de l'Alface nous coûta-t-elle environ fix millions d'aujourd'hui.

Ce traducteur dit que les belles années de *Louis XIV* furent celles où l'efprit de *Mazarin* régnait encore. Eft - ce donc l'efprit de *Mazarin* qui conquit la Franche-Comté, & les villes de Flandre qu'il avait rendues? Eft-ce l'efprit de *Mazarin* qui fit conftruire cent vaiffeaux de ligne, lui qui, dans huit ans d'une adminiftration paifible, avait laiffé la marine dépérir? Eft-ce l'efprit de *Mazarin* qui réforma les lois qu'il ignorait, & les finances qu'il avait pillées? Croit-on, pour avoir traduit milord *Bolingbroke*, favoir mieux l'hiftoire de mon pays que moi? Je la fais mieux que milord *Bolingbroke*, parce qu'il était de mon devoir de l'étudier. Je n'ai eu nulle affection particulière, & la vérité a été mon feul objet; non cette vérité de détails qui ne caractérifent rien, qui n'apprennent rien, qui ne font bons à rien; mais cette vérité qui développe le génie du maître, de la cour, & de la nation. L'ouvrage pouvait être beaucoup meilleur, mais il ne pouvait être fait dans une vue meilleure.

J'apprends qu'on fe plaint que j'ai omis plufieurs écrivains, dans la lifte de ceux qui ont fervi à faire fleurir les arts dans le beau fiècle de *Louis XIV*.

Je n'ai pu parler que de ceux dont les écrits font parvenus à ma connaiffance dans la retraite où j'étais.

J'apprends que plufieurs proteftans me reprochent d'avoir trop peu refpecté leur fecte; j'apprends que quelques catholiques crient que j'ai beaucoup trop ménagé, trop plaint, trop loué les proteftans. Cela ne prouve-t-il pas que j'ai gardé mon caractère, que je fuis impartial?

Eft modus in rebus; funt certi denique fines,
Quos ultrà citràque nequit confiftere rectum.

Fin du Supplément au Siècle de Louis XIV.

M 3

LA DEFENSE

D E

MON ONCLE.

M 4

AVERTISSEMENT

DES EDITEURS.

LA Philofophie de l'hiftoire, qui fert d'introduction à l'*Effai fur les mœurs & l'efprit des nations
depuis Charlemagne*, avait d'abord été imprimée
fous le nom de l'abbé *Bazin*. Il parut une
critique de cet ouvrage, ayant pour titre :
Supplément à la philofophie de l'hiftoire. On fuppofe
que c'eft ici le neveu de l'abbé *Bazin* qui répond
à cette critique, & venge la mémoire de feu
fon oncle.

AVERTISSEMENT

ESSENTIEL OU INUTILE,

SUR

LA DEFENSE DE MON ONCLE.

Lorsque je *mis la plume à la main* pour défendre *unguibus & roſtro* la mémoire de mon cher oncle contre un libelle inconnu, intitulé *Supplément à la philoſophie de l'hiſtoire*, (*a*) je crus d'abord n'avoir à faire qu'à un jeune abbé diſſolu qui, pour s'égayer, avait parlé dans ſa diatribe des filles de joie de Babylone, de l'uſage des garçons, de l'inceſte, & de la beſtialité. Mais lorſque je travaillais en digne neveu, j'ai appris que le libelle anonyme eſt du ſieur *Larcher*, ancien répétiteur de belles-lettres au collége Mazarin. Je lui demande très-humblement pardon de l'avoir pris pour un jeune homme, & j'eſpère qu'il me pardonnera d'avoir rempli mon devoir en écoutant le cri du ſang qui parlait à mon cœur, & la voix de la vérité qui m'a ordonné de *mettre la plume à la main*.

(*a*) Voyez la *Philoſophie de l'hiſtoire*, à la tête de l'*Eſſai ſur les mœurs & l'eſprit des nations*.

Il eft queftion ici de grands objets ; il ne s'agit pas moins que des mœurs & des lois depuis Pékin jufqu'à Rome, & même des aventures de l'Océan & des montagnes. On trouvera auffi dans ce petit ouvrage une furieufe fortie contre l'évêque *Warburton* ; mais le lecteur judicieux pardonnera à la chaleur de mon zèle, quand il faura que cet évêque eft un hérétique.

J'aurais pu relever toutes les fautes de M. *Larcher*, mais il aurait fallu faire un livre auffi gros que le fien. Je n'infifterai que fur fon impiété. Il eft bien douloureux pour des yeux chrétiens de lire dans fon ouvrage, page 298, *que les écrivains facrés ont pu fe tromper comme les autres*. Il eft vrai qu'il ajoute, pour déguifer le poifon, *dans ce qui n'eft pas du dogme.*

Mais, notre ami, il n'y a prefque point de dogme dans les livres hébreux ; tout y eft hiftoire, ou ordonnance légale, ou cantique, ou prophétie, ou morale. La Genèfe, l'Exode, Jofué, les Juges, les Rois, Efdras, les Machabées, font hiftoriques ; le Lévitique & le Deutéronome font des lois. Les Pfeaumes font des cantiques ; les livres d'Ifaïe, Jérémie &c., font prophétiques ; la Sageffe, les Proverbes, l'Eccléfiafte, l'Eccléfiaftique, font de la morale. Nul dogme dans tout cela. On ne peut même appeler *dogme* les dix commandemens ; ce font des lois. *Dogme* eſt une *propoſition* qu'il faut croire. J E S U S-C H R I S T eſt conſubſtantiel à D I E U, *Marie* eſt mère de D I E U, le C H R I S T a deux natures & deux volontés dans une perſonne, l'euchariſtie eſt le corps & le fang de J E S U S - C H R I S T ſous les apparences d'un pain qui n'exiſte plus ; voilà des dogmes. Le *Credo*, qui fut fait du temps de *Jérôme* & d'*Auguſtin*, eſt une profeſſion de dogmes. A peine y a-t-il trois de ces dogmes dans le nouveau teſtament. D I E U a voulu qu'ils fuſſent tirés par notre ſainte Egliſe du germe qui les contenait.

Vois donc quel eſt ton blaſphème ! Tu oſes dire que les auteurs des livres ſacrés ont pu ſe tromper dans tout ce qui n'eſt pas dogme.

Tu prétends donc que le Saint-Eſprit, qui a dicté ces livres, a pu ſe tromper depuis le premier verſet de la Genèſe juſqu'au dernier des Actes des apôtres ; & après une telle impiété, tu as l'inſolence d'accuſer d'impiété des citoyens dont tu n'as jamais approché, chez qui tu ne peux être reçu, & qui ignoreraient ton exiſtence, ſi tu ne les avais pas outragés.

Que les gens de bien ſe réuniſſent pour impoſer ſilence à ces malheureux qui, dès qu'il paraît un bon livre, crient à l'impie, comme les fous des petites-maisons du fond de leurs loges se plaisent à jeter leur ordure au nez des hommes les plus parés, par ce secret instinct de jalousie qui subsiste encore dans leur démence.

Et vous, *pusille grex*, qui lirez *la Défense de mon oncle*, daignez commencer par jeter des yeux attentifs sur la table des chapitres, & choisissez pour vous amuser le sujet qui sera le plus de votre goût. (*b*)

(*b*) Voyez cette table à la fin du Volume.

LA DEFENSE

DE MON ONCLE.

EXORDE.

Un des premiers devoirs eft d'aider fon père, & le fecond eft d'aider fon oncle. Je fuis neveu de feu M. l'abbé *Bazing*, à qui un philofophe ignorant a ôté impitoyablement un *g*, qui le diftinguait des *Bazins* de Thuringe, à qui *Childéric* enleva la reine *Bazine*. (*c*) Mon oncle était un profond théologien, qui fut aumônier de l'ambaffade que l'empereur *Charles VI* envoya à Conftantinople après la paix de Belgrade. Mon oncle favait parfaitement le grec, l'arabe & le cophte. Il voyagea en Egypte, & dans tout l'Orient, & enfin s'établit à Pétersbourg en qualité d'interprète chinois. Mon grand amour pour la vérité ne me permet pas de diffimuler que, malgré fa piété, il était quelquefois un peu railleur. Quand M. de *Guignes* fit defcendre les Chinois des Egyptiens; quand il prétendit que l'empereur de la Chine *Yu* était vifiblement le roi d'Egypte *Menès*, en changeant *nès* en *u*, & *me* en *y*, (quoique *Menès* ne foit pas un nom égyptien, mais grec;) mon oncle alors fe permit une petite raillerie innocente, laquelle d'ailleurs ne devait point affaiblir l'efprit de charité entre deux interprètes

(*c*) Vous fentez bien, mon cher lecteur, que *Bazin* eft un nom celtique, & que la femme de *Bazin* ne pouvait s'appeler que *Bazine*; c'eft ainfi qu'on a écrit l'hiftoire.

chinois. Car au fond mon oncle eſtimait fort M. de *Guignes*.

L'abbé *Bazin* aimait paſſionnément la vérité & ſon prochain. Il avait écrit la *Philoſophie de l'hiſtoire* dans un de ſes voyages en Orient ; ſon grand but était de juger par le ſens commun de toutes les fables de l'antiquité, fables pour la plupart contradictoires. Tout ce qui n'eſt pas dans la nature, lui paraiſſait abſurde, excepté ce qui concerne la foi. Il reſpectait *St Matthieu* autant qu'il ſe moquait de *Cteſias*, & quelquefois d'*Hérodote ;* de plus, très-reſpectueux pour les dames, ami de la bienſéance, & zélé pour les lois. Tel était M. l'abbé *Ambroiſe Bazing* nommé, par l'erreur des typographes, *Bazin*.

CHAPITRE PREMIER.

De la Providence.

UN cruel vient de troubler ſa cendre par un prétendu *Supplément à la philoſophie de l'hiſtoire.* Il a intitulé ainſi ſa ſcandaleuſe ſatire, croyant que ce titre ſeul, de *Supplément aux idées de mon oncle*, lui attirerait des lecteurs. Mais dès la page 33 de ſa préface, on découvre ſes intentions perverſes. Il accuſe le pieux abbé *Bazin* d'avoir dit que la Providence envoie la famine & la peſte ſur la terre. Quoi ! mécréant, tu oſes le nier ? & de qui donc viennent les fléaux qui nous éprouvent, & les châtimens qui nous puniſſent ? Dis-moi qui eſt le maître de la vie & de la mort ? dis-moi donc qui donna le choix à *David*, de la peſte, de la guerre, ou de la famine? D I E U ne fit-il pas périr ſoixante & dix mille Juifs en un quart d'heure, & ne mit-il pas ce frein à la fauſſe politique du fils de *Jeſſé*, qui prétendait connaître à fond la population de ſon pays? ne punit-il pas d'une mort ſubite cinquante mille ſoixante & dix bethſamites qui avaient oſé regarder l'arche? La révolte de *Coré*, *Dathan*, & *Abiron*, ne coûta-t-elle pas la vie à quatorze mille ſept cents Iſraélites, ſans compter deux cents cinquante engloutis dans la terre avec leurs chefs? L'ange exterminateur ne deſcendit-il pas à la voix de l'Eternel, armé du glaive de la mort, tantôt pour frapper les premiers nés de toute l'Egypte, tantôt pour exterminer l'armée de *Sennacherib*?

Que dis-je? il ne tombe pas un cheveu de nos têtes ſans l'ordre du maître des choſes & des temps. La Providence fait tout; Providence tantôt terrible, & tantôt favorable, devant laquelle il faut également ſe proſterner dans la gloire ou dans l'opprobre, dans la jouiſſance délicieuſe de la vie, & ſur le bord du tombeau. Ainſi penſait mon oncle, ainſi penſent tous les ſages. Malheur au mécréant qui contredit ces grandes vérités dans ſa fatale préface.

C H A P I T R E   I I.

L'apologie des dames de Babylone.

L'E N N E M I de mon oncle commence ſon étrange livre par dire: *Voilà les raiſons qui m'ont fait mettre la plume à la main.*

Mettre la plume à la main ! mon ami, quelle expreſſion ? mon oncle, qui avait preſque oublié ſa langue dans ſes longs voyages, parlait mieux français que toi.

Je te laiſſe déraiſonner & dire des injures à propos de Khamos, & de Ninive, & d'Aſſur. Trompe-toi tant que tu voudras ſur la diſtance de Ninive à Babylone ; cela ne fait rien aux dames pour qui mon oncle avait un ſi profond reſpect, & que tu outrages ſi barbarement.

Tu veux abſolument que, du temps d'*Hérodote*, toutes les dames de la ville immenſe de Babylone vinſſent religieuſement ſe proſtituer dans le temple au premier venu, & même pour de l'argent. Et tu le crois, parce qu'*Hérodote* l'a dit.

O que mon oncle était éloigné d'imputer aux dames une telle infamie ! Vraiment il ferait beau voir nos princeſſes, nos ducheſſes, madame la chancelière, madame la première préſidente, & toutes les dames de Paris, donner dans l'égliſe Notre-Dame leurs faveurs pour un écu au premier batelier, au premier fiacre, qui ſe ſentirait du goût pour cette auguſte cérémonie !

Je ſais que les mœurs aſiatiques diffèrent des nôtres, & je le ſais mieux que toi, puiſque j'ai accompagné mon oncle en Aſie : mais la différence en ce point eſt que les Orientaux ont toujours été plus ſévères que nous. Les femmes, en Orient, ont toujours été renfermées, ou du moins elles ne ſont jamais ſorties de la maiſon qu'avec un voile. Plus les paſſions ſont vives dans ces climats, plus on a gêné les femmes. C'eſt pour les garder qu'on a

imaginé

imaginé les eunuques. La jaloufie inventa l'art de mutiler les hommes, pour s'affurer de la fidélité des femmes & de l'innocence des filles. Les eunuques étaient déjà très-communs dans les temps où les Juifs étaient en république. On voit que *Samuel*, voulant conferver fon autorité, & détourner les Juifs de prendre un roi, leur dit que ce roi aura des eunuques à fon fervice.

Peut-on croire que dans Babylone, dans la ville la mieux policée de l'Orient, des hommes fi jaloux de leurs femmes les aient envoyées toutes fe proftituer dans un temple aux plus vils étrangers? que tous les époux & tous les pères aient étouffé ainfi l'honneur & la jaloufie? que toutes les femmes & toutes les filles aient foulé aux pieds la pudeur fi naturelle à leur fexe? Le fefeur de contes *Hérodote* a pu amufer les Grecs de cette extravagance, mais nul homme fenfé n'a dû le croire.

Le détracteur de mon oncle & du beau fexe veut que la chofe foit vraie; & fa grande raifon, c'eft que quelquefois les Gaulois ou Welches ont immolé des hommes (& probablement des captifs) à leur vilain dieu *Teutatès*. Mais de ce que des barbares ont fait des facrifices de fang humain; de ce que les Juifs immolèrent au Seigneur trente - deux pucelles, des trente-deux mille pucelles trouvées dans le camp des Madianites avec foixante & un mille ânes; & de ce qu'enfin, dans nos derniers temps, nous avons immolé tant de juifs dans nos auto-da-fé, ou plutôt dans nos autos-de-fé, à Lisbonne, à Goa, à Madrid; s'enfuit-il que toutes les belles babyloniènes couchaffent avec des palefreniers étrangers, dans la cathédrale

Mélanges hift. Tome I.   N de Babylone? La religion de *Zoroaſtre* ne permettait pas aux femmes de manger avec les étrangers ; leur aurait-elle permis de coucher avec eux ?

L'ennemi de mon oncle, qui me paraît avoir ſes raiſons pour que cette belle coutume s'établiſſe dans les grandes villes, appelle le prophète *Baruch* au ſecours d'*Hérodote ;* & il cite le ſixième chapitre de la prophétie de ce ſublime *Baruch ;* mais il ne ſait peut-être pas que ce ſixième chapitre eſt préciſément celui de tout le livre qui eſt le plus évidemment ſuppoſé. C'eſt une lettre prétendue de *Jérémie* aux pauvres juifs qu'on menait enchaînés à Babylone ; St *Jérôme* en parle avec le dernier mépris. Pour moi, je ne mépriſe rien de ce qui eſt inféré dans les livres juifs. Je fais tout le reſpect qu'on doit à cet admirable peuple, qui ſe convertira un jour, & qui ſera le maître de toute la terre.

Voici ce qui eſt dit dans cette lettre ſuppoſée : *On voit dans Babylone des femmes qui ont des ceintures de cordelettes, (ou de rubans) aſſiſes dans les rues ; & brûlant des noyaux d'olives. Les paſſans les choiſiſſent ; & celle qui a eu la préférence ſe moque de ſa compagne qui a été négligée, & dont on n'a pas délié la ceinture.*

Je veux bien avouer qu'une mode à peu près ſemblable s'eſt établie à Madrid, & dans le quartier du Palais-royal à Paris. Elle eſt fort en vogue dans les rues de Londres ; & les muſicaux d'Amſterdam ont eu une grande réputation.

L'hiſtoire générale des b...... peut être fort curieuſe. Les ſavans n'ont encore traité ce grand ſujet que par parties détachées. Les b...... de Veniſe & de Rome commencent un peu à dégénérer, parce que tous les beaux arts tombent en décadence. C'était fans doute la plus belle inftitution de l'efprit humain avant le voyage de *Chriftophoro Colombo* aux îles Antilles. La vérole, que la Providence avait reléguée dans ces îles, a inondé depuis toute la chrétienté ; & ces beaux b...... confacrés à la déeffe *Aftarté*, ou *Décerto*, ou *Milita*, ou *Aphrodife*, ou *Vénus*, ont perdu aujourd'hui toute leur fplendeur. Je crois bien que l'ennemi de mon oncle les fréquente encore comme des reftes des mœurs antiques ; mais enfin, ce n'eft pas une raifon pour qu'il affirme que la fuperbe Babylone n'était qu'un vafte b......, & que la loi du pays ordonnait aux femmes & aux filles des fatrapes, voire même aux filles du roi, d'attendre les paffans dans les rues. C'eft bien pis que fi on difait que les femmes & les filles des bourgmeftres d'Amfter-dam font obligées, par la religion calvinifte, de fe donner dans les muficaux aux matelots hollandais qui reviennent des grandes Indes.

Voilà comme les voyageurs prennent probablement tous les jours un abus de la loi pour la loi même, une groffière coutume du bas peuple pour un ufage de la cour. J'ai entendu fouvent mon oncle parler fur ce grand fujet avec une extrême édification. Il difait que fur mille quintaux pefant de relations & d'anciennes hiftoires, on ne trierait pas dix onces de vérités.

Remarquez, s'il vous plaît, mon cher lecteur, la malice du paillard qui outrage fi clandeftinement la mémoire de mon oncle ; il ajoute au texte facré de *Baruch ;* il le falfifie pour établir fon b...... dans la cathédrale de Babylone même. Le texte facré de

N 2

l'apocryphe *Baruch* porte dans la Vulgate : *Mulieres autem circumdatæ funibus in viis sedent.* Notre ennemi sacrilége traduit : *Des femmes environnées de cordes sont assises dans les allées du temple.* Le mot *temple* n'est nulle part dans le texte.

Peut-on pousser la débauche au point de vouloir qu'on paillarde ainsi dans les églises ? il faut que l'ennemi de mon oncle soit bien un vilain homme.

S'il avait voulu justifier la paillardise par de grands exemples, il aurait pu choisir ce fameux droit de prélibation, de marquette, de jambage, de cuissage, que quelques seigneurs de châteaux s'étaient arrogé dans la chrétienté, dans le commencement du beau gouvernement féodal. Des barons, des évêques, des abbés, devinrent législateurs ; & ordonnèrent que dans tous les mariages autour de leurs châteaux, la première nuit des noces serait pour eux. Il est bien difficile de savoir jusqu'où ils poussaient leur législation ; s'ils se contentaient de mettre une cuisse dans le lit de la mariée, comme quand on épousait une princesse par procureur ; ou s'ils y mettaient les deux cuisses. Mais ce qui est avéré, c'est que ce droit de cuissage, qui était d'abord un droit de guerre, a été vendu enfin aux vassaux par les seigneurs, soit séculiers, soit réguliers, qui ont sagement compris qu'ils pourraient, avec l'argent de ce rachat, avoir des filles plus jolies.

Mais surtout, remarquez, mon cher lecteur, que ces coutumes bizarres, établies sur une frontière par quelques brigands, n'ont rien de commun avec les lois des grandes nations ; que jamais le droit de cuissage n'a été approuvé par nos tribunaux ; &

jamais les ennemis de mon oncle, tout acharnés qu'ils font, ne trouveront une loi babylonienne qui ait ordonné à toutes les dames de la cour de coucher avec les paffans.

CHAPITRE III.

De l'Alcoran.

Notre infame débauché cherche un fubterfuge chez les Turcs pour juftifier les dames de Babyloné. Il prend la comédie d'*Arlequin Ulla* pour une loi des Turcs. *Dans l'Orient*, dit-il, *fi un mari répudie fa femme, il ne peut la reprendre que lorfqu'elle a époufé un autre homme qui paffe la nuit avec elle*, &c. (1) Mon paillard ne fait pas plus fon Alcoran que fon Baruch. Qu'il life le chapitre II du grand livre arabe donné par l'ange *Gabriel*, & le 45me paragraphe de la *Sonna;* c'eft dans ce chapitre II, intitulé *la vache*, que le prophète, qui a toujours grand foin des dames, donne des lois fur leur mariage & fur leur douaire : *Ce ne fera pas un crime*, dit-il, *de faire divorce avec vos*

---

(1) En fuppofant que la loi exifte, elle prefcrit feulement qu'un homme ne peut reprendre une femme, avec laquelle il a fait divorce, que lorfqu'elle eft veuve d'un autre homme, ou qu'elle a été répudiée par lui. Cette loi aurait pour but d'empêcher les époux de fe féparer pour des caufes très-légères. Un homme riche a pu quelquefois, pour éluder la loi, faire jouer cette comédie.

C'eft ainfi qu'en Angleterre un homme, qui veut fe féparer de fa femme avec fon confentement, fe fait furprendre avec une fille. Dirait-on que, par la loi d'Angleterre, un homme ne peut fe féparer de fa femme qu'après avoir couché avec une autre devant témoins ? Ce ferait imiter M. *Larcher*, & prendre l'abus ridicule d'une mauvaife loi pour la loi même. Mais cette loi, quoique mauvaife, ne prefcrit ni dans l'Orient ni dans l'Angleterre une action contraire aux mœurs.

femmes, pourvu que vous ne les ayez pas encore touchées,
& que vous n'ayez pas encore affigné leur douaire : & fi
vous vous féparez d'elles avant de les avoir touchées, &
après avoir établi leur douaire, vous ferez obligé de leur
payer la moitié de leur douaire, &c. à moins que le nouveau
mari ne veuille pas le recevoir.

KISRON HECBALAT DOROMFET ERNAM RABOLA
ISRON TAMON ERG BEMIN OULDEG EBORI CARA-
MOUFEN, &c.

Il n'y a peut être point de loi plus fage : on en
abufe quelquefois chez les Turcs, comme on abufe
de tout. Mais en général on peut dire que les lois
des Arabes, adoptées par les Turcs leurs vainqueurs,
font bien auffi fenfées pour le moins que les coutumes
de nos provinces, qui font toujours en oppofition
les unes avec les autres.

Mon oncle fefait grand cas de la jurifprudence
turque. Je m'aperçus bien, dans mon voyage à
Conftantinople, que nous connaiffons très-peu ce
peuple dont nous fommes fi voifins. Nos moines
ignorans n'ont ceffé de le calomnier. Ils appellent
toujours fa religion *fenfuelle ;* il n'y en a point qui
mortifie plus les fens. Une religion qui ordonne
cinq prières par jour, l'abftinence du vin, le jeûne
le plus rigoureux ; qui défend tous les jeux de hafard ;
qui ordonne, fous peine de damnation, de donner
deux & demi pour cent de fon revenu aux pauvres,
n'eft certainement pas une religion voluptueufe, &
ne flatte pas, comme on l'a tant dit, la cupidité & la
molleffe. On s'imagine chez nous que chaque bacha
a un férail de fept cents femmes, de trois cents

concubines, d'une centaine de jolis pages, & d'autant d'eunuques noirs. Ce font des fables dignes de nous. Il faut jeter au feu tout ce qu'on a dit jufqu'ici fur les mufulmans. Nous prétendons qu'ils font autant de *Sardanapales*, parce qu'ils ne croient qu'un feul DIEU. Un favant turc de mes amis, nommé (*) *Notmig*, travaille à préfent à l'hiftoire de fon pays; on la traduit à mefure : le public fera bientôt détrompé de toutes les erreurs débitées jufqu'à préfent fur les fidelles croyans.

CHAPITRE IV.

Des Romains.

QUE M. l'abbé *Bazin* était chafte ! qu'il avait la pudeur en recommandation ! Il dit dans un endroit de fon favant livre, page 52 : *J'aimerais autant croire Dion Caffius, qui affure que les graves fénateurs de Rome propoférent un décret, par lequel Céfar, âgé de cinquante-fept ans, aurait le droit de jouir de toutes les femmes qu'il voudrait.*

Qu'y a-t-il donc de fi extraordinaire dans un tel décret, s'écrie notre effronté cenfeur? il trouve cela tout fimple ; il préfentera bientôt une pareille requête au parlement : je voudrais bien favoir quel âge il a. Tudieu quel homme ! Ce *Salomon*, poffeffeur de fept cents femmes & trois cents concubines, n'approchait pas de lui.

(*) M. l'abbé *Mignot*, confeiller au grand confeil, neveu de M. de *Voltaire.*

CHAPITRE V.

De la sodomie.

Mon oncle, toujours discret, toujours sage, toujours persuadé que jamais les lois n'ont pu violer les mœurs, s'exprime ainsi dans la *Philosophie de l'histoire*, p. 53 : „ Je ne croirai pas davantage *Sextus Empiricus*, „ qui prétend que chez les Perses la pédérastie était „ ordonnée. Quelle pitié! Comment imaginer que „ les hommes eussent fait une loi, qui, si elle avait „ été exécutée, aurait détruit la race des hommes? „ La pédérastie, au contraire, était expressément „ défendue dans le livre du Zend; & c'est ce qu'on „ voit dans l'abrégé du Zend, le Sadder, où il est dit „ (porte 9) *qu'il n'y a point de plus grand péché.*

Qui croirait, mon cher lecteur, que l'ennemi de ma famille ne se contente pas de vouloir que toutes les femmes couchent avec le premier venu, mais qu'il veuille encore insinuer adroitement l'amour des garçons? *Les jésuites*, dit-il, *n'ont rien à démêler ici.* Hé, mon cher enfant, mon oncle n'a point parlé des jésuites. Je sais bien qu'il était à Paris, lorsque le révérend père *Marsi*, & le révérend père *Fréron*, furent chassés du collége de *Louis le grand* pour leurs fredaines; mais cela n'a rien de commun avec *Sextus Empiricus;* cet écrivain doutait de tout, mais personne ne doute de l'aventure de ces deux révérends pères.

Pourquoi troubler mal-à-propos leurs manes? dis-tu, dans l'apologie que tu fais du péché de Sodome.

Il eſt vrai que frère *Marſi* eſt mort, mais frère *Fréron*
vit encore. Il n'y a que ſes ouvrages qui ſoient
morts ; .& quand on dit de lui qu'il eſt *ivre-mort*
preſque tous les jours, c'eſt par catachrèſe, ou ſi
l'on veut, par une eſpèce de métonymie.

Tu te complais à citer la diſſertation de feu
M. *Jean-Matthieu Geſner*, qui a pour titre, *Socrates
ſanĕtus pederaſta*, Socrate le ſaint b.... (*d*) En vérité
cela eſt intolérable ; il pourra bien t'arriver pareille
aventure qu'à feu M. *Deſchaufour ;* l'abbé *Desfontaines*
l'eſquiva.

C'eſt une choſe bien remarquable dans l'hiſtoire
de l'eſprit humain, que tant d'écrivains folliculaires
ſoient ſujets à caution. J'en ai cherché ſouvent la
raiſon ; il m'a paru que les folliculaires ſont pour
la plupart des craſſeux chaſſés des colléges, qui n'ont
jamais pu parvenir à être reçus dans la compagnie
des dames : ces pauvres gens, preſſés de leurs vilains
beſoins, ſe ſatisfont avec les petits garçons qui leur
apportent de l'imprimerie la feuille à corriger, ou
avec les petits décrotteurs du quartier ; c'eſt ce qui
était arrivé à l'ex-jéſuite *Desfontaines*, prédéceſſeur de
l'ex-jéſuite *Fréron*. (*e*)

N'es-tu pas honteux, notre ami, de rappeler
toutes ces ordures dans un *Supplément à la philoſophie*

(*d*) Qui le croirait, mon cher lecteur? cela eſt imprimé à la page
209 du livre de M. *Toxotès* , intitulé *Supplément à la philoſophie de
l'hiſtoire.*

(*e*) Un ramoneur à face baſanée ,
Le fer en main , les yeux ceints d'un bandeau ,
S'allait gliſſant dans une cheminée ,
Quand de Sodome un antique bedeau
Vint endoſſer ſa figure inclinée , &c.

de l'histoire? Quoi ! tu veux faire l'histoire de la
sodomie? *Il aura, dit-il, occasion encore d'en parler dans
un autre ouvrage.* Il va chercher jusqu'à un Syrien
nommé *Bardezane*, qui a dit que chez les Velches
tous les petits garçons fefaient cette infamie, *Para
de gallois oi neoi gamontai.* Fi, vilain ! ofes-tu bien
mêler ces turpitudes à la fage bienféance dont mon
oncle s'eft tant piqué ? ofes-tu outrager ainfi les
dames, & manquer de refpeçt, à ce point, à l'augufte
impératrice de Ruffie, à qui j'ai dédié le livre inf-
tructif & fage de feu M. l'abbé *Bazin* ?

CHAPITRE VI.

De l'incefte.

IL ne fuffit pas au cruel ennemi de mon oncle
d'avoir nié la Providence, d'avoir pris le parti des
ridicules fables d'*Hérodote* contre la droite raifon,
d'avoir falfifié Baruch & l'Alcoran, d'avoir fait l'apologie des b...... & de la fodomie; il veut encore
canonifer l'incefte. M. l'abbé *Bazin* a toujours été
convaincu que l'incefte au premier degré, c'eft-à-dire,
entre le père & la fille, entre la mère & le fils, n'a
jamais été permis chez les nations policées. L'autorité
paternelle, le refpeçt filial, en fouffriraient trop. La
nature, fortifiée par une éducation honnête, fe révol-
terait avec horreur.

On pouvait époufer fa fœur chez les Juifs, j'en
conviens. Lorfqu'*Ammon*, fils de *David*, viola fa fœur

Thamar, fille de *David*, *Thamar* lui dit en propres mots : *Ne me faites pas des sottises, car je ne pourrais supporter cet opprobre, & vous passerez pour un fou ; mais demandez-moi au roi mon père en mariage , & il ne vous refusera pas.*

Cette coutume est un peu contradictoire avec le Lévitique : mais les contradictoires se concilient souvent. Les Athéniens épousaient leurs sœurs de père, les Lacédémoniens leurs sœurs utérines, les Egyptiens leurs sœurs de père & de mère. Cela n'était pas permis aux Romains ; ils ne pouvaient même se marier avec leurs nièces. L'empereur *Claude* fut le seul qui obtint cette grâce du sénat. Chez nous autres remués de barbares, on peut épouser sa nièce avec la permission du pape, moyennant la taxe ordinaire, qui va, je crois, à quarante mille petits écus en comptant les menus frais. J'ai toujours entendu dire qu'il n'en avait coûté que quatre-vingts mille francs à M. de *Montmartel*. J'en connais qui ont couché avec leurs nièces à bien meilleur marché. Enfin il est incontestable que le pape a de droit divin la puissance de dispenser de toutes les lois. Mon oncle croyait même que, dans un cas pressant, sa sainteté pouvait permettre à un frère d'épouser sa sœur, sur-tout s'il s'agissait évidemment de l'avantage de l'Eglise; car mon oncle était très-grand serviteur du pape.

A l'égard de la dispense, pour épouser son père ou sa mère, il croyait le cas très-embarassant ; & il doutait, si j'ose le dire, que le droit divin du St Père pût s'étendre jusque-là. Nous n'en avons, ce me semble, aucun exemple dans l'histoire moderne.

Ovide, à la vérité, dit dans fes belles métamorphofes:

> . . . . *Gentes tamen effe feruntur*
> *In quibus & nato genitrix & nata parenti*
> *Jungitur , & pietas geminato crefcit amore.*

Ovide avait fans doute en vue les Perfans babylo‑
niens , que les Romains leurs ennemis accufaient de
cette infamie.

Le partifan des péchés de la chair , qui a écrit
contre mon oncle , le défie de trouver un autre
paffage que celui de *Catulle*. Hé bien , qu'en réfulte‑
rait‑il? qu'on n'aurait trouvé qu'un accufateur contre
les Perfes , & que par conféquent on ne doit point
les juger coupables. Mais c'eft affez qu'un auteur ait
donné crédit à une fauffe rumeur , pour que vingt
auteurs en foient les échos. Les Hongrois aujourd'hui
font aux Turcs mille reproches qui ne font pas mieux
fondés.

Grotius lui‑même , dans fon affez mauvais livre
fur la religion chrétienne , va jufqu'à citer la fable
du pigeon de *Mahomet*. On tâche toujours de rendre
fes ennemis odieux & ridicules.

Notre ennemi n'a pas lu fans doute un extrait
du Zenda ‑ Vefta de *Zoroaftre* , communiqué dans
Surate à *Lordius* , par un de ces mages qui fubfiftent
encore. Les ignicoles ont toujours eu la permiffion
d'avoir cinq femmes : mais il eft dit expreffément
qu'il leur a toujours été défendu d'époufer leurs
coufines. Voilà qui eft pofitif. *Tavernier* , dans fon
livre I V, avoue que cette vérité lui a été confirmée
par un autre mage.

Pourquoi donc notre inceftueux adverfaire trouve-t-il mauvais que M. l'abbé *Bazin* ait défendu les anciens Perfes ? pourquoi dit-il qu'il était d'ufage de coucher avec fa mère ? Que gagne-t-il à cela ? Veut-il introduire cet ufage dans nos familles ? Ah ! qu'il fe contente des bonnes fortunes de Babylone.

CHAPITRE VII.

De la beftialité, & du bouc du fabbat.

IL ne manquait plus au barbare ennemi de mon oncle que le péché de beftialité ; il en eft enfin convaincu. M. l'abbé *Bazin* avait étudié à fond l'hiftoire de la forcellerie depuis *Jannès* & *Mambrès*, confeillers du roi, forciers, à la cour de *Pharaon*, juf-qu'au révérend père *Girard*, accufé juridiquement d'avoir endiablé la damoifelle *Cadière* en foufflant fur elle. Il favait parfaitement tous les différens degrés par lefquels le fabbat & l'adoration du bouc avaient paffé. C'eft bien dommage que fes manufcrits foient perdus. Il dit un mot de fes grands fecrets dans fa philofophie de l'hiftoire. *Le bouc avec lequel les forcières étaient fuppofées s'accoupler, vient de cet ancien commerce que les Juifs eurent avec les boucs dans le défert ; ce qui leur eft reproché dans le Lévitique.*

Remarquez, s'il vous plaît, la difcrétion & la pudeur de mon oncle. Il ne dit pas que les forcières s'accouplent avec un bouc; il dit qu'elles font fuppo-fées s'accoupler.

Et là-deffus, voilà mon homme qui s'échauffe comme un Calabrois pour fa chèvre, & qui vous parle à tort & à travers de fornication avec des animaux , & qui vous cite *Pindare* & *Plutarque* pour vous prouver que les dames de la dynaftie de Mendès couchaient publiquement avec des boucs. Voyez comme il veut juftifier les Juifs par les Mendéfiennes. Jufqu'à quand outragera-t-il les dames ? Ce n'eft pas affez qu'il proftitue les princeffes de Babylone aux muletiers , il donne des boucs pour amans aux princeffes de Mendès. Je l'attends aux Parifiennes.

Il eft très-vrai , & je l'avoue en foupirant , que le Lévitique fait ce reproche aux dames juives qui erraient dans le défert. Je dirai pour leur juftification qu'elles ne pouvaient fe laver dans un pays qui manque d'eau abfolument , & où l'on eft encore obligé d'en faire venir à dos de chameau. Elles ne pouvaient changer d'habits , ni de fouliers , puifqu'elles confervèrent quarante ans leurs mêmes habits par un miracle fpécial. Elles n'avaient point de chemife. Les boucs du pays purent très-bien les prendre pour des chèvres à leur odeur. Cette conformité put établir quelque galanterie entre les deux efpèces : mon oncle prétendait que ce cas avait été très-rare dans le défert, comme il avait vérifié qu'il eft affez rare en Calabre, malgré tout ce qu'on en dit. Mais enfin il lui paraiffait évident que quelques dames juives étaient tombées dans ce péché. Ce que dit le Lévitique ne permet guère d'en douter. On ne leur aurait pas reproché des intrigues amoureufes dont elles n'auraient pas été coupables.

Et qu'ils n'offrent plus aux velus avec lefquels ils ont forniqué. Lévitique, chap. XVII.

Les femmes ne forniqueront point avec les bêtes.
Chap. XIX.

La femme qui aura servi de succube à une bête sera punie avec la bête, & leur sang retombera sur eux.
Chap. XX.

Cette expreffion remarquable, *leur sang retombera sur eux*, prouve évidemment que les bêtes paffaient alors pour avoir de l'intelligence. Non-feulement le ferpent & l'âneffe avaient parlé, mais DIEU, après le déluge, avait fait un pacte, une alliance avec les bêtes. C'eft pourquoi de très-illuftres commentateurs trouvent la punition des bêtes, qui avaient fubjugué des femmes, très-analogue à tout ce qui eft dit des bêtes dans la fainte écriture. Elles étaient capables de bien & de mal. Quand aux velus, on croit dans tout l'Orient que ce font des finges. Mais il eft fûr que les Orientaux fe font trompés en cela, car il n'y a point de finges dans l'Arabie déferte. Ils font trop avifés pour venir dans un pays aride où il faut faire venir de loin le manger & le boire. Par les velus il faut abfolument entendre les boucs.

Il eft conftant que la cohabitation des forcières avec un bouc, la coutume de le baifer au derrière, qui eft paffée en proverbe, la danfe ronde qu'on exécute autour de lui, les petits coups de verveine dont on le frappe, & toutes les cérémonies de cette orgie, viennent des Juifs qui les tenaient des Egyptiens; car les Juifs n'ont jamais rien inventé.

Je poffède un manufcrit juif, qui a, je crois, plus de deux mille ans d'antiquité ; il me paraît que l'original doit être du temps du premier ou du fecond

Ptolomée : c'eſt un détail de toutes les cérémonies de l'adoration du bouc ; & c'eſt probablement ſur un exemplaire de cet ouvrage, que ceux qui ſe ſont adonnés à la magie, ont compoſé ce qu'on appelle le *grimoire.* Un grand d'Eſpagne m'en a offert cent louis d'or, je ne l'aurais pas donné pour deux cents. Jamais le bouc n'eſt appelé que le *velu* dans cet ouvrage. Il confondrait bien toutes les mauvaiſes critiques de l'ennemi de feu mon oncle.

Au reſte, je ſuis bien aiſe d'apprendre à la dernière poſtérité, qu'un ſavant d'une grande ſagacité, ayant vu dans ce chapitre que M. *** eſt convaincu de *beſtialité,* a mis en marge, liſez *bêtiſe.*

C H A P I T R E   V I I I.

D'Abraham & de Ninon l'Enclos.

Monsieur l'abbé *Bazin* était perſuadé avec *Onkelos,* & avec tous les juifs orientaux, qu'*Abraham* était âgé d'environ cent trente-cinq ans quand il quitta la Chaldée. Il importe fort peu de ſavoir préciſément quel âge avait le père des croyans. Quand Dieu nous jugera tous dans la vallée de Joſaphat, il eſt probable qu'il ne nous punira pas d'avoir été de mauvais chronologiſtes comme le détracteur de mon oncle. Il ſera puni pour avoir été vain, inſolent, groſſier, & calomniateur ; & non pour avoir manqué d'eſprit, & avoir ennuyé les dames.

Il eſt bien vrai qu'il eſt dit dans la Genèſe qu'*Abraham* ſortit d'Aran en Méſopotamie, âgé de ſoixante & quinze ans, après la mort de ſon père *Tharé*

le

le potier : mais il eſt dit auſſi dans la Genèſe que Tharé ſon père l'ayant engendré à ſoixante & dix ans, vécut juſqu'à deux cents cinq. Il faut donc abſolument expliquer l'un des deux par l'autre. Si *Abraham* ſortit de la Chaldée après la mort de *Tharé* âgé de deux cents cinq ans, & ſi *Tharé* l'avait eu à l'âge de ſoixante & dix, il eſt clair qu'*Abraham* avait juſte cent trente-cinq ans lorſqu'il ſe mit à voyager. Notre lourd adverſaire propoſe un autre ſyſtème pour eſquiver la difficulté ; il appelle *Philon* le juif à ſon ſecours, & il croit donner le change à mon cher lecteur en diſant que la ville d'Aran eſt la même que Carrès. Je ſuis bien ſûr du contraire, & je l'ai vérifié ſur les lieux. Mais quel rapport, je vous prie, la ville de Carrès a-t-elle avec l'âge d'*Abraham* & de *Sara* ?

On demandait encore à mon oncle comment *Abraham*, venu de Méſopotamie, pouvait ſe faire entendre à Memphis ? Mon oncle répondait qu'il n'en ſavait rien, qu'il ne s'en embarraſſait guère ; qu'il croyait tout ce qui ſe trouve dans la ſainte écriture, ſans vouloir l'expliquer, & que c'était l'affaire de meſſieurs de ſorbonne, qui ne ſe ſont jamais trompés.

Ce qui eſt bien plus important, c'eſt l'impiété avec laquelle notre mortel ennemi compare *Sara*, la femme du père des croyans, avec la fameuſe *Ninon l'Enclos*. Il ſe demande comment il ſe peut faire que *Sara*, âgée de ſoixante & quinze ans, allant de Sichem à Memphis ſur ſon âne pour chercher du blé, enchantât le cœur du roi de la ſuperbe Egypte, & fît enſuite le même effet ſur le petit roi

Mélanges hiſt. Tome I.　　　　　O

de Gérar dans l'Arabie déferte. Il répond à cette
difficulté par l'exemple de *Ninon*. *On fait*, dit-il,
qu'à l'âge de quatre-vingts ans, Ninon fut infpirer à l'abbé
Gédoin des fentimens qui ne font faits que pour la jeuneffe
ou l'âge viril. Avouez, mon cher lecteur, que voilà
une plaifante manière d'expliquer l'écriture fainte;
il veut s'égayer, il croit que c'eft-là le bon ton. Il
veut imiter mon oncle; mais, quand certain animal
à longues oreilles veut donner la patte comme le
petit chien, vous favez comme on le renvoie.

Il fe trompe fur l'hiftoire moderne comme fur
l'ancienne. Perfonne n'eft plus en état que moi de
rendre compte des dernières années de Mlle de
l'Enclos, qui ne reffemblait en rien à *Sara*. Je fuis
fon légataire. Je l'ai vue les dernières années de fa
vie. Elle était fèche comme une momie. Il eft vrai
qu'on lui préfenta l'abbé *Gédoin* qui fortait alors
des jéfuites, mais non pas pour les mêmes raifons
que les *Desfontaines* & les *Frérons* en font fortis.
J'allais quelquefois chez elle avec cet abbé qui
n'avait d'autre maifon que la nôtre. Il était fort
éloigné de fentir des défirs pour une décrépite ridée;
qui n'avait fur les os qu'une peau jaune tirant fur
le noir.

Ce n'était point l'abbé *Gédoin* à qui on imputait
cette folie; c'était à l'abbé de *Châteauneuf*, frère
de celui qui avait été ambaffadeur à Conftantinople.
Châteauneuf avait eu en effet la fantaifie de coucher
avec elle vingt ans auparavant. Elle était encore
affez belle à l'âge de près de foixante années. Elle
lui donna en riant un rendez-vous pour un certain
jour du mois. Et pourquoi ce jour-là plutôt qu'un

autre ? lui dit l'abbé de *Châteauneuf*. C'eſt que j'aurai
alors ſoixante ans juſte, lui dit-elle. Voilà la vérité
de cette hiſtoriette qui a tant couru, & que l'abbé
de *Châteauneuf*, mon bon parrain, à qui je dois mon
baptême, m'a raconté ſouvent dans mon enfance,
pour me former l'eſprit & le cœur ; mais Mlle l'*Enclos*
ne s'attendait pas d'être un jour comparée à *Sara*,
dans un libelle fait contre mon oncle.

Quoiqu'*Abraham* ne m'ait point mis ſur ſon teſtament, & que *Ninon l'Enclos* m'ait mis ſur le ſien,
cependant je la quitte ici pour le père des croyans.
Je ſuis obligé d'apprendre à l'abbé *Fou*.... (2) détraĉteur
de mon oncle, ce que penſent d'*Abraham* tous les
Guèbres que j'ai vus dans mes voyages. Ils l'appellent *Ebrahim*, & lui donnent le ſurnom de *Ƶer
ateukt ;* c'eſt notre *Ƶoroaſtre*. Il eſt conſtant que ces
Guèbres diſperſés, & qui n'ont jamais été mêlés avec
les autres nations, dominaient dans l'Aſie avant
l'établiſſement de la horde juive, & qu'*Abraham* était
de Chaldée, puiſque le Pentateuque le dit. M. l'abbé
Bazin avait approfondi cette matière ; il me diſait
ſouvent : Mon neveu, on ne connaît pas aſſez les
Guèbres ; on ne connaît pas aſſez *Ebrahim ;* croyez-
moi, liſez avec attention le Zenda-Veſta & le Veidam.

_____

(2) Il s'agit ici de l'abbé *Foucher* de l'académie des belles-lettres ,
précepteur du duc de *la Trimouille.* Cet abbé était janſéniſte ; il crut
que ſa conſcience l'obligeait à ecrire contre M. de *Voltaire* ; mais la grâce
lui manqua.

CHAPITRE IX,

De Thèbes , de Boffuet, & de Rollin.

M on oncle, comme je l'ai déjà dit, aimait le merveilleux , la fiction en poëfie ; mais il les déteftait dans l'hiftoire. Il ne pouvait fouffrir qu'on mît des conteurs de fables à côté des *Tacites*, ni des *Grégoires de Tours* auprès des *Rapin-Thoyras*. Il fut féduit dans fa jeuneffe par le ftyle brillant du difcours de *Boffuet* fur l'*Hiftoire univerfelle*. Mais quand il eut un peu étudié l'hiftoire & les hommes, il vit que la plupart des auteurs n'avaient voulu écrire que des menfonges agréables , & étonner leurs lecteurs par d'incroyables aventures. Tout fut écrit comme les *Amadis.* Mon oncle riait quand il voyait *Rollin* copier *Boffuet* mot à mot , & *Boffuet* copier les anciens, qui ont dit que dix mille combattans fortaient par chacune des cent portes de Thèbes , & encore deux cents chariots armés en guerre par chaque porte: cela ferait un million de foldats dans une feule ville, fans compter les cochers & les guerriers qui étaient fur les chariots, ce qui ferait encore quarante mille hommes de plus, à deux perfonnes feulement par chariot.

Mon oncle remarquait très-juftement qu'il eût fallu au moins cinq ou fix millions d'habitans dans cette ville de Thèbes pour fournir ce nombre de guerriers. Il favait qu'il n'y a pas aujourd'hui plus de trois millions de têtes en Egypte ; il favait que

Diodore de Sicile n'en admettait pas davantage de fon temps : ainſi il rabattait beaucoup de toutes les exagérations de l'antiquité.

Il doutait qu'il y eût eu un *Séfoſtris* qui partît d'Egypte pour aller conquérir le monde entier avec fix cents mille hommes & vingt-fept mille chars de guerre. Cela lui paraiſſait digne de *Picrocole* dans *Rabelais*. La manière dont cette conquête du monde entier fut préparée , lui paraiſſait encore plus ridicule. Le père de *Séfoſtris* avait deſtiné fon fils à cette belle expédition , fur la foi d'un fonge ; car les fonges alors étaient des avis certains envoyés par le ciel , & le fondement de toutes les entreprifes. Le bon homme , dont on ne dit pas même le nom , s'aviſa de deſtiner tous les enfans qui étaient nés le même jour que fon fils , à l'aider dans la conquête de la terre ; & pour en faire autant de héros , il ne leur donnait à déjeûner qu'après les avoir fait courir cent quatre-vingts ſtades tout d'une haleine : c'eſt bien courir dans un pays fangeux où l'on enfonce juſqu'à mi-jambe , & où prefque tous les meſſages fe font par bateau fur les canaux.

Que fait l'impitoyable cenfeur de mon oncle ? au lieu de fentir tout le ridicule de cette hiſtoire , il s'aviſe d'évaluer le grand & le petit ſtade ; & il croit prouver que les petits enfans deſtinés à vaincre toute la terre , ne couraient que trois de nos grandes lieues & demie pour avoir à déjeûner.

Il s'agit bien vraiment de favoir au juſte fi *Séfoſtris* comptait par grand ou petit ſtade , lui qui n'avait jamais entendu parler de ſtade qui eſt une mefure

grecque. Voilà le ridicule de prefque tous les commentateurs, des fcoliaftes ; ils s'attachent à l'explication
arbitraire d'un mot inutile, & négligent le fond des
chofes. Il eft queftion ici de détromper les hommes
fur les fables dont on les a bercés depuis tant
de fiècles. Mon oncle pèfe les probabilités dans
la balance de la raifon ; il rappelle les lecteurs au
bon fens, & on vient nous parler de grands & de petits
ftades !

J'avouerai encore que mon oncle levait les épaules
quand il lifait dans *Rollin*, que *Xerxès* avait fait
donner trois cents coups de fouet à la mer ; qu'il
avait fait jeter dans l'Hellefpont une paire de menottes
pour l'enchaîner ; qu'il avait écrit une lettre mena-
çante au mont Athos ; & qu'enfin lorfqu'il arriva au
pas des Thermopiles, où deux hommes de front ne
peuvent paffer, il était fuivi de cinq millions deux
cents quatre-vingt-trois mille deux cents vingt perfonnes, comme le dit le véridique & exact *Hérodote*.

Mon oncle difait toujours, ferrez, ferrez, en lifant
ces contes de ma mère l'oie. Il difait : *Hérodote* a bien
fait d'amufer & de flatter des grecs par ces romans,
& *Rollin* a mal fait de ne les pas réduire à leur jufte
valeur, en écrivant pour des Français du dix-huitième
fiècle.

CHAPITRE X.

Des prêtres ou prophètes ou schoen d'Egypte.

Oui , barbare , les prêtres d'Egypte s'appelaient *Schoen*, & la Genèse ne leur donne pas d'autre nom; la Vulgate même rend ce nom par *Sacerdos*. Mais qu'importe les noms? Si tu avais su profiter de la philosophie de mon oncle , tu aurais recherché quelles étaient les fonctions de ces schoen , leurs sciences , leurs impostures ; tu aurais tâché d'apprendre si un schoen était toujours en Egypte un homme constitué en dignité , comme parmi nous un évêque, & même un archidiacre ; ou si quelquefois on s'arrogeait le titre de *Schoen*, comme on s'appelle parmi nous *Monsieur l'abbé*, sans abbaye ; si un schoen , pour avoir été précepteur d'un grand seigneur , & pour être nourri dans sa maison, avait le droit d'attaquer impunément les vivans & les morts , & d'écrire sans esprit contre des Egyptiens qui passaient pour en avoir. (3)

Je ne doute pas qu'il n'y ait eu des schoen fort savans ; par exemple , ceux qui firent assaut de prodiges avec *Moïse*, qui changèrent toutes les eaux de l'Egypte en sang, qui couvrirent tout le pays de grenouilles, qui firent naître jusqu'à des poux , mais qui ne purent les chasser ; car il y a dans le texte hébreu : *Ils firent ainsi ; mais pour chasser les poux , ils ne le purent.* La Vulgate les traite plus durement : elle dit qu'ils ne purent même produire des poux.

Je ne sais si tu es schoen , & si tu fais ces beaux prodiges, car on dit que tu es fort initié dans les

(3) Voyez la note , page 211.

myftères des fchoen de St Médard; mais je préférerai
toujours un fchoen doux, modefte, honnête, à un
fchoen qui dit des injures à fon prochain; à un
fchoen qui cite fouvent à faux, & qui raifonne comme
il cite; à un fchoen qui pouffe l'horreur jufqu'à dire
que M. l'abbé *Bazin* entendait mal le grec, parce
que fon typographe a oublié un figma, & a mis un
oi pour un *ei*.

Ah! mon fils, quand on a calomnié ainfi les
morts, il faut faire pénitence le refte de fa vie.

C H A P I T R E XI.

Du temple de Tyr.

JE paffe fous filence une infinité de menues
méprifes du fchoen enragé contre mon oncle; mais
je vous demande, mon cher lecteur, la permiffion
de vous faire remarquer comme il eft malin. M. l'abbé
Bazin avait dit que le temple d'*Hercule* à Tyr n'était
pas des plus anciens. Les jeunes dames qui fortent
de l'opéra comique pour aller chanter à table les
jolies chanfons de M. *Collé;* les jeunes officiers,
les confeillers, même de grand'chambre, Mrs les
fermiers-généraux, enfin tout ce qu'on appelle à
Paris la *bonne compagnie*, fe foucieront peut-être fort
peu de favoir en quelle année le temple d'*Hercule*
fut bâti. Mon oncle le favait. Son implacable perfécuteur fe contente de dire vaguement qu'il était
auffi ancien que la ville: çe n'eft pas là répondre;
il faut dire en quel temps la ville fut bâtie. C'eft
un point trop intéreffant dans la fituation préfente
de l'Europe. Voici les propres paroles de l'abbé *Bazin:*

,, Il eſt dit dans les annales de la Chine que les
,, premiers empereurs facrifiaient dans un temple.
,, Celui d'*Hercule* à Tyr ne paraît pas être des plus
,, anciens. *Hercule* ne fut jamais chez aucun peuple
,, qu'une divinité fecondaire ; cependant le temple
,, de Tyr eſt très-antérieur à celui de Judée. *Hiram*
,, en avait un magnifique lorſque *Salomon aidé par*
,, *Hiram* bâtit le ſien. *Hérodote*, qui voyagea chez les
,, Tyriens, dit que de ſon temps les archives de Tyr
,, ne donnaient à ce temple que deux mille trois
,, cents ans d'antiquité. ,,

Il eſt clair par-là que le temple de Tyr n'était
antérieur à celui de *Salomon* que d'environ douze
cents années. Ce n'eſt pas là une antiquité bien
reculée, comme tous les ſages en conviendront.
Hélas ! preſque toutes nos antiquités ne ſont que
d'hier ; il n'y a que quatre mille ſix cents ans qu'on
éleva un temple dans Tyr. Vous ſentez, ami lecteur,
combien quatre mille ſix cents ans ſont peu de choſe
dans l'étendue des ſiècles, combien nous ſommes
peu de choſe, & ſurtout combien un pédant
orgueilleux eſt peu de choſe.

Quant au divin *Hercule*, dieu de Tyr, qui dépu-
cela cinquante demoiſelles en une nuit, mon oncle
ne l'appelle que *dieu fecondaire*. Ce n'eſt pas qu'il eût
trouvé quelqu'autre dieu des gentils qui en eût fait
davantage ; mais il avait de très-bonnes raiſons pour
croire que tous les dieux de l'antiquité, ceux mêmes
majorum gentium, n'étaient que des dieux du ſecond
ordre, auxquels préſidait le dieu formateur, le maître
de l'univers, le *Deus optimus* des Romains, le *Knef*
des Egyptiens, l'*Iaho* des Phéniciens, le *Mithra* des

Babyloniens, le *Zeus* des grecs, maître des dieux & des hommes, l'*Iezad* des anciens Perfans. Mon oncle, adorateur de la Divinité, fe complaifait à voir l'univers entier adorer un dieu unique, malgré les fuperftitions abominables dans lefquelles toutes les nations anciennes, excepté les lettrés chinois, fe font plongées.

CHAPITRE XII.

Des Chinois.

QUEL eft donc cet acharnement de notre adverfaire contre les Chinois, & contre tous les gens fenfés de l'Europe qui rendent juftice aux Chinois? Le barbare n'héfite point à dire, *que les petits philofophes ne donnent une fi haute antiquité à la Chine que pour décréditer l'Ecriture.*

Quoi! c'eft pour décréditer l'écriture fainte que l'archevêque *Navarette, Gonzales de Mendoza, Hennengius, Louis de Gufman, Semmedo*, & tous les miffionnaires, fans en excepter un feul, s'accordent à faire voir que les Chinois doivent être raffemblés en corps de peuple depuis plus de cinq mille années? Quoi! c'eft pour infulter à la religion chrétienne qu'en dernier lieu le père *Parennin* a réfuté avec tant d'évidence la chimère d'une prétendue colonie envoyée d'Egypte à la Chine? Ne fe laffera-t-on jamais au bout de nos terres occidentales de contefter aux peuples de l'Orient leurs titres, leurs arts, & leurs ufages? Mon oncle était fort irrité contre cette témérité abfurde. Mais comment accorderons-nous le texte hébreu avec le famaritain? Hé morbleu, comme vous pourrez, difait mon oncle : mais ne vous faites pas moquer des Chinois ; laiffez-les en paix comme ils vous y laiffent.

Ecoute , cruel ennemi de feu mon cher oncle ; tâche de répondre à l'argument qu'il pouffa vigou-reufement dans fa brochure en quatre volumes de l'*Effai fur les mœurs & l'efprit des nations*. Mon oncle était auffi favant que toi, mais il était mieux favant, comme dit *Montaigne ;* ou fi tu veux il était auffi igno-rant que toi, (car en vérité que favons-nous?) mais il raifonnait, il ne compilait pas. Or voici comme il raifonne puiffamment dans le premier volume de cet *Effai fur les mœurs &c.* pages 253 & 254, où il fe moque de beaucoup d'hiftoires.

,, Qu'importe, après tout, que ces livres ren-
,, ferment, ou non, une chronologie toujours fure?
,, Je veux que nous ne fachions pas en quel temps
,, précifément vécut *Charlemagne :* dès qu'il eft cer-
,, tain qu'il a fait de vaftes conquêtes avec de grandes
,, armées , il eft clair qu'il eft né chez une nation
,, nombreufe , formée en corps de peuple par une
,, longue fuite de fiècles. Puis donc que l'empereur
,, *Hiao* , qui vivait incontcftablcmcnt plus de deux
,, mille quatre cents ans avant notre ère, conquit
,, tout le pays de la Corée, il eft indubitable que fon
,, peuple était de l'antiquité la plus reculée. De plus,
,, les Chinois inventèrent un cycle, un comput, qui
,, commence deux mille fix cents deux ans avant le
,, nôtre. Eft-ce à nous à leur contefter une chrono-
,, logie unanimement reçue chez eux ; à nous qui
,, avons foixante fyftèmes différens pour compter
,, les temps anciens, & qui ainfi n'en avons pas un ?

» Les hommes ne multiplient pas auffi aifément
» qu'on le penfe : le tiers des enfans eft mort au
» bout de dix ans. Les calculateurs de la propagation
» de l'efpèce humaine, ont remarqué qu'il faut des
» circonftances favorables & rares pour qu'une nation
» s'accroiffe d'un vingtième au bout de cent années;
» & très-fouvent il arrive que la peuplade diminue,
» au lieu d'augmenter. De favans chronologiftes ont
» fupputé qu'une feule famille après le déluge,
» toujours occupée à peupler, & fes enfans s'étant
» occupés de même, il fe trouva en deux cents
» cinquante ans beaucoup plus d'habitans que n'en
» contient aujourd'hui l'univers. Il s'en faut beau-
» coup que le *Talmud* & les *Mille & une nuits* aient
» inventé rien de plus abfurde. On ne fait point
» ainfi des enfans à coups de plume. Voyez nos
» colonies ; voyez ces archipels immenfes de l'Afie,
» dont il ne fort perfonne. Les Maldives, les Phi-
» lippines, les Moluques, n'ont pas le nombre
» d'habitans néceffaires. Tout cela eft encore une
» nouvelle preuve de la prodigieufe antiquité de la
» population de la Chine. »

Il n'y a rien à répondre, mon ami.

Voici encore comme mon oncle raifonnait.
Abraham s'en va chercher du blé avec fa femme en
Egypte, l'année qu'on dit être la 1917ᵉ avant notre
ère, il y a tout jufte trois mille fept cents quatorze
ans ; c'était quatre cents vingt-huit ans après le
déluge univerfel. Il va trouver le pharaon, le roi
d'Egypte ; il trouve des rois par-tout, à Sodome, à
Gomorrhe, à Gérar, à Salem : déjà même on avait
bâti la tour de Babel environ trois cents quatorze

ans avant le voyage d'*Abraham* en Egypte. Or, pour qu'il y ait tant de rois, & qu'on bâtiſſe de ſi belles tours, il eſt clair qu'il faut bien des ſiècles. L'abbé *Bazin* s'en tenait là ; il laiſſait le lecteur tirer ſes concluſions.

O l'homme diſcret que feu M. l'abbé *Bazin !* auſſi avait-il vécu familièrement avec *Jérôme Carré*, *Guillaume Vadé*, feu M. *Ralph*, auteur de *Candide*, & pluſieurs autres grands perſonnages du ſiècle. Dis-moi qui tu hantes, & je te dirai qui tu es.

CHAPITRE XIII.

De l'Inde & du Veidam.

L'ABBÉ *Bazin*, avant de mourir, envoya à la bibliothèque du roi le plus précieux manuſcrit qui ſoit dans tout l'Orient. C'eſt un ancien commentaire d'un brame nommé *Shumontou* ſur le Veidam, qui eſt le livre ſacré des anciens brachmanes. Ce manuſcrit eſt inconteſtablement du temps où l'ancienne religion des gymnoſophiſtes commençait à ſe corrompre ; c'eſt après nos livres ſacrés le monument le plus reſpectable de la croyance de l'unité de DIEU. Il eſt intitulé, Ezour-Veidam ; comme qui dirait le vrai Veidam, le Veidam expliqué, le pur Veidam. On ne peut pas douter qu'il n'ait été écrit avant l'expédition d'*Alexandre* dans les Indes, puiſque long-temps avant *Alexandre*, l'ancienne religion bramine ou abramine, l'ancien culte enſeigné par *Brama*, avait été cor-rompu par des ſuperſtitions & par des fables. Ces superstitions même avaient pénétré jusqu'à la Chine du temps de *Confutzée*, qui vivait environ trois cents ans avant *Alexandre*. L'auteur de l'Ezour-Veidam combat toutes ces superstitions qui commençaient à naître de son temps. Or, pour qu'elles aient pu pénétrer de l'Inde à la Chine, il faut un assez grand nombre d'années : ainsi, quand nous supposerons que ce rare manuscrit a été écrit environ quatre cents ans avant la conquête d'une partie de l'Inde par *Alexandre*, nous ne nous éloignerons pas beaucoup de la vérité.

Shumontou combat toutes les espèces d'idolatrie dont les Indiens commençaient alors à être infectés ; & ce qui est extrêmement important, c'est qu'il rapporte les propres paroles du Veidam, dont aucun homme en Europe jusqu'à présent n'avait connu un seul passage. Voici donc ces propres paroles du Veidam attribué à *Brama*, citées dans l'Ezour-Veidam :

C'est l'être suprême qui a tout créé, le sensible & l'insensible : il y a eu quatre âges différens : tout périt à la fin de chaque âge, tout est submergé, & le déluge est un passage d'un âge à l'autre &c.

Lorsque DIEU *existait seul, & que nul autre être n'existait avec lui, il forma le dessein de créer le monde. Il créa d'abord le temps, ensuite l'eau & la terre ; & du mélange de cinq élémens, à savoir, la terre, l'eau, le feu, l'air & la lumière, il en forma les différens corps, & leur donna la terre pour leur base. Il fit ce globe que nous habitons en forme ovale comme un œuf. Au milieu de la terre est la plus haute de toutes les montagnes nommée Mérou ; (c'est l'immaüs.) Adimo (c'est le nom du premier homme) sortit des mains de* DIEU. *Pocriti est le nom de son épouse. D'Adimo naquit Brama, qui fut le légiflateur des nations & le père des brames.*

Une preuve non moins forte que ce livre fut écrit long-temps avant *Alexandre*, c'eſt que les noms des fleuves & des montagnes de l'Inde ſont les mêmes que dans le Hanſcrit, qui eſt la langue ſacrée des brachmanes. On ne trouve pas dans l'Ezour-Veidam un ſeul des noms que les Grecs donnèrent aux pays qu'ils ſubjuguèrent. L'Inde s'appelle *Zomboudipo*, le Gange *Zanoubi*, le mont Immaüs *Mérou*, &c.

Notre ennemi jaloux des ſervices que l'abbé *Bazin* a rendu aux lettres, à la religion, & à la patrie, ſe ligue avec le plus implacable ennemi de notre chère patrie, de nos lettres, & de notre religion, le doſteur *Warburton*, devenu, je ne ſais comment, évêque de Gloceſtre, commentateur de *Shakeſpeare*, & auteur d'un gros fatras contre l'immortalité de l'ame, ſous le nom de la divine légation de *Moïſe* : il rapporte une objeſtion de ce brave prêtre hérétique contre l'opinion de l'abbé *Bazin*, bon catholique ; & contre l'évidence que l'Ezour-Veidam a été écrit avant *Alexandre*. Voici l'objeſtion de l'évêque.

,, Cela eſt auſſi judicieux qu'il le ſerait d'obſerver
,, que les annales des Sarrazins & des Turcs ont
,, été écrites avant les conquêtes d'*Alexandre*, parce
,, que nous n'y remarquons point les noms que
,, les Grecs impoſèrent aux rivières, aux villés, &
,, aux contrées, qu'ils conquirent dans l'Aſie mineure ;
,, & qu'on n'y lit que les noms anciens qu'elles
,, avaient depuis les premiers temps. Il n'eſt jamais
,, entré dans la tête de ce poëte que les Indiens &
,, les Arabes pouvaient exaſtement avoir la même

,, envie de rendre les noms primitifs aux lieux d'où
,, les Grecs avaient été chaffés. ,,

Warburton ne connaît pas plus les vraifemblances
que les bienféances. Les Turcs & les Grecs modernes
ignorent aujourd'hui les anciens noms du pays que
les uns habitent en vainqueurs & les autres en efclaves.
Si nous déterrions un ancien manufcrit grec, dans
lequel Stamboul fut appelé Conftantinople; l'Atméï-
dam, Hippodrome; Scutari, le faubourg de Chalcédoine; le cap Janiffari, Promontoire de Sigée; Cara
Denguis, le Pont-Euxin &c.; nous concluerions que ce
manufcrit eft d'un temps qui aprécédé *Mahomet II*, &
nous jugerions ce manufcrit très-ancien, s'il ne
contenait que les dogmes de la primitive Eglife.

Il eft donc très-vraifemblable que le brachmane
qui écrivait dans le Zomboudipo, c'eft-à-dire dans
l'Inde, écrivait avant *Alexandre* qui donna un autre
nom au Zomboudipo; & cette probabilité devient
une certitude, lorfque ce brachmane écrit dans les
premiers temps de la corruption de fa religion,
époque évidemment antérieure à l'expédition
d'*Alexandre*.

Warburton, de qui l'abbé *Bazin* avait relevé
quelques fautes avec fa circonfpection ordinaire,
s'en eft vengé avec toute l'âcreté du pédantifme.
Il s'eft imaginé, felon l'ancien ufage, que des injures
étaient des raifons; & il a pourfuivi l'abbé *Bazin*
avec toute la fureur que l'Angleterre entière lui repró-
che. On n'a qu'à s'informer dans Paris à un ancien
membre du Parlement de Londres, qui vient d'y fixer
fon féjour, du caractère de cet évêque *Warburton*,
commentateur de *Shakefpeare*, & calomniateur de *Moïfe*;

on

on saura ce qu'on doit penser de cet homme; & l'on apprendra comment les savans d'Angleterre, & surtout le célébre évêque *Lowth*, ont réprimé son orgueil & confondu ses erreurs.

CHAPITRE XIV.

Que les Juifs haïssaient toutes les nations.

L'AUTEUR du *Supplément à la philosophie de l'histoire* croit accabler l'abbé *Bazin*, en répétant les injures atroces que lui dit *Warburton* au sujet des Juifs. Mon oncle était lié avec les plus savans Juifs de l'Asie. Ils lui avouèrent qu'il avait été ordonné à leurs ancêtres d'avoir toutes les nations en horreur : & en effet parmi tous les historiens qui ont parlé d'eux, il n'en est aucun qui ne soit convenu de cette vérité ; & même pour peu qu'on ouvre les livres de leurs lois, vous trouverez au chapitre IV du Deutéronome : *Il vous a conduit avec sa grande puissance pour exterminer à votre entrée de très-grandes nations.*

Au chap. VII : *Il consumera peu-à-peu les nations devant vous, par parties; vous ne pourrez les exterminer toutes ensemble, de peur que les bêtes de la terre ne se multiplient trop.*

Il vous livrera leurs rois entre vos mains. Vous détruirez jusqu'à leur nom : rien ne pourra vous résister.

On trouverait plus de cent passages qui indiquent cette horreur pour tous les peuples qu'ils connaissaient. Il ne leur était pas permis de manger avec

Mélanges hist. Tome I.   P

des Egyptiens, de même qu'il était défendu aux
Egyptiens de manger avec eux. Un Juif était fouillé,
& le ferait encore aujourd'hui, s'il avait tâté d'un
mouton tué par un étranger, s'il s'était fervi d'une
marmite étrangère. Il eft donc conftant que leur loi
les rendait néceffairement les ennemis du genre-
humain. La Genèfe, il eft vrai, fait defcendre toutes
les nations du même père. Les Perfans, les Phéniciens, les Babyloniens, les Egyptiens, les Indiens,
venaient de *Noé* comme les Juifs; qu'eft-ce que cela
prouve, finon que les Juifs haïffaient leurs frères?
Les Anglais font auffi les frères des Français. Cette
confanguinité empêche-t-elle que *Warburton* ne nous
haïffe? il hait jufqu'à fes compatriotes, qui le lui
rendent bien.

Il a beau dire que les Juifs ne haïffaient que l'idolatrie des autres nations, il ne fait pas abfolument
ce qu'il dit. Les Perfans n'étaient point idolâtres;
& ils étaient l'objet de la haine juive. Les Perfans
adoraient un feul Dieu, & n'avaient point alors
de fimulacres. Les Juifs adoraient un feul Dieu, &
avaient des fimulacres, douze bœufs dans le temple,
deux chérubins dans le Saint des faints. Ils devaient
regarder tous leurs voifins comme leurs ennemis,
puifqu'on leur avait promis qu'ils domineraient d'une
mer à l'autre, & depuis les bords du Nil jufqu'à
ceux de l'Euphrate. Cette étendue de terrain leur
aurait compofé un empire immenfe. Leur loi qui
leur promettait cet empire, les rendait donc néceffairement ennemis de tous les peuples qui habitaient depuis l'Euphrate jufqu'à la Méditerranée.
Leur extrême ignorance ne leur permettait pas de

connaître d'autres nations ; & en déteſtant tout ce qu'ils connaiſſaient, ils croyaient déteſter toute la terre.

Voilà l'exacte vérité. *Warburton* prétend que l'abbé *Bazin* ne s'eſt exprimé ainſi que parce qu'un juif, qu'il appelle *grand babillard*, avait fait autrefois une banqueroute audit abbé *Bazin*. Il eſt vrai que le juif *Médina* fit une banqueroute conſidérable à mon oncle ; mais cela empêche-t-il que *Joſué* n'ait fait pendre trente & un rois, ſelon les ſaintes Ecritures ? Je demande à *Warburton* ſi l'on aime les gens que l'on fait pendre ? *hang him.*

CHAPITRE XV.

De Warburton.

CONTREDITES un homme qui ſe donne pour ſavant, & ſoyez ſûr alors de vous attirer des volumes d'injures. Quand mon oncle apprit que *Warburton*, après avoir commenté *Shakeſpeare*, commentait *Moïſe*, & qu'il avait déjà fait deux gros volumes pour démontrer que les Juifs, inſtruits par DIEU même, n'avaient aucune idée ni de l'immortalité de l'ame, ni d'un jugement après la mort, cette entrepriſe lui parut monſtrueuſe, ainſi qu'à toutes les conſciences timorées de l'Angleterre. Il en écrivit ſon ſentiment à M. *S*... avec ſa modération ordinaire. Voici ce que M. *S*... lui répondit :

P 2

Monfieur,

C'eft une entreprife merveilleufement fcandaleufe dans un prêtre, *t'is an undertaking wonderfully fcandalous in a prieft* , de s'attacher à détruire l'opinion la plus ancienne & la plus utile aux hommes. Il vaudrait bien mieux que ce *Warburton* commentât l'opéra des gueux, *The beggar's opera*, après avoir très-mal commenté *Shakefpeare*, que d'entaffer une érudition fi mal digérée & fi erronée pour détruire la religion. Car enfin, notre fainte religion eft fondée fur la juive. Si D I E U a laiffé le peuple de l'ancien teftament dans l'ignorance de l'immortalité de l'ame, & des peines & des récompenfes après la mort, il a trompé fon peuple chéri; la religion juive eft donc fauffe; la chrétienne, fondée fur la juive, ne s'appuie donc que fur un tronc pourri. Quel eft le but de cet homme audacieux? je n'en fais encore rien. Il flatte le gouvernement : s'il obtient un évêché, il fera chrétien ; s'il n'en obtient point, j'ignore ce qu'il fera. Il a déjà fait deux gros volumes fur la légation de *Moïfe*, dans lefquels il ne dit pas un feul mot de fon fujet. Cela reffemble au chapitre des coches, où *Montaigne* parle de tout, excepté de coches; c'eft un chaos de citations dont on ne peut tirer aucune lumière. Il a fenti le danger de fon audace, & il a voulu l'envelopper dans les obfcurités de fon ftyle. Il fe montre enfin plus à découvert dans fon troifième volume. C'eft là qu'il entaffe tous les paffages favorables à fon impiété, & qu'il écarte tous ceux qui appuient l'opinion commune. Il va chercher dans *Job*, qui n'était pas hébreu, ce paffage équivoque:

Comme le nuage qui se diffipe & s'évanouit, ainfi eft au tombeau l'homme qui ne reviendra plus.

Et ce vain difcours d'une pauvre femme à *David : Nous devons mourir : nous fommes comme l'eau répandue fur la terre, qu'on ne peut plus ramaffer.*

Et ces verfets du pfeaume LXXXVIII : *Les morts ne peuvent fe fouvenir de toi. Qui pourra te rendre des actions de grâce dans la tombe ? que me reviendra-t-il de mon fang, quand je defcendrai dans la foffe ? La pouffière t'adreffera-t-elle des vœux ? déclarera-t-elle la vérité ?*

Montreras-tu tes merveilles aux morts ? Les morts fe leveront-ils ? Auras-tu d'eux des prières ?

Le livre de l'Eccléfiafte, dit-il page 170, eft encore plus pofitif. *Les vivans favent qu'ils mourront, mais les morts ne favent rien ; point de récompenfe pour eux, leur mémoire périt à jamais.*

Il met ainfi à contribution *Ezéchiel, Jérémie,* & tout ce qu'il peut trouver de favorable à fon fyftème.

Cet acharnement à répandre le dogme funefte de la mortalité de l'ame a foulevé contre lui tout le clergé. Il a tremblé que fon patron qui penfe comme lui, ne fût pas affez puiffant pour lui faire avoir un évêché. Quel parti a-t-il pris alors ? celui de dire des injures à tous les philofophes. *Quis tulerit Gracchos de feditione querentes ?* Il a élevé l'étendard du fanatifme d'une main, tandis que de l'autre il déployait celui de l'irréligion. Par-là il a ébloui la cour ; & en enfeignant réellement la mortalité de l'ame, & feignant enfuite de l'admettre, il aura pro-bablement l'évêché qu'il défire. Chez vous tout chemin mène à Rome ; & chez nous tout chemin mène à l'évêché.

Voilà ce que M. *S…* écrivait en 1757 ; & tout ce qu'il a prédit eſt arrivé. *Warburton* jouit d'un bon évêché ; il inſulte les philoſophes. En vain l'évêque *Lowth* a pulvériſé ſon livre, il n'en eſt que plus audacieux, il cherche même à perſécuter ; & s'il pouvait, il reſſemblerait au *Peachum in the beggar's opera* qui ſe donne le plaiſir de faire pendre ſes complices. La plupart des hypocrites ont le regard doux du chat, & cachent leurs griffes ; celui-ci découvre les ſiennes en levant une tête hardie. Il a été ouverte-ment délateur ; & il voudrait être perſécuteur.

Les philoſophes d'Angleterre lui reprochent l'excès de la mauvaiſe foi, & celui de l'orgueil. L'Egliſe anglicane le regarde comme un homme dangereux ; les gens de lettres, comme un écrivain ſans goût & ſans méthode, qui ne ſait qu'entaſſer citations ſur citations ; les politiques, comme un brouillon qui ferait revivre, s'il pouvait, la chambre étoilée. Mais il ſe moque de tout cela.

Warburton me répondra peut-être qu'il n'a fait que ſuivre le ſentiment de mon oncle, & de pluſieurs autres ſavans qui ont tous avoué qu'il n'eſt pas parlé expreſſément de l'immortalité de l'ame dans la loi judaïque. Cela eſt vrai, il n'y a que des ignorans qui en doutent, & des gens de mauvaiſe foi qui affectent d'en douter : mais le pieux *Bazin* diſait que cette doctrine, ſans laquelle il n'eſt point de religion, n'étant pas expliquée dans l'ancien teſtament, y doit être ſous-entendue ; qu'elle y eſt virtuellement ; que ſi on ne l'y trouve pas *totidem verbis*, elle y eſt *totidem litteris* ; & qu'enfin ſi elle n'y eſt point du tout, ce n'eſt pas à un évêque à le dire.

Mais mon oncle a toujours foutenu que DIEU eft bon ; qu'il a donné l'intelligence à ceux qu'il a favorifés ; qu'il a fuppléé à notre ignorance. Mon oncle n'a point dit d'injures aux favans; il n'a jamais cherché à perfécuter perfonne : au contraire, il a écrit contre l'intolérance le livre le plus honnête, le plus circonfpeft, le plus chrétien, le plus rempli de piété, qu'on ait fait depuis *Thomas à Kempis*. Mon oncle, quoiqu'un peu enclin à la raillerie, était pétri de douceur & d'indulgence. Il fit plufieurs pièces de théâtre dans fa jeuneffe, tandis que l'évêque *Warburton* ne pouvait que commenter des comédies. Mon oncle, quand on fifflait fes pièces, fifflait comme les autres. Si *Warburton* a fait imprimer *Guillaume Shakefpeare* avec des notes, l'abbé *Bazin* a fait imprimer *Pierre Corneille* auffi avec des notes. Si *Warburton* gouverne une églife, l'abbé *Bazin* en a fait bâtir une qui n'approche pas à la vérité de la magnificence de M. *le Franc de Pompignan*, mais enfin qui eft affez propre. En un mot, je prendrai toujours le parti de mon oncle.

CHAPITRE XVI.

Conclufion des chapitres précédens.

Tout le monde connaît cette réponfe prudente d'un cocher à un batelier : Si tu me dis que mon carroffe eft un belître, je te dirai que ton bâteau eft un maraud. Le batelier qui a écrit contre mon oncle, a trouvé en moi un cocher qui le mène grand train. Ce font-là de ces honnêtetés littéraires dont on ne

faurait fournir trop d'exemples pour former les jeunes
gens à la politeffe & au bon ton. Mais je préfère
encore au beau difcours de ce cocher l'apophthègme
de *Montaigne* : *Ne regarde pas qui eft le plus favant,*
mais qui eft le mieux favant. La fcience ne confifte pas
à répéter au hafard ce que les autres ont dit; à
coudre à un paffage hébreu qu'on n'entend point, un
paffage grec qu'on entend mal; à mettre dans un
nouvel in-douze ce qu'on a trouvé dans un vieil
in-folio; à crier :

> Nous rédigeons au long, de point en point,
> Ce qu'on penfa, mais nous ne penfons point.

Le vrai favant eft celui qui n'a nourri fon efprit
que de bons livres, & qui a fu méprifer les mauvais;
qui fait diftinguer la vérité du menfonge, & le vraifemblable du chimérique; qui juge d'une nation par
fes mœurs plus que par fes lois, parce que les lois
peuvent être bonnes, & les mœurs mauvaifes. Il
n'appuie point un fait incroyable de l'autorité d'un
ancien auteur. Il peut, s'il veut, faire voir le peu de
foi qu'on doit à cet auteur, par l'intérêt que cet écrivain a eu de mentir, & par le goût de fon pays pour
les fables; il peut montrer que l'auteur même eft
fuppofé. Mais ce qui le détermine le plus, c'eft quand
le livre eft plein d'extravagances; il les réprouve, il
les regarde avec dédain, en quelque temps & par
quelques mains qu'elles aient été écrites.

S'il voit dans *Tite-Live* qu'un augure a coupé
un caillou avec un rafoir, aux yeux d'un étranger
nommé *Lucumon*, devenu roi de Rome, il dit : Ou
Tite-Live a écrit une fottife, ou *Lucumon Tarquin*

& l'augure étaient deux fripons qui trompaient le peuple, pour le mieux gouverner. En un mot, le fot copie, le pédant cite, & le favant juge.

M. *Toxotès* qui copie, & qui cite, & qui eft incapable de juger, qui ne fait que dire des injures de batelier à un homme qu'il n'a jamais vu, a donc eu à faire à un cocher qui lui donne des coups de fouet qu'il méritait ; & le bout de fon fouet a fanglé *Warburton*.

Tout mon chagrin dans cette affaire eft que perfonne n'ayant lu la diatribe de M. *Toxotès*, (*f*) très-peu de gens liront la réponfe du neveu de l'abbé *Bazin;* cependant le fujet eft intéreffant, il ne s'agit pas moins que des dames & des petits garçons de Babylone, des boucs de Mendès, de *Warburton*, & de l'immortalité de l'ame. Mais tous ces objets font épuifés. Nous avons tant de livres, que la mode de lire eft paffée. Je compte qu'il s'imprime vingt mille feuilles au moins par mois en Europe. Moi qui fuis grand lecteur, je n'en lis pas la quarantième partie ; que fera donc le refte du genre-humain ? Je voudrais dans le fond de mon cœur, que le collége des cardinaux me remerciât d'avoir anathématifé un évêque anglican ; que l'impératrice de Ruffie, le roi de Pologne, le roi de Pruffe, le hofpodar de Valachie, & le grand-vifir, me fiffent des complimens fur ma pieufe tendreffe pour l'abbé *Bazin* mon oncle, qui a été fort connu d'eux. Mais ils ne m'en diront pas un mot, ils ne fauront rien de ma querelle. J'ai beau protefter à la face de l'univers, que M. *Toxotès* ne fait

____

(*f*) *Toxotès* eft un mot grec qui fignifie *Larcher.*

ce qu'il dit, on me demande qui eft M. *Toxotès*, &
on ne m'écoute pas. Je remarque dans l'amertume
de mon cœur, que toutes les difputes littéraires ont
une pareille deftinée. Le monde eft devenu bien
tiède; une fottife ne peut plus être célébre; elle eft
étouffée le lendemain par cent fottifes qui cédent la
place à d'autres. Les jéfuites font heureux; on parlera d'eux long-temps depuis la Rochelle jufqu'à
Macao. *Vanitas vanitatum.*

C H A P I T R E X V I I.

Sur la modeftie de Warburton, & fur fon fyftème
anti-mofaïque.

LA nature de l'homme eft fi faible, & on a tant
d'affaires dans cette vie, que j'ai oublié, en parlant
de ce cher *Warburton*, de remarquer combien cet
évêque ferait pernicieux à la religion chrétienne, & à
toute religion, fi mon oncle ne s'était pas oppofé
vigoureufement à fa hardieffe.

Les anciens fages, dit *Warburton*, (g) *crurent légitime &*
utile au public de dire le contraire de ce qu'ils penfaient.

(h) *L'utilité, & non la vérité, était le but de la*
religion.

Il emploie un chapitre entier à fortifier ce fyftème
par tous les exemples qu'il peut accumuler.

Remarquez que, pour prouver que les Juifs étaient
une nation inftruite par DIEU même; il dit que la

(g) Tome II. page, 89.   (h) *Ibid.* Page 91.

doctrine de l'immortalité de l'ame, & d'un jugement après la mort, eft d'une néceffité abfolue, & que les Juifs ne la connaiffaient pas. *Tout le monde, dit-il, (all mankind) & fpécialement des nations les plus favantes & les plus fages de l'antiquité, font convenues de ce principe.* (i)

Voyez, mon cher lecteur, quelle horreur & quelle erreur dans ce peu de paroles qui font le fujet de fon livre. Si tout l'univers, & particulièrement les nations les plus fages & les plus favantes, croyaient l'immortalité de l'ame; les Juifs, qui ne la croyaient pas, n'étaient donc qu'un peuple de brutes & d'infenfés que DIEU ne conduifait pas. Voilà l'horreur dans un prêtre qui infulte les pauvres laïques. Hélas, que n'eût-il point dit contre un laïque qui eût avancé les mêmes propofitions! Voici maintenant l'erreur.

C'eft que du temps que les Juifs étaient une petite horde de Bédouins, errante dans les déferts de l'Arabie pétrée, on ne peut trouver que toutes les nations du monde cruffent l'ame immortelle. L'abbé *Bazin* était perfuadé, à la vérité, que cette opinion était reçue chez les Chaldéens, chez les Perfans, chez les Egyptiens, c'eft-à-dire, chez les philofophes de ces nations; mais il eft certain que les Chinois n'en avaient aucune connaiffance, & qu'il n'en eft point parlé dans les cinq Kings, qui font antérieurs de plufieurs fiècles au temps de l'habitation des Juifs dans les déferts d'Oreb & de Cadès-Barné.

Comment donc ce *Warburton*, en avançant des chofes fi dangereufes, & en fe trompant fi groffièrement,

(i) Tome I, page 87.

a-t-il pu attaquer les philofophes, & particulièrement l'abbé *Bazin* dont il aurait dû rechercher le fuffrage?

N'attribuez cette inconféquence, mes frères, qu'à la vanité. C'eft elle qui nous fait agir contre nos intérêts. La raifon dit : nous hafardons une entreprife difficile, ayons des partifans. L'amour-propre crie : écrafons tout pour régner. On croit l'amourpropre; alors on finit par être écrafé foi-même.

J'ajouterai encore à ce petit appendix, que l'abbé *Bazin* eft le premier qui ait prouvé que les Egyptiens font un peuple très-nouveau, quoiqu'ils foient beaucoup plus anciens que les Juifs. Nul favant n'a contredit la raifon qu'il en apporte, c'eft qu'un pays inondé quatre mois de l'année depuis qu'il eft coupé par des canaux, devait être inondé au moins huit mois de l'année, avant que ces canaux euffent été faits. Or, un pays toujours inondé était inhabitable. Il a fallu des travaux immenfes, & par conféquent une multitude de fiècles pour former l'Egypte.

Par conféquent les Syriens, les Babyloniens, les Perfans, les Indiens, les Chinois, les Japonais &c., dûrent être formés en corps de peuples très-longtemps avant que l'Egypte pût devenir une habitation tolérable. On tirera de cette vérité les conclufions qu'on voudra, cela ne me regarde pas. Mais y a-t-il bien des gens qui fe foucient de l'antiquité égyptienne?

CHAPITRE XVIII.

Des hommes de différentes couleurs.

Mon devoir m'oblige de dire que l'abbé *Bazin* admirait la fageffe éternelle dans cette profufion de variétés dont elle a couvert notre petit globe. Il ne penfait pas que les huîtres d'Angleterre fuffent engendrées des crocodiles du Nil, ni que les girofliers des îles Moluques tiraffent leur origine des fapins des Pyrénées. Il refpectait également les barbes des Orientaux, & les mentons dépourvus à jamais de poil folet, que D I E U a donné aux Américains. Les yeux de perdrix des Albinos, leurs cheveux qui font de la plus belle foie & du plus beau blond, la blancheur éclatante de leur peau, leurs longues oreilles, leur petite taille d'environ trois pieds & demi, le raviffaient en extafe quand il les comparait aux Nègres leurs voifins, qui ont de la laine fur la tête, & de la barbe au menton, que D I E U a refufée aux Albinos. Il avait vu des hommes rouges, il en avait vu de couleur de cuivre, il avait manié le tablier qui pend aux Hottentots & aux Hottentotes depuis le nombril jufqu'à la moitié des cuiffes. O pro-fufion de richeffes! s'écriait-il. O que la nature eft féconde!

Je fuis bien aife de révéler ici aux cinq ou fix lecteurs qui voudront s'inftruire dans cette diatribe, que l'abbé *Bazin* a été violemment attaqué dans un journal nommé *économique*, que j'ai acheté jufqu'à

préfent, & que je n'acheterai plus. J'ai été fenfible-
ment affligé que cet économe, après m'avoir donné
une recette infaillible contre les punaifes & contre
la rage, & après m'avoir appris le fecret d'éteindre
en un moment le feu d'une cheminée, s'exprime
fur l'abbé *Bazin* avec une cruauté que vous allez
voir.

,, (*k*) L'opinion de M. l'abbé *Bazin* qui croit, ou
,, fait femblant de croire, qu'il y a plufieurs efpèces
,, d'hommes, eft auffi abfurde que celle de quelques
,, philofophes païens, qui ont imaginé des atomes
,, blancs & des atomes noirs, dont la réunion fortuite
,, a produit divers hommes & divers animaux. ,,

M. l'abbé *Bazin* avait vu dans fes voyages une
partie du *reticulum mucofum* d'un nègre, lequel était
entièrement noir; c'eft un fait connu de tous les
anatomiftes de l'Europe. Quiconque voudra faire dif-
féquer un nègre, (j'entends après fa mort) trouvera
cette membrane muqueufe noire comme de l'encre,
de la tête aux pieds. Or fi ce réfeau eft noir chez
les nègres, & blanc chez nous, c'eft donc une différence fpécifique. Or une différence fpécifique entre
deux races forme affurément deux races différentes.
Cela n'a nul rapport aux atomes blancs & rouges
d'*Anaxagore*, qui vivait environ deux mille trois
cents ans avant mon oncle.

Il vit non-feulement des nègres & des albinos
qu'il examina très-foigneufement, mais il vit auffi
quatre rouges qui vinrent en France en 1725. Le
même économe lui a nié ces rouges. Il prétend

(*k*) Pag. 309, Recueil de 1745.

que les habitans des îles Caraïbes ne font rouges que lorfqu'ils font peints. On voit bien que cet homme-là n'a pas voyagé en Amérique. Je ne dirai pas que mon oncle y ait été, car je fuis vrai ; mais voici une lettre que je viens de recevoir d'un homme qui a réfidé long-temps à la Guadaloupe, en qualité d'officier du roi.

Il y a réellement à la Guadaloupe, dans un quartier de la grande terre nommée le Piftolet, *dépendant de la paroiffe de l'anfe Bertrand, cinq ou fix familles de Caraïbes dont la peau eft de la couleur de notre cuivre rouge ; ils font bien faits, & ont de longs cheveux. Je les ai vus deux fois. Ils fe gouvernent par leurs propres lois, & ne font point chrétiens. Tous les Caraïbes font rougeâtres &c.* Signé, *Rieu,* 20 mai 1767.

Le jéfuite *Laffiteau,* qui avait vécu auffi chez les Caraïbes , convient que ces peuples font rouges ; (*l*) mais il attribue en homme judicieux cette couleur à la paffion qu'ont eue leurs mères de fe peindre en rouge, comme il attribue la couleur des nègres au goût que les dames de Congo & d'Angola ont eu de fe peindre en noir. Voici les paroles remarquables du jéfuite.

,, Ce goût général dans toute la nation, & la vue
,, continuelle de femblables objets a dû faire impref-
,, fion fur les femmes enceintes, comme les baguettes
,, de diverfes couleurs fur les brebis de *Jacob* : &
,, c'eft ce qui doit avoir contribué en premier lieu
,, à rendre les uns noirs par nature, & les autres
,, rougeâtres, tels qu'ils le font aujourd'hui. ,,

(*l*) *Mœurs des fauvages* , pag. 68, tom. I,

Ajoutez à cette belle raifon, que le jéfuite *Laffiteau* prétend que les Caraïbes defcendent en droite ligne des peuples de Carie; vous m'avouerez que c'eft puiffamment raifonner, comme dit l'abbé *Grizel*.

CHAPITRE XIX.

Des montagnes & des coquilles.

J'AVOUERAI ingénument que mon oncle avait le malheur d'être d'un fentiment oppofé à celui d'un grand naturalifte qui prétendait que c'eft la mer qui a fait les montagnes; qu'après les avoir formées par fon flux & fon reflux, elle les a couvertes de fes flots, & qu'elle les a laiffées toutes femées de fes poiffons pétrifiés.

Voici, mon cher neveu, me difait-il, quelles font mes raifons. 1°. Si la mer par fon flux avait d'abord fait un petit monticule de quelques pieds de fable, depuis l'endroit où eft aujourd'hui le cap de Bonne-Efpérance jufqu'aux dernières branches du mont Immaüs ou *Mérou*, j'ai grand'peur que le reflux n'eût détruit ce que le flux aurait formé.

2°. Le flux de l'Océan a certainement amoncelé dans une longue fuite de fiècles les fables qui forment les dunes de Dunkerque & de l'Angleterre, mais elle n'a pu en faire des rochers; & ces dunes font fort peu élevées.

3°. Si en fix mille ans elle a formé des monticules de fable hauts de quarante pieds, il lui aura fallu jufte trente millions d'années pour former la plus
haute

haute montagne des Alpes qui a vingt mille pieds de hauteur ; fuppofé encore qu'il ne fe foit point trouvé d'obftacle à cet arrangement, & qu'il y ait toujours eu du fable à point nommé.

4°. Comment le flux de la mer , qui s'élève tout au plus à huit pieds de haut fur nos côtes, aura-t-il formé des montagnes hautes de vingt mille pieds ? & comment les aurait-il couvertes pour laiffer des poiffons fur les cîmes ?

5°. Comment les marées & les courans auront-ils formé des enceintes prefque circulaires de montagnes, telles que celles qui entourent le royaume de Cache-mire, le grand-duché de Tofcane, la Savoie, & le pays de Vaud ?

6°. Si la mer avait été pendant tant de fiècles au-deffus des montagnes, il aurait donc fallu que tout le refte du globe eût été couvert d'un autre océan égal en hauteur, fans quoi les eaux feraient retombées par leur propre poids. Or un océan qui pendant tant de fiècles aurait couvert les montagnes des quatre parties du monde, aurait été égal à plus de quarante de nos océans d'aujourd'hui. Ainfi il faudrait néceffairement qu'il y eût trente-neuf océans au moins d'évanouis, depuis le temps où ces meffieurs prétendent qu'il y a des poiffons de mer pétrifiés fur le fom-met des Alpes & du mont Ararat.

7°. Confidérez, mon cher neveu, que dans cette fuppofition des montagnes formées & couvertes par la mer, notre globe n'aurait été habité que par des poiffons. C'eft, je crois, l'opinion de *Telliamed*. Il eft difficile de comprendre que des marfouins aient pro-duit des hommes.

Mélanges hift. Tome I.   Q

8°. Il eft évident que fi par impoffible la mer eût fi long-temps couvert les Pyrénées, les Alpes, le Caucafe, il n'y aurait pas eu d'eau douce pour les bipèdes & les quadrupèdes. Le Rhin, le Rhône, la Saône, le Danube, le Pô, l'Euphrate, le Tigre, dont j'ai vu les fources, ne doivent leurs eaux qu'aux neiges & aux pluies qui tombent fur les cimes de ces rochers. Ainfi vous voyez que la nature entière réclame contre cette opinion.

9°. Ne perdez point de vue cette grande vérité, que la nature ne fe dément jamais. Toutes les efpèces reftent toujours les mêmes. Animaux, végétaux, minéraux, métaux, tout eft invariable dans cette prodigieufe variété. Tout conferve fon effence. L'effence de la terre eft d'avoir des montagnes, fans quoi elle ferait fans rivières ; donc il eft impoffible que les montagnes ne foient pas auffi anciennes que la terre. Autant vaudrait-il dire que nos corps ont été long-temps fans têtes. Je fais qu'on parle beaucoup de coquilles. J'en ai vu tout comme un autre. Les bords efcarpés de plufieurs fleuves & de quelques lacs en font tapiffés ; mais je n'y ai jamais remarqué qu'elles fuffent les dépouilles des monftres marins : elles reffemblent plutôt aux habits déchirés des moules, & d'autres petits cruftacées de lacs & de rivières. Il y en a qui ne font vifiblement que du talc qui a pris des formes différentes dans la terre. Enfin nous avons mille productions terreftres qu'on prend pour des productions marines.

Je ne nie pas que la mer ne fe foit avancée trente & quarante lieues dans le continent, & que des atterriffemens ne l'aient contrainte de reculer. Je

fais qu'elle baignait autrefois Ravenne, Fréjus,
Aigues-Mortes, Alexandrie, Rofette, & qu'elle en eſt
à préſent fort éloignée. Mais de ce qu'elle a inondé
& quitté tour à tour quelques lieues de terre, il ne
faut pas en conclure qu'elle ait été par-tout. Ces
pétrifications dont on parle tant, ces prétendues
médailles de ſon long règne me ſont fort ſuſpeĉtes.
J'ai vu plus de mille cornes d'Ammon dans les champs,
vers les Alpes. Je n'ai jamais pu concevoir qu'elles
aient renfermé autrefois un poiſſon indien nommé
nautilus, qui par parenthèſe n'exiſte pas. Elles m'ont
paru de ſimples foſſiles tournés en volutes; & je n'ai
pas été plus tenté de croire qu'elles avaient été le loge-
ment d'un poiſſon des mers de Surate, que je n'ai pris
les *conchas Veneris* pour des chapelles de *Vénus*, & les
pierres étoilées pour des étoiles. J'ai penſé avec pluſieurs bons obſervateurs que la nature inépuiſable dans
ſes ouvrages a pu très-bien former une grande quantité
de foſſiles, que nous prenons mal-à-propos pour des
productions marines. Si la mer avait dans la ſucceſſion
des ſiècles formé des montagnes de couches de ſable
& de coquilles, on en trouverait des lits d'un bout de
la terre à l'autre; & c'eſt aſſurément ce qui n'eſt pas
vrai: la chaîne des hautes montagnes de l'Amérique
en eſt abſolument dépourvue. Savez-vous ce qu'on
répond à cette objeĉtion terrible? *qu'on en trouvera un*
jour. Attendons donc au moins qu'on en trouve.

Je ſuis même tenté de croire que ce fameux falun
de Touraine n'eſt autre choſe qu'une eſpèce de minière;
car ſi c'était un amas de vraies dépouilles de poiſſons
que la mer eût dépoſé par couches ſucceſſivement &
doucement dans ce canton, pendant quarante ou

cinquante mille fiècles, pourquoi n'en aurait-elle pas laiffé autant en Bretagne & en Normandie ? certainement fi elle a fubmergé la Touraine fi long-temps, elle a couvert à plus forte raifon les pays qui font au-de-là. Pourquoi donc ces prétendues coquilles dans un feul canton d'une feule province ? qu'on réponde à cette difficulté.

J'ai trouvé des pétrifications en cent endroits ; j'ai vu quelques écailles d'huîtres pétrifiées à cent lieues de la mer. Mais j'ai vu auffi fous vingt pieds de terre des monnaies romaines, des anneaux de chevaliers, à plus de neuf cents milles de Rome, & je n'ai point dit : Ces anneaux, ces efpèces d'or & d'argent ont été fabriqués ici. Je n'ai point dit non plus : Ces huîtres font nées ici. J'ai dit : Des voyageurs ont apporté ici des anneaux, de l'argent, & des huîtres.

Quand je lus il y a quarante ans qu'on avait trouvé dans les Alpes des coquilles de Syrie, je dis, je l'avoue, d'un ton un peu goguenard, que ces coquilles avaient été apparemment apportées par des pelerins qui revenaient de Jérufalem. M. de *Buffon* m'en reprit très-vertement dans fa théorie de la terre, page 281. Je n'ai pas voulu me brouiller avec lui pour des coquilles ; mais je fuis demeuré dans mon opinion, parce que l'impoffibilité que la mer ait formé les montagnes m'eft démontrée. On a beau me dire que le porphyre eft fait des pointes d'ourfin, je le croirai quand je verrai que le marbre blanc eft fait de plumes d'autruche.

Il y a plufieurs années qu'un irlandais, jéfuite fecret, nommé *Needham*, qui difait avoir d'excellens microfcopes, crut s'apercevoir qu'il avait fait naître des anguilles avec de l'infufion de blé ergoté dans des bouteilles. Auffitôt voilà des philofophes qui fe perfuadent que , fi un jéfuite a fait des anguilles fans germe, on pourra faire de même des hommes. On n'a plus befoin de la main du grand *Demiourgos ;* le maître de la nature n'eft plus bon à rien. De la farine groffière produit des anguilles ; une farine plus pure produira des finges , des hommes, & des ânes. Les germes font inutiles : tout naîtra de foi-même. On bâtit fur cette expérience prétendue un nouvel univers ; comme nous fefions un monde il y a cent ans avec la matière fubtile, la globuleufe, & la cannelée. Un mauvais plaifant , mais qui raifonnait bien , dit qu'il y avait là anguille fous roche, & que la fauffeté fe découvrirait bientôt.

Il en avait été de même autrefois. Les vers fe formaient par corruption dans la viande expofée à l'air. Les philofophes ne foupçonnaient pas que ces vers pouvaient venir des mouches qui dépofaient leurs œufs fur cette viande, & que ces œufs deviennent des vers avant d'avoir des aîles. Les cuifiniers enfermèrent leurs viandes dans des treillis de toiles , alors plus de vers, plus de génération par corruption.

J'ai combattu quelquefois de pareilles chimères , & furtout celle du jéfuite *Needham.* Un des grands agrémens de ce monde eft que chacun puiffe avoir fon fentiment fans altérer l'union fraternelle. Je puis eftimer la vafte érudition de M. de *Guignes,* fans lui facrifier les Chinois , que je croirai toujours la première nation de la terre qui ait été civilifée après les Indiens. Je fais rendre juftice aux vaftes connaiffances, & au génie de M. de *Buffon,* en étant fortement

Q 3

perfuadé que les montagnes font de la date de notre globe, & de toutes les chofes, & même en ne croyant point aux molécules organiques. Je puis avouer que le jéfuite *Néedham*, déguifé heureufement en laïque, a eu des microfcopes ; mais je n'ai point prétendu le bleffer, en doutant qu'il eût créé des anguilles avec de la farine. (*)

Je conferve l'efprit de charité avec tous les doctes, jufqu'à ce qu'ils me difent des injures, ou qu'ils me jouent quelque mauvais tour. Car l'homme eft fait de façon qu'il n'aime point du tout à être vilipendé & vexé. Si j'ai été un peu goguenard ; & fi j'ai par-là déplu autrefois à un philofophe lappon qui voulait qu'on perçât un trou jufqu'au centre de la terre, qu'on difféquât des cervelles de géans pour connaître l'effence de la penfée, qu'on exaltât fon ame pour prédire l'avenir, & qu'on enduisît tous les malades de poix réfine ; c'eft que ce lappon m'avait horriblement molefté ; & cependant j'ai bien demandé pardon à Dieu de l'avoir tourné en ridicule ; car il ne faut pas affliger fon prochain : c'eft manquer à la raifon univerfelle.

Au refte j'ai toujours pris le parti des pauvres gens de lettres, quand ils ont été injuftement perfécutés : quand, par exemple, on a juridiquement accufé les auteurs d'un dictionnaire en vingt volumes in-folio d'avoir compofé ce dictionnaire pour faire enchérir le pain, j'ai beaucoup crié à l'injuftice.

Ce difcours de mon bon oncle me fit verfer des larmes de tendreffe.

(*) Voyez fur les anguilles & les coquilles le volume de *Phyfique.*

C H A P I T R E X X.

Des tribulations de ces pauvres gens de lettres.

Quand mon oncle m'eut ainfi attendri, je pris la liberté de lui dire : vous avez couru une carrière bien épineufe ; je fens qu'il vaut mieux être receveur des finances, ou fermier-général, ou évêque, que homme de lettres : car enfin, quand vous eûtes appris le premier aux Français, que les Anglais & les Turcs donnaient la petite vérole à leurs enfans pour les en préferver, vous favez que tout le monde fe moqua de vous. Les uns vous prirent pour un hérétique, les autres pour un mufulman. Ce fut bien pis, lorfque vous vous mêlâtes d'expliquer les découvertes de *Newton* dont les écoles welches n'avaient pas encore entendu parler ; on vous fit paffer pour un ennemi de la France. Vous hafardâtes de faire quelques tragédies. Zaïre, Orefte, Sémiramis, Mahomet, tombèrent à la première repréfentation. Vous fouvenez-vous, mon cher oncle, comme votre Adélaïde de Guefclin fut fifflée d'un bout à l'autre? quel plaifir c'était! Je me trouvai à la chute de Tancrède ; on difait en pleurant & en fanglotant, ce pauvre homme n'a jamais rien fait de fi mauvais.

Vous fûtes affailli en divers temps d'environ fept cents cinquante brochures, dans lefquelles les uns difaient, pour prouver que Mérope & Alzire font des tragédies déteftables, que monfieur votre père, qui fut mon grand-père, était un payfan ; & d'autres qu'il était revêtu de la dignité de guichetier porte-clefs du parlement de Paris, charge importante dans l'Etat,

mais de laquelle je n'ai jamais entendu parler, & qui
n'aurait d'ailleurs que peu de rapport avec Alzire &
Mérope, ni avec le reſte de l'univers, que tout feſeur
de brochure, doit, comme vous l'avez dit, avoir toujours devant les yeux.

On vous attribuait l'excellent livre intitulé *Les
hommes* (je ne ſais ce que c'eſt que ce livre, ni vous non
plus) & pluſieurs poëmes immortels, comme la *Chan-
delle d'Arras*, & la *Poule à ma tante*, & le ſecond tome
de *Candide*, & le *Compère Matthieu*. Combien de lettres
anonymes avez-vous reçues ? combien de fois vous
a-t-on écrit, *donnez-moi de l'argent, ou je ferai contre vous
une brochure*. Ceux même à qui vous avez fait l'aumône
n'ont-ils pas quelquefois témoigné leur reconnaiſſance
par quelque ſatire bien mordante ?

Ayant paſſé ainſi par toutes les épreuves, dites-moi,
je vous prie, mon cher oncle, quels ſont les ennemis
les plus implacables, les plus bas, les plus lâches dans
la littérature, & les plus capables de nuire ?

Le bon abbé *Bazin* me répondit en ſoupirant : Mon
neveu, après les théologiens, les chiens les plus
acharnés à ſuivre leur proie ſont les folliculaires ; &
après les folliculaires, marchent les feſeurs de cabale
au théâtre. Les critiques en hiſtoire & en phyſique
ne font pas grand bruit. Gardez-vous ſurtout, mon
neveu, du métier de *Sophocle* & d'*Euripide ;* à moins
que vous ne faſſiez vos tragédies en latin, comme
Grotius, qui nous a laiſſé ces belles pièces entièrement
ignorées d'*Adam chaſſé*, de *Jéſus patient*, & de *Joſeph*
ſous le nom de *Sofonfoné* qu'il croit un mot égyptien.

Hé pourquoi, mon oncle, ne voulez-vous pas que
je faſſe des tragédies ſi j'en ai le talent ? Tout homme

peut apprendre le latin & le grec, ou la géométrie, ou l'anatomie; tout homme peut écrire l'histoire; mais il est très-rare, comme vous savez, de trouver un bon poëte. Ne serait-ce pas un vrai plaisir de faire de grands vers boursoufflés dans lesquels des *héros déplorables* rimeraient avec des *exemples mémorables*, & les *forfaits* & les *crimes* avec les *cœurs magnanimes*, & les *justes dieux* avec les *exploits glorieux*? Une fière actrice ferait ronfler ce galimatias, elle serait applaudie par cent jeunes courtauds de boutique, & elle me dirait après la pièce: sans moi vous auriez été sifflé, vous me devez votre gloire. J'avoue qu'un pareil succès tourne la tête quand on a une noble ambition.

O mon neveu, me répliqua l'abbé *Bazin*, je conviens que rien n'est plus beau; mais souvenez-vous comment l'auteur de *Cinna*, qui avait appris à la nation à penser & à s'exprimer, fut traité par *Claveret*, par *Chapelain*, par *Scudéri*, gouverneur de Notre-Dame de la Garde, & par l'abbé d'*Aubignac*, prédicateur du roi.

Songez que le prédicateur, auteur de la plus mauvaise tragédie de ce temps, & qui pis est d'une tragédie en prose, appelle Corneille *Mascarille*; il n'est fait, selon le prédicateur, que pour vivre avec les portiers de comédie : *Corneille piaille toujours, ricane toujours, & ne dit jamais rien qui vaille.*

Ce sont-là les honneurs qu'on rendait à celui qui avait tiré la France de la barbarie; il était réduit pour vivre, à recevoir une pension du cardinal de *Richelieu* qu'il nomme *son maître.* Il était forcé de rechercher la protection de *Montauron*, de lui dédier *Cinna*, de comparer dans son épître dédicatoire *Montauron* à *Auguste;* & *Montauron* avait la préférence.

Jean Racine égal à *Virgile* pour l'harmonie & la beauté du langage, supérieur à *Euripide* & à *Sophocle*; *Racine* le poëte du cœur, & d'autant plus sublime qu'il ne l'est que quand il faut l'être ; *Racine* le seul poëte tragique de son temps dont le génie ait été conduit par le goût; *Racine* le premier homme du siècle de *Louis XIV* dans les beaux arts, & la gloire éternelle de la France ; a-t-il essuyé moins de dégoût & d'opprobre ? tous ses chefs-d'œuvre ne furent-ils pas parodiés à la farce dite *italienne* ?

Visé, l'auteur du *Mercure galant*, ne se déchaîna-t-il pas toujours contre lui ? *Subligni* ne prétendit-il pas le tourner en ridicule ? vingt cabales ne s'élevèrent-elles pas contre tous ses ouvrages ? n'eut-il pas toujours des ennemis, jusqu'à ce qu'enfin le jésuite *la Chaise* le rendit suspect de jansénisme auprès du roi, & le fit mourir de chagrin ? Mon neveu, la mode n'est plus d'accuser de jansénisme ; mais si vous avez le malheur de travailler pour le théâtre, & de réussir, on vous accusera d'être athée.

Ces paroles de mon bon oncle se gravèrent dans mon cœur. J'avais déjà commencé une tragédie ; je l'ai jetée au feu, & je conseille à tous ceux qui ont la manie de travailler en ce genre d'en faire autant.

CHAPITRE XXI.

Des sentimens théologiques de feu l'abbé Bazin. De la justice qu'il rendait à l'antiquité ; & des quatre diatribes composées par lui à cet effet.

POUR mieux faire connaître la piété & l'équité de l'abbé *Bazin*, je suis bien aise de publier ici quatre diatribes de sa façon, composées seulement pour sa satisfaction particulière. La première est sur la cause & les effets. La seconde traite de *Sanchoniathon*, l'un des plus anciens écrivains qui aient *mis la plume à la main* pour écrire gravement des sottises. La troisième est sur l'Egypte, dont il fesait assez peu de cas ; (ce n'est pas de sa diatribe dont il fesait peu de cas, c'est de l'Egypte.) Dans la quatrième, il s'agit d'un ancien peuple à qui on coupa le nez, & qu'on envoya dans le désert. Cette dernière élucubration est très-curieuse & très-instructive.

PREMIERE DIATRIBE
DE L'ABBÉ BAZIN.

Sur la cause première.

UN jour le jeune *Madétès* se promenait vers le port de Pirée ; il rencontra *Platon* qu'il n'avait point encore vu. *Platon* lui trouvant une physionomie heureuse lia conversation avec lui ; il découvrit en lui un fens affez droit. *Madétès* avait été inftruit dans les belles-lettres ; mais il ne favait rien, ni en phyfique, ni en géométrie, ni en aftronomie. Cependant il avoua à *Platon* qu'il était épicurien.

Mon fils, lui dit *Platon*, *Epicure* était un fort honnête homme ; il vécut & il mourut en fage. Sa volupté, dont on a parlé fi diverfement, confiftait à éviter les excès. Il recommanda l'amitié à fes difciples, & jamais précepte n'a été mieux obfervé. Je voudrais faire autant de cas de fa philofophie que de fes mœurs. Connaiffez-vous bien à fond la doctrine d'*Epicure*? *Madétès* lui répondit ingénument qu'il ne l'avait point étudiée. Je fais feulement, dit-il, que les dieux ne fe font jamais mêlés de rien ; & que le principe de toute chofe eft dans les atomes, qui fe font arrangés d'eux-mêmes, de façon qu'ils ont produit ce monde tel qu'il eft.

P L A T O N.

Ainsi donc, mon fils, vous ne croyez pas que ce foit une intelligence qui ait préfidé à cet univers dans lequel il y a tant d'êtres intelligens ? voudriez-vous bien me dire quelle eft votre raifon d'adopter cette philofophie?

M A D É T È S.

Ma raifon eft que je l'ai toujours entendu dire à mes amis, & à leurs maîtreffes avec qui je foupe ; je m'accommode fort de leurs atomes. Je vous avoue que je n'y entends rien ; mais cette doctrine m'a paru auffi bonne qu'une autre : il faut bien avoir une opinion quand on commence à fréquenter la bonne compagnie. J'ai beaucoup d'envie de m'inftruire ; mais il m'a paru jufqu'ici plus commode de penfer fans rien favoir.

Platon lui dit : Si vous avez quelque défir de vous éclairer , je fuis magicien , & je vous ferai voir des chofes fort extraordinaires ; ayez feulement la bonté de m'accompagner à ma maifon de campagne, qui eft à cinq cents pas d'ici, & peut-être ne vous repentirez-vous pas de votre complaifance. *Madétès* le fuivit avec tranfport. Dès qu'ils furent arrivés , *Platon* lui montra un fquelette ; le jeune homme recula d'horreur à ce fpeſtacle nouveau pour lui. *Platon* lui parla en ces termes :

Confidérez bien cette forme hideufe qui femble être le rebut de la nature ; & jugez de mon art par tout ce que je vais opérer avec cet affemblage informe , qui vous a paru fi abominable.

Premièrement, vous voyez cette efpèce de boule qui femble couronner tout ce vilain affemblage. Je vais faire paffer par la parole dans le creux de cette boule une fubftance moëlleufe & douce, partagée en mille petites ramifications , que je ferai defcendre imperceptiblement par cette efpèce de long bâton à plufieurs nœuds que vous voyez attaché , & qui fe termine en pointe dans un creux. J'adapterai au haut de ce bâton un tuyau par lequel je ferai entrer l'air , au moyen d'une foupape qui pourra jouer fans ceffe; & bientôt après vous verrez cette fabrique fe remuer d'elle-même.

A l'égard de tous ces autres morceaux informes qui vous paraiffent comme des reftes d'un bois pourri, & qui femblent être fans utilité comme fans force & fans grâce; je n'aurai qu'à parler, & ils feront mis en mouvement par des efpèces de cordes d'une ftruƈture inconcevable. Je placerai au milieu de ces cordes une infinité de canaux remplis d'une liqueur qui, en paffant par des tamis, fe changera en plufieurs liqueurs différentes, & coulera dans toute la machine. vingt fois par heure. Le tout fera recouvert d'une étoffe blanche, moëlleufe, & fine. Chaque partie de cette machine aura un mouvement particulier qui ne fe démentira point. Je placerai entre ces demi-cerceaux, qui ne femblent bons à rien, un gros réfervoir fait à peu près comme une pomme de pin : ce réfervoir fe contraƈtera & fe dilatera chaque moment avec une force étonnante. Il changera la couleur de la liqueur qui paffera dans toute la machine. Je placerai non loin de lui un fac percé en deux endroits, qui reffem- blera au tonneau des Danaïdes. Il fe remplira & fe videra fans ceffe ; mais il ne fe remplira que de ce qui eft néceffaire, & ne fe videra que du fuperflu. Cette machine fera un fi étonnant laboratoire de chimie, un fi profond ouvrage de mécanique & d'hydraulique, que ceux qui l'auront étudié ne pourront jamais le comprendre. De petits mouvemens y produiront une force prodigieufe : il fera impoffible à l'art humain d'imiter l'artifice qui dirigera cet automate. Mais ce qui vous furprendra davantage, c'eft que cet automate s'étant approché d'une figure à peu près femblable, il s'en formera une troifième figure. Ces machines auront des idées ; elles raifonneront, elles parleront comme vous ; elles pourront mefurèr le ciel & la terre. Mais je ne vous ferai point voir cette rareté, fi vous ne me promettez que quand vous l'aurez vue, vous avouerez que j'ai beaucoup d'efprit & de puiffance.

MADÉTÈS.

Si la chofe eft ainfi , j'avouerai que vous en favez plus qu'*Epicure* , & que tous les philofophes de la Grèce.

PLATON.

Hé bien , tout ce que je vous ai promis eft fait. Vous êtes cette machine , c'eft ainfi que vous êtes formé, & je ne vous ai pas montré la millième partie des refforts qui compofent votre exiftence ; tous ces refforts font exactement proportionnés les uns aux autres ; tous s'aident réciproquement : les uns confervent la vie , les autres la donnent , & l'efpèce fe perpétue de fiècle en fiècle par un artifice qu'il n'eft pas poffible de découvrir. Les plus vils animaux font formés avec un appareil non moins admirable , & les fphères céleftes fe meuvent dans l'efpace avec une mécanique encore plus fublime : jugez après cela fi un être intelligent n'a pas formé le monde , fi vos atomes n'ont pas eu befoin de cette caufe intelligente.

Madétès étonné demanda au magicien qui il était. *Platon* lui dit fon nom : le jeune homme tomba à genoux, adora DIEU, & aima *Platon* toute fa vie.

Ce qu'il y a de très-remarquable pour nous , c'eft qu'il vécut avec les épicuriens comme auparavant. Ils ne furent point fcandalifés qu'il eût changé d'avis. Il les aima , il en fut toujours aimé. Les gens de fectes différentes foupaient enfemble gaiement chez les Grecs & chez les Romains. C'était le bon temps.

SECONDE DIATRIBE

DE L'ABBÉ BAZIN.

De Sanchoniathon.

SANCHONIATHON ne peut être un auteur fuppofé. On ne fuppofe un ancien livre que dans le même efprit qu'on forge d'anciens titres pour fonder quelque prétention difputée. On employa autrefois des fraudes pieufes pour appuyer des vérités qui n'avaient pas befoin de ce malheureux fecours. De zélés indifcrets forgèrent de très-mauvais vers grecs attribués aux fibylles, des lettres de *Pilate*, & l'hiftoire du magicien *Simon* qui tomba du haut des airs aux yeux de *Néron*. C'eft dans le même efprit qu'on imagina la donation de *Conftantin* & les fauffes décrétales. Mais ceux dont nous tenons les fragmens de *Sanchoniathon*, ne pouvaient avoir aucun intérêt à faire cette lourde friponnerie. Que pouvait gagner *Philon de Byblos* qui traduifit en grec *Sanchoniathon*, à mettre cette hiftoire & cette cofmogonie fous le nom de ce phénicien? c'eft à peu près comme fi on difait qu'*Héfiode* eft un auteur fuppofé.

Eufèbe de Céfarée, qui rapporte plufieurs fragmens de cette traduction faite par *Philon de Byblos*, ne s'avifa jamais de foupçonner que *Sanchoniathon* fût un auteur apocryphe. Il n'y a donc nulle raifon de douter que fa cofmogonie ne lui appartienne.

Ce *Sanchoniathon* vivait à peu près dans le temps où nous plaçons les dernières années de *Moïfe*. Il n'avait

probablement

probablement aucune connaiffance de *Moïfe*, puifqu'il n'en parle pas, quoiqu'il fût dans fon voifinage. S'il en avait parlé, *Eufèbe* n'eût pas manqué de le citer comme un témoignage authentique des prodiges opérés par *Moïfe*. *Eufèbe* aurait infifté d'autant plus fur ce témoignage, que ni *Manéthon*, ni *Cheremon*, auteurs égyptiens, ni *Eratofthènes*, ni *Hérodote*, ni *Diodore de Sicile*, qui ont tant écrit fur l'Egypte, trop occupés d'autres objets, n'ont jamais dit un feul mot de ces fameux & terribles miracles qui durent laiffer d'eux une mémoire durable, & effrayer les hommes de fiècle en fiècle. Ce filence de *Sanchoniathon* a même fait foupçonner très-juftement à plufieurs docteurs qu'il vivait avant *Moïfe*.

Ceux qui le font contemporain de *Gédéon* n'appuient leur fentiment que fur un abus des paroles de *Sanchoniathon* même. Il avoue qu'il a confulté le grand-prêtre *Jérombal*. Or ce *Jérombal*, difent nos critiques, eft vraifemblablement *Gédéon*. Mais pourquoi, s'il vous plaît, ce *Jérombal* était-il *Gédéon* ? Il n'eft point dit que *Gédéon* fût prêtre. Si le phénicien avait confulté le juif, il aurait parlé de *Moïfe*, & des conquêtes de *Jofué*. Il n'aurait pas admis une cofmogonie abfolument contraire à la Genèfe : il aurait parlé d'*Adam* ; il n'aurait pas imaginé des générations entièrement différentes de celles que la Genèfe a confacrées.

Cet ancien auteur phénicien avoue en propres mots, qu'il a tiré une partie de fon hiftoire des écrits de *Thaut*, qui floriffait huit cents ans avant lui. Cet aveu, auquel on ne fait pas affez d'attention, eft un des plus curieux témoignages que l'antiquité nous

Mélanges hift. Tome I.   R

ait tranſmis. Il prouve qu'il y avait donc déjà huit
cents ans qu'on avait des livres écrits avec le
ſecours de l'alphabet ; que les nations cultivées
pouvaient par ce ſecours s'entendre les unes les
autres, & traduire réciproquement leurs ouvrages.
Sanchoniathon entendait les livres de *Thaut* écrits en
langue égyptienne. Le premier *Zoroaſtre* était beaucoup plus ancien ; & ſes livres étaient la catéchèſe
des Perſans. Les Chaldéens, les Syriens, les Perſans,
les Phéniciens, les Egyptiens, les Indiens, devaient
néceſſairement avoir commerce enſemble ; & l'écriture alphabétique devait faciliter ce commerce. Je
ne parle pas des Chinois qui étaient depuis long-
temps un grand peuple, & compoſaient un monde
ſéparé.

Chacun de ces peuples avait déjà ſon hiſtoire.
Lorſque les Juifs entrèrent dans le pays voiſin de
la Phénicie, ils pénétrèrent juſqu'à la ville de Dabir,
qui s'appelait autrefois la ville des lettres. *Alors Caleb
dit : Je donnerai ma fille Axa pour femme à celui qui prendra
Eta & qui ruinera la ville des lettres. Et Othoniel fils de
Cenès, frère puîné de Caleb, l'ayant priſe, il lui donna
pour femme ſa fille Axa.*

Il paraît par ce paſſage que *Caleb* n'aimait pas les
gens de lettres : mais ſi on cultivait les ſciences
anciennement dans cette petite ville de Dabir ; combien devaient-elles être en honneur dans la Phénicie,
dans Sidon & dans Tyr, qui étaient appelés *le pays
des livres, le pays des archives,* & qui enſeignèrent leur
alphabet aux Grecs ?

Ce qui eſt fort étrange, c'eſt que *Sanchoniathon* qui
commence ſon hiſtoire au même temps où commence

la Genèfe, & qui compte le même nombre de générations, ne fait pas cependant plus de mention du
déluge que les Chinois. Comment la Phénicie, ce
pays fi renommé par fes expéditions maritimes,
ignorait-elle ce grand événement?

Cependant l'antiquité le croyait; & la magnifique
defcription qu'en fait *Ovide*, eft une preuve que cette
idée était bien générale; car, de tous les récits qu'on
trouve dans les métamorphofes d'*Ovide*, il n'en eft
aucun qui foit de fon invention. On prétend même
que les Indiens avaient déjà parlé d'un déluge univerfel avant celui de *Deucalion*. Plufieurs brachmanes
croyaient, dit-on, que la terre avait effuyé trois
déluges.

Il n'en eft rien dit dans l'Ezour-Veidam, ni dans le
Cormo-Veidam que j'ai lus avec une grande attention;
mais plufieurs miffionnaires, envoyés dans l'Inde,
s'accordent à croire que les brames reconnaiffaient
plufieurs déluges. Il eft vrai que chez les Grecs on ne
connaiffait que les deux déluges particuliers d'*Ogygès*
& de *Deucalion*. Le feul auteur grec connu, qui ait
parlé d'un déluge univerfel, eft *Apollodore*, qui n'eft
antérieur à notre ère que d'environ cent quarante ans.
Ni *Homère*, ni *Héfiode*, ni *Hérodote*, n'ont fait mention
du déluge de *Noé*; & le nom de *Noé* ne fe trouve
chez aucun ancien auteur profane.

La mention de ce déluge univerfel, faite en détail
& avec toutes fes circonftances, n'eft que dans nos
livres facrés. Quoique *Voffius* & plufieurs autres favans
aient prétendu que cette inondation n'a pu être univerfelle, il ne nous eft pas permis d'en douter. Je ne
rapporte la cofmogonie de *Sanchoniathon* que comme

R 2

un ouvrage profane. L'auteur de la Genèfe était infpiré, & *Sanchoniathon* ne l'était pas. L'ouvrage de ce phénicien n'eft qu'un monument précieux des anciennes erreurs des hommes.

C'eft lui qui nous apprend qu'un des premiers cultes établis fur la terre fut celui des productions de la terre même ; & qu'ainfi les oignons étaient confacrés en Egypte bien long-temps avant les fiècles auxquels nous rapportons l'établiffement de cette coutume. Voici les paroles de *Sanchoniathon* : ,, Ces ,, anciens hommes confacrèrent des plantes que la ,, terre avait produites ; ils les crurent divines : eux ,, & leur poftérité & leurs ancêtres révérèrent les ,, chofes qui les fefaient vivre ; ils leur offrirent leur ,, boire & leur manger. Ces inventions & ce culte ,, étaient conformes à leur faibleffe & à la pufillanimité ,, de leur efprit. ,,

Ce paffage fi curieux prouve invinciblement que les Egyptiens adoraient leurs oignons long-temps avant *Moïfe* ; & il eft étonnant qu'aucun livre hébraïque ne reproche ce culte aux Egyptiens. Mais voici ce qu'il faut confidérer. *Sanchoniathon* ne parle point expreffément de D I E U dans fa cofmogonie : tout chez lui femble avoir fon origine dans le chaos ; & ce chaos eft débrouillé par l'efprit vivifiant qui fe mêle avec les principes de la nature. Il pouffe la hardieffe de fon fyftème jufqu'à dire *que des animaux qui n'avaient point de fens, engendrèrent des animaux intelligens.*

Il n'eft pas étonnant, après cela, qu'il reproche aux Egyptiens d'avoir confacré des plantes. Pour moi, je crois que ce culte des plantes, utiles à l'homme, n'était pas d'abord fi ridicule que *Sanchoniathon* fe l'imagine. *Thaut*, qui gouvernait une partie de l'Egypte, & qui avait établi la théocratie huit cents ans avant l'écrivain phénicien, était à la fois prêtre & roi. Il était impof-fible qu'il adorât un oignon comme le maître du monde ; & il était impoffible qu'il préfentât des offrandes d'oignons à un oignon ; cela eût été trop abfurde, trop contradiƐtoire : mais il eft très-naturel qu'on remerciât les dieux du foin qu'ils prenaient de fubftanter notre vie, qu'on leur confacrât long-temps les plantes les plus délicieufes de l'Egypte, & qu'on révérât dans ces plantes les bienfaits des dieux. C'eft ce qu'on pratiquait de temps immémorial dans la Chine & dans les Indes.

J'ai déjà dit ailleurs qu'il y a une grande diffé-rence entre un oignon confacré & un oignon dieu. Les Egyptiens, après *Thaut*, confacrèrent des animaux ; mais certainement ils ne croyaient pas que ces animaux euffent formé le ciel & la terre. Le ferpent d'airain, élevé par *Moïfe*, était confacré ; mais on ne le regardait pas comme une divinité. Le térébinthe d'*Abraham*, le chêne de *Membré*, étaient confacrés, & on fit des facrifices dans la place même où avaient été ces arbres jufqu'au temps de *Conftantin*; mais ils n'étaient point des dieux. Les chérubins de l'arche étaient facrés, & n'étaient pas adorés.

Les prêtres égyptiens, au milieu de toutes leurs fuperftitions, reconnurent un maître fouverain de la nature; ils l'appelaient *Knef* ou *Knufi ;* ils le repréfen-taient par un globe. Les Grecs traduifirent le mot *Knef* par celui de Demiourgos, *artifan fuprême, fefeur du monde.*

R 3

Ce que je crois très-vraifemblable & très-vrai, c'eft que les premiers légiflateurs étaient des hommes d'un grand fens, Il faut deux chofes pour inftituer un gouvernement : un courage, & un bon fens, fupérieurs à ceux des autres hommes. Ils imaginent rarement des chofes abfurdes & ridicules, qui les expoferaient au mépris & à l'infulte. Mais qu'eft-il arrivé chez prefque toutes les nations de la terre, & furtout chez les Égyptiens ? Le fage commence par confacrer à DIEU le bœuf qui laboure la terre ; le fot peuple adore à la fin le bœuf, & les fruits même que la nature a produits. Quand cette fuperftition eft enracinée dans l'efprit du vulgaire, il eft bien difficile au fage de l'extirper.

Je ne doute pas même que quelque fchoen d'Egypte n'ait perfuadé aux femmes & aux filles des bateliers du Nil, que les chats & les oignons étaient de vrais dieux. Quelques philofophes en auront douté ; & furement ces philofophes auront été traités de petits efprits infolens & de blafphémateurs : ils auront été anathématifés & perfécutés. Le peuple égyptien regarda comme un athée le perfan *Cambyfe*, adorateur d'un feul Dieu, lorfqu'il fit mettre le bœuf *Apis* à la broche. Quand *Mahomet* s'éleva dans la Mecque contre le culte des étoiles, quand il dit qu'il ne fallait adorer qu'un Dieu unique dont les étoiles étaient l'ouvrage ; il fut chaffé comme un athée, & fa tête fut mife à prix. Il avait tort avec nous, mais il avait raifon avec les Mecquois.

Que conclurons-nous de cette petite excurfion fur *Sanchoniathon* ? qu'il y a long-temps qu'on fe moque de nous ; mais qu'en fouillant dans les débris de l'antiquité, on peut encore trouver fous ces ruines quelques monumens précieux , utiles à qui veut s'inftruire des fottifes de l'efprit humain.

TROISIEME DIATRIBE

DE L'ABBÉ BAZIN.

Sur l'Egypte.

J'AI vu les pyramides, & n'en ai point été émerveillé. J'aime mieux les fours à poulets , dont l'invention eft, dit-on , auffi ancienne que les pyramides. Une petite chofe utile me plaît ; une monftruofité qui n'eft qu'étonnante, n'a nul mérite à mes yeux. Je regarde ces monumens comme des jeux de grands enfans qui ont voulu faire quelque chofe d'extraordinaire, fans imaginer d'en tirer le moindre avantage. Les établiffe-mens des invalides, de Saint-Cyr, de l'école militaire, font des monumens d'hommes.

Quand on m'a voulu faire admirer les reftes de ce fameux labyrinthe, de ces palais, de ces temples, dont on parle avec tant d'emphafe , j'ai levé les épaules de pitié ; je n'ai vu que des piliers fans pro-portions, qui foutenaient de grandes pierres plates ; nul goût d'architecture, nulle beauté; du vafte, il eft vrai, mais du groffier. Et j'ai remarqué (je l'ai dit ailleurs) que les Egyptiens n'ont jamais eu rien de beau que de la main des Grecs. Alexandrie feule , bâtie par les Grecs, a fait la gloire véritable de l'Egypte.

R 4

A l'égard de leurs fciences, fi dans leur vafte bibliothèque ils avaient eu quelque bon livre d'érudition,
les Grecs & les Romains les auraient traduits. Non-
feulement nous n'avons aucune traduction, aucun
extrait de leurs livres de philofophie, de morale, de
belles-lettres, mais rien ne nous apprend qu'on ait
jamais daigné en faire.

Quelle idée peut-on fe former de la fcience & de
la fagacité d'un peuple qui ne connaiffait pas même
la fource de fon fleuve nourricier ? Les Ethiopiens qui
fubjuguèrent deux fois ce peuple mou, lâche, & fuperftitieux, auraient dû lui apprendre au moins que les
fources du Nil étaient en Ethiopie. Il eft plaifant que
ce foit un jéfuite portugais qui ait découvert ces
fources.

Ce qu'on a vanté du gouvernement égyptien me
paraît abfurde & abominable. Les terres, dit-on,
étaient divifées en trois portions. La première appartenait aux prêtres, la feconde aux rois, & la troifième
aux foldats. Si cela eft, il eft clair que le gouvernement
avait été d'abord & très-long-temps théocratique,
puifque les prêtres avaient pris pour eux la meilleure
part. Mais comment les rois fouffraient-ils cette diftri-
bution ? apparemment ils reffemblaient aux rois
fainéans : & comment les foldats ne détruifirent-ils
pas cette adminiftration ridicule ? Je me flatte que
les Perfans, & après eux les *Ptolomées*, y mirent bon
ordre ; & je fuis bien aife qu'après les *Ptolomées*, les
Romains, qui réduifirent l'Egypte en province de
l'empire, aient rogné la portion facerdotale.

Tout le refte de cette petite nation, qui n'a jamais
monté à plus de trois ou quatre millions d'hommes,

n'était donc qu'une foule de fots efclaves. On loue beaucoup la loi par laquelle chacun était obligé d'exercer la profeffion de fon père. C'était le vrai fecret d'anéantir tous les talens. Il fallait que celui qui aurait été un bon médecin ou un fculpteur habile, reftât berger ou vigneron ; que le poltron, le faible, reftât foldat ; & qu'un facriftain, qui ferait devenu un bon général d'armée, paffât fa vie à balayer un temple.

La fuperftition de ce peuple eft fans contredit ce qu'il y a jamais eu de plus méprifable. Je ne foupçonne point fes rois & fes prêtres d'avoir été affez imbécilles pour adorer férieufement des crocodiles, des boucs, des finges, & des chats ; mais ils laifferent le peuple s'abrutir dans un culte qui le mettait fort au-deffous des animaux qu'il adorait. Les *Ptolomées* ne purent déraciner cette fuperftition abominable, ou ne s'en foucièrent pas. Les grands abandonnent le peuple à fa fottife, pourvu qu'il obéiffe. *Cléopâtre* ne s'inquiétait pas plus des fuperftitions de l'Egypte, qu'*Hérode* de celles de la Judée.

Diodore rapporte que du temps de *Ptolomée Aulétes*, il vit le peuple maffacrer un romain qui avait tué un chat par mégarde. La mort de ce romain fut bien vengée, quand les Romains dominèrent. Il ne refte, Dieu merci, de ces malheureux prêtres d'Egypte, qu'une mémoire qui doit être à jamais odieufe. Apprenons à ne pas prodiguer notre eftime.

QUATRIEME DIATRIBE

DE L'ABBÉ BAZIN.

Sur un peuple à qui on a coupé le nez & laissé les oreilles.

IL y a bien des fortes de fables ; quelques-unes ne font que l'histoire défigurée, comme tous les anciens récits de batailles, & les faits gigantesques dont il a plu à presque tous les historiens d'embellir leurs chroniques. D'autres fables font des allégories ingénieuses. Ainsi *Janus* a un double visage qui représente l'année passée & l'année commençante. *Saturne* qui dévore ses enfans, est le temps qui détruit tout ce qu'il a fait naître. Les muses, filles de la Mémoire, vous enseignent que sans mémoire on n'a point d'esprit; & que, pour combiner des idées, il faut commencer par retenir des idées. *Minerve*, formée dans le cerveau du maître des dieux, n'a pas besoin d'explication. *Vénus* la déesse de la beauté, accompagnée des Grâces, & mère de l'Amour, la ceinture de la mère, les flèches & le bandeau du fils, tout cela parle assez de soi-même.

Des fables qui ne disent rien du tout, comme *Barbe bleue* & les *Contes d'Hérodote*, font le fruit d'une imagination grossière & déréglée qui veut amuser des enfans, & même malheureusement des hommes : l'*Histoire des deux voleurs* qui venaient toutes les nuits prendre l'argent du roi *Rampfinitus*, & de la fille du roi, qui époufa un des deux voleurs, l'*Anneau de Gygès* & cent autres facéties, font indignes d'une attention férieufe.

Mais il faut avouer qu'on trouve dans l'ancienne hiftoire des traits affez vraifemblables qui ont été négligés dans la foule, &. dont on pourrait tirer quelques lumières. *Diodore de Sicile*, qui avait confulté les anciens hiftoriens d'Egypte, nous rapporte que ce pays fut conquis par des Ethiopiens : je n'ai pas de peine à le croire ; car j'ai déjà remarqué que quiconque s'eft préfenté pour conquérir l'Egypte, en eft venu à bout en une campagne ; excepté nos extravagans croifés qui y furent tous tués ou réduits en captivité, parce qu'ils avaient à faire, non aux Egyptiens, qui n'ont jamais fu fe battre, mais aux Mammelucs, vainqueurs de l'Egypte, & meilleurs foldats que les croifés. Je n'ai donc nulle répugnance à croire qu'un roi d'Egypte, nommé par les Grecs *Amafis*, cruel & efféminé, fut vaincu lui & fes ridicules prêtres par un chef éthiopien nommé *Actifan*, qui avait apparemment de l'efprit & du courage.

Les Egyptiens étaient de grands voleurs ; tout le monde en convient. Il eft fort naturel que le nombre des voleurs ait augmenté dans le temps de la guerre d'*Actifan* & d'*Amafis*. *Diodore* rapporte, d'après les hiftoriens du pays, que ce vainqueur voulut purger l'Egypte de ces brigands ; & qu'il les envoya vers les déferts de Sinaï & d'Oreb, après leur avoir préalablement fait couper le bout du nez, afin qu'on les reconnût aifément s'ils s'avifaient de venir encore voler en Egypte. Tout cela eft très-probable.

Diodore remarque avec raifon que le pays où on les envoya ne fournit aucune des commodités de la vie, & qu'il eft très-difficile d'y trouver de l'eau & de la nourriture. Tel eft en effet cette malheureufe contrée depuis le défert de Pharam jufqu'auprès d'Eber.

Les nez coupés purent fe procurer, à force de foins, quelques eaux de citernes, ou fe fervir de quelques puits qui fourniffaient de l'eau faumâtre & mal faine, laquelle donne communément une efpèce de fcorbut & de lèpre. Ils purent encore, ainfi que le dit *Diodore*, fe faire des filets avec lefquels ils prirent des cailles. On remarque en effet que tous les ans des troupes innombrables de cailles paffent au-deffus de la mer Rouge, & viennent dans ce défert. Jufque-là cette hiftoire n'a rien qui révolte l'efprit, rien qui ne foit vraifemblable.

Mais fi on veut en inférer que ces nez coupés font les pères des Juifs, & que leurs enfans, accoutumés au brigandage, s'avancèrent peu-à-peu dans la Paleftine, & en conquirent une partie ; c'eft ce qui n'eft pas permis à des chrétiens. Je fais que c'eft le fentiment du conful *Maillet*, du favant *Fréret*, de *Boulanger*, des *Herbert*, des *Bolingbroke*, des *Toland*. Mais quoique leur conjecture foit dans l'ordre commun des chofes de ce monde, nos livres facrés donnent une toute autre origine aux Juifs, & les font defcendre des Chaldéens par *Abraham*, *Tharé*, *Nachor*, *Sarug*, *Rehu*, & *Phaleg*.

Il eft bien vrai que l'Exode nous apprend que les Ifraëlites, avant d'avoir habité ce défert, avaient emporté les robes & les uftenfiles des Egyptiens,

& qu'ils fe nourrirent de cailles dans le défert ; mais cette légère reffemblance avec le rapport de *Diodore de Sicile* , tiré des livres d'Egypte , ne nous mettra jamais en droit d'affurer que les Juifs defcendent d'une horde de voleurs à qui on avait coupé le nez. Plufieurs auteurs ont en vain tâché d'appuyer cette profane conjecture fur le Pfeaume LXXX , où il eft dit *que la fête des trompettes a été inftituée pour faire fouvenir le peuple faint du temps où il fortit de l'Egypte , & où il entendit alors parler une langue qui lui était inconnue.*

Ces Juifs, dit-on , étaient donc des Egyptiens qui furent étonnés d'entendre parler au-delà de la mer Rouge un langage qui n'était pas celui d'Egypte ; & de-là on conclut qu'il n'eft pas hors de vraifemblance que les Juifs foient les defcendans de ces brigands que le roi *Aĉtifan* avait chaffés.

Un tel foupçon n'eft pas admiffible. Premièrement parce que s'il eft dit dans l'Exode que les Juifs enlevèrent les uftenfiles des Egyptiens avant d'aller dans le défert, il n'eft point dit qu'ils y aient été relégués pour avoir volé. Secondement, foit qu'ils fuffent des voleurs ou non , foit qu'ils fuffent égyptiens ou juifs, ils ne pouvaient guère entendre la langue des petites hordes d'arabes bédouins qui erraient dans l'Arabie déferte au nord de la mer Rouge ; & on ne peut tirer aucune induction du pfeaume LXXX , ni en faveur des Juifs, ni contre eux. Toutes les conjec- tures d'*Hérodote*, de *Diodore de Sicile* , de *Manéthon*, d'*Eratofthènes*, fur les Juifs, doivent céder fans contredit aux vérités qui font confacrées dans les livres faints. Si ces vérités, qui font d'un ordre fupérieur , ont de grandes difficultés ; fi elles atterrent nos efprits, c'eft précifément parce qu'elles font d'un ordre fupérieur. Moins nous pouvons y atteindre, plus nous devons les réfpecter.

Quelques écrivains ont foupçonné que ces voleurs chaffés font les mêmes que les Juifs qui errèrent dans le défert, parce que le lieu où ils reftèrent quelque temps s'appela depuis *Rhinocolure, nez coupé*, & qu'il n'eft pas fort éloigné du mont Carmel, des déferts de Sur, d'Ethan, de Sin, d'Oreb, & de Cadès-Barné.

On croit encore que les Juifs étaient ces mêmes brigands, parce qu'ils n'avaient pas de religion fixe, ce qui convient très-bien, dit-on, à des voleurs; & on croit prouver qu'ils n'avaient pas de religion fixe par plufieurs paffages de l'Ecriture même.

L'abbé de *Tilladet*, dans fa differtation fur les Juifs, prétend que la religion juive ne fut établie que très-long-temps après. Examinons fes raifons.

1°. Selon l'Exode, *Moïfe* époufa la fille d'un prêtre de Madian, nommé *Jéthro;* & il n'eft point dit que les Madianites reconnuffent le même Dieu qui apparut enfuite à *Moïfe* dans un buiffon, vers le mont Oreb.

2°. *Jofué*, qui fut le chef des fugitifs d'Egypte après *Moïfe*, & fous lequel ils mirent à feu & à fang une partie du petit pays qui eft entre le Jourdain & la mer, leur dit, chap. XXIV : *Otez du milieu de vous les dieux que vos pères ont adorés dans la Méfopotamie & dans l'Egypte, & fervez Adonaï..... Choififfez ce qu'il vous plaira d'adorer, ou les dieux qu'ont fervi vos pères dans la Méfopotamie, ou les dieux des Amorrhéens dans la terre defquels vous habitez.*

3º. Une autre preuve, ajoute-t-on, que leur religion n'était pas encore fixée, c'est qu'il est dit au livre des juges, chap. I : *Adonaï* (le Seigneur) *conduisit Juda, & se rendit maître des montagnes : mais il ne put se rendre maître des vallées.*

L'abbé de *Tilladet* & *Boulanger* infèrent de-là que ces brigands, dont les repaires étaient dans les creux des rochers dont la Palestine est pleine, reconnaissaient un dieu des rochers & un des vallées.

4º. Ils ajoutent à ces prétendues preuves ce que *Jephté* dit aux chefs des Ammonites, chap. II : *Ce que Chamos votre dieu possède ne vous est-il pas dû de droit ? de même ce que notre Dieu vainqueur a obtenu doit être en notre possession.*

M. *Fréret* infère de ces paroles, que les Juifs reconnaissaient *Chamos* pour dieu aussi bien qu'*Adonaï*, & qu'ils pensaient que chaque nation avait sa divinité locale.

5º. On fortifie encore cette opinion dangereuse par ce discours de *Jérémie*, au commencement du chap. XLIX : *Pourquoi le Dieu Melchom s'est-il emparé du pays de Gad ?* & on en conclut que les Juifs avouaient la divinité du dieu *Melchom.*

Le même *Jérémie* dit au chap. VII, en fesant parler DIEU aux Juifs : *Je n'ai point ordonné à vos pères, au jour que je les tirai d'Egypte, de m'offrir des holocaustes & des victimes.*

6º. *Isaïe* se plaint au chap. XLVII, que les Juifs adoraient plusieurs dieux : *Vous cherchez votre consolation dans vos dieux, au milieu des bocages ; vous leur sacrifiez*

de petits enfans dans de torrens fous de grandes pierres.
Il n'eſt pas vraiſemblable, dit-on, que les Juifs euſſent
immolé leurs enfans à des dieux dans des torrens,
fous de grandes pierres, s'ils avaient eu alors leur loi
qui leur défend de ſacrifier aux dieux.

7°. On cite encore en preuve le prophète *Amos*,
qui aſſure au chapitre V, que jamais les Juifs n'ont
ſacrifié au Seigneur pendant quarante ans dans le
déſert ; au contraire, dit *Amos*, *vous y avez porté le
tabernacle de votre dieu Moloch*, *les images de vos idoles*,
& l'étoile de votre dieu (Remphan.)

8°. C'était, dit-on, une opinion ſi conſtante que
St Etienne, le premier martyr, dit au chap. VII des
Aétes des apôtres, que les Juifs, dans le déſert, adoraient
la milice du ciel, c'eſt-à-dire les étoiles, & qu'ils
portèrent le tabernacle de *Moloch* & l'aſtre du dieu
Remphan pour les adorer.

Des ſavans, tels que MM. *Maillet* & *Dumarſais*,
ont conclu des recherches de l'abbé de *Tilladet*, que
les Juifs ne commencèrent à former leur religion,
telle qu'ils l'ont encore aujourd'hui, qu'au retour de
la captivité de Babylone. Ils s'obſtinent dans l'idée
que ces Juifs, ſi long-temps eſclaves, & ſi long-temps
privés d'une religion bien nettement reconnue, ne
pouvaient être que les deſcendans d'une troupe de
voleurs ſans mœurs & ſans lois. Cette opinion paraît
d'autant plus vraiſemblable, que le temps auquel le
roi d'Ethiopie & d'Egypte *Aétiſan* bannit dans le
déſert une troupe de brigands qu'il avait fait mutiler,
ſe rapporte au temps auquel on place la fuite des
Iſraëlites conduits par *Moïſe* ; car *Flavien-Joſephe* dit
que *Moïſe* fit la guerre aux Ethiopiens ; & ce que ce

Joſephe

Josephe appelle *guerre* pouvait très-bien être réputé brigandage par les hiftoriens d'Egypte.

Ce qui achève d'éblouir ces favans, c'eft la conformité qu'ils trouvent entre les mœurs des Ifraëlites & celles d'un peuple de voleurs; ne fe fouvenant pas affez que DIEU lui-même dirigeait ces Ifraëlites, & qu'il punit par leurs mains les peuples de Canaan. Il paraît à ces critiques que les Hébreux n'avaient aucun droit fur ce pays de Canaan, & que s'ils en avaient, ils n'auraient pas dû mettre à feu & à fang un pays qu'ils auraient cru leur héritage.

Ces audacieux critiques fuppofent donc que les Hébreux firent toujours leur premier métier de brigands. Ils penfent trouver des témoignages de l'origine de ce peuple dans fa haine conftante pour l'Egypte, où l'on avait coupé les nez de fes pères, & dans la conformité de plufieurs pratiques égyptiennes qu'il retint, comme le facrifice de la vache rouffe, le bouc émiffaire, les ablutions, les habillemens des prêtres, la circoncifion, l'abftinence du porc, les viandes pures & impures. Il n'eft pas rare, difent-ils, qu'une nation haïffe un peuple voifin, dont elle a imité les coutumes & les lois. La populace d'Angleterre & de France en eft un exemple frappant.

Enfin, ces doctes trop confians en leurs propres lumières dont il faut toujours fe défier, ont prétendu que l'origine qu'ils attribuent aux Hébreux eft plus vraifemblable que celle dont les Hébreux fe glorifient.

Vous convenez avec nous, leur dit M. *Toland*, *que vous avez volé les Egyptiens en vous enfuyant de l'Egypte, que vous leur avez pris des vafes d'or & d'argent, & des habits. Toute la différence entre votre aveu & notre opinion,*

Mélanges hift. Tome I.   S

*c'eſt que vous prétendez n'avoir commis ce larcin que par
ordre de* DIEU. *Mais à ne juger que par la raiſon, il n'y
a point de voleur qui n'en puiſſe dire autant. Eſt-il bien
ordinaire que* DIEU *faſſe tant de miracles en faveur d'une
troupe de fuyards qui avoue qu'elle a volé ſes maîtres? dans
quel pays de la terre laiſſerait-on une telle rapine impunie?
Suppoſons que les Grecs de Conſtantinople prennent toutes les
garde-robes des Turcs & toute leur vaiſſelle pour aller dire
la meſſe dans un déſert, en bonne foi, croirez-vous que* DIEU
*noiera tous les Turcs dans la Propontide pour favoriſer ce
vol, quoiqu'il ſoit fait à bonne intention?*

Ces détracteurs ne ſe contentent pas de ces aſſer-
tions auxquelles il eſt ſi aiſé de répondre; ils vont
juſqu'à dire que le Pentateuque n'a pu être écrit que
dans le temps où les Juifs commencèrent à fixer leur
culte qui avait été juſque-là fort incertain. Ce fut,
diſent-ils, au temps d'*Eſdras* & de *Néhémie*. Ils apportent pour preuve le quatrième livre d'*Eſdras*, long-
temps reçu pour canonique; mais ils oublient que ce
livre a été rejeté par le concile de Trente. Ils s'appuient du ſentiment d'*Aben-Eſra*, & d'une foule de
théologiens tous hérétiques; ils s'appuient enfin de la
déciſion de *Newton* lui-même. Mais que peuvent tous
ces cris de l'héréſie & de l'infidélité contre un concile
œcuménique?

De plus, ils ſe trompent en croyant que *Newton*
attribue le Pentateuque à *Eſdras*: *Newton* croit que
Samuel en fut l'auteur ou plutôt le rédacteur.

C'eſt encore un grand blaſphème de dire, avec
quelques ſavans, que *Moïſe*, tel qu'on nous le dépeint,
n'a jamais exiſté; que toute ſa vie eſt fabuleuſe, depuis
ſon berceau juſqu'à ſa mort; que ce n'eſt qu'une

imitation de l'ancienne fable arabe de *Bacchus*, tranf-
mife aux Grecs, & enfuite adoptée par les Hébreux.
Bacchus, difent-ils, avait été fauvé des eaux ; *Bacchus*
avait paffé la mer Rouge à pied fec ; une colonne
de feu conduifait fon armée ; il écrivit fes lois fur
deux tables de pierres ; des rayons fortaient de fa tête.
Ces conformités leur font foupçonner que les Juifs
attribuèrent cette ancienne tradition de *Bacchus* à leur
Moïfe. Les écrits des Grecs étaient connus dans toute
l'Afie, & les écrits des Juifs étaient foigneufement
cachés aux autres nations. Il eft vraifemblable, felon
ces téméraires, que la métamorphofe d'*Edith*, femme
de *Loth* en ftatue de fel, eft prife de la fable d'*Euridice ;*
que *Samfon* eft la copie d'*Hercule ;* & le facrifice de la
fille de *Jephté* imité de celui d'*Iphigénie*. Ils prétendent
que le peuple groffier qui n'a jamais inventé aucun art,
doit avoir tout puifé chez les peuples inventeurs.

Il eft aifé de ruiner tous ces fyftèmes en montrant
feulement que les auteurs grecs, excepté *Homère*, font
poftérieurs à *Efdras* qui raffembla & reftaura les livres
canoniques.

Dès que ces livres font reftaurés du temps de *Cyrus*
& d'*Artaxerxes*, ils ont précédé *Hérodote*, le premier
hiftorien des Grecs. Non-feulement ils font antérieurs
à *Hérodote*, mais le Pentateuque eft beaucoup plus
ancien qu'*Homère*.

Si on demande pourquoi ces livres fi anciens & fi
divins ont été inconnus aux nations jufqu'au temps
où les premiers chrétiens répandirent la traduction
faite en grec fous *Ptolomée Philadelphe*, je répondrai
qu'il ne nous appartient pas d'interroger la Providence.
Elle a voulu que ces anciens monumens reconnus

pour authentiques , annonçaſſent des merveilles , &
que ces merveilles fuſſent ignorées de tous les peuples,
juſqu'au temps où une nouvelle lumière vint ſe
manifeſter. Le chriſtianiſme a rendu témoignage à la
loi moſaïque au-deſſus de laquelle il s'eſt élevé , & par
laquelle il fut prédit. Soumettons-nous , prions,
adorons , & ne diſputons pas.

EPILOGUE.

CE ſont là les dernières lignes qu'écrivit mon
oncle ; il mourut avec cette réſignation à l'être ſuprême,
perſuadé que tous les ſavans peuvent ſe tromper, &
reconnaiſſant que l'Egliſe romaine eſt la ſeule infaillible.
L'Egliſe grecque lui en fut très-mauvais gré, & lui
en fit de vifs reproches à ſes derniers momens. Mon
oncle en fut affligé , & pour mourir en paix il dit à
l'archevêque d'Aſtracan : Allez , ne vous attriſtez pas.
Ne voyez-vous pas que je vous crois infaillible auſſi ?
c'eſt du moins ce qui m'a été raconté dans mon
dernier voyage à Moſcou ; mais je doute toujours
de ces anecdotes qu'on débite ſur les vivans & ſur
les mourans.

CHAPITRE XXII.

Défenſe d'un général d'armée attaqué par des cuiſtres. (*)

APRÈS avoir vengé la mémoire d'un honnête prêtre,
je cède au noble déſir de venger celle de *Béliſaire.* Ce
n'eſt pas que je croie *Béliſaire* exempt des faibleſſes

_____

(*) Voyez les deux ouvrages intitulés *Anecdotes ſur Béliſaire*, volume
de *facéties.*

humaines. J'ai avoué avec candeur que l'abbé *Bazin* avait été trop goguenard , & j'ai quelque pente à croire que *Bélifaire* fut très-ambitieux, grand pillard, & quelquefois cruel, courtifan tantôt adroit, & tantôt mal-adroit, ce qui n'eft point du tout rare.

Je ne veux rien diffimuler à mon cher lecteur. Il fait que l'évêque de Rome *Silverius*, fils de l'évêque de Rome *Hormifdas*, avait acheté fa papauté du roi des Goths *Théodat*. Il fait que *Bélifaire*, fe croyant trahi par ce pape, le dépouilla de fa fimarre épifcopale, le fit revêtir d'un habit de palefrenier , & l'envoya en prifon à Patare en Licie. Il fait que ce même *Bélifaire* vendit la papauté à un fous-diacre nommé *Vigile* pour quatre cents marcs d'or de douze onces à la livre, & qu'à la fin le fage *Juftinien* fit mourir le bon pape *Silvère* dans l'île Palmaria. Ce ne font là que de petites tracafferies de cour dont les panégyriftes ne tiennent point de compte.

Juftinien & *Bélifaire* avaient pour femmes les deux plus impudentes carognes qui fuffent dans tout l'empire. La plus grande faute de *Bélifaire*, à mon fens, fut de ne favoir pas être cocu. *Juftinien* fon maître était bien plus habile que lui en cette partie. Il avait époufé une baladine des rues , une gueufe qui s'était proftituée en plein théâtre , & cela ne me donne pas grande opinion de la fageffe de cet empereur, malgré les lois qu'il fit compiler, ou plutôt abréger par fon fripon *Trébonien*. Il était d'ailleurs poltron & vain, avare & prodigue, défiant & fanguinaire ; mais il fut fermer les yeux fur la lubricité énorme de *Théodora* ; & *Bélifaire* voulut faire affaffiner l'amant d'*Antonine*. On accufe auffi *Bélifaire* de beaucoup de rapines.

S 3

Quoi qu'il en foit, il est certain que le vieux *Bélifaire*, qui n'était pas fi aveugle que le vieux *Juftinien*, lui donna fur la fin de fa vie de très-bons confeils dont l'empereur ne profita guère. Un grec très-ingénieux, & qui avait confervé le véritable goût de l'éloquence dans la décadence de la littérature, nous a tranfmis ces converfations de *Bélifaire* avec *Juftinien*. Dès qu'elles parurent, tout Conftantinople en fut charmé. La quinzième converfation furtout enchanta tous les efprits raifonnables.

Pour avoir une parfaite connaiffance de cette anecdote, il faut favoir que *Juftinien* était un vieux fou qui fe mêlait de théologie. Il s'avifa de déclarer, par un édit en 564, que le corps de JESUS-CHRIST avait été impaffible & incorruptible, & qu'il n'avait jamais eu befoin de manger ni pendant fa vie, ni après fa réfurrection.

Plufieurs évêques trouvèrent fon édit fort fcandaleux. Il leur annonça qu'ils feraient damnés dans l'autre monde, & perfécutés dans celui-ci; & pour le prouver par les faits, il exila le patriarche de Conftantinople, & plufieurs autres prélats, comme il avait exilé le pape *Silvère*.

C'eft à ce fujet que *Bélifaire* fait à l'empereur de très-fages remontrances. Il lui dit qu'il ne faut pas damner fi légérement fon prochain, encore moins le perfécuter; que DIEU eft le père des hommes; que ceux qui font en quelque façon fes images fur la terre (fi on ofe le dire) doivent imiter fa clémence; & qu'il ne fallait pas faire mourir de faim le patriarche de Conftantinople, fous prétexte que JESUS-CHRIST n'avait pas eu befoin de manger. Rien n'eft plus tolérant, plus humain, plus divin peut-être que cet admirable difcours de *Bélifaire*. Je l'aime beaucoup mieux que fa dernière campagne en Italie, dans laquelle on lui reprocha de n'avoir fait que des fottifes.

Les favans, il eft vrai, penfent que ce difcours n'eft pas de lui, qu'il ne parlait pas fi bien, & qu'un homme qui avait mis le pape *Silvère* dans un cul de baffe-foffe, & vendu fa place quatre cents marcs d'or de douze onces à la livre, n'était pas homme à parler de clémence & de tolérance; ils foupçonnent que tout ce difcours eft de l'éloquent grec *Marmontelos* qui le publia. Cela peut être; mais confidérez, mon cher lecteur, que *Bélifaire* était vieux & malheureux : alors on change d'avis; on devient compatiffant.

Il y avait alors quelques petits grecs envieux, pédans, ignorans, & qui fefaient des brochures pour gagner du pain. Un de ces animaux nommé *Cogéos*, eut l'impudence d'écrire contre *Bélifaire*, parce qu'il croyait que ce vieux général était mal en cour.

Bélifaire depuis fa difgrace était devenu dévot; c'eft fouvent la reffource des vieux courtifans difgraciés; & même encore aujourd'hui les grands-vifirs prennent le parti de la dévotion, quand au lieu de les étrangler avec un cordon de foie, on les relègue dans l'île de Mitilène. Les belles dames auffi fe font dévotes, comme on fait, vers les cinquante ans, furtout fi elles font bien enlaidies; & plus elles font laides, plus elles font ferventes. La dévotion de *Bélifaire* était très-humaine; il croyait que JESUS-CHRIST était mort pour tous, & non pas pour plufieurs. Il difait à *Juftinien* que DIEU voulait le bonheur de tous les hommes : & cela même tenait encore un peu du courtifan ; car *Juſtinien* avait bien des péchés à ſe reprocher ; & *Béliſaire* dans la converſation lui fit une peinture ſi touchante de la miféricorde divine, que la conſcience du malin vieillard couronné en devait être raſſurée.

Les ennemis ſecrets de *Juſtinien* & de *Béliſaire* fuſcitèrent donc quelques pédans qui écrivirent violemment contre la bonté de DIEU. Le folliculaire *Cogéos* entre autres s'écria dans ſa brochure, page 63 : *Il n'y aura donc plus de réprouvés !* Si fait, lui répondit-on, tu feras très-réprouvé : conſole-toi, l'ami ; ſois réprouvé, toi & tes ſemblables ; & ſois ſûr que tout Conſtantinople en rira. Ah ! cuiſtres de collége, que vous êtes loin de ſoupçonner ce qui ſe paſſe dans la bonne compagnie de Conſtantinople !

POST-SCRIPTUM.

DEFENSE D'UN JARDINIER.

LE même *Cogéos* attaqua non moins cruellement un pauvre jardinier d'une province de Cappadoce, & l'accuſa, page 54, d'avoir écrit ces propres mots : *Notre religion avec toute ſa révélation n'eſt, & ne peut être que la religion naturelle perfectionnée.*

Voyez, mon cher lecteur, la malignité, & la calomnie ! Ce bon jardinier était un des meilleurs chrétiens du canton, qui nourriſſait les pauvres des légumes qu'il avait ſemés, & qui, pendant l'hiver, s'amuſait à écrire pour édifier ſon prochain qu'il aimait. Il n'avait jamais écrit ces paroles ridicules, & preſque impies, *avec toute ſa révélation* (une telle expreſſion eſt toujours mépriſante :) cet homme *avec tout ſon latin*, ce critique *avec tout ſon fatras*. Il n'y a pas un ſeul mot dans ce paſſage du jardinier qui ait le moindre rapport à cette imputation. Ses œuvres ont été recueillies ; & dans la dernière édition de 1764 , page 252 , ainſi que dans toutes les autres éditions , on trouve le paſſage que *Cogéos* ou *Cogé* a ſi lâchement falſifié. Le voici en françaiſ, tel qu'il a été fidellement traduit du grec.

,, Celui qui penſe que D I E U a daigné mettre un ,, rapport entre lui & les hommes , qu'il les a faits ,, libres , capables du bien & du mal , & qu'il leur ,, a donné à tous ce bon ſens qui eſt l'inſtinct de ,, l'homme , & ſur lequel eſt fondée la loi naturelle ; ,, celui-là ſans doute a une religion beaucoup ,, meilleure que toutes les ſectes qui ſont hors de ,, notre Egliſe ; car toutes ces ſectes ſont fauſſes , & ,, la loi naturelle eſt vraie. Notre religion révélée ,, n'eſt même , & ne pouvait être que cette loi natu- ,, relle perfectionnée. Ainſi le théiſme eſt le bon ſens ,, qui n'eſt pas encore inſtruit de la révélation , & les ,, autres religions ſont le bon ſens perverti par la ,, ſuperſtition. ,,

Ce morceau avait été honoré de l'approbation du patriarche de Conſtantinople & de pluſieurs évêques ; il n'y a rien de plus chrétien , de plus catholique , de plus ſage.

Comment donc ce *Cogé* oſa-t-il mêler ſon venin aux eaux pures de ce jardinier ? pourquoi voulut-il perdre ce bon homme , & faire condamner *Béliſaire* ? N'eſt-ce pas aſſez d'être dans la dernière claſſe des derniers écrivains ? faut-il encore être fauſſaire ? Ne favais-tu pas, ô *Cogé*, quels châtimens étaient ordonnés pour les crimes de faux? Tes pareils font d'ordinaire auffi mal inftruits des lois que des principes de l'honneur. Que ne lifais-tu les inftitutes de *Juftinien* au titre *de Publicis judiciis*, & la loi *Cornelia*?

Ami *Cogé*, la falfification eft comme la polygamie; c'eft un cas, un cas pendable.

Ecoute, miférable, vois combien je fuis bon, je te pardonne.

DERNIER AVIS AU LECTEUR.

AMI lecteur, je vous ai entretenu des plus grands objets qui puiffent intéreffer les doctes, de la formation du monde felon les Phéniciens, du déluge, des dames de Babylone, de l'Egypte, des Juifs, des montagnes, & de *Ninon*. Vous aimez mieux une bonne comédie, un bon opéra comique; & moi auffi. Réjouiffez-vous, & laiffez ergoter les pédans. La vie eft courte. Il n'y a rien de bon, dit *Salomon*, que de vivre avec fon amie, & de fe réjouir dans fes œuvres.

Fin de la défenfe de mon oncle.

UN CHRETIEN

CONTRE

SIX JUIFS,

OU

REFUTATION

Du livre intitulé : *Lettres de quelques juifs portugais, allemands, & polonais.*

1 7 7 6.

AVANT-PROPOS.

Benissons la foule innombrable des pamphlets anglais, dans lefquels une partie de la nation accufe l'autre quatre fois par femaine de trahir la patrie, & qui font traduits en français pour amufer les curieux.

Béniffons les fonnets dont l'Italie fourmille, foit à l'honneur, foit contre l'honneur des dames.

Béniffons les écrits polémiques des Allemands, dans lefquels on ne ceffe d'approfondir des fujets agréables de controverfe.

Béniffons furtout les Français, qui depuis quelque temps impriment environ cinquante mille volumes par année, tant gros que petits, foit pour édifier le prochain, foit pour le fcandalifer, foit pour l'injurier, foit pour l'ennuyer.

Mais pourquoi tant bénir cette énorme quantité d'infectes ? c'eft leur multitude que je remercie. Je me cache dans leur foule ; leur grand nombre les fait périr en moins de temps qu'ils ne fe forment : je veux vivre deux jours avec eux.

Si ces livres duraient, s'ils ne tombaient tous les uns fur les autres dans un éternel oubli, ils feraient trop dangereux ; on fe verrait accufé, vilipendé, condamné, jufqu'à la dernière poftérité, par quiconque a le loifir & la malignité de faire un livre contre nous. Mais heureufement un ennemi littéraire vous intente un procès par écrit devant le tribunal de *l'univers*, foit dans une brochure, foit dans cinq ou fix tomes. Cela eft lu par cinq ou fix perfonnes de l'un ou de l'autre parti, le refte de la terre l'ignore ;

fans quoi les accufations graves, les injures mal déguifées fous un air de modération, les calomnies qu'on fe permet fi fouvent dans les difputes, pourraient avoir des fuites fâcheufes.

C'eft donc devant un très-petit nombre de lecteurs oififs que je veux plaider la caufe d'un homme horriblement accufé & bafoué, & qui n'a pas la force de fe défendre; & je la plaide aujourd'hui parce qu'elle fera oubliée demain. Je fuis l'ami du prévenu, je fuis avocat. Voici le fait.

Un ancien profeffeur, dit-on, d'un collége de la rue Saint-Jacques à Paris, écrivit en 1771 une fatire contre un chrétien, fous le nom de trois juifs de Hollande; & il en a fait imprimer une autre à Paris en trois volumes affez épais en 1776, fous le nom de trois juifs de Portugal, demeurant en Hollande auprès d'Utrecht.

Voilà donc un chrétien obligé de fe battre contre fix juifs. Eft-ce *Antiochus* d'un côté, & de l'autre les *Machabées*? La partie eft d'autant plus inégale que le favant profeffeur fe fert fouvent d'armes facrées contre lefquelles je n'ai ni ne veux jamais avoir de bouclier.

Je vais répondre auffi difcrétement que je le pourrai, aux accufations auxquelles on peut répondre fans tomber dans le piége que nous a tendu monfieur le profeffeur juif.

Il a la cruauté d'imputer à fa victime je ne fais quelles brochures, les unes judaïques, les autres antijudaïques, dont ce cher ami eft très-innocent. (*a*) Il

_____

(*a*) Vous lui imputez de faire lui-même une édition de fes ouvrages ; il n'en a jamais fait aucune, Monfieur : ceux qui ont bien voulu en faire dernièrement comme MM. *Cramer*, confeillers de Genève, & M. le expofe un vieillard plus qu'octogénaire, couché déjà peut-être dans le lit de mort, à la barbarie de quelques perfécuteurs qu'il croit animer par fes délations calomnieufes ; & c'eft en feignant de le ménager, en lui prodiguant des louanges ironiques, en l'appelant grand-homme, qu'il lui porte refpectueufement le poignard dans le cœur. Moi qui prends fon parti avec autant de candeur qu'il prit le parti de M. l'abbé *Bazin* fon oncle, je conjure ce juif de ne me point combattre avec ces armes empoifonnées ; je fais une guerre honnête : entrons en matière.

bourgmeftre, M. le premier pafteur de Laufanne, fans le confulter, favent avec quelle indignité & quelle bêtife on les a contrefaites ; vous avez du goût, fans doute, & votre ftyle le prouve affez. La faction dont vous êtes s'eft toujours diftinguée par une manière d'écrire bien fupérieure au ftyle de collège, qui était celui de vos adverfaires. Daignez ouvrir le vingt-troifième tome de l'édition de Londres, imitée de celle de Laufanne; vous verrez plus de cinquante pièces de la bibliothèque bleue, & des charniers SS. Innocens, entaffées avec une merveilleufe confiance depuis la page 229 jufqu'à la fin. Un éditeur famélique ramaffe toutes ces ordures pour achever un tome qui n'eft pas affez épais ; & il donne hardiment fon édition en trente, en quarante volumes, que des curieux trompés achètent, & qui pourrit dans leur bibliothèque ; c'eft le nom de l'auteur qu'on a acheté, ce n'eft pas l'ouvrage. L'imprimeur, quel qu'il foit, a la hardieffe de mettre à la tête de chaque volume : *Œuvres complètes enrichies de notes, le tout revu & corrigé par l'auteur lui-même.* Il y a une édition fous fon nom dans laquelle on a gliffé trois tomes entiers qui ne font pas de lui. Tel eft l'abus qui règne dans la librairie, & dans prefque tous les genres de commerce. Il y a des vaiffeaux marchands ; il y a des pirates. Le monde ne fubfifte que d'abus.

I.

JE me range d'abord sous l'étendard de St Jérôme. J'invoque la lettre que ce grand-homme écrivit à *Dardanus* du petit village de Bethléem, où il habita si long-temps ; voici comme il parle de la Judée.

LETTRE

DE SAINT JEROME.

,, JE prie ceux qui prétendent que le peuple juif
,, prit possession de ce pays après la sortie d'Egypte,
,, de nous faire voir ce que ce peuple en a possédé.
,, Tout son domaine ne s'étend que depuis Dan
,, jusqu'à Bersabée, c'est-à-dire l'espace de cent
,, soixante milles en longueur (environ cinquante-
,, trois de nos lieues)..... J'ai honte d'exprimer la
,, largeur de cette terre de promission ; on ne compte
,, que quarante-six milles (environ dix-sept lieues)
,, depuis Joppé jusqu'à Bethléem ; après quoi on ne
,, trouve plus qu'un affreux désert habité par des
,, barbares....

,, Voilà donc, ô Juifs ! l'étendue du pays que
,, vous vous vantez de posséder, & dont vous faites
,, vanité parmi les nations qui ne vous connaissent
,, pas. Allez étaler cet orgueil chimérique aux igno-
,, rans ; pour moi qui vous connais à fond, je ne
,, donne point dans vos panneaux : cherchez vos
,, dupes ailleurs.

Vous

,, Vous me direz peut-être, que par là terre de
,, promiffion, on doit entendre celle dont *Moïfe* fait
,, la defcription dans le livre des Nombres. Il eft
,, vrai que D I E U vous l'a promife cette terre ; mais
,, il eft faux que vous l'ayez jamais poffédée.....
,, L'évangile me promet la poffeffion du royaume des
,, cieux, dont il n'eft pas fait la moindre mention
,, dans vos écritures......

,, Vous avez commis beaucoup de grands crimes,
,, ô Juifs! & vous êtes devenus efclaves de tous vos
,, voifins, &c. &c. &c. ,,

Après ce témoignage, mon ami a pu fe permettre
quelques petites libertés fur le peuple de D I E U , à
l'exemple de S* *Jérôme.* Mais quand il eft allé trop
loin, ce qu'il ne faut jamais faire, je l'en ai charita-
blement averti ; & il en a demandé pardon à M. *Pinto*
juif de Bordeaux, fort eftimé des chrétiens.

I I.

Du cadran d'Ezéchias, & de l'ombre qui recule, & de
l'aftronomie juive.

LE fecrétaire chrétien des fix juifs accufe mon ami
d'avoir dit que les anciens Hébreux, les gens d'au-
delà, les paffagers (car c'eft ce qu'*Hébreux* fignifie,)
n'étaient pas fi favans en aftronomie que MM. *Caffini,*
le Monier, la Lande, Bailli, le Gentil, &c. (1) Je tiens

(1) Le fecrétaire chrétien a cité en faveur de la fcience des Juifs,
l'autorité de *Scaliger* ; il ignore que *Scaliger*, fort favant d'ailleurs, a eu
le malheur de trouver la quadrature du cercle ; qu'il nia la préceffion des
équinoxes, & qu'il écrivit beaucoup d'injures contre le père *Clavius*, &
beaucoup de bévues contre la réforme du calendrier.

qu'il a raison : ce qui m'induit à le croire, c'est que je ne vois pas seulement le nom d'heure dans les cinq premiers livres conservés par ce peuple ; aucune division du jour n'y est jamais marquée. De la Genèse aux Machabées il n'est parlé d'aucune éclipse ; & vous voyez que depuis quatre mille ans les Chinois n'ont jamais manqué d'observer, & de rapporter dans leur histoire toutes les éclipses qu'ils ont aperçues. Ce n'est point d'ailleurs insulter une nation que de dire qu'elle n'était point autrefois mathématicienne. Il paraît que le roi *Ezéchias* n'en savait pas tant que vos juifs d'Espagne, qui aidèrent depuis le roi *Alfonse X* à construire ses fameuses tables astronomiques.

Le prophète *Isaïe* veut faire un prodige qui assure *Ezéchias* malade de sa guérison. Il lui demande s'il veut que l'ombre de son cadran au soleil avance ou recule de dix lignes ; le malade répond : Il est bien aisé de faire avancer l'ombre ; je veux qu'elle recule : le malade se trompait ; l'un dérangeait autant que l'autre le cours de la nature entière.

Je suis persuadé que dans la suite il y eut de savans juifs, & surtout dans Alexandrie : ils n'auraient pas fait rétrograder le soleil comme *Isaïe* ; mais ils l'auraient mieux connu. Il paraît même que vers le temps de la destruction de Jérusalem, l'historien *Flavien Josèphe*, & le philosophe *Philon* n'étaient pas absolument étrangers à l'astronomie. *Flavien Josèphe* parle du sare des anciens Chaldéens, composé de deux cents vingt-trois mois lunaires, qui servaient à former la période de six cents ans.

S'il y a quelque chose de vrai dans l'histoire des sciences & des erreurs, c'est qu'elles viennent presque toutes des bords du Gange ; & quelque prodigieufe que paraiffe leur antiquité , on ne peut guère leur dire : *A beau mentir qui vient de loin.* Prefque tous les favans de nos jours conviennent que les brachmanes furent les inventeurs de l'aftronomie & de la mythologie.

Après ces Indiens viennent les Perfans, les Chaldéens, les Arabes, les Atlantides. Pour les Egyptiens, ils femblent être plus récents, parce qu'il fallut des fiècles pour dompter le Nil , & pour rendre le meilleur terrain du pays habitable , comme l'a tant dit mon ami , tant honni par vous.

Les Grecs , qui parurent les derniers de tant de peuples antiques, les éclipfèrent tous dans les arts. S'il faut venir aux Juifs, c'était , il faut l'avouer , un chétif peuple arabe fans art & fans fcience , caché dans un petit pays montueux & ignoré , comme *Flavien Jofephe* l'avoue dans fa réponfe à *Appion.* Ce peuple ne poffeda une capitale, & n'eut un temple qu'environ dix-fept cents ans après que celui de Tyr avait été bâti ; il ne fut connu des Grecs que du temps d'*Alexandre*, devenu leur dominateur, & ne fut aperçu des Romains que pour être bientôt écrafé par eux dans la foule.

Les Romains créèrent roi de Judée un arabe, fils d'un entrepreneur des vivres ; & bientôt après ces pauvres Juifs furent efclaves pour la huitième fois fur les ruines de leur ville fumante de fang, & vendus au marché, chaque tête au prix de l'animal dont ce déplorable peuple n'ofait manger. Je n'accumule pas toutes ces vérités pour offenfer la nation juive , mais pour la plaindre.

T 2

I I I.

Si les Juifs écrivirent d'abord sur des cailloux.

LE secrétaire des six juifs prétend que leurs pères avaient dans un désert toutes les commodités pour écrire à peu près comme on les a de nos jours. Il reprend vivement mon ami d'avoir cru qu'on gravait alors sur la pierre. Cependant le livre de *Josué* est le garant de ce que mon ami a avancé ; car il est dit : „ *Josué* brûla la ville de Haï, la réduisit en cendres, „ & en fit un monceau de ruines éternelles, fit pendre „ le roi, & éleva un autel de pierres au Seigneur le „ Dieu d'Israël, sur le mont Hebal ; il fit cet autel „ de pierres brutes comme il était écrit dans la loi „ de *Moïse* ; & il y offrit des holocaustes, & des victi- „ mes pacifiques ; & il écrivit sur les pierres le „ Deutéronome. (*b*) *Josué*, chap. IV. „

I V.

Des gens massacrés pour avoir grasseyé en parlant.

JE suis obligé de vous suivre, & de passer avec vous d'un article de maçonnerie à un objet de morale. Il s'agit de quarante-deux mille de vos frères, les juifs de la tribu d'*Ephraïm*, qui furent tous égorgés par

(*b*) Le secrétaire qui paraît très-instruit des anciens usages & des arts de l'antiquité, aurait bien dû nous instruire comment on écrivait sur dès cailloux non taillés, & comment cette écriture n'était pas effacée par le sang des victimes qui coulait continuellement sur cet autel de pierres brutes. Cette recherche eût été plus nécessaire que l'affreuse malignité d'imputer à mon ami je ne sais quelles brochures, où il est dit que *Thaut* a composé des livres en caractères alphabétiques, écrits sur autre chose que sur des tables de pierre & de bois, il y a environ cinq mille ans.

leurs frères des autres tribus, à un des gués de la petite rivière du Jourdain. On leur criait, prononcez shibolet, épi de blé. Ces malheureux qui graſſayaient, & qui ne pouvaient dire shibolet, diſaient ſiboleth, & on les égorgea comme des moutons. . . . . Quelle horreur y a-t-il donc, Monſieur? quelle mauvaiſe intention? quelle faute à dire qu'ils furent maſſacrés pour avoir graſſayé? l'horreur, l'abomination n'eſt-elle pas que des frères aient maſſacré tant de frères pour quelque cauſe que ce puiſſe être.

V.

Du veau d'or.

VOICI une affaire à peu près auſſi maſſacrante & plus ſcientifique. Mon ami qui reſpecte les théologiens, & qui ne l'eſt point, a ſoutenu, d'après pluſieurs pères de l'Egliſe, & d'après la ſimple raiſon, que tout fut miracle dans la manière dont DIEU conduiſit ſon peuple dans le déſert, & l'en tira; que toutes les voies de DIEU furent autant de miracles; que la fonte & la fabrication du veau d'or en vingt-quatre heures; cet or jeté dans le feu & réduit en poudre, & avalé par tout le peuple; les vingt-trois mille hommes qui ſe laiſſent choiſir & égorger ſans ſe défendre, &c. ſont d'auſſi grands prodiges que tous ceux dont le Penta-teuque eſt rempli. Sur quoi mon ami a proféré cette exclamation qui me ſemble ſi religieuſe & ſi convena-ble : *L'hiſtoire d'un peuple conduit par* DIEU *même, ne peut être que l'hiſtoire des prodiges.*

Commençons par vous prouver, Monſieur, qu'en ſuivant exactement l'énoncé de la ſainte écriture, le

T 3

veau d'or fut jeté en fonte en vingt-quatre heures, quoique la horde juive n'eût point d'heures encore, & soit qu'on se serve du terme d'un jour ou d'une nuit pour exprimer le temps dans lequel ce veau fut fabriqué.

Et Moïse entrant au milieu de la nuée monta sur la montagne, & y demeura quarante nuits ; Exod. ch. XIV. & *le Seigneur ayant achevé tous ces discours sur la montagne de Sinaï donna à Moïse son témoignage & sa loi en deux tables de pierre, écrites du doigt de Dieu :* ch. XVI.

Il paraît, Monsieur, que voilà les quarante jours accomplis ; & il est clair aussi, permettez-moi de le dire, qu'on écrivait dans ce désert sur la pierre.

Mais le peuple voyant que Moïse différait à descendre de la montagne s'assembla devers Aaron, & lui dit : Fais-nous des dieux qui marchent devant nous, car nous ne savons ce qui est arrivé à cet homme (Moïse) qui nous a fait sortir de la terre d'Egypte ;& Aaron leur répondit : Otez les parures oreillères de vos femmes, fils & filles , & apportez-les moi ; & le peuple fit comme Aaron avait commandé , & apporta les parures oreillères , & Aaron les ayant reçues leur fit un veau avec le burin , veau d'ouvrage de fonte ; & ils dirent: Voilà tes dieux , ô Israël ! qui t'ont tiré de la terre d'Egypte. Ce qu'Aaron ayant vu , il dressa un autel devant le veau ; & il cria par la voix d'un crieur : C'est demain la fête du Seigneur veau.

Il me semble , Monsieur , qu'il n'y a que vingt-quatre heures entre la demande du veau d'or & sa fête. Les quarante jours pendant lesquels *Moïse* & *Josué* restèrent avec DIEU sur la montagne sont passés : la loi est entre ses mains ; & pendant qu'il est prêt à descendre, le peuple demande à adorer des dieux qui marchent :

Aaron imagine un veau d'or ; on le jette en fonte ; on l'adore : on n'a pas perdu de temps.

Il eft très-vrai que M. *Pigal* demande fix mois pour fondre un veau d'or , & même fans le réparer au cifeau & à la lime , encore moins au burin ; car un tel ouvrage ne fe fait pas avec le burin. Tout cela eft très-long , & prodigieufement difficile : pardonnez donc à mon ami , d'avoir regardé cette aventure comme un prodige que DIEU permettait ; car , apparemment , vous conviendrez que rien n'eft ici dans le cours des chofes naturelles.

V I.

De la manière de fondre une flatue d'or.

Vous croyez , Monfieur, que dans les déferts d'Oreb & de Sinaï , il y avait des moyens plus expéditifs de fondre une flatue de métal que ceux dont fe fervent nos fculpteurs ? J'ofe vous répondre qu'il n'y en a point : il faut abfolument un moule , tellement préparé , arrêté , affermi, entouré, qu'il ne fe caffe ni ne fe démonte en aucun endroit pendant l'opération ; il faut que l'or fe répande autour de lui exactement, fans félure , fans inégalité : c'eft ce qui eft très-long & très-difficile.

Vous dites que vous avez trouvé à Paris , dans la rue Guérin-Boiffeau, un fculpteur qui vous a offert de vous faire le veau d'or en huit jours. Si vous avez fait marché dans la rue Guérin-Boiffeau, vous ne deviez donc pas dater vos lettres d'un village près d'Utrecht , où l'on dit que les janféniftes fe font réfugiés.

Mais dans quelque pays que vous faſſiez vos miracles, je retiens place. Vous me direz avec *la Fontaine*:

Voyez-vous point mon veau? dites-le moi.

VII.

*Magnificence des Juifs, qui manquaient de tout dans
le déſert.*

Vous nous aſſurez que dans le déſert affreux d'Oreb,
les garçons juifs & les filles juives, qui manquaient
de vêtemens & de pain, avaient aſſez d'or à leurs
oreilles pour en compoſer un veau ; vous faites le
compte des richeſſes que ce peuple avait volées en
Egypte ; vous aviez trouvé ci-devant environ neuf
millions : nous ne comptons pas après vous, Monſieur,
& nous vous en croyons ſur votre parole, ſans prétendre diſputer ſur cet article. Vous ſavez que quand
les Arabes volent, ils diſent : Dieu me l'a donné. La
troupe de *Cartouche* diſait : Dieu merci, je l'ai gagné.

VIII.

Tout eſt miraculeux.

*Et lorſque Moïſe fut arrivé près du camp, il vit le veau
& les danſes ; & dans ſa grande colère il jeta les tables de
la loi, qu'il portait dans ſa main, & les briſa au pied de
la montagne ; & ſaiſiſſant ce veau qu'ils avaient fait, il le
brûla, & le réduiſit en pouſſière, laquelle il répandit dans
l'eau, & en donna à boire aux enfans d'Iſraël.*

C'eſt ici, Monſieur, que je ſuis plus que jamais
de l'opinion religieuſe de mon ami, qui dit que tout

doit être miraculeux dans l'histoire du peuple de
DIEU, ou plutôt de DIEU même, parce qu'un DIEU
ne peut parler & agir que miraculeusement. C'est
donc un très-grand prodige, qu'un veau d'or jeté
dans le feu s'y soit converti en poudre. On vous l'a
déjà dit, & on vous le répète; il n'y a point de four-
neau, quelque violent qu'il puisse être, fût-ce la
fournaise de *Sidrach*, *Misach*, & *Abdenago*; fût-ce un
des feux allumés autrefois par l'inquisition; fût-ce le
feu qui consuma le corps du respectable conseiller de
grand'chambre, *Anne Dubourg*, & la maréchale d'*Ancre*,
& les cinquante chevaliers du Temple, & tant d'autres; il n'y a point de feu, vous dis-je, qui puisse
réduire l'or en poudre : ce métal si prodigieusement
ductile se fond, se liquéfie. Mais que dans le désert
effroyable d'Oreb, où il n'y a jamais eu d'arbres, on
ait trouvé une assez énorme quantité de bois pour
fondre un gros veau, un bœuf d'or, & pour le
pulvériser; cela est impossible à l'industrie humaine.
Je dis gros veau, je dis gros bœuf, parce qu'il est
écrit que *Moïse* l'aperçut en s'approchant du camp;
parce que dans ce camp composé de deux cents trente
mille combattans, il y avait entre deux & trois
millions de juifs & de juives; parce que si *Moïse*, n'étant
pas dans le camp, put voir tout d'un coup cet animal,
il fallait qu'il fût bien gros, & au moins de la taille du
bœuf *Apis*, dont il était la brillante image.

I X.

De l'or potable.

POUR accabler mon ami, vous changez le procès criminel que vous lui faites en un autre procès. Vous parlez d'or potable. On ne vous a jamais nié qu'on pût avaler de l'or, du plomb, de l'antimoine. Que ne peut-on pas avaler ? Mon ami avale les injures cruelles que vous lui dites avec des complimens, les calomnies dont vous les chargez, les accusations odieuses que vous intentez, & qui dans d'autres temps pourraient avoir le cruel effet de faire excommunier un honnête homme. Tandis que vous faites avaler ces pilules si amères, préparées d'une main qui n'est ni tout-à-fait judaïque, ni tout-à-fait catholique, pourquoi nous invitez-vous à vous parler d'or potable ?

Si c'est votre veau cuit sous la braise, & pulvérisé par cette braise, la chose est impossible, comme toute la terre en convient.

Si vous voulez parler de l'or potable des charlatans, c'est une question très-étrangère. L'or est indestructible. L'eau qu'on appelle régale, parce qu'on a donné à l'or le nom de roi des métaux, le dissout ; mais cette dissolution est très-caustique : vous ne prétendez pas sans doute que *Moïse* ait fait boire cette eau aux Israëlites pour empoisonner tout le peuple de DIEU. On peut précipiter l'or de sa dissolution par un alcali ; il sera réduit en poudre ; mais il n'aura pas été brûlé, comme le dit le texte : & puis cette poudre n'est pas miscible avec l'eau.

Vous dites que *Sthal*, chrétien & chimiste, a fait de l'or potable, & vous citez ces opuscules (sans dire quel opuscule) dans lesquels il dit que le *sel de tartre mêlé au soufre dissout l'or au point de le réduire en poudre qu'on peut avaler*. Je sais bien que le foie de soufre dissout l'or ; mais il ne le réduit point en poudre. Je ne vous conseille donc pas, Monsieur, d'avaler de l'or du chrétien *Sthal*, réduit en poudre par le moyen du sel de tartre & du soufre ; premièrement, parce que je suis très-sûr que ces deux ingrédiens ne peuvent pulvériser l'or qu'en le précipitant de la dissolution, & alors il n'est plus potable ; secondement, parce que je suis encore très-sûr que vous seriez en danger de mort si vous preniez de cette dissolution ; que je ne veux pas vous tuer, quoique vous ayez voulu tuer mon ami.

Quant à l'or potable de Mlle *Grimaldi*, voici ce que c'est : on mêle de l'huile essentielle de romarin ou une autre, de l'esprit de vin, avec une dissolution d'or dans l'eau régale ; on enlève ce qui surnage, c'est-à-dire l'huile, l'esprit de vin qui contient une très-petite partie d'or & d'acide. C'est un secret de charlatan pour vendre très-cher une mauvaise drogue ; si donc, Monsieur ! osez-vous attribuer de pareils tours à *Moïse* ?

Hélas ! vous avez parlé, sans le savoir, à un homme qui n'est que trop au fait des préparations de l'or ; j'ai chez moi plus d'un artiste qui ne travaille qu'à cela : il m'en coûte assez pour que je sois en droit de dire mon avis.

X.

De vingt trois mille Juifs égorgés par leurs frères.

Vous faites un crime à mon ami d'avoir plaint vingt-trois mille juifs maffacrés par les lévites, leurs frères, fans fe défendre. Ah, Monfieur, fi vous êtes juif, ayez quelque compaffion pour vos frères; fi vous êtes chrétien, ayez-en pour vos pères. Mon ami a eu le bonheur d'infpirer l'efprit d'indulgence à bien des gens qui avaient à fe reprocher des févérités impitoyables. N'a-t-il pu parvenir à vous rendre humain ?

Et Moïfe voyant le peuple nu, car Aaron l'avait dépouillé à caufe de fon ignominie (c) (du veau d'or,) & l'avait expofé au milieu de fes ennemis; Moïfe fe met à la porte du camp, & dit : Qui eft au Seigneur fe joigne à moi ; & tous ceux de la race de Lévi fe joignirent à lui, & il leur dit : Que chacun mette fon épée fur fa cuiffe ; allez & revenez d'une porte à l'autre au travers du camp : que chacun tue fon frère, fon ami, & fes proches. Les enfans de Lévi firent ce que Moïfe ordonnait, & il y eut en ce jour vingt-trois mille hommes de maffacrés.

Quoi, Monfieur, voilà (par le texte) *Moïfe* lui-même, qui à l'âge de quatre-vingts ans paffés fe met à la tête d'une troupe de meurtriers, *qu'on fe joigne à moi*, & qui avec eux égorge de fes mains vingt-trois mille de fes compagnons ! Chacun tue fon frère, fon

---

(c) Plufieurs perfonnes fenfibles ont été furprifes qu'*Aaron* lui-même livrât les coupables, car il paraiffait le plus criminel ; le peuple avait demandé des dieux qui marchaffent, & *Aaron* imagina le bœuf.

ami, fon parent! C'eft mon ami, à moi, mon innocent ami, que vous accufez d'être l'ennemi des Juifs;
c'eft lui qui pleure fur les infortunés qu'on égorge; &
c'eft vous qui vous réjouiffez de ce maffacre!

Il faut de la févérité, dites-vous, *quand les prévari-*
cateurs font nombreux. Ah! Monfieur, ce n'eft pas à
vous de le dire. Je ne veux pas vous demander fi
vous auriez trouvé bon que l'on égorgeât vingt-trois
mille convulfionnaires. Je ne veux pas vous outrager,
comme vous avez infulté mon ami. Quoi! vous auriez
donc applaudi à la Saint-Barthelemi; car enfin les
foixante & dix mille citoyens qu'on égorgea en France
étaient des rebelles à votre religion dominante; ils
étaient plus coupables que vos Ifraëlites, car ils
péchaient contre les lois connues; & les Ifraëlites
furent moins coupables, quand ils s'impatientèrent de
ne point recevoir des lois qu'on leur fefait attendre
depuis quarante jours. O homme, qui que vous
foyez, apprenez à pardonner.

Pour moi, Monfieur, quand même vous auriez
été convulfionnaire, ce que je ne crois pas, je ne
pourrais vous vouloir du mal. Quand même vous
auriez écrit des lettres de cachet fous le frère *le*
Tellier, encore aurais-je pour vous de l'indulgence;
encore ferais-je votre frère fi vous daigniez être le
mien.

XI.

De vingt-quatre mille autres juifs égorgés par leurs
frères.

MAIS pardonnez encore une fois à mon malheureux ami, si après avoir plaint vingt-trois mille
pauvres juifs mis en pièces sans se défendre, par
les propres mains de l'octogénaire ou nonagénaire
Moïse, & par ses lévites ; il a de plus osé étendre sa
pitié sur vingt-quatre mille autres descendans de
Jacob, assassinés environ quarante ans après, &
toujours par leurs frères.

Vous croyez, ou faites semblant de croire que ces
vingt-quatre mille juifs moururent de la peste en un
jour : je le souhaite. DIEU est le maître de choisir le
genre de mort dont il veut que les hommes périssent.
Mais voici le texte dans toute sa pureté.

Et l'Eternel dit à Moïse : Saisis tous les princes du peuple,
& pends-les tous à des potences à la face du soleil, &c.....
Et on en tua ce jour-là vingt-quatre mille. (*)

Pourquoi défigurez-vous entièrement ce passage ?
Ce sont les princes du peuple que *Moïse* fait d'abord
pendre ; & vous traduisez que *Moïse les assembla avec*
lui pour faire pendre les coupables ! Vous pouvez savoir
cependant que *Zamri*, qui fut assassiné le premier,
était un prince du peuple, (*dux de cognatione*, chef de
tribu) & que sa femme, ou sa maîtresse *Cosbi*, était
fille du roi, ou prince, de Madian, *Cosbi, filiam*
ducis Madian. Pourquoi dites-vous que ce prince &

(*) Nomb. chap. 25.

cette princeffe moururent d'une épidémie , d'une pefte qui emporta vingt-quatre mille hommes en un jour? *occifi funt*, on les tua, fignifie-t-il la pefte ?

N'eft-il pas vraifemblable que ces princes du peuple, tués par l'ordre exprès de *Moïfe*, étaient à la tête d'un grand parti contre lui, & qu'ils voulaient dépofféder un vieillard qu'on nous peint âgé de cent vingt ans, dont ils étaient laffés & jaloux ; un vieillard dur & mal avifé, felon eux, qui pendant vingt années avait fait errer plus de deux millions d'hommes dans des déferts épouvantables, fans pain, fans habits, fans pouvoir feulement entrer dans cette terre promife, malheureux objet de tant de courfes? L'auteur du livre des *Nombres*, quel qu'il foit, ne dit pas cela : je ne le dis pas non plus ; mais je foupçonne qu'on peut le foupçonner.

Voici ce qui me fait croire qu'on peut me pardonner mon foupçon ; je ne recherche point quel eft l'auteur du livre des *Nombres;* je mets à part l'opinion du grand *Newton*, & celle du favant *le Clerc*, & celle de tant d'autres. Je ne veux point deviner dans quel efprit on écrivit ce *Bemiddebar*, ce livre des *Nombres ;* je me tiens à la Vulgate reçue & confacrée dans notre fainte Eglife, & je n'ofe même la citer que fur les difficultés qui regardent l'hiftoire. Je me donne bien de garde de toucher au théologique ; je fens bien que cela ne m'appartient pas.

L'hiftorique me dit donc que le prince juif, nommé *Zamri*, couchait dans fa tente avec fa femme, ou fa maîtreffe, la princeffe nommée *Cosbi*, fille du grand prince madianite, nommé *Sur;* lorfque *Phinée*, petit-fils d'*Aaron*, & petit neveu de *Moïfe*, commença le maffa-cre par entrer fubitement dans la tente de ces princes, que l'auteur appelle *bordel*, (*lupanar* ;) & cet arrière-neveu de *Moïse* eſt aſſez vigoureux & aſſez adroit pour les percer tous deux d'un ſeul coup dans les parties de la génération , parties qui étaient ſacrées chez tous les peuples de ces cantons, & ſur leſquelles même on feſait les ſermens. Or cet aſſaſſinat ſacrilége, commis par le plus proche parent de *Moïse*, ne nous induit-il pas à croire qu'il s'agiſſait de le venger d'une cabale des princes d'Iſraël & des princes de Madian, ſoulevée contre le légiſlateur ? c'eſt ce que je laiſſe à juger par tout homme éclairé & impartial.

X I I.

Remarque ſur le prince Zamri & ſur la princeſſe Cosbi maſſacrés en ſe careſſant.

A peine ce jeune prince & cette jeune princeſſe ſont ſi ſingulièrement aſſaſſinés, *nubendi tempore in ipſo*, que les ſatellites de *Phinée* coururent aſſaſſiner vingt-quatre mille hommes du peuple , ſans compter les princes : *Occiſi ſunt*, qu'en dites-vous ? Je ne ſais pas ce que mon ami en a dit : il me mande que vous le citez à faux; je n'ai point vu en effet dans ſes ouvrages le paſſage que vous lui imputez. Laiſſez-moi juſtifier mon ami , & pleurer ſur ce pauvre prince & ſur cette pauvre princeſſe maſſacrés en feſant l'amour. Si vous ne les avez jamais pleurés, je vous plains. Un de vos plaiſans de Paris m'exhorte à me conſoler, en me diſant que tout cela n'eſt peut-être pas vrai : ce plaiſant me fait frémir.

XIII.

XIII.

Quel scribe écrivit ces choses.

CE mauvais plaisant, Monsieur, m'empêche de discuter avec vous quel scribe a écrit le premier vos volumes juifs, dans quels temps ils ont été écrits, s'ils ont tous été dictés par le Saint-Esprit, si jamais il ne s'est trouvé de juif qui ait écrit sans être inspiré, comme ont fait probablement *Flavien Josephe*, *Philon*, *Onkelos*, *Jonathan*, & les auteurs du Talmud, & mon ami *Ephraïm*, juif d'un grand roi, plus brave que votre *David*, & plus éclairé que votre *Salomon*.

DIEU me garde, Monsieur, de marcher avec vous sur ces charbons ardens, cachés sous des cendres trompeuses ! c'est à vous d'examiner quelle raison avait le grand *Newton* pour décider que le Pentateuque fut composé par *Samuël*, tandis que plusieurs autres savans le croient rédigé tel qu'il est par *Esdras* : pour moi je n'ose entrer dans cette querelle ; il y a des choses qu'on dit hardiment en Angleterre, & qu'il serait dangereux peut-être de dire à Paris : on peut y jouer avec un prodigieux succès toutes les pièces du divin *Shakespeare ;* mais on ne peut y professer toutes les découvertes de *Newton.*

C'est par la même circonspection que je ne vous parlerai ni du magistrat *Colins*, ni du maître-ès-arts *Wolston*, ni du lord *Shaftesbury*, ni du lord *Bolingbroke*, ni du célèbre *Gordon*, ni de ce fameux membre du parlement *Trenchard*, ni du doyen *Swift*, ni de tant d'autres grands génies anglais : *quid de cumque viro & cui dicas sæpe caveto.*

Mélanges hist. Tome I.　　　　V

J'ajoute : *caveto in Galliâ & in Hispaniâ plus quàm in Italiâ.* Il est vrai qu'actuellement toutes ces disputes théologales ne font plus aucun effet ni en Angleterre, ni en Hollande, ni en aucun pays du Nord : on est assez sage pour les méprifer ; un homme qui voudrait aujourd'hui expliquer certaines chofes contradictoires ne ferait que ridicule.

X I V.

Qui a fait la cour à des boucs & à des chèvres?

PASSONS vîte aux singularités historiques dont il est permis de parler. Vous êtes fâché contre mon ami de ce qu'il passe, selon vous, pour avoir dit que vos grands-pères fesaient autrefois l'amour à des chèvres, & vos grands-mères à des boucs dans les déferts de Pharan, de Sin, d'Oreb, de Cadès-Barné, où l'on était fort défœuvré : la chofe est très-vraisemblable, puisque cette galanterie est expreffément défendue dans vos livres. On ne s'avife guère d'infliger la peine de mort pour une faute dans laquelle perfonne ne tombe : mais si ces fantaisies ont été communes il y a plus de trois mille ans chez quelques-uns de vos ancêtres, il n'en peut rejaillir aucun opprobre fur leurs defcendans. Vous favez qu'on ne punit point les enfans pour les fottifes des pères, passé la quatrième génération : de plus vous ne defcendez point de ces mariages hétéroclites ; & quand vous en defcendriez, perfonne ne devrait vous le reprocher.

On ne fe choifit point fon père ;
Par un reproche populaire
Le fage n'eft point abattu.

Songez que fous l'empire floriffant d'*Augufte*, qui fit régner les lois & les mœurs, à ce que dit *Horace*, les chèvres ne furent pas abfolument méprifées dans les campagnes : les boucs en étaient jaloux. Souvenez-vous du *Novimus & qui te* de *Virgile* : les nymphes en rient, dit-il ; & fi vous m'en croyez, vous en rirez auffi, au lieu de vous fâcher, comme M. *Larcher* du collége Mazarin s'eft fâché contre le neveu de l'abbé *Bazin*, qui n'y entendait pas fineffe.

Le maréchal de la *Feuillade*, écrivit un jour au prince de *Monaco* : *Lafciamo quefte porcherie orrende : non ho mai fatto il peccato di beftialità che con la voftra altezza.*

X V.

Des forciers.

Je ne fais jamais fi c'eft au juif, ou au fecrétaire de la rue St Jacques, ou au favant d'un village près d'Utrecht, à qui j'ai l'honneur de parler. Quoi qu'il en foit, c'eft toujours en général à *Ifraël* que mes réponfes doivent être adreffées.

Ifraël prétend qu'on s'eft contredit quand on a parlé du fabbat des forciers. Il n'y a point de démono-graphe qui n'ait affuré que les forciers qui allaient au fabbat par les airs fur un manche à balai pour adorer le bouc, avaient reçu cette méthode des Juifs, & que le mot fabbat en fefait foi.

Vous dites que ceux qui font de cette opinion fe contredifent en ce qu'ils conviennent que les Juifs,

avant la tranfmigration, ne connaiffaient pas encore
les noms des anges & des diables, & même n'admettaient point de diable ; par conféquent ils ne pouvaient
fe donner au diable, comme ont fait les forcières, &
baifer le diable au derrière fous la figure du bouc.

Mais auffi, Meffieurs, ce n'eft que depuis votre
difperfion que vous avez été accufés d'enfeigner la
forcellerie aux vieilles. Ce font les anciens juifs du
temps de *Nabuchodonofor* , du temps de *Cyrus*, les
anciens juifs du temps de *Titus* , du temps d'*Adrien;*
& non les anciens du temps de la fuite d'Egypte, qui
coururent chez les nations vendre des filtres pour fe
faire aimer, des paroles pour chaffer les mauvais
génies, des onguens pour aller au fabbat en dormant,
& cent autres fciences de cette efpèce.

Vous favez combien de livres de magie vos pères
ont attribué à *Salomon* : votre hiftorien *Flavien Jofephe*
en cite quelques-uns dans fon livre huitième ; & il
ajoute qu'il a vu lui-même opérer des guérifons
miraculeufes avec ces recettes. Je puis vous affurer,
Meffieurs, & tout ce qui m'entoure fait que plus d'un
feigneur efpagnol m'a écrit, & fait écrire, pour céder
la clavicule de *Salomon* , qu'on leur avait dit être en
ma poffeffion. Il y a de vieilles erreurs qui durent
bien long-temps ; le genre-humain a obligation à
ceux qui le détrompent.

Au refte, fi quelques pauvres femmes juives ont eu
la bêtife de fe croire forcières, & fi autrefois il s'en
trouva qui eurent la faibleffe d'imiter *Phillire* & *Pafiphaé,*
& de prodiguer leurs charmes à ceux qui font appelés
les velus dans le Lévitique ? que vous importe? cela ne
doit pas plus vous intéreffer, que les forcières des

bords du Rhin, qui voulurent immoler les ambaſſadeurs de *Céſar*, n'intéreſſent aujourd'hui les très-aimables princeſſes qui font l'honneur de ce pays.

X V I.

Silence reſpectueux.

Vous exigez, Monſieur, que je vous diſe pourquoi Dieu a donné plus de préceptes à *Abraham* qu'à *Noé*, & que je vous développe ſi Dieu ne peut pas donner de nouvelles lois ſuivant les temps & les beſoins. Je vous réponds que je ne ſuis ni aſſez fort ni aſſez hardi pour avoir un ſentiment ſur une queſtion ſi épineuſe. Je crois que Dieu peut tout, & mon ami ne vous fera pas d'autre réponſe.

Je penſe que vous ne me répondriez pas davantage ſi je vous demandais pourquoi non-ſeulement le nom de *Noé*, mais le nom de tous ſes ancêtres ont été ignorés de la terre entière juſqu'à nos pères de l'Egliſe. Pourquoi n'y a-t-il pas un ſeul auteur parmi les gentils qui ait jamais parlé d'*Adam*, le père du genre-humain, & de *Noé* ſon reſtaurateur? Comment ſe peut-il faire que dans une ſi nombreuſe famille, il ne ſe ſoit pas trouvé un ſeul enfant qui ſe ſoit ſouvenu de ſon grand-père, excepté vous? Pourquoi la Coſmogonie de *Sanchoniathon*, qui écrivait dans votre voiſinage, avant *Moïſe*, eſt-elle abſolument différente de celle de ce grand-homme? Vous ſavez tout ce qu'on peut dire : parlez, Monſieur ; car pour moi je ne dirai mot.

XVII.

Animaux immondes.

NOUS ne ferons pas d'accord, Messieurs les juifs, fur la notion du droit divin : nous appelons droit divin tout ce que DIEU a ordonné ; ainsi nos bénéficiers ont dit que leurs dixmes font de droit divin, parce que DIEU même vous avait ordonné de payer la dixme à vos lévites. Nous appelons les devoirs communs de la société le droit naturel.

Où avez-vous pris qu'il y ait *un ton railleur* à dire : DIEU défendit qu'on fe nourrît de poiffons fans écailles, de porcs, de lièvres, de hériffons, de hiboux ? Comment avez-vous trouvé un *ton* dans des paroles écrites ? où eft la raillerie ? Hélas ! vous voulez railler ; vous parlez de Zaïre & d'Olimpie quand il eft queftion des griffons & des ixions, animaux inconnus dans nos climats, dont il vous fut ordonné de vous abftenir dans le vôtre. Vous reprochez à mon ami d'avoir dit que *les griffons & les ixions juifs doivent être mis au rang des monftres, & que ce font des ferpens ailés avec des ailes d'aigles* ; il n'a jamais dit cela, Monfieur, & il eft incapable d'avoir écrit qu'on eft ailé avec des ailes.

Je ne regarde pas votre méprife comme une de ces calomnies cruelles que vous avez eu le malheur de copier dans votre livre : vous avez vu apparemment cette phrafe dans une des mille & une brochures qu'on a faites contre mon ami, & vous la répétez au hafard ; je vous jure, Monfieur, qu'elle n'eft pas de lui.

XVIII.

Des cochons.

Qui que vous foyez, ou juif ou chrétien, ou amalécite ou rérabite, ou habitant d'Utrecht, ou docteur de la rue St Jacques, vous êtes un favant homme; vous avez beaucoup lu, vous faites ufage de vos lectures; il y aurait plaifir à s'inftruire avec vous; nous ferions gloire d'être vos écoliers, mon ami & moi, fi vous aviez un peu plus d'indulgence.

Vous parlez très-bien de la bonne chère des Juifs : il eft vraifemblable que le petit falé aurait été mal fain dans les déferts de la Baffe Syrie & de l'Arabie pétrée. Vous nous auriez encore donné de nouvelles inftructions fi vous nous aviez appris pourquoi les Egyptiens, fi antérieurs à la loi juive, ne mangeaient point de cochon. Vous nous rendriez un nouveau fervice fi vous nous difiez comment les Juifs, qui font tout le commerce de la Veftphalie, pays affez froid, où l'on ne fe nourrit que de porc, n'ont pu obtenir quelque difpenfe de leurs rabbins.

Ne vous eft-il pas arrivé la même chofe qu'à nos minimes ? Le bon *Martorillo* (*St François de Paule*,) leur ordonna de manger tout à l'huile en Calabre, où l'huile eft la nourriture des pauvres; ils fuivent par humilité cette loi en Allemagne où l'huile eft un mets recherché, & où un tonneau d'huile coûte plus de quatre tonneaux de vin. Vous nous auriez prouvé qu'il faut que tout moine obéiffe à fon fonda-teur. C'eft ainfi que les mufulmans, à qui *Mahomet*

V 4

défendit le vin dans les climats brûlans de l'Arabie, n'en boivent point dans le climat froid de la Crimée.

A l'égard du lièvre dont il ne vous eſt pas permis de manger, parce qu'il rumine, & qu'il n'a pas le pied diviſé, quoiqu'en effet il ait le pied très-diviſé, & qu'il ne rumine point, ce n'eſt qu'une petite mépriſe. M. le paſteur du *Bourg-Dieu* a dit que ce n'eſt pas là où gît le lièvre : ſi ce n'eſt pas *Bourg-Dieu* qui l'a dit, c'eſt un autre.

X I X.

Peuples diſperſés.

Vous dites dans le même endroit que les Juifs ſont reſtés les ſeuls des anciens peuples &c. , & qu'ils triomphent des ſiècles ; mais les Arabes, beaucoup plus anciens qu'eux, ſubſiſtent en corps de peuple, & habitent encore un vaſte pays qu'ils ont toujours habité. Les Egyptiens ſont en Egypte ſous le nom de Cophtes, & n'ont oublié que leur langue. Les brachmanes, ſubjugués par ceux qu'on appelle Maures, ont conſervé leurs lois, leurs rites, & même la langue de leurs premiers pères. Les Parſis diſperſés comme les Juifs, & autrefois dominateurs des Juifs, ſont auſſi attachés qu'eux à leurs uſages antiques, & eſpèrent toujours comme eux une révolution. Les Chinois, tout ſubjugués qu'ils ſont par les Tartares, ont ſoumis leurs vainqueurs à leurs lois ; on ne peut plus dire aujourd'hui : *Græcia capta ferum victorem cepit*, comme *Horace* le diſait à *Auguſte ;* mais enfin il y a plus de cent mille grecs dans la ſeule ville de Stamboul : Athênes,

Lacédémone, Corinthe & l'Archipel, font encore peuplés de grecs ; & pour parler des petites nations, les Arméniens aſſervis font le commerce comme les Juifs dans toute l'Aſie, & ne s'allient communément qu'entre eux, ainſi que les Cophtes, les Brames, les Banians, les Parſis, & les Juifs. Tous les peuples qui exiſtent triomphent des ſiècles.

X X.

Ordres de tuer.

DANS votre lettre troiſième, Monſieur, où vous faites un magnifique éloge de l'intolérance, vous avez oublié de citer le fameux paſſage du Deutéronome. *S'il ſe lève parmi vous un prophète qui ait vu & qui ait prédit un ſigne & un prodige, & ſi ſes prédictions ſont accomplies, & s'il vous dit : Allons, ſuivons des dieux étrangers, &c........ que ce prophète...... ſoit maſſacré...... Si votre frère, fils de votre mère, ou votre fils, ou votre fille, ou votre femme qui eſt entre vos bras, ou votre ami que vous chériſſez comme votre ame, vous dit : Allons, ſervons des dieux étrangers ignorés de vous & de vos parens, égorgez-le ſur le champ, frappez le premier coup, & que le peuple frappe après vous.*

Vous avez frémi, Monſieur, ſi vous êtes chrétien, vous avez tremblé que vos juifs, dont vous vous êtes fait ſecrétaire, n'abuſaſſent contre les chrétiens de ce paſſage terrible. En effet, le fameux rabbin *Iſaac* du XVme ſiècle l'employa dans ſon *Rempart de la foi*, pour tâcher de diſculper ſes compatriotes du déicide dont ils eurent le malheur d'être coupables. Ce rabbin prétend que la loi moſaïque eſt éternelle, immuable,

(lifez fon chapitre vingtième;) & de-là il conclut que
fes ancêtres fe conduifirent dans leur déicide comme
leur loi l'ordonnait expreffément. Mais enfin puifque
vous n'avez pas parlé de cet effrayant paffage, je n'en
parlerai pas. Je me féliciterai avec vous d'être né
fous la loi de grâce, qui ne veut pas qu'on plonge le
couteau dans le cœur de fon ami, de fon fils, de fa
fille, de fon frère, de fa femme chérie; & qui au
contraire donne l'exemple de porter fur fes épaules la
brebis égarée. Etes-vous brebis, Monfieur, je fuis prêt
à vous porter : mais fi je fuis brebis égarée, portez-
moi, pourvu que ce ne foit pas à la boucherie.

X X I.

Tolérance.

VOUS donnez ce grand précepte à mon ami : *Sortez*
enfin du cercle étroit des objets qui vous entourent, & ne
jugez pas toujours de notre gouvernement par le vôtre. Ah !
Monfieur, qui jamais avait mieux mis vos leçons en
pratique plus hautement que celui à qui vous les
donnez? on lui en a fait fi fouvent un crime ! on lui a
tant reproché d'envifager toujours le genre-humain
plus que fa patrie !

Et dans quelle vue parlez-vous à cet homme qui, à
l'exemple du grand *Fénélon*, a embraffé tous les hommes dans fon efprit de tolérance, dans fon zèle, & dans
fon amour ? dans quelle vue, dis-je, lui ordonnez-
vous de fortir du cercle étroit où vous le fuppofez
renfermé ? quel eft votre objet ? c'eft de lui prouver
que l'intolérance eft une vertu néceffaire & divine,

Et pour lui prouver ce dogme infernal que fans doute vous n'avez point dans le cœur, & qu'un inquifiteur n'oferait avouer aujourd'hui, vous lui dites que l'intolérance régnait chez les peuples les plus anciens & les plus vantés. Selon vous *Abraham* fut perfécuté chez les Chaldéens, ce que l'Ecriture ne dit pas, & ce qui ferait une étrange raifon pour perfécuter chez nous. Selon vous *Zoroaftre* perfécuta des nations, le feu & le fer dans les mains; vous entendez apparemment le dernier des *Zoroaftres*, qui au lieu d'être perfécuteur, fut tant perfécuté, tant calomnié chez *Darius*. Vous louez les Ephéfiens d'avoir opprimé *Héraclite* leur compatriote, qu'ils n'opprimèrent jamais. Vous regardez la guerre des amphictions comme une guerre de religion, comme une guerre pour des argumens de l'école; & vous la révérez fous cet afpect, & vous la croyez facrée. Ce n'était pourtant qu'une guerre très-ordinaire pour des champs ufurpés; elle fut appelée facrée parce que ces champs étaient du territoire d'*Apollon*.

Vous cherchez dans les républiques de la Grèce des exemples de la légèreté, de la fuperftition, & de l'emportement de ces peuples; vous en raffemblez quatre ou cinq dans l'efpace de trois cents années pour démontrer que la Grèce était intolérante, & qu'il faut l'être. On démontrerait de même qu'il faut faire la guerre civile par l'exemple de la fronde, de la ligue, de la fureur des Armagnacs & des Bourguignons.

L'exemple de *Socrate* eft encore plus mal choifi. Il fut la victime de la faction d'*Anitus* & de *Mélitus*, comme *Arnaud* fut la victime des Jéfuites: mais à peine les Athéniens eurent-ils commis ce crime qu'ils en sentirent l'horreur. Ils punirent *Anitus* & *Mélitus* ; ils élevèrent un temple à *Socrate*. On ne doit jamais rappeler le crime des Athéniens contre *Socrate* sans rappeler leur repentir.

Vous imputez bien fauffement l'intolérance aux Romains. Vous citez contre mon ami ces paroles qui font dans fon traité de la tolérance : *Deos peregrinos ne colunto ;* qu'on ne rende point de culte à des dieux étrangers. C'eft le commencement d'une ancienne loi des douze tables ; il ne rapportait que la partie de ce fragment dont il avait befoin alors , & même il fe fervit du mot *peregrinos* qui eft l'équivalent d'*advenas.* Sa mémoire le trompa ; je vous l'avoue comme il me l'a avoué ; voici l'énoncé de la loi telle que *Cicéron* nous l'a confervée : *Separatim nemo abeffit deos , neve novos ; fed ne advenas nifi publicè adfcitos privatim colunto.* ,, Que ,, perfonne n'ait des dieux en particulier , ni des dieux ,, nouveaux , à moins qu'ils ne foient publiquement ,, admis. ,,

Or les dieux étrangers furent prefque tous natura-lifés à Rome par le fénat. Tantôt *Ifis* eut des temples, tantôt elle fut chaffée quand fes prêtres eurent fcan-dalifé le peuple romain par leurs débauches & par leurs friponneries ; elle fut encore rappelée. Tous les cultes furent tolérés dans Rome.

Dignus Roma locus quò deus omnis eat.
Faftes d'*Ovide.*

Les Romains permirent que les Juifs, reçus pour leur argent dans la capitale du monde , célébraffent la fête d'*Hérode. Herodis venêre dies ;* & cela même pendant que *Vespasien* préparait la ruine de Jérusalem. Mon ami a fait voir que les armées romaines commençaient toujours par adorer les dieux des villes qu'ils assiégeaient, & qu'il y avait une communauté de dieux chez tous les peuples policés de l'Europe. Il n'y eut que le dieu des Juifs que les Romains ne saluèrent pas, parce que les Juifs ne saluaient pas ceux de Rome.

Comment avez-vous pu dire, Monsieur, que les Romains étaient intolérans? eux qui donnèrent tant de vogue, tant d'éclat à la secte d'*Epicure* & aux vers de *Lucrèce*, eux qui firent chanter sur le théâtre en présence de vingt mille hommes :

Post mortem nihil est , ipsaque mors nihil est.
Rien n'est après la mort , la mort même n'est rien.
   Quæris quo jaceant post obitum loco?
   Quo non nata jacent.
   Où ferons-nous après la mort ?
   Où nous étions avant de naître.

Vous dites qu'il y eût des temps où quelques empereurs persécutèrent les philosophes, les amateurs de la Sagesse. Non, Monsieur, il n'y eut jamais de décrets portés contre la philosophie. Cette horrible extravagance ne tomba jamais dans la tête d'aucun romain. Vous avez pris pour des philosophes de misérables charlatans, diseurs de bonne & mauvaise aventure, des *Zingari* qui s'intitulaient *Chaldéens*, *mathématiciens;* nous avons dans le code la loi *de mathematicis ex urbe expellendis.* C'était des prophètes de sédition, qui prédisaient la mort des empereurs ; c'étaient des sorciers, qui passaient chez quelques méchans &

quelques ignorans pour donner cette mort par les
fecrets de l'art. Notre France fut infectée de ces gens-
là du temps de *Charles IX* & de *Henri III*. Les philofophes étaient *Montagne* , *Charon* , le chancelier de
l'*Hofpital* , le préfident de *Thou* , le confeiller *Dubourg*.
Les philofophes de nos jours font des hommes d'État
éloignés également de la fuperftition & du fanatifme;
des citoyens illuftres profondément inftruits , culti-
vant les fciences dans une retraite occupée & paifible;
des magiftrats d'une probité inaltérable, fi fupérieurs
à leurs emplois qu'ils favent les quitter avec autant
de férénité que s'ils allaient avec leurs amis, *venafra-
nos in agros aut lacedemonium Tarentum*.

Ces philofophes font tolérans ; & vous êtes bien
loin de l'être, vous qui employez toutes fortes d'armes
contre un vieillard ifolé, mort au monde, en atten-
dant une mort prochaine ; contre un homme que
vous n'avez jamais vu , qui ne vous a jamais pu
offenfer. Pourquoi faites-vous contre lui trois volumes ? pourquoi dans ces trois volumes toutes ces
ironies continuelles, toutes ces accufations , toutes
ces calomnies , ramaffées dans la fange de la littérature , & dont certainement vous n'auriez point fait
ufage fi vous aviez confulté votre cœur & vôtre raifon?
Otez ce fatras énorme d'outrages, il ne reftera pas
vingt pages en tout. Et de ces vingt pages ôtez les
chofes dont aucun honnête homme ne fe foucie
aujourd'hui, il ne reftera rien.

O quantùm eft in rebus inane !

XXII.

Formule de prière publique.

MON ami a remarqué hiftoriquement que depuis la pâque célébrée dans le défert après la fabrication du tabernacle, il n'eft parlé d'aucune autre pâque ; que la circoncifion ne fut point connue dans le défert pendant quarante ans ; que nulle grande fête légale n'eft marquée ; qu'on ne trouve dans l'ancien teftament aucune prière publique commune femblable à notre oraifon dominicale ; & que *la Mifna* nous apprend feulement qu'*Efdras* en inftitua une. Tout cela eft auffi vrai qu'indifférent. Pourquoi y trouvez-vous de la fauffeté, & de la mauvaife volonté ? Si mon ami a mal dit, rendez témoignage du mal. S'il a bien dit, pourquoi l'injuriez-vous ?

XXIII.

Défenfe de fculpter & de peindre.

VOUS avancez formellement que la loi de DIEU *ne défend pas abfolument de faire aucune image, aucun fimulacre, mais d'en faire pour les adorer.* Je penfe que vous vous trompez, Meffieurs. Je ne fais rien de fi pofitif que ces paroles de l'Exode : ,, Vous ne ferez point ,, d'image taillée ni aucune repréfentation de ce qui ,, eft fur le ciel en haut, ni fur la terre en bas, ni de ,, ce qui eft dans les eaux.,,

Ce n'eft qu'après ces paroles qu'il eft dit : ,, Vous ,, n'adorerez point cela ; vous n'adorerez, ni le ciel ,, ni la terre, ni l'eau : car je fuis le Dieu fort, le ,, Dieu jaloux. ,,

Si après cet ordre fi précis, *Moïfe* lui-même érigea un ferpent d'airain, il femble qu'il fe difpenfa de fa loi. Si le roi *Ezéchias* fit brûler ce ferpent comme un monument d'idolatrie, il paraît qu'il fut bien ingrat envers un animal qui avait guéri fes ancêtres mordus par de vrais ferpens dans le défert. Il faut demander ce qu'on en doit penfer aux chanoines de Milan qui ont ce ferpent d'airain dans leur églife.

X X I V.

De Jephté.

Vous avez beau faire, Monfieur, ou Meffieurs, vous ne ferez jamais accroire à perfonne qu'on doive entendre dans votre fens ces paroles de *Jephté* aux Ammonites : *Ce que votre Dieu Chamos vous a donné ne vous appartient-il pas de droit ? fouffrez donc que nous prenions ce que notre Dieu s'eft acquis.* Vous croyez qu'elles fignifient : Ce que vous prétendez qu'on vous a donné ne vous appartient-il pas ? donc tout nous appartient.

Ne tordons point les textes, ne dénaturons point le fens des paroles ; c'eft un pot à deux anfes, dit un grave auteur, chacun tire à foi ; le pot fe caffe, les difputans fe jettent les morceaux à la tête.

X X V.

De la femme à Michas.

Non, vous ne ferez jamais accroire à perfonne que la femme à *Michas* (*d*) ait bien fait d'acheter des idoles, & de payer un chapelain d'idoles ; que la

(*d*) Voyez dans les Juges l'hiftoire de la femme à *Michas*.

tribu

tribu de *Dan*, n'ayant point affez pillé dans le pays, ait bien fait de voler les idoles & le chapelain de la femme à *Michas ;* & que le chapelain ait bien fait de bénir cette tribu de voleurs quand elle eut ravagé je ne fais quel village qu'on nommait, dit-on, Laïs (beau nom chez les Grecs ;) qu'un petit-fils du divin *Moïfe*, nommé *Jonathan*, ait bien fait d'être grand aumônier des idoles de ces voleurs. Un petit-fils de *Moïfe !* jufte Dieu ! premier chapelain d'une tribu idolâtre ! C'eft bien pis que de foutenir dans un village auprès d'Utrecht, que les cinq propofitions ne font pas dans *Janfénius ;* car, en confcience, je ne crois pas qu'il y ait le moindre mal à penfer que certains mots font ou ne font pas dans *Janfénius ;* mais je crois que le petit-fils de *Moïfe* était un vaurien, & qu'on dégénère fouvent dans les grandes maifons.

X X V I.

Des cinquante mille foixante & dix juifs morts de mort fubite.

Vous ne ferez jamais accroire que le nombre cinquante mille foixante & dix ne faffe pas 50070. Je fais bien que le docteur irlandais *Kennicot*, dans fon pamphlet dédié en 1768 au révérend évêque d'Oxfort, dit qu'il n'a jamais pu digérer l'hiftoire des hémorrhoïdes du peuple philiftin, & des cinq anus d'or ; encore moins, dit-il, l'hiftoire de cinquante mille foixante & dix bethfamites morts de mort fubite pour avoir regardé l'arche. Il dit dans fon pamphlet, qu'*il avait autrefois, ainfi que fa grandeur l'évêque d'Oxfort, un*

Mélanges hift. Tome I.   X

furieux penchant pour le texte hébreu ; mais que sa grandeur & lui en font bien revenus. Ce pamphlet irlandais est assez curieux. M. *Kennicot* se dit de l'académie des inscriptions de Paris, quoiqu'il n'en soit pas : il propose une souscription d'environ six cents mille livres sterling, qu'il dit à moitié remplie, à Paris, chez *Saillant*, à Rome chez *Monaldini*, à Venise chez *Pasquali*, & à Amsterdam chez *Marc-Michel Rey.* Ainsi, Messieurs, s'il vous plaît de lire cet ouvrage, & si vous demeurez en effet auprès d'Utrecht, adressez-vous à *Marc-Michel*, vous aurez parfait contentement. Vous verrez le système complet de M. *Kennicot* sur la manière dont les Philistins furent affligés, *in secretiori parte natium*, dans la plus secrète partie des fesses. Vous y verrez pourquoi les fesses des Philistins furent punies plutôt qu'une autre partie de leur corps pour avoir pris l'arche, & par quelle raison cinquante mille soixante & dix israëlites moururent d'apoplexie, pour l'avoir regardée lorsque deux vaches vinrent la rendre de leur plein gré.

Vous avez sans doute étudié l'anatomie ; vous jugerez de l'opinion de M. *Kennicot* sur l'art que les orfèvres philistins employèrent pour fabriquer des anneaux d'or qui ressemblassent parfaitement à la plus secrète partie des fesses. Cela sera presqu'aussi utile au genre-humain que tout ce que nous avons dit jusqu'ici.

XXVII.

Si Ifraël fut tolérant.

Non, Monfieur, ou Meffieurs, mon ami n'a jamais prétendu que les Juifs aient été les plus tolérans, les plus humains de tous les hommes. Il a prétendu, il a prouvé que ce peuple fut tantôt indulgent & facile, tantôt barbare & impitoyable, qu'il a été très-inconféquent comme l'ont été tant d'autres peuples. Vous ne niez pas que les Juifs n'aient été auffi loups, auffi panthères, que nous l'avons été dans notre St Barthelemi, & dans les troubles du temps de *Charles VI*. Les frères juifs maffacrèrent une fois de gaieté de cœur vingt-trois mille frères; & une autre fois vingt-quatre mille; & une autre fois, s'il m'en fouvient, quatorze mille neuf cents cinquante dans la querelle d'*Aaron* avec *Coré*. Cela prouve affez que le peuple juif était prompt à la main. Vous m'accorderez auffi qu'il fut d'autres fois très-accommodant fur le culte. Il fut tolérant quand on adora *Kium* & *Remphan* dans le défert pendant quarante années, (malgré les affreux affaffinats de tant de frères égorgés par d'autres frères.) Il fut très-tolérant quand le fage *Salomon* fut idolâtre. Ifraël fut très-tolérant quand *Jéroboam* fit ériger deux veaux d'or, pour l'emporter fur *Aaron* qui n'en avait autrefois érigé qu'un. *Jérémie*, toujours infpiré de Dieu, ne fut-il pas le plus tolérant des hommes, quand il prêchait au nom de Dieu

X 2

qu'il fallait reconnaître *Nabuchodonofor* pour bon ferviteur de Dieu ; quand il criait que Dieu avait donné tous les royaumes de la terre à fon ferviteur, à fon oint, à fon meffie *Nabuchodonofor*; & qu'il fe mettait un joug, ou fi l'on veut, un bât fur le cou pour le prouver ?

Ne foyez pas furpris de ces difparates, de ces contrariétés éternelles du pauvre peuple de Dieu ; c'eft l'hiftoire du genre-humain. Les nations qui entouraient la petite horde juive s'appelaient toutes *peuple de* Dieu. Leurs villes s'appelaient ville de Dieu, & font encore nommées ainfi ; leurs habitans étaient auffi inconftans, auffi fuperftitieux, que les Juifs. *Tutto il mondo è fatto come la famiglia noftra.* Et vous-mêmes, Meffieurs, n'êtez-vous pas auffi inconftans que les anciens Ifraëlites, quand dans une lettre vous faites des complimens à mon ami, & que dans une autre vous l'accablez d'injures & de calomnies ? Moi qui vous parle, je fuis auffi faible, auffi changeant, que vous. Tantôt je prends férieufement vos citations, vos raifonnemens, votre malignité ; tantôt j'en ris. Quel eft le réfultat de toute cette difpute ? c'eft que nous nous battons de la châpe à l'evêque.

Encore un mot, mes chers Juifs, fur la tolérance. Quoique vous foyez très-piqués contre le nouveau teftament, je vous conjure de lire la parabole de l'hérétique famaritain qui fecourt & qui guérit le voyageur bleffé, tandis que le prêtre & le lévite l'abandonnent. Remarquez que Jesus très-tolérant prend l'exemple de la charité chez un incrédule, & celui de la cruauté chez deux docteurs.

XXVIII.

Juftes plaintes & bons confeils.

JE viens de vous dire, Monfieur, ou Meffieurs, que je ris quelquefois des calomnies atroces que vous vous êtes permis de recueillir & de répéter contre mon ami ; foyez perfuadé que je n'en ris pas toujours. Vous lui imputez je ne fais quelles brochures intitulées *Dictionnaire philofophique*, *Queftions de Zapata*, *Dîner du comte de Boulainvilliers*, & vingt autres ouvrages un peu trop gais, à ce qu'on dit. Je fuis très-fûr & je vous attefte qu'ils ne font point de lui ; ce font des plaifanteries faites autrefois par de jeunes gens. Il y a bien de la cruauté (je parle ici férieufement) à vouloir charger un homme accablé de foins & d'années, un folitaire prefqu'inconnu, un moribond, des facéties de quelques jeunes plaifans qui folâtraient il y a quarante ans. Vous prétendez le brouiller avec M. *Pinto* pour lequel il eft plein d'eftime ; vous efpérez lui faire intenter un procès criminel par des fanatiques. Vous perdez votre peine : il fera mort avant qu'il foit ajourné ; & s'il eft en vie, il confondra les calomniateurs.

Il eft vrai que vous paraiffez avoir beau jeu dans la guerre offenfive que vous faites ; vous combattez avec des armes qu'on révère ; vous prenez fur l'autel le couteau dont vous voulez frapper votre victime. Si vous demeurez dans un village auprès d'Utrecht, vous êtes victimes vous-mêmes, & vous voulez devenir bourreaux ! & de qui ? d'un homme qui a toujours condamné vos perfécuteurs.

X 3

Que nous importe au fond à vous & à moi, pauvres gaulois que nous fommes, fi on a écrit, je ne fais où, & je ne fais quand, qu'un barbare, dans une guerre barbare, entre des villages barbares, ait égorgé fa fille par piété? (*) Que nous fait la loi de ce parricide qui ordonnait que tout ce qui ferait voué ferait maffacré fans rémiffion? De quoi nous embarraffons-nous fi un homme (**) prêcha tout nu autrefois, & fi c'était un figne évident que le roi d'Affyrie emmènerait pendant trois ans les Egyptiens & les Ethiopiens captifs, tout nus, fans fouliers, *montrant leurs feffes* pour l'ignominie de l'Egypte?

N'eft-ce pas en vérité une étrange & trifte occupation pour des habitans des côtes occidentales de l'Occident de s'acharner les uns contre les autres, pour décider comment s'y prit un voyant, un nabi, fur le bord de la rivière de Chobar, (***) lorfqu'il coucha trois cents quatre-vingt-dix jours fur le côté gauche, & qu'il mangea des excrémens étendus fur fon pain pendant tout ce temps-là? Faut-il injurier, calomnier, perfécuter aujourd'hui fon prochain, pour favoir fi un autre voyant (****) donna autant d'argent à la proftituée *Gomer*, fille d'*Ebalaïm*, dont il eut trois enfans par l'ordre exprès du Seigneur fon maître, qu'il en donna à l'autre proftituée adultère par le même ordre? S'égorgera-t-on pour prouver que cette adultère ayant eu quatre boiffeaux d'orge & vingt-quatre francs du nabi, il n'en fallut pas davantage à la fimple proftituée dont il eut trois enfans?

(*) *Jephté.*

(**) *Ifaïe.*

(***) *Ezéchiel.*

(****) *Ozée.*

En bonne foi , Meſſieurs , il y a dans cet ancien livre plus de cinq cents paſſages tout auſſi difficiles à expliquer , & qu'on peut tâcher d'entendre , ou d'oublier , ou de reſpecter , ſans outrager perſonne.

XXIX.

De ſoixante & un mille ânes, & de trente-deux mille pucelles.

MALGRÉ le dégoût mortel que me donne cette vaine diſpute , vous me forcez de continuer à vous répondre , puiſque vous continuez d'inſulter & de perſécuter mon ami. Vous lui reprochez d'avoir voulu inſpirer la tolérance aux hommes dans ſon traité de la tolérance. Vous vous réjouiſſez de ce qu'un capitaine juif dans le petit déſert de Madian , ayant donné bataille aux Madianites , ait égorgé tous les hommes , & n'ait dans le butin conſervé la vie qu'à trente-deux mille pucelles , à ſix cents ſoixante & quinze mille moutons , à ſoixante & douze mille bœufs , & à ſoixante & un mille ânes. L'auteur de la tolérance n'a parlé de cette étrange capture , que pour examiner s'il faut croire les écrivains qui aſſurent que parmi les trente-deux mille filles conſervées , il y en eut une par mille immolée au Seigneur , comme ces mots *trente-deux vies furent la part du Seigneur* , ſemblent le démontrer.

Si vous liſiez dans un auteur arabe ou tartare , *trente-deux vies furent le partage de ce vainqueur* , certainement vous n'entendriez pas autre choſe , ſinòn , ce vainqueur ôta la vie à trente-deux perſonnes. Ceux qui ont imaginé que les trente-deux filles

X 4

madianites furent employées au fervice de l'arche,
ne fongent pas que jamais fille ne fervit au
fanctuaire chez les Juifs ; qu'ils n'eurent jamais de
nonnes ; que la virginité était chez eux en horreur.
Il eft donc infiniment probable, fuivant le texte,
que les trente-deux pucelles furent immolées ; &
c'eft ce qui peut avoir fait dire au R. P. dom *Calmet*
dans fon dictionnaire, à l'article MADIANITE : *Cette*
guerre eft terrible & bien cruelle; & fi DIEU *ne l'avait*
ordonnée, on ne pourrait qu'accufer Moïfe d'injuftice & de
brigandage.

A l'égard des foixante-douze mille bœufs & des
foixante & un mille ânes, vous voulez rendre mon
ami fufpect d'irrévérence, parce que dans l'horrible
défert fablonneux de Jared & de l'Arnon, hériffé de
rochers, on nourriffait fix cents foixante & quinze
mille brebis qui furent prifes avec les bœufs, les
ânes, & les filles : & là-deffus vous dites avoir lu
qu'en Dorfetshire, dans un petit terrain marécageux,
il y a quatre cents mille moutons. Tant pis pour le
propriétaire, Monfieur, j'en fais des nouvelles :
croyez-moi, les moutons meurent bien vîte dans
les marécages; j'y ai perdu les miens. Je ne vous
confeille pas de mettre vos moutons dans un marais;
faites-y des étangs, élevez-y des carpes.

Au refte, vous prenez trop de peine de chercher
les limites d'un Madian vers le ruiffeau de l'Arnon,
& celles d'un autre Madian vers Eziongaber. L'un
pouvait être très-aifément une colonie de l'autre,
comme on dit que notre Bretagne a été une colonie
de la Grande - Bretagne. Mais à propos de ces
madianites, dont l'horrible deftruction vous plaît fi

fort, & qui habitaient fi loin d'Utrecht; deviez-vous outrager, dénoncer, calomnier, votre compatriote, parce qu'il a recommandé l'humanité, la tolérance; parce qu'il l'a infpirée à des hommes puiffans; parce qu'il a rendu fervice au genre-humain? il vous aurait rendu fervice à vous-mêmes, fi vous aviez été perfécutés par les jéfuites.

X X X.

Des enfans à la broche.

Il n'eft que trop vrai, Monfieur, ou Meffieurs, que prefque tous les peuples ont tâté de la chair humaine; vous n'en mangez pas, vous n'êtes pas anthropophages, mais vous êtes des auteurs androplekthroi, un peu ennemis des hommes, fi j'ofe le dire. Mon ami, qui a toujours été leur ami, ne pouvait croire autrefois à l'anthropophagie. Il a été détrompé. Meffieurs *Bank*, *Solander*, & *Cook*, ont vu récemment des mangeurs d'hommes dans leurs voyages. J'ai fort connu autrefois M. *Brebeuf*, petit-neveu de l'ampoulé traducteur de l'ampoulé *Lucain*, & du révérend père *Brebeuf*, jéfuite miffionnaire en Canada: il m'a conté que fon grand-oncle le jéfuite ayant converti un petit canadien fort joli, fes compatriotes très-piqués rôtirent cet enfant, le mangèrent, & en préfentèrent une feffe au révérend père *Brebeuf*, qui pour fe tirer d'affaire leur dit qu'il fefait maigre ce jour-là. Le révérend père *Charleroi* qui fut mon préfet, il y a foixante & quinze ans, au collége de Louis le Grand, & qui était un peu bavard, a conté cette aventure dans fon hiftoire du Canada.

Vous rapportez vous-mêmes que mon ami vit à Fontainebleau, en 1725, une belle fauvage du Miffiffipi, qui avoua avoir dîné quelquefois de chair humaine. Cela eft vrai, & j'y étais, non pas au dîner de la fauvage, mais à Fontainebleau.

Vous favez, Meffieurs, ce que *Juvénal* rapporte des Gafcons & des Bafques, qui avaient eu une cuifine femblable. *Jules-Céfar*, le grand *Céfar*, notre vainqueur & notre légiflateur, a daigné nous apprendre dans fon livre (*fept. de bello gallico*,) que lorfqu'il affiégeait Alexia en Bourgogne, le marquis de *Critognac*, homme très-éloquent, propofa aux affiégés de manger tous les petits enfans l'un après l'autre, felon l'ufage. Je ne me fâche point quand on me dit que c'était la coutume de nos pères. Pourquoi donc les Juifs fe fâcheraient-ils quand on leur dit en converfation que leurs pères ont fuivi quelquefois le confeil de ce M. de *Critognac*?

Voulez-vous que j'ajoute au témoignage de *Céfar* celui d'un faint qui eft d'un bien plus grand poids? c'eft *St Jérôme.* „ J'ai vu, dit-il dans une de fes „ lettres, j'ai vu étant jeune, dans la Gaule, des „ Ecoffais qui, pouvant fe nourrir de porcs & „ d'autres bêtes, aimaient mieux couper les feffes „ des jeunes garçons & les tetons des jeunes filles. Puis fervez..... *Ipfe adolefcentulus viderim in Galliâ Scotos humanis vefci carnibus, & cum pecora & pecudum nates reperiant, tamen juvenum nates & fœminarum papillas folere abfcindere, & has ciborum delicias arbitrari.* (e)

_____

(e) Lettre contre *Jovinien*, liv. II, pag. 53, édition de *Saint Jérôme* in-folio, à Francfort, chez *Chrift Genskium*, 1684.

Y a-t-il donc tant à s'émerveiller, Monfieur, ou Meffieurs, que les Juifs aient fait quelquefois la même chère que nous, & que tant d'autres nations qui nous valaient bien? Je fuis perfuadé que M. *Pinto* n'eft point du tout humilié qu'une femme de Samarie ait fait autrefois avec fa comère, la partie de manger leurs enfans l'un après l'autre. Cela fit un procès par-devant le roi d'Ifraël. Où avez-vous pris que les deux femmes plaidèrent devant le roi de Syrie?

X X X I.

Menaces de manger fes enfans.

Vous raifonnez, je crois, un peu légérement, quand vous dites que la menace faite par *Moïfe* aux Juifs qu'ils mangeraient leurs enfans, n'eft pas une preuve que cela arrivait, & qu'on ne pouvait les menacer que d'une chofe qu'ils déteftaient. Dites-moi, je vous prie; de ce que *Céfar* ménaça nos pères, les magiftrats de la ville de Vannes, de les faire pendre, en concluriez-vous qu'ils ne furent pas pendus, fous prétexte qu'ils n'aimaient pas à l'être? On ne vous a point dit que les mères juives mangeaffent fouvent leurs enfans de gaieté de cœur; on vous a dit qu'elles en ont mangé quelquefois: la chofe eft avérée. Pourquoi vous & moi nous mangeons-nous le blanc des yeux pour des aventures fi antiques?

XXXII.

Manger à table la chair des officiers, & boire le sang
des princes.

Il est dit dans l'*Analyse de la religion juive &*
chrétienne, attribuée à *Saint-Evremond*, que la promesse
faite dans *Ezéchiel* d'avaler la chair des vaillans, de
boire le sang des princes, de manger le cheval & le
cavalier à table, regarde évidemment les Juifs; &
que les promesses précédentes sont pour les corbeaux.
M. *Fréret* est de cette opinion; mais qu'importe?
Je vous cite ici *Saint-Evremond*, parce qu'on mettait
sous son nom mille ouvrages auxquels il n'avait pas
la moindre part. Vous en usez ainsi avec mon ami.
Laissons-là tous ces vilains repas, & vivons ensemble
paisiblement. Que je voudrais avoir l'honneur de
vous donner à dîner dans ma chaumière avec des
philosophes tolérans qui daignent y venir quelquefois!
Nous ne mangerions ni le cheval ni le cavalier; nous
parlerions des sottises anciennes & modernes. Vous
nous instruiriez; vous trouveriez en nous des cœurs
ouverts, & des esprits dignes, peut-être, de vous
entendre.

XXXIII.

Tout ce qui sera voué ne sera point racheté, mais
mourra de mort.

Vous accusez mon ami d'avoir dit que les
sacrifices de sang humain sont établis dans la loi de
cet *exécrable & détestable* peuple. Je ne me souviens

point d'avoir lu ces belles épithètes ainsi accolées.
Je crois pouvoir affurer que c'eft une calomnie,
non pas exécrable & déteftable, mais une pure
calomnie; d'autant plus que vous ne citez ni la
page, ni le livre. Mais il n'eft pas queftion ici de
favoir fi un écrivain a injurié & calomnié un autre
écrivain à lui inconnu l'an 1771, dans un ouvrage
imprimé en 1776. Il s'agit d'entendre le chapitre 27
du Lévitique, qui dit: *Ce qui fera voué au Seigneur ne
fera point racheté, mais mourra de mort.* Ce texte eft affez
clair, ce me femble; il n'y a pas à difputer. Et
quand vous dites que ces facrifices font défendus
ailleurs, que prouvez-vous par ce fingulier raifon-
nement? vous prouvez que vous avez trouvé des
contradictions : c'eft à vous à vous fauver de ce
piége que vous vous êtes tendu. Je me retire de peur
d'y tomber.

X X X I V.

Jephté.

Vous n'ofez dire nettement que felon le texte
Jephté n'égorgea point fa fille. La chofe eft conftante,
trop avérée par les plus grands-hommes de l'Eglife.
Vous dites que peut-être cela s'expliquait d'une autre
façon, que *Jephté* pourrait avoir mis fa fille en
couvent, que *Louis Capelle* & dom *Martin* ont faifi
cet échappatoire. Je ne me foucie ni de *Martin* ni
de *Capelle;* je m'en tiens au texte en qui je crois plus
qu'en eux. *Jephté lui fit comme il avait voué.* Et qu'avait-
il voué? la mort.

XXXV.

Le roi Agag coupé en morceaux.

Il y avait donc chez les Juifs des sacrifices de sang humain ; & celui-là est bien constaté. Vous voulez donner un autre nom à la mort du roi *Agag*. A la bonne heure ; nommez, si vous voulez, cette aventure une violation exécrable du droit des gens, une action horrible, une action abominable. Elle est rapportée par l'historien des rois juifs, qui doit faire mention des crimes comme des bonnes actions. Mais remarquez bien, en passant, qu'il y a une très-grande différence entre un livre qui contient la loi, & une simple histoire. On ne fut pas obligé, chez les Juifs, de croire les chroniques comme on fut obligé de croire le Décalogue. C'est-là que se font fourvoyés tant de braves commentateurs ; ils n'ont pas distingué Dieu qui parle, & l'homme qui raconte.

Quoi qu'il en soit, j'avoue que je ne puis m'empêcher de voir un vrai sacrifice dans la mort de ce bon roi *Agag*. Je dis d'abord qu'il était bon ; car il était gras comme un ortolan : & les médecins remarquent que les gens qui ont beaucoup d'embonpoint ont toujours l'humeur douce. Ensuite je dis qu'il fut sacrifié ; car d'abord il fut dévoué au Seigneur : or, nous avons vu que *ce qui a été dévoué ne peut être racheté ; il faut qu'il meure.* Je vois là une victime & un prêtre. Je vois *Samuel* qui se met en prière avec *Saül*, qui fait amener entre eux deux le roi captif, & qui le coupe en morceaux de ses propres mains. Si ce n'est pas là un sacrifice, il n'y en a

jamais eu. Oui, Monfieur, de fes propres mains :
in frufta concidit eum. Le zèle lui mit l'épée à la main,
dit le favant dom *Calmet* : il pouvait ajouter que le
zèle donne des forces furnaturelles ; car *Samuel* avait
près de cent ans, & à cet âge on n'eft guère capable
de mettre un roi en hachis. Il faut un furieux couperet
de cuifine, & un furieux bras. Je ne vous parle pas
de l'infolence d'un aumônier de quartier, qui coupe
en morceaux un roi prifonnier, que fon maître a mis
à rançon & qui allait payer cette rançon à ce
maître. On a déjà dit que fi un chapelain de *Charles-
Quint* en avait fait autant à *François I*, la chofe eût
paru rare.

Vous avez la cruauté, Monfieur, ou Meffieurs,
de calomnier ce pauvre roi *Agag* pour juftifier le
cuifinier *Samuel*. Vous affurez que c'était un tyran
fanguinaire, parce que *Samuel* lui dit en le coupant
par morceaux : Comme ton épée a ravi des enfans à
des mères, ainfi ta mère reftera fans enfans. Hélas !
Monfieur, n'eft-ce pas ce que tant de héros de l'Iliade
difent aux héros qu'ils tuent dans les combats ? Le
pieux *Heĉtor* avait fait pleurer des mères grecques ;
Achille fit pleurer la mère d'*Heĉtor*, lequel n'était
point un tyran fanguinaire. Ceffez de remuer la
cendre du bon roi *Agag*, & de flétrir fa mémoire. C'eft
bien affez qu'il ait été haché menu par *Samuel*, fils
d'*Elcana*.

X X X V I.

Des prophétes.

PASSONS à une autre queftion. C'eft une chofe
refpeĉtable, fans doute, que le don de prophétie ; ce

n'eſt pas aſſez d'exalter ſon ame, il faut une grâce particulière. Je ne fais pas ſi mon ami a dit que connaître l'avenir c'eſt connaître ce qui n'eſt pas: mais s'il l'a dit, il a dit vrai. Vous répondez qu'on connaît le paſſé, & que cependant le paſſé n'eſt pas. Voilà un plaiſant ſophiſme. Un homme auſſi ſérieux que vous l'êtes peut-il ſe jouer ainſi des mots? Faut-il qu'on vous diſe que le paſſé eſt dans la bouche de ceux qui ont écrit? encore n'y eſt-il guère. Mais où eſt l'avenir, où le voit-on? Mon ami a toujours révéré les prophètes, non pas tous; peut-être a-t-il eu quelque ſcrupule ſur la viſion qu'eut le prophète *Michée* quand D I E U, au milieu de tous ſes anges, demanda qui d'eux voulait tromper *Achab* en ſon nom, & le faire aller à Ramoth en Galaad; & que le prophète *Sédékia* donna un grand ſoufflet au prophète *Michée*, en lui diſant : Devine comment l'eſprit a paſſé de ma main ſur ta joue. D'ailleurs mon ami croyait fermement aux prophéties, mais peu à *Sédékia*.

Monſieur, ou Meſſieurs, vous écrivez ſous le nom de ſix juifs; & vous leur faites citer *St Paul* à propos des prophètes? cela n'eſt pas adroit.

X X X V I I.

Des ſorciers & des poſſédés.

VOS Juifs ont eu des magiciens, des poſſédés, des exorciſtes. Et quel peuple n'en a pas eu! liſez l'âne d'or d'*Apulée*. Vous voulez faire accroire que mon ami s'eſt contredit quand il a prouvé que les Juifs

furent

furent long-temps fans connaître les anges & les diables, & qu'ayant été faits enfuite efclaves, ils connurent les anges & les diables de leurs maîtres. Ils furent même bientôt endiablés, poffédés, enforcelés. Or, quand on a des enforcelés chez foi, il faut bien qu'on les déforcelle. Les Français, mes voifins, ont un joli opéra comique appelé les enforcelés : il eft, je crois, de M. *Sedaine; Jeannot* & *Jeannette* y font poffédés du diable ; & à la fin ils font éxorcifés, comme de raifon, & heureufement guéris. Les Juifs ayant donc fait connaiffance avec les diables, eurent le fecret de les chaffer. Ils firent des livres de *Salomon*, comme je vous l'ai dit; ils mirent de la racine barat ou barad dans le nez des poffédés, comme je vous l'ai dit encore. Permettez-moi d'ajouter qu'il faut avoir le diable au corps pour trouver de la contradiction dans les laborieufes recherches de mon ami.

Et vous, mes amis les juifs, relifez votre hiftorien *Jofephe* au livre VII, chapitre XXIII de la guerre contre les Romains : ,, Au nord de la vallée de ,, Macheron, au champ nommé Barat, fe trouve une ,, plante du même nom, qui reffemble à une flamme. ,, Elle jette le foir des rayons brillans, & fe retire ,, quand on veut la prendre. On ne peut l'arrêter ,, qu'avec de l'urine de femme, ou avec fes mal- ,, femaines. Qui la touche meurt fur le champ, à ,, moins qu'il n'ait dans fa main une racine de la ,, même plante. A cette racine on attache un chien, ,, qui en voulant fe débarraffer arrache la plante, & ,, meurt auffitôt. Après cela on peut manier le barat ,, fans péril. C'eft avec cette plante qu'on chaffe les ,, démons infailliblement. ,,

Mélanges hift. Tome I.   Y

Cette recette était fi commune du temps de là perfonne infiniment refpectable, dont il faut bien que je vous parle malgré vous, que cette perfonne convient elle-même de l'efficacité du barat, & avoue que vous avez le pouvoir de chaffer les diables.

Vous devez favoir qu'il y avait beaucoup de maladies diaboliques qu'on appelait facrées chez prefque toutes les nations, & que l'on croyait guérir avec des exorcifmes; telles étaient l'épilepfie, la catalepfie, les écrouelles. L'impuiffance, qu'on appelait la maladie des Scythes, était furtout caufée par des efprits malins qu'on exorcifait; c'eft ce qu'on voit dans *Pétrone*, dans *Apulée*. Et il faut vous dire, mes chers juifs, que tous ces faux exorcifmes ont enfin cédé à la puiffance des nôtres, qui font les feuls véritables. Je fuis fâché de vous dire des chofes fi dures; mais c'eft vous qui m'y forcez.

X X X V I I I.

Des ferpens enchantés.

Vous parlez d'enchanter les ferpens. Vraiment, Monfieur, rien n'eft plus commun. Mon intime ami rapporte lui-même le certificat d'un fameux chirurgien d'un village affez voifin de fon château. Voici ce certificat: *Je certifie que j'ai tué en diverfes fois plufieurs ferpens, en mouillant un peu avec ma falive un bâton ou une pierre, en donnant un petit coup fur le milieu du corps du ferpent. 19 janvier 1772.*

FIGUIER chirurgien.

Il faut croire que ce chirurgien enchante les ferpens avec fa falive. C'était l'opinion des anciens phyficiens. *Lucrèce* dit dans fon quatrième livre :

Eft utique ut ferpens hominis contacta falivâ ,
Difperit, ac fefe mordendo conficit ipfa.

Crachez fur un ferpent, fa force l'abandonne,
Il fe mange lui-même, il fe dévore, il meurt.

Des incrédules foupçonneront que mon chirurgien donnait à fes ferpens de grands coups de pierre ou de bâton, qui avaient plus de part à la mort du reptile que le crachat de l'homme. Mais enfin, *Virgile*, qui paffe encore à Naples pour un grand forcier, dit en ces termes exprès :

Frigidus in pratis cantando rumpitur anguis.

Ce qui a été ainfi rendu en françois ou en français par M. *Perrin :*

Chantez dans votre pré , les ferpens crèveront.

Vous êtes perfuadé que les fauvages d'Amérique charment les ferpens. Je le crois bien, Monfieur; les Juifs les charmaient auffi. Vous trouvez dans le pfeaume 57, le ferpent, l'afpic fourd qui fe bouche les oreilles pour ne pas entendre la voix de l'enchanteur. *Jérémie*, dans fon chapitre VIII, menace les Juifs de leur envoyer des ferpens dangereux contre lefquels les enchantemens ne pourront rien. L'Eccléfiafte, l'Eccléfiaftique, rendent gloire à la puiffance des fages qui charment des ferpens; je me joins à eux. J'ai dit à des gens: je n'afpire pas jufqu'à vous charmer; mais je voudrais vous apaifer.

Y 2

XXXIX.

D'Edith femme de Loth.

VOUS parlez de la femme de *Loth* tranfmuée en ftatue de fel ; & je ne fais fi c'eft pour vous en moquer, ou pour la plaindre. Oh ! que j'aime bien mieux *Virgile* quand il raconte le malheur d'*Euridice* !

> *Illa, quis & me, inquit, miferam & te perdidit, Orpheu !*
> *Quis tantus furor ! en iterum crudelia retrò*
> *Fata vocant, conditquè natantia lumina fomnus ;*
> *Jamque vale ; feror ingenti circumdata noûe,*
> *Invalidafque tibi tendens , heu non tua , palmas !*

Pouvez-vous affaiblir les miracles terribles opérés fur cette femme infortunée, fur tous fes compatriotes jeunes & vieux, enivrés de la fureur de violer deux anges ; & quels anges ! en nous racontant froidement d'après je ne fais quel *Heidegger*, que des payfans furent changés en ftatues eux & leurs vaches, vous ne dites pas en quel pays ? J'avoue que le malheur d'*Edith* femme de *Loth*, excite ma compaffion ; mais en vérité, Monfieur, vous me faites compaffion auffi. Vous ne croyez pas à *St Irénée*, qui prétend que la femme à *Loth* a confervé fes ordinaires, fes menftrues dans fon fel ! vous contredites un faint ! il eft clair pourtant que les menftrues dont on a tant parlé, ne font pas plus prodigieufes que la métamorphofe en ftatue. Je vous prie de vous fouvenir que mon ami vous a toujours regardé comme un peuple à prodiges, & qu'un miracle ne coûte pas plus qu'un autre au maître de la nature.

X L.

De Nabuchodonofor.

Vous foutenez que *Nabuchodonofor* ne fut pas métamorphofé en bœuf, mais en aigle. Cependant il eft dit dans *Daniel*: *Il brouta l'herbe en bœuf.* J'avoue que *Daniel* dit auffi que fes cheveux reffemblent à des plumes d'aigle; encore le mot de plume n'eft pas dans le texte. Hé bien, Monfieur, faut-il fe fâcher pour cela? concilions-nous; difons qu'il fut changé en aigle-bœuf. C'eft un animal auffi rare que le dragon de l'empereur de la Chine, & que l'aigle à deux têtes. Je ne prends la liberté de railler qu'avec vous, qui raillez continuellement avec mon ami. Je révère le texte fur lequel vous & moi pourrions nous tromper; & ce n'eft certainement pas avec le texte que nous oferions badiner.

X L I.

Des Pygmées & des géans.

Disons un petit mot des pygmées & des géans. Quant aux races des géans, vous ne prouvez leur exiftence conftatée dans l'Ecriture, que par les Patagons; & vous niez celle des pygmées, quoiqu'elle foit énoncée dans *Ezéchiel*. Cependant vous avouez fans difficulté que les anciens pygmées qui combattirent contre les grues, avaient un pied & demi de roi de hauteur. Et vous ne voulez pas que les gamadim, les pygmées d'*Ezéchiel*, qui ont combattu à Tyr, comme tout le

Y 3

monde le fait, fuffent de la même taille ! N'eft-ce pas
avoir deux poids & deux mefures ? Il y a des gens
qui prétendent que lorfqu'on difpute fur un peuple
d'un pied & demi de haut, on pourrait bien avoir
un pied de nez.

X L I I.

Des types & des paraboles.

Vous répétez ce que mon ami a dit cent fois,
que les anciens s'expliquaient non - feulement en
paraboles, (*f*) mais auffi en actions, en types figura-
tifs ; vous répétez précifément les exemples qu'il en
rapporte ; les pavots dont *Tarquin* abattit la tête, pour
fignifier qu'il fallait détruire les grands feigneurs
gabiens ; le préfent de cinq flèches, d'une fouris,
d'un moineau, & d'une grenouille, fait par un roi
de Scythie au premier des *Darius*, pour l'avertir de
craindre les flèches des Scythes, & de s'enfuir comme
une fouris ou un moineau, au plus vîte ; & les chaînes
dont le prophète *Jérémie* fe lie, pour engager les
Ifraëlites à fe laiffer lier par *Nabuchodonofor* ; la
proftituée, à laquelle le prophète *Ozée* fait trois
enfans, & la femme adultère à laquelle il en fait
d'autres, pour reprocher aux Ifraëlites qu'ils ont
forniqué avec les nations ; *Ezéchiel* couché trois cents
quatre - vingts dix jours fur le côté gauche, & mangeant fon pain couvert d'excrémens, exprès pour
avertir fes compatriotes qu'ils mangeront leur pain
fouillé parmi les nations &c.

(*f*) Voyez le chap. XLIII de la *Philofophie de l'hiftoire*, fi vous voulez.

Il y a chez tous les peuples mille exemples de ces emblèmes, de ces figures, de ces allégories, de ce langage typique. (*g*) Il ne faut pas l'outrer; *Cicéron* nous en avertit : *Verecunda debet esse translatio*.

Mon ami a remarqué que des moines languedociens avaient écrit sous le portrait du pape *Innocent III*, qui avait maudit les sujets du comté de Touloufe : *Tu es innnocent de la malédiction*.

Il observe aussi qu'on trouva les minimes prédits dans la Genèse : *Frater noster minimus*, notre frère le minime.

De grands-hommes même ont abusé quelquefois de ce langage tropologique-mystique-typique. *Saint-Augustin*, dans son sermon 41, s'exprime ainsi : ,, Le nombre dix signifie justice & béatitude résul- ,, tante de la créature qui est sept avec la Trinité ,, qui fait trois : c'est pourquoi les commandemens ,, de Dieu sont dix. (*h*) Le nombre onze est le ,, péché, parce qu'il transgresse dix. Le nombre ,, soixante & dix est le produit du péché qui ,, multiplie dix par sept; car le nombre sept est le ,, symbole de la créature. ,,

C'est ainsi que S*t* *Augustin*, daignant employer ces idées pythagoriciennes pour combattre les gentils

_____

(*g*) Vous êtes de bien mauvaise humeur, Messieurs, & votre *indignor* est bien mal appliqué. Lisez seulement le Commentaire de *Calmet*, vous verrez que tout cela fut fait réellement; que c'était à la fois un fait & un type, & qu'il fallait bien que le pain d'*Ezéchiel* fût souillé pour être le figure d'un pain souillé. C'est à moi de dire *indignor*.

(*h*) Dans le Shasta, ancien ouvrage des anciens brachmanes, qui, selon M. *Holwell* & *Dow* fut écrit il y a près de cinquante siècles, ce sont les péchés mortels qui sont au nombre de dix, & la vertu est peinte avec dix bras pour les combattre. C'est cette image de la vertu que les missionnaires ont prise pour l'image du diable.

Y 4

avec leurs propres armés, dit dans fon fermon 53,
,, que les trois dimenfions de la matière font la
,, largeur, qui eft la dilatation du cœur, la longueur
,, qui eft la perfévérance, & la hauteur qui eft
,, l'efpoir de la félicité. ,,

Mon ami obferve encore (obfervez bien ceci vous-
même, Monfieur ou Meffieurs,) que ce mauvais goût
auquel St Auguſtin s'abandonna quelquefois, ne déroba
rien à fon éloquence, à fon jugement folide, &
furtout à fa piété. Oui, mes chers juifs, tout a été
type, emblème, figure, prédiction dans vos aventures;
vous êtes types vous-mêmes. Vous êtes nos précur-
feurs; mais le ferviteur qui porte le flambeau, & qui
marche devant fon maître, ne doit pas fe croire
fupérieur à lui.

X L I I I.

Des gens qui vont tout nus.

Vous revenez encore à nous dire qu'un voyant,
(*) un nabi très-recommandable, ne prêcha point
tout nu, mais qu'il était en vefte. Et je reviens à
vous dire qu'il prêcha tout nu, que c'était un prodige, un type. *Comme mon ferviteur a marché tout nu &*
fans fouliers, pour un type & un prodige fur l'Egypte &
fur l'Ethiopie, ainfi le roi des Affyriens emmenera captifs
d'Egypte & d'Ethiopie, jeunes & vieux, nus, déchaux,
feffes découvertes. En effet fi le voyant avait marché
& prêché en vefte, où aurait été le prodige extraordinaire, le type?

(*) *Ifaïe.*

Vous ajoutez que l'anglais *Tyndal* a prétendu que *David* avait danſé tout nu devant l'arche. Je n'ai point lu *Tyndal* : je le condamne s'il l'a dit ; car *David* en danſant, portait une éphod de lin , une eſpèce de camiſole de linge : il eſt vrai qu'il n'avait point de culottes : les Juifs n'en portaient point. Il eſt vrai auſſi que *Michol* ſa femme lui reprocha d'avoir , en danſant, *montré tout ce qu'il portait , aux ſervantes , en ſe mettant tout nu comme un bouffon ; & que David lui répondit : Oui , je danſerai , & j'en ſerai plus glorieux devant les ſervantes.* II. Rois chap. VI. Cela peut faire croire qu'il relevait trop haut ſa tunique en danſant, mais non pas qu'il s'était mis abſolument nu. C'eſt ſur quoi, Monſieur, je vous demande la permiſſion de répéter ce que j'ai dit ſouvent d'après mon ami ; car vous ſavez que j'aime à me répéter : faut-il ſe harpailler , ſe quereller, s'injurier , ſe pour-ſuivre, pour décider ſi un certain homme avait des culottes il y a deux mille huit cents vingt-cinq années, ſelon *Denis le petit* ?

X L I V.

D'une femme de fornication.

Voulez-vous encore diſputer ſur la proſtituée que le Seigneur ordonna au prophète *Ozée* de prendre ? *Prenez une femme de fornication , & faites des enfans de fornication &c.* Je vous avoue que je ſuis las de cette querelle , & qu'*Ozée* forniquera ſans que je m'en mêle. Oui, Monſieur, qu'*Ozée* diſe tant qu'il voudra qu'*Ephraïm* eſt un âne, & qu'il a fait des préſens à ſes amans ; *Onager ſolitarius ſibi Ephraïm munera dedit amatoribus;* (*) que le commentaire de *Calmet* cite *Pline*, felon lequel certains ânes commandent defpotiquement à des troupeaux d'ânéffes, & coupent les tefticules de leurs ânons, en vérité cela ne doit pas troubler la paix des honnêtes gens.

X L V.

D'Ezéchiel encore.

VOUS infiftez toujours fur *Ezéchiel;* vous fuppofez qu'il ne dormit fur le côté gauche 390 jours qu'en fonge, qu'il ne fe fit lier qu'en fonge, qu'il ne mangea pendant plus d'un an fon pain couvert d'excrémens qu'en fonge. Relifez donc le favant *Calmet*, à qui vous vous en rapportez fi fouvent. Il eft du fentiment de St *Jean Chryfoftome,* de St *Bafile*, de *Théodoret*, & de tous ceux qui expliquent la chofe au pied de la lettre. Si tout cela, dit-il, ne s'était fait qu'en vifion, en fonge, comment ce prophète aurait-il exécuté les ordres de DIEU? Il dit qu'il eft très-poffible qu'un homme demeure enchaîné, & couché fur le côté trois cents quatre-vingts dix jours; & il cite l'exemple d'un fou qui demeura lié & couché fur le même côté pendant quinze ans. *Ezéchiel*, comment. pag. 33, édit. de Paris.

X L V I.

Des prophètes encore.

MESSIEURS les juifs, je crois comme mon ami à toutes les prophéties; & je vous déclare que mon ami

(*) *Ozée*, chap. VIII.

& moi nous y trouvons à chaque page le meffie que vous n'y trouvez jamais. Et vous, M. *Guenée*, fi vous êtes chrétien, je vous déclare que vous ne parviendrez pas à nous faire condamner comme errant dans la foi. Nous fommes foumis à toutes les décifions de l'Eglife, & nous fuppofons que vous l'êtes auffi. Mais vous manquez de charité.

Par ma foi, je crois que vous vous êtes trompé en tout. Par ma charité, je vous pardonne les accufations dont vous chargez mon ami, pourvu qu'elles n'aient point d'effet. Par mon efpérance, je me flatte que vous viendrez à réfipifcence.

XLVII.

Accufation légère.

Vous accufez mon ami d'avoir dit que le commun des Juifs apprit à lire & à écrire dans Babylone, & d'avoir dit enfuite que ce fut dans Alexandrie.

Si dans quelqu'un de fes ouvrages que je ne connais pas, quelque copifte ou quelque typographe a fauté une ligne, & a mal placé le mot d'Alexandrie, il y a une malignité puérile à charger l'auteur d'une telle faute d'impreffion, & c'eft ce qui vous arrive trop fouvent. Si cette erreur ne fe trouve pas chez mon ami, il y a une malignité d'homme fait à l'en accufer, & une grande perte de temps à fatiguer le public de ces mifères. Une de nos grandes fottifes à nous autres barbouilleurs de papier, c'eft de croire que le public prend le même intérêt que nous, aux inutilités qui nous occupent.

XLVIII.

De l'ame & de quelques autres chofes.

JE vais entrer autant que je le puis, dans la grande queftion qui intéreffe tous les hommes , & qui a partagé tous les philofophes depuis environ trois mille ans. Il s'agit de favoir fi nous avons une ame ; ce que c'eft que cette ame ; fi elle exifte avant nous de toute éternité dans le fein de l'être des êtres ; fi elle exifte éternellement après nous ; fi c'eft par fa propre nature ou par une volonté particulière de fon créateur ; fi elle eft une fubftance ou une faculté ; s'il y a des différences fpécifiques entre les ames, ou fi elles fe reffemblent toutes ; fi elles tiennent une place dans l'efpace ; fi elles arrivent chez nous pourvues de penfées, ou fi elles ne penfent qu'à mefure &c. &c. &c.

Mon ami & moi nous commençons par attefter le DIEU vivant, car ce grand objet eft digne d'une telle atteftation ; nous le prenons, dis-je, à témoin que nous croyons ce que nous enfeigne notre religion chrétienne. Nous vous le difons à vous, foit que vous foyez juifs pharifiens, ou juifs faducéens, juifs allemands, ou juifs portugais ; à vous, M. *Guenée* leur fecrétaire chrétien par hafard, foit que vous foyez thomifte , ou janfénifte , ou molinifte , ou frère morave fervant DIEU auprès d'Utrecht. Si vous me demandez ce que c'eft précifément qu'une ame, nous vous répondons ce que mon ami a dit tant de fois ; nous n'en favons rien.

Il lève au ciel les yeux, il s'incline, il s'écrie :
Eh ! demandez-le à Dieu qui nous donna la vie.

Mon ami a fu par cœur tout ce que dit *St Thomas d'Aquin* dans fa Somme. Cet ange de l'école diftingue l'ame en trois parties, d'après les péripatéticiens ; l'ame fenfitive, l'ame des fens, *Pfyché* dont *Eros* fils d'*Aphrodite* fut amoureux chez les Grecs ; l'ame végé-tative *pneuma*, fouffle qui donne le mouvement à la machine ; l'ame intelligente, *nous*, entendement ; & chacune de fes parties eft encore divifée en trois autres. Ainfi péripatétiquement parlant, cela compoferait neuf ames, à bien compter.

Long-temps avant lui, *St Irénée* dans fon livre **V**, chap. VII, dit ,, que l'ame n'eft incorporelle que par ,, comparaifon avec le corps mortel, & qu'elle conferve ,, la figure de l'homme, après la mort, afin qu'on la ,, reconnaiffe. ,,

Tertullien dit dans fon difcours, *de animâ*, chap. VII : ,, La corporalité de l'ame éclate dans l'évangile ; car ,, fi l'ame n'avait pas un corps, l'ame n'aurait pas ,, l'image du corps. ,,

Tatien, dans fon difcours contre les Grecs, dit : ,, L'ame de l'homme eft compofée de plufieurs ,, parties. ,,

St Hilaire dit dans fon commentaire fur *St Matthieu:* ,, Il n'eft rien de créé qui ne foit corporel, ni dans ,, le ciel ni fur la terre, ni parmi les vifibles, ni ,, parmi les invifibles : tout eft formé d'élémens ; & ,, les ames, foit qu'elles habitent dans un corps, ,, foit qu'elles en fortent, ont toujours une fubftance ,, corporelle. ,,

St Ambroife, dans fon difcours fur *Abraham*, dit:
,, Nous ne connaiffons rien d'immatériel, excepté la
,, vénérable Trinité. ,,

Mon ami avoue que ces faints étaient tombés dans
une erreur alors univerfelle. Ils étaient hommes,
dit-il, mais ils ne fe trompèrent pas fur l'immortalité
de l'ame, parce qu'elle eft évidemment annoncée dans
les évangiles.

Comment expliquerons-nous *St Auguftin*, qui, dans
le livre 8 de la Cité de DIEU, s'exprime ainfi: ,, Que
,, ceux-là fe taifent qui n'ont pas ofé à la vérité dire
,, que DIEU eft un corps, mais qui ont cru que nos
,, ames étaient de même nature que lui. Ils n'ont
,, pas été frappés de l'extrême mutabilité de notre
,, ame, qu'il n'eft pas permis d'attribuer à la nature
,, de DIEU. ,,

Mon ami a foutenu, d'après tous les véritables
favans, que l'auteur du Pentateuque n'a jamais parlé
expreffément ni de l'immortalité de l'ame, ni des
récompenfes, ni des peines, après la mort. Rien n'eft
plus vrai, rien n'eft plus démontré. Tout était
temporel, comme le dit fi énergiquement le grand
Arnauld : ,, C'eft le comble de l'ignorance de mettre
,, en doute cette vérité, qui eft des plus communes,
,, & qui eft atteftée par tous les pères, que les
,, promeffes de l'ancien teftament n'étaient que tem-
,, porelles & terreftres, & que les Juifs n'adoraient
,, DIEU que pour les biens charnels ,, &c. *Apologie
de Port-Royal.* Et c'eft en quoi, furtout, Meffieurs les
juifs, notre religion l'emporte fur la vôtre autant
que la lumière l'emporte fur les ténèbres. Dès que
notre légiflateur a paru, l'immortalité de l'ame a été

conftatée, foit qu'on crût l'ame corporelle, foit qu'on la crût d'une autre nature.

Il eft certain que les Perfans, les Chaldéens, les Babyloniens, les Syriens, les Crétois, les Egyptiens, & furtout les Grecs, admirent avant *Homère* la permanence des ames, & que le Pentateuque n'annonce ce dogme en aucun endroit.

Vous vous épuifez en déclamations; vous faites de vains efforts pour tâcher de vous perfuader que le mot hébraïque *Sheol*, qui fignifie la foffe, le fouterrain, pouvait auffi à toute force fignifier l'hadès des Grecs, l'amentes, le tartarot, des Egyptiens. Ah! Meffieurs, d'auffi grandes, d'auffi terribles vérités, ne font pas faites pour être devinées à l'aide de quelques fubtilités, de quelques explications forcées. Elles doivent être plus claires que le jour, *luce clariores*.

Certainement ce n'eft pas dans l'écriture fainte que vous trouverez votre prétendue divifion du monde en trois parties, les cieux qui étaient la demeure du Très-haut, la furface de la terre, & le creux de la terre qui était l'enfer; encore oubliez-vous l'Océan, qui eft plus étendu que l'hémifphère habitable. Pouvez-vous, Meffieurs, avancer de pareilles chimères rabbiniques, & combattre dans mon ami des vérités fi reconnues?

Quoi! vous voulez prouver que les anciens Juifs admettaient un enfer & un royaume des cieux; & votre preuve eft que dans l'Exode D I E U apparaît à *Moïfe* dans un buiffon ardent! Juifs, & fecrétaires juifs, fouvenez-vous à jamais de *St Jérôme*; il vous dit dans fa lettre : *L'évangile me promet la poffeffion du* *royaume des cieux, dont il n'eſt pas fait la moindre mention dans vos écritures.*

Tournez-vous de tous les ſens, Meſſieurs les juifs, vous ne trouverez chez vous aucune notion claire, ni de l'enfer, ni de l'immortalité de l'ame. Il n'y a que deux paſſages en faveur de la permanence de l'ame; c'eſt dans le ſecond livre des *Machabées.* Mais de grâce, ſongez que vos héros *Machabées* ne vinrent que pluſieurs ſiècles après votre loi, & que l'hiſtoire des *Machabées*, écrite en grec pour des hébreux, ne parut que long-temps après ces héros. Souvenez-vous des fortes objections renouvelées ſi ſouvent contre la véracité de ce livre. Vous ſavez qu'on a détruit l'authenticité des deux derniers dans notre Egliſe, & que les deux premiers ſont déclarés apocryphes dans les autres communions.

Sans entrer dans ce détail, Meſſieurs, il nous ſuffit que ce ſoit à l'évangile que nous devions la connaiſſance de l'immortalité de notre ame, & des peines & des récompenſes après la mort. Ces dogmes, à la vérité, étaient reçus alors des autres nations; mais ils ne ſont démontrés que par notre Sauveur.

Vous tirez, en faveur de l'ame immortelle, une induction auſſi ingénieuſe que plauſible de ces paroles ſi connues, *il fit l'homme à ſon image.* Car, dites-vous, ce n'eſt pas le corps qui reſſemble à Dieu; c'eſt l'intelligence. Nous croyons cette vérité; mais elle n'eſt pas exprimée dans le texte. Si l'auteur de la Genèſe avait daigné tirer la même conſéquence, il eſt clair qu'il aurait conſtaté irrévocablement ce grand dogme; & c'eſt préciſément parce qu'il ne l'a

pas

pas fait, Messieurs, que nous sommes en droit de dire qu'il laissa le temps à cette grande vérité d'être annoncée par un plus grand maître que lui.

Toute l'antiquité, excepté les brachmanes & les Chinois, croyait que le corps de l'homme était fait à l'image de la Divinité; *Finxit in effigiem moderantum cuncta deorum.* Ou plutôt l'antiquité fesait les dieux à l'image de l'homme. Vous trouverez cette erreur bien exprimée dans des vers de *Xénophane* le colophonien, cités par *St Clément d'Alexandrie*, le plus savant des pères grecs. En voici le sens dans de mauvaises rimes que je vous prie de me pardonner.

On ne pense qu'à soi, l'amour-propre est sans bornes:
Dieu même à leur image est fait par les humains.
　　Si les bœufs avaient eu des mains,
　　Ils le peindraient avec des cornes.

C'est cette faiblesse de rapporter tout à nous-mêmes qui fit croire à tant de peuples que Dieu avait une femme & des enfans. On le peint souvent comme un géant énorme. *Orphée* lui-même, dont les véritables fragmens ne se trouvent que chez *Clément d'Alexandrie*, parle ainsi de Dieu:

Sur un grand trône d'or il siége en souverain,
　　Au haut de la voûte étoilée.
　　Sous ses pieds la terre est foulée;
　　Il tient l'Océan dans sa main.

Ces imaginations si bourfoufflées & si chétives n'ont été que trop imitées par d'autres nations. On a toujours voulu figurer aux yeux l'être invisible, éternel, incompréhensible, & ses ministres célestes

qui fe dérobent comme lui à notre vue. C'eft ainfi
que les Juifs eurent deux chérubins dans le fanctuaire
de leur temple , & leur donnèrent des têtes monf-
trueufes d'hommes & de veaux , avec des ailes aux
épaules & à la ceinture. C'eft ainfi que nous autres
qui avons moins d'imagination , nous nous conten-
tons de peindre DIEU avec une longue barbe.

Il eft vrai que les vers de l'ancien *Orphée* , cités
par mon ami dans la *Philofophie de l'hiftoire*, au
chapitre de *Cérès Eleufine*, font bien plus fimples &
plus fublimes. Je vous le répète , Monfieur , ou
Meffieurs, parce qu'il faut répéter des chofes que tout
le monde devrait favoir par cœur ; c'eft la prière ou
l'hymne d'*Orphée* que l'hiérophante chantait à l'ouver-
ture des myftères.

*Marchez dans la voie de la juftice; adorez le feul maître
de l'univers; il eft un, il eft feul, il eft par lui-même ; tous
les êtres lui doivent leur exiftence , il agit dans eux & par eux;
il voit tout , & jamais il n'a été vu des yeux mortels.*

On demandera peut-être comment *Orphée* pût
parler en cet endroit avec une grandeur fi fimple,
& ailleurs avec une enflure qui n'appartient qu'au
père *le Moine*, ou au carme auteur du poëme de la
Magdelène? Je répondrai ingénument qu'il y a des
inégalités chez tous les hommes.

Cicéron , Meffieurs, vous l'avouez, a dit dans fes
Tufculanes , que toutes les nations admettent la
permanence des ames , & que leur confentement
eft la loi de la nature. J'en conclus , Meffieurs les
Juifs , qu'on peut reprocher à vos ancêtres un peu
de groffièreté pour n'avoir pas connu ce que tous
leurs voifins connaiffaient.

Mais permettez-moi de vous dire que celui qui vous a fourni le paffage de *Cicéron*, l'a un peu dénaturé. *Cicéron* dit dans la première Tufculane, liv. I : *Quòd fi omnium confenfus naturæ vox eft, omnefque confentiunt effe aliquid quod ad eos pertineat qui vitâ cefferint, nobis quoque id exiftimandum eft.* L'abbé d'*Olivet* traduit page 90 : ,, Puis donc que le confentement de tous ,, les hommes eft la voix de la nature, & que tous ,, conviennent qu'après notre mort il eft quelque ,, chofe qui nous intéreffe, nous devons auffi nous ,, rendre à cette opinion. ,,

Mais de quoi s'agit-il dans cet endroit? de l'amour de la gloire dont tous les hommes font épris, & qui était la grande paffion de *Cicéron*. *Cicéron* veut nous faire entendre que nous avons tous la faibleffe de nous intéreffer à ce qu'on dira de nous, quand nous ne ferons plus; & que notre imagination embraffe ce fantôme qui eft fon ouvrage.

On aurait dû vous dire que *Cicéron*, dans la moitié de ce dialogue fur la mort, qui eft le premier des Tufculanes, foutient l'opinion alors commune que les morts ne peuvent fouffrir. Il fe moque de fon auditeur qui dit qu'il eft fâcheux d'être mort : c'eft dire, lui répondit-il, qu'un homme qui n'exifte pas exifte. Puis il lui cite un vers d'*Epicharme*, & le tourne en latin :

Emori nolo, fed me effe mortuum nihil æftimo.

ce que l'abbé d'*Olivet* rend ainfi en français,

Mourir peut être un mal, mais être mort n'eft rien.

Z 2

Il foutient l'anéantiffement de l'homme dans le commencement de l'ouvrage, & la permanence de l'ame à la fin.

Vous me direz que *Cicéron* fe contredit ; mais c'eft le privilége des philofophes de l'académie : & vous favez que *Cicéron* était académicien. On a pu vous faire lire fon oraifon pour *Cluentius* où vous avez vu ces paroles : ,, Quel mal lui a fait la mort ? ,, à moins que nous ne foyons affez imbécilles pour ,, croire des fables ineptes, & pour imaginer qu'il eft ,, condamné au fupplice des pervers. Mais fi ce ,, font-là des chimères, comme tout le monde en ,, eft convaincu, de quoi la mort l'a-t-elle privé, ,, finon du fentiment de la douleur ? ,,

Nam nunc quid tandem mali mors illi attulerit? nifi forté ineptiis ac fabulis ducimur, ut exiftememus illum apud inferos impiorum fupplicia perferre? Quæ fi falfa funt, id quod omnes intelligunt, quid ei tandem aliud mors eripuit præter fenfum doloris?

Vous voyez que le dogme de la permanence de l'ame, tant chanté par *Homère*, tant fuppofé par *Platon*, était bien obfcurci dans l'empire romain.

On vous aura dit fans doute, Meffieurs, que tout le fénat penfait alors comme *Cicéron*. On vous aura conté que *Céfar* penfait de même, & s'en expliquait avec la plus grande hauteur. On vous aura parlé de fon aventure avec *Caton* en pleine audience, lorfqu'il voulut fauver la vie aux complices de *Catilina*, en repréfentant que fi on les fefait périr, ce ne ferait pas les punir, parce qu'ils n'auraient plus de fentiment, & que tout meurt avec l'homme.

Les Romains, vers ce temps-là, renoncèrent tellement aux opinions de leurs ancêtres & des Grecs
leurs maîtres, que *St Clément* le romain, dans le
premier siècle de notre Eglise, commence son livre
des récognitions ou reconnaissances par un doute sur
l'immortalité de l'ame. Il avoue qu'il prit la résolution
d'aller en Egypte apprendre la nécromancie, la magie,
pour s'instruire à fond sur l'ame.

Il est donc, ce me semble, bien certain, Messieurs
les Juifs, vous qui respectiez tant les saducéens,
ennemis de l'immortalité de l'ame, il est bien démontré
que nous avions besoin de la révélation pour nous
instruire sur un sujet si intéressant. Ce n'était pas
assez d'un *Socrate* & d'un *Platon*, il nous fallait un
plus grand homme.

Je ne vous parle pas ainsi pour vous reprocher
le crime que vous avez commis envers ce plus grand
homme. Je me plais à croire que vous ne descendez
pas de ces fanatiques qui criaient en leur patois,
comme on a crié ailleurs en tant d'occasions, *tolle,*
tolle. Je présume que vous êtes portugais, & que vos
ancêtres s'établirent vers les Algarves du temps de
Moïse, lorsque plusieurs Juifs suivirent les Tyriens
qui vinrent faire exploiter les mines d'or & d'argent
des Espagnes.

Je vous ai déjà dit que, loin d'être votre ennemi,
je suis votre généalogiste. Je suis persuadé très-
sérieusement que votre race pouvait être établie en
Andalousie & dans l'Estramadoure avant les Carthaginois, avant les Romains ; & que par conséquent
elle ne put être instruite de ce qui se passa du temps
de l'empereur *Tibère,* vers le torrent de Cédron qui

eſt à ſec ſix mois de l'année. Si mon ami, en qualité de chrétien, a qualifié de déteſtables les gens de Jéruſalem, qui, ſuppoſé qu'ils parlaſſent grec au préteur *Pilatus* romain, s'écrièrent ſelon S*t Matthieu: Staurodeito, Staurodeito, aima autou eph' eimas kai epi ta tekna eimou :* Crucifiez, crucifiez, que ſon ſang ſoit ſur nous & ſur nos enfans ; certainement ſi vos aïeux étaient alors dans la Bétique, ou dans le canton de Sétubal, ſi fameux pour ſon vin, ils ne pouvaient être coupables de ce crime.

PERORAISON

A M. G. ſecrétaire des Juifs.

JE ſuppoſe, Monſieur, que vous êtes enterré, & que moi & mon ami nous le ſommes auſſi. Nous comparaiſſons tous trois devant celui qui ſeul a révélé au genre-humain l'immortalité de l'ame, la réſurrection, & le jugement dernier. Vous lui dites : Seigneur, nous n'avions nul beſoin de vous; nous ſavions tout cela avant que vous vinſſiez au monde. Mon ami & moi nous lui diſons : Nous n'en ſavions rien ; nous vous devons toutes nos connaiſſances. Or qui croyez-vous qui ſera mieux reçu ?

DE QUELQUES NIAISERIES.

APRÈS avoir jeté deux volumes à la tête de mon ami, Monfieur, ou Meffieurs, vous venez le battre à terre dans un troifième; il eft écrafé, & vous venez encore le percer de coups dans un petit commentaire. Voyons fi, à l'exemple du famaritain rapporté dans l'Evangile, je ne pourrai pas, après avoir fecouru le voyageur baigné dans fon fang, le défendre des mouches qui viennent y goûter.

PREMIERE NIAISERIE.

Sur le kish ibrahim.

VOUS voulez parier que mon ami, qui a cité *Hyde* fur l'ancienne religion des Perfes, n'a jamais lu *Hyde*. Ne voilà-t-il pas un fujet de difpute bien intéreffant, bien utile! Un vieillard, retiré entre les hautes Alpes, a-t-il lu un livre très-confus d'un Anglais, écrit en latin? oui, Monfieur, il l'a lu & moi auffi, & je n'y ai guère profité.

Vous voulez bien convenir que l'ancienne religion des Perfes s'appelait *Kish Ibrahim*, *Millat Ibrahim*, culte d'*Abraham;* vous l'avez appris de mon ami, & vous ne devez pas rougir, tout favant que vous êtes, d'avoir appris une chofe très-indifférente d'un homme moins éclairé, mais plus vieux que vous. Et quand je vous dirai que, felon des gens plus inftruits que moi, *Kish Ibrahim* vient de l'arabe, & *Millat Abraham* ou *Ibrahim* vient de l'ancienne langue des Mèdes, je ne vous dirai une chofe ni bien fure, ni bien importante.

Z 4

IIᵐᵉ NIAISERIE.

Sur Zoroaſtre.

Hyde rapporte, pages 27 & 28, que les anciens Perſes ont cru qu'un vieux livre qui contenait leur religion réformée, était tombé du ciel entre les mains d'*Abraham*, dans le territoire de Balk, du temps de *Nembrod*, & je le croirai avec vous ſi vous voulez. Puis il répète des contes de *Plutarque*, comme par exemple, que la reine *Ameſtris*, dans ſes dévotions, feſait enterrer douze hommes vivans, & les envoyait en enfer pour le ſalut de ſon ame.

Puis il ſe met en colère, pag. 32, contre l'empereur *Alexandre Sévère* qui, ſuivant un rêveur du Bas-Empire, nommé *Lampridius*, avait dans ſon oratoire le portrait d'*Abraham*, d'*Orphée*, d'*Apollonios de Thyane*, & de JÉSUS-CHRIST, peints ſans doute très-reſſemblans.

Enſuite, page 82 & ſuivantes, il fait le roman d'*Abraham* qui, ayant vaincu le roi de Perſe & quatre autres puiſſans rois, avec trois cents gardeurs de brebis, abolit en Perſe l'antique religion du ſabbiſme. Voilà donc *Abraham* auteur d'une nouvelle religion des Perſes, & c'eſt lui qu'il faut regarder comme le vrai *Zerduſt*, le vrai *Zoroaſtre*; car le premier avait vécu ſix mille ans auparavant, & le dernier *Zoroaſtre* ne parut que ſous *Darius* fils d'*Hiſtaſpe*.... quinze cents ans après *Abraham*. Ce ſont-là des faits avérés; demandez à M. *Larcher* mon autre ami.

Ce roman reſſemble aſſez à celui qu'a fait depuis un écoſſais nommé *Ramſai*, précepteur du duc de *Bouillon*, ſur les voyages de *Cyrus*.

IIIme NIAISERIE.

Du Sadder

C'EST à vous feul, Monfieur le fecrétaire des Juifs, que je m'adreffe ici. Vous nous objeɑ̃ez la décifion d'un favant qui a eu le courage d'aller chercher des inftruɑ̃ions au fond de l'Afie, à l'exemple de *Pythagore;* il fait peu de cas des écrits attribués à *Zoroaftre;* il dit qu'ils font remplis de petiteffes d'efprit; qu'ils font fades, ridicules, auffi mal raifonnés que l'Alcoran, & auffi dégoûtans que le Sadder.

Je vous abandonne, Monfieur, le Zenda Vefta de *Zoroaftre* que je ne connais point, & l'Alcoran que je connais. Mais permettez que je prenne le parti du Sadder qui eft le catéchifme des Parfis modernes que nous nommons Guèbres. Il eft divifé en cent portes, par lefquelles on entre dans le ciel. En voici quelques-unes; entrez, Monfieur.

PORTE IVe. *Zoroaftre* fe promenant un jour avec DIEU auprès de l'enfer, vit un damné auquel il manquait un pied. C'eft un roi, lui dit DIEU, qui régnait fur trente-trois villes, & qui n'a jamais fait que des aɑ̃ions tyranniques; mais un jour il aperçut une brebis qui était liée trop loin de fon herbe, il lui donna un coup de pied pour l'en rapprocher; c'eft le feul bien qu'il ait jamais fait. J'ai mis fon pied en paradis, & fon corps en enfer.

Mon ami, que vous vilipendez tant que vous pouvez, avait, il y a plus de dix ans, écouté à cette porte ; il l'avait citée dans plufieurs de fes ouvrages ; car il aime à répéter pour inculquer. Vous voyez bien, Monfieur, qu'il avait lu ce Sadder, & qu'il n'avait pas pris un livre pour un homme. M. l'abbé *Foucher* peut avoir lu le Sadder, mais mon ami poffède fon Sadder auffi. Il eft vrai qu'il a pris un peu de liberté avec le texte facré guèbre, il a mis un âne pour une brebis, afin de rendre la chofe plus vrai-femblable ; car on lie un âne à fa mangeoire, & on ne lie guère une brebis.

PORTE IXe. La pédéraftie eft un crime abomi-nable &c. Il eft défendu par le Zend, il révolte la nature. *Mon ami cita encore cette porte pour prouver que les Romains, fouillés de cette infamie tant célébrée par Horace, avaient grand tort de dire qu'elle était recom-mandée par les lois de la Perfe.* Mon ami fe fervit de cette porte contre M. *Larcher* qui croyait cette vilenie plus permife qu'elle ne l'était.

PORTE XIIIe. Chériffez votre père & votre mère... que toute la famille foit contente de vous, afin qu'elle vous béniffe éternellement.

Cette porte femble avoir quelque chofe de plus fort, fi on ofe le dire, que ce commandement : *Honore ton père & ta mère afin de vivre long-temps fur la terre.*

PORTE XIXe. Mariez-vous dans votre jeuneffe.... car à la mort, quand il faudra paffer fur le pont aigu, vous ferez trop heureux d'avoir un fils qui vous donne la main pour paffer.

PORTE XXIIe. Ne mangez jamais votre pain fans prier le Dieu qui vous le donne.

PORTE XXV°. Gardez-vous de jeûner un jour entier ; notre vrai jeûne eſt de nous abſtenir du mal.

Cette porte ſe trouve dans les récognitions de St Clément le romain.

PORTE XXVII°. Demandez pardon à DIEU de vos fautes en vous couchant.

PORTE XXVIII°. Quand vous aurez fait un marché , ne vous en repentez point , & ne ſongez qu'à le remplir.

PORTE XXX°. Quand vous doutez ſi ce que vous allez faire eſt juſte ou injuſte , abſtenez-vous-en.

C'eſt la plus belle maxime qu'on ait jamais donnée en morale , & mon ami l'a répétée , il y a long-temps , dans pluſieurs de ſes ouvrages pour l'édification du prochain.

PORTE XXXV°. Quand vous êtes à table , donnez à manger aux chiens.

Ce précepte apprend qu'il ne faut pas craindre de faire des ingrats.

Voilà aſſez de portes.

Je ne nie pas qu'il n'y eût dans ce catéchiſme des Parſis beaucoup de verbiage & de galimatias. J'ai été forcé d'abréger chaque article. Si on s'arrêtait à toutes ces portes, on périrait d'ennui avant d'entrer dans le paradis de *Zoroaſtre :* j'oſe en dire autant de l'Alcoran. Nous autres Européans nous ne pouvons ſupporter la bavarderie orientale ; mais les bonnes femmes guèbres , & les bonnes femmes turques , apprennent ces ſottiſes par cœur , & les récitent avec dévotion.

Je dis ſeulement que depuis le Japon juſqu'au bord occidental de la Laponie , on ne vit , & on ne verra jamais de légiſlateur qui ne donne de bons préceptes, & qui ne prêche quelquefois une vertu févère. Ainfi je ne regarde point ce que je viens de dire comme une niaiferie. Pardon, Meffieurs, c'était à la vôtre que je répondais.

Ce n'eft pas que je vous prenne pour des niais; vous êtes des gens d'efprit un peu malins : mais en confcience, la plupart de nos fujets de difpute font des niaiferies.

IVme NIAISERIE.

Sur l'âge d'un ancien.

MONSIEUR, ou Meffieurs, vous me fatiguez furieufement avec votre éternelle répétition fur l'âge d'*Abraham*. Je n'imiterai pas celui qui vous dit : Allez chercher fon extrait baptiftère ; je vous dirai feulement que, felon le calcul de l'ancien teftament, fon père *Tharé* ou *Tharat vécut foixante & dix ans, & engendra Abram, Nacor, & Aran;* que, felon le même texte, il vécut deux cents cinq ans, & mourut à Haran; qu'*Abraham* alors reçut de DIEU un ordre exprès de quitter fon pays.

Or fon père l'ayant eu à 70 ans, & étant mort à 205, qui de 205 retranche 70, refte 135. Si malheureufement le texte dit enfuite : *Abraham avait foixante & quinze ans lorfqu'il partit de Haran ou de Kharran,* ce n'eft pas ma faute. St *Jérôme* & St *Auguftin* difent que cela eft inexplicable. Je ne l'expliquerai donc pas ; je n'en fais pas plus que ces deux faints, ni que vous.

Dites qu'il y a dans le texte erreur de copifte, dites avec dom *Calmet*, qu'*Abraham* pourrait bien être né la cent trentième année de fon père, & être le cadet de fes frères, au lieu qu'il était l'aîné. Tout cela m'eft indifférent.

Vme N I A I S E R I E.

Sur l'âge d'une ancienne.

VOUS citez à tout moment je ne fais quels livres que vous imputez à mon ami, & que ni lui ni moi ne connaiffons. Ce ferait une calomnie horrible fi cela était férieux ; mais je ne la regarde que comme une niaiferie. Vous foutenez que *Sara* était très-belle à l'âge de foixante & cinq ans, lorfqu'elle entra dans le férail du *Pharaon* d'Egypte. Vous accufez mon ami d'avoir imprimé qu'elle en avait foixante & quinze. Si vous avez une maîtreffe de cet âge, je lui en fais mon compliment, mais non pas à vous.

V I^{me} N I A I S E R I E.

Sur un homme à qui fa femme valut d'affez grands préfens.

VOUS croyez qu'*Abraham* ayant fait paffer fa belle femme pour fa fœur en Egypte, *afin qu'il lui fût fait du bien à caufe d'elle*, felon le texte, on ne lui fit pas affez de bien en lui donnant beaucoup de bœufs, d'ânes, d'âneffes, de brebis, de chameaux, de ferviteurs, & de fervantes : pour moi, je trouve que le roi d'Egypte le paya très-bien, & que vous êtes trop cher.

VIIme NIAISERIE.

Sur l'argent comptant.

VOUS dites donc, Monfieur, qu'il faut de l'argent comptant au mari d'une belle dame, & que le préfent du roi n'était que celui d'un coq de village. Cependant des troupeaux de chameaux, de bœufs, & d'ânes, des efclaves de l'un & de l'autre fexe, valent beaucoup d'argent. Vous vous plaignez qu'autrefois on ait imprimé, je ne fais où, chevaux pour chameaux, voilà bien de quoi crier; un beau cheval coûte autant, & plus même qu'un beau chameau.

Mon ami, dites-vous, penfe que les pyramides étaient déjà bâties : de-là vous concluez que le roi d'Egypte devait donner au mari de la belle *Sara* des facs énormes de guinées, de la vaiffelle d'or, & des diamans. Doucement, Monfieur, il y avait dans ce temps-là de belles pierres pour bâtir des pyramides, & point de monnaie d'or; tout le commerce fe fefait par échange ; on n'avait encore fabriqué ni ducats ni guinées : vous favez que la première monnaie d'or fut frappée fous *Darius* fils d'*Hiftafpe*, qui punit fi bien les prêtres du collége de *Zoroaftre* : allez, vous vous moquez, le préfent du roi était magnifique.

VIIIme NIAISERIE.

Sur l'Egypte.

VOUS êtes tout étonné que les Egyptiens aient été lâches, fuperftitieux, abfurdes, très-méprifables, après avoir fervi en efclaves vigoureux à élever des tombeaux en pyramides pour leurs rois & pour les intendans des provinces. Il est très-vrai, Monsieur, ou Messieurs, que les Egyptiens sont devenus le plus chétif peuple de la terre après un autre.

Il est très-vrai qu'il a toujours été subjugué par quiconque s'est voulu donner la peine de le battre, excepté par nos fous de croisés. Il est très-vrai qu'*Isis* & *Osiris* ne leur ont jamais servi de rien, non plus que les philactères des pharisiens ne les ont servi contre les Romains. Il est très-vrai que *Sésostris* n'a jamais songé à courir comme un fou avec vingt-sept mille chars de guerre pour aller conquérir toute la terre, depuis les Indes jusqu'au Pont-Euxin & au Danube.

I Xme N I A I S E R I E.

Si Sodôme fut autrefois un beau jardin.

N'EST-CE pas une niaiserie de supposer que le lac Asphaltide, la mer Morte, était autrefois un jardin délicieux? Vraiment je vous conseille d'y placer le paradis terrestre.

Vous devriez mieux savoir votre Genèse : elle ne dit point que Sodôme fût changée en un lac ; elle dit au contraire, ,, qu'*Abraham* s'étant levé de grand matin, ,, vint au lieu où il avait été auparavant avec le ,, Seigneur, & jetant les yeux sur Sodôme & sur ,, Gomorrhe, & sur tout le pays d'alentour, il ne vit ,, plus rien que des étincelles & de la fumée qui ,, s'élevait de la terre comme la fumée d'un four. ,, Ce n'est que par une fausse tradition qu'on nous a transmis la métamorphose des cinq villes en lac. Ce que je vous dis là n'eſt pas niaiſerie : je vous témoigne mon profond reſpeƈt pour vos livres en les citant exaƈtement, & c'eſt ce que vous n'avez pas fait.

Xme NIAISERIE.

Sur le déſert de Guérar ou Gérar.

VOULEZ-VOUS, Meſſieurs, que nous faſſions enſemble un petit voyage au déſert effroyable de Guérar par-delà Sodôme ? M. *Broukana*, qui a paſſé par-delà dans la dernière guerre contre le cheikdaher, ne vous le conſeille pas : il dit que c'eſt un des plus maudits cantons de l'Arabie pétrée. Vous croyez que c'eſt un pays charmant, & que les dames y conſervent la fleur de leur beauté juſqu'à cent ans, parce qu'*Abimelec* roi de Guérar y fut amoureux de *Sara* qui en avait quatre-vingt-dix; & vous penſez que l'on eſt fort riche à Guérar, parce qu'*Abimelec* fit à *Sara* d'auſſi beaux préſens qu'elle en avait reçus du roi d'Egypte environ trente ans auparavant, en brebis, en garçons, en bœufs, en filles, en ânes, & qu'il lui donna encore mille écus en monnaie, quoiqu'il n'y eût de monnaie nulle part.

Faites le voyage ſi vous voulez ; nous ne vous ſuivrons pas. Mon ami eſt plus vieux qu'*Abraham;* & moi auſſi ; on ne va pas loin à notre âge. Envoyez plutôt à Guérar M. *Rondet* votre ami, l'auteur du journal de Verdun, qui fait qu'un kof vaut cent écus, & un mem quarante écus. Je crois qu'il ſe trompe, mais n'importe.

XIme.

XIme NIAISERIE.

Sur le nombre actuel des Juifs.

MESSIEURS les juifs, vous dites à mon vieux camarade : *Apparemment vous ne prétendez pas, quand nous battions les Ammonites, quand nous nous emparions de l'Idumée, & que nous prenions Damas, que nous n'étions que quatre cents mille hommes.* Je vous demande pardon Messieurs, nous croyons que vous étiez en plus petit nombre que quand vous ne prîtes point Damas, que vous vous vantez d'avoir pris. Nous pensons que vous n'êtes pas quatre cents mille aujourd'hui, & qu'il s'en faut près des trois quarts. Comptons.

Cinq cents chez nous, devers Metz ; une trentaine à Bordeaux ; deux cents en Alsace ; douze mille en Hollande & en Flandre ; quatre mille cachés en Espagne & en Portugal ; quinze mille en Italie ; deux mille très-ouvertement à Londres ; vingt mille en Allemagne, Hongrie, Holstein, Scandinavie ; vingt-cinq mille en Pologne & pays circonvoisins ; quinze mille en Turquie ; quinze mille en Perse. Voilà tout ce que je connais de votre population ; elle ne se monte qu'à cent mille sept cents trente juifs. Je consens de vous faire bon de cent mille juifs en sus, c'est tout ce que je puis faire pour votre service ; les Parsis, vos anciens maîtres, ne font pas en plus grand nombre. Vous voulez rire avec vos quatre millions.

ADDITION DE MON AMI.

,, LEUR fecrétaire me dit que je fuis fâché contre
,, eux à caufe de la banqueroute que me fit le juif
,, *Acofla*, il y a cinquante ans, à Londres : il fuppofe
,, que je lui confiai mon argent pour gagner un peu
,, de temporel avec Ifraël. Je vous protefte, Meffieurs,
,, que je ne fuis point fâché : j'arrivai trop tard
,, chez M. *Acofla* ; j'avais une lettre de change de
,, vingt mille francs fur lui ; il me dit qu'il avait
,, déclaré fa faillite la veille, & il eut la générofité
,, de me donner quelques guinées qu'il pouvait fe
,, difpenfer de m'accorder. Comptez, Meffieurs,
,, que j'ai effuyé des banqueroutes plus confidé-
,, rables de bons chrétiens, fans crier. Je ne fuis
,, fâché contre aucun juif portugais, je les eftime
,, tous ; je ne fuis en colère que contre *Phinée*, fils
,, d'*Eléazar*, qui voyant le beau prince *Zamri* couché
,, tout nu dans fa tente avec la belle princeffe *Cosbi*,
,, toute nue auffi, attendu qu'ils n'avaient pas de
,, chemife, les enfila tous deux avec fon poignard
,, par les parties facrées, & fut imité par fes braves
,, compagnons, qui égorgèrent vingt-quatre mille
,, amans & vingt-quatre mille amantes, en moins
,, de temps que je n'en mets à conter cette anecdote;
,, car à mon âge je n'écris pas vîte. ,,

X I Iᵐᵉ N I A I S E R I E.

Sur la circoncifion.

V O U S jetez les hauts cris fur ce qu'un autre que
mon ami a dit que la circoncifion d'*Abraham* n'eut

point de fuite. Non, Monfieur, elle n'eut point de fuite ; non, Monfieur, elle n'en eut point, puifque les Ifraëlites ne pratiquèrent point la circoncifion en Egypte. C'était un privilége qui n'était alors réfervé qu'aux prêtres d'*Ifis* & aux initiés.

Oui, les juifs qui moururent tous dans le défert, moururent incirconcis comme M. *Guenée* & moi ; mais il y a un livre inconnu que vous appelez *Dictionnaire philofophique*, dans lequel l'anteur fe hafarde à dire que la colline des prépuces à Galgal, où *Jofué* fit circoncire deux ou trois millions de fes juifs, était dans un défert auprès de Jéricho. Qu'a de commun mon ami avec ce Galgal ? Il vous certifie que s'il y eut à Galgal une montagne compofée de prépuces, comme il y a dans Rome le *Monte teftacio*, compofé de pots caffés, il n'y prend pas le plus léger intérêt. Il vous certifie encore qu'il regarde comme des niaiferies tout ce que des typographes fe font empreffés d'imprimer, foit en confultant des courtiers de librairie, foit en ne les confultant pas, foit en vendant les penfées d'un homme à eux inconnu, foit en ne les vendant pas. Il vous certifie, pour la vingtième fois qu'il n'a point fait la plupart des niaiferies, c'eft-à-dire des livres que vous lui imputez ; & je vous jure qu'à fon âge & au mien nous ne prenons aucun parti ni pour les nations prépucières, ni pour les nations déprépucées, ni pour les châtrés, ni pour les entiers, ni pour les voifins du cap de Bonne-Efpérance, qui mettent une petite boule d'herbes fines à la place d'une des deux petites boules utiles que la nature leur a données.

On prodigue, ce me femble, une bien vaine érudition pour deviner quel homme fut circoncis le premier ; qui prit le premier lavement ; qui porta la première chemife ; qui le premier avala une huître à l'écaille ; qui fut le premier vendeur d'orviétan &c.

XIIIme NIAISERIE.

Quelle fut la nation la plus barbare.

Vous nous dites, M. *Guenée*, fous le nom de fix juifs, que fi les prémiers Hébreux étaient fort groffiers & très-ignorans, nos premiers Français l'étaient encore davantage.

Je ferais bien embarraffé s'il fallait vous dire qui étaient les plus barbares, ou les Francs du temps de *Clovis*, ou les Juifs du temps de *Jofué*, & mon ami ferait auffi embarraffé que moi. Tous les peuples ont commencé par être à peu près également cruels, voleurs, méchans, fuperftitieux & fots. Ce n'eft point ici une niaiferie ; c'eft une trifte vérité. Mais ce ferait une niaiferie très-puérile de vouloir favoir précifément quel était le plus barbare, ou ce fils de p.... *Abimelech* qui, avant de juger le peuple de Dieu, égorgea fur une grande pierre foixante & dix de fes frères, ou ces deux fils de *Clovis*, *Childebert* & *Clotaire*, qui maffacrèrent les deux petits-fils de Ste *Clotilde*. Il femblerait qu'*Abimelech* fut trente-cinq fois plus abominable que *Childebert* & *Clotaire* ; mais on vous répondrait qu'il faut juger un homme par toutes les actions de fa vie, & non par une feule. On vous dirait encore qu'il faut lire dans le cœur, & cette entreprife ferait affez niaife.

XIVme NIAISERIE.

La nation française honnie par M. le secrétaire.

M. *Guenée*, secrétaire éloquent des Juifs, vous faites un portrait terrible de la cour & de la ville en peignant les mœurs juives du temps de la prospérité de ce peuple. Vous vous complaisez d'abord à décrier notre commerce & notre compagnie des Indes, & à célébrer les grands établissemens d'Elath & d'Eziongaber, par lesquels les Juifs, qui n'eurent jamais un vaisseau, fesaient entrer chez eux les immenses trésors d'Ophir & de Tarsis, pays que personne ne connaît. Vous conduisez les richesses de l'univers dans Jérusalem par le port d'Eziongaber, qui en est très-éloigné, & où les Turcs, qui en sont les maîtres, n'ont jamais un vaisseau, parce que ces bas-fonds sont plus impraticables que les lagunes de Venise.

Vous admirez la discrétion de *Salomon* qui, ayant hérité de quelques milliars de son père, voulait encore acquérir quelques milliars en trafiquant à Ophir, & qui, n'ayant pas une barque à lui en propre, empruntait des vaisseaux & des matelots de son ami *Hiram*, roi de Tyr, lesquels vaisseaux traversaient toute la mer Méditerranée, côtoyaient l'Afrique, doublaient le cap de Bonne-Espérance pour venir servir la sagesse de *Salomon*.

Après avoir accumulé dans Jérusalem plus d'or, d'argent, d'ivoire, de parfums, & de singes, qu'elle

A a 3

n'en pouvait contenir, vous tombez à bras raccourci
fur tous les vices qui naquirent de ces inconcevables
richeffes. Vous avez d'abord loué les Juifs de n'avoir
eu chez eux ni opéra comique, ni danfeurs de
corde, ni parades fur les boulevards. Vous les avez
admirés de n'avoir point imité les *Sophocle* & les
Euripide, dont ils n'avaient jamais entendu parler.
Et tout d'un coup fortant de cette niaiferie de
panégyriques, vous allez prendre chez les prophètes
Ifaïe, Amos, & *Michée*, tous les traits de fatire judaïque
que vous croyez pouvoir retomber fur la nation
françaife. Si c'eft une niaiferie, elle eft très-éloquente:
on ne peut, à mon gré, déclamer plus hautement
contre fon fiècle.

Cela me fait fouvenir de M. *Broun*, brave théologien
anglais. Il fit imprimer deux volumes contre les
fottifes de fa patrie, au commencement de la guerre
de 1756. Il démontra éloquemment dans ce livre
intitulé : *Tableau des mœurs anglaifes*, qu'il était
impoffible que l'Angleterre ne fût pas abymée dans
deux ans. Qu'arriva-t-il ? l'Angleterre fut victorieufe
dans les quatre parties du monde. J'en fouhaite
autant à la France, en réponfe à votre pieufe fatire:
je fais mieux, je fouhaite qu'elle n'ait point de
guerre. J'aime mieux vivre fous des *Salomons* que
fous des *Judas Machabées*. Mais, croyez-moi,
Monfieur le fecrétaire juif, ne comparez jamais
Jérufalem à Paris; le torrent de Cédron ne vaut pas
le Pont-neuf.

XVme NIAISERIE.

Quel peuple le plus superstitieux ?

APRÈS avoir recherché quel fut autrefois le plus
barbare de tous les peuples, vous examinez à présent
quel fut le plus superstitieux, c'est-à-dire le plus
sot. Je n'ai point de balances pour peser ainsi les
nations. On pourrait vous répondre en général que
le plus sot homme, comme le plus sot peuple, est
celui qui dit & qui fait le plus de sottises ; & alors
il n'y aurait plus qu'à compter. Nous prendrions
les historiens qu'on fait lire à la studieuse jeunesse ;
nous verrions chez qui l'on trouve le plus de façons
de connaître l'avenir, soit à l'aide d'un psaltérion,
soit avec un petit bâton recourbé, soit en donnant
à manger à des poules. Nous verrions quelle nation
a eu plus de métamorphoses, plus de sorciers, plus
de loups-garous ; dans quel pays on a vu plus de
princes fouettés par des prêtres ; quelles archives
possèdent la suite la plus complète de fadaises dégoûtantes & de contes, que la plus imbécille & la plus
bavarde nourrice n'oserait répéter aujourd'hui : *Nec
pueri credunt nisi qui nondum ære lavantur.* Alors on
pourrait hasarder de juger à qui l'on doit le prix de
la sottise ; mais il serait trop dangereux de donner
ce prix : trop de gens y prétendent. Il vaut mieux
laisser chacun jouir en paix de la justice qu'il se rend
tout bas.

A a 4

XVIme NIAISERIE.

Quel peuple le plus brigand ?

VOUS demandez enfuite quel peuple a été le plus voleur, le plus brigand ? Et quand on vous repréfente, felon votre propre déclaration, que le peuple de DIEU vola neuf millions aux Egyptiens pour aller faire bonne chère dans des déferts ; quand on vous dit qu'enfuite ce peuple de DIEU s'empara du pays de Canaan qui ne lui appartenait-pas ; vous prenez à partie mon ami, qui n'a rien dit de cela. Vous lui adreffez ces paroles foudroyantes : *Vous traitez nos pères de brigands ; qu'étaient les vôtres ?*

Je vous ai déjà dit, Monfieur le fecrétaire, que ni moi ni mon ami ne prétendons defcendre d'un conquérant des Gaules ; nous croyons être iffus d'une famille de bons gaulois pacifiques.

Nous n'avons trouvé dans notre généalogie aucun coupe-jaret qui ait fervi fous le chrétien *Clovis*, quand ce brave converti força *Cararic*, roi ou maire d'Arras, & le fils de *Cararic* à fe faire fous-diacres, & qu'il leur fit enfuite couper la gorge à tous deux ; quand il fit marché avec *Cloderic*, fils de *Sigebert*, roi de Cologne, pour affaffiner ce *Sigebert* fon père, & qu'il affaffina enfuite ce *Cloderic* parricide, pour avoir fon argent ; quand il fendit la tête à coups de hache à *Ragnacaire*, roi de Cambray, & à fon frère *Riker*, après fouper ; quand il affaffina *Rignomer*, roi du Mans &c. &c.

En vérité, on croit lire l'hiftoire de vos rois *Achab*, *Jehu*, *Ochofias....* Je ne croyais pas terminer cette feizième niaiferie par ces horreurs de canni-bales. Je voulais feulement contredire la généalogie qui nous fait defcendre des Francs mon ami & moi. Il faut éplucher avec vous tant de généalogies! c'était-là une franche niaiferie; mais *Rignomer*, *Riker*, *Ragnacaire*, *Sigebert*, *Cloderic*, *Achab*, *Jéhu*, *Ochofias....* fe font préfentés, & je fuis tombé à la renverfe.

X V I I^me N I A I S E R I E.

Sur du foin.

De l'examen du brigandage & d'une controverfe fur les affaffinats, vous paffez à des *errata* & à des correcteurs d'imprimerie. Vous vous plaignez qu'on ait imprimé *Niticorax* pour *Nicticorax*. Hé, qu'im-porte à mon ami, & que vous importe? Il y a bien d'autres fautes d'impreffion dans les ouvrages immenfes qu'on lui attribue, & qu'on a mis fous fon nom; c'eft bien là une niaiferie miférable!

Je ne devrais point difcuter comment il faut tra-duire ce verfet du pfeaume: *Producens fœnum jumentis & herbam fervituti hominum. Calmet* traduit: Vous produifez le foin pour les bêtes, & l'herbe pour l'ufage de l'homme. *Saci* traduit précifément de même. Je n'ai vu aucune traduction, foit catholique, foit proteftante, dans laquelle ce verfet foit énoncé autrement. Mon ami ne s'eft écarté ni de *Saci* ni de *Calmet*; il les eftime tous deux; il ne les a point traités d'imbécilles, comme vous l'en accufez.

Vous venez enfuite, Monfieur, & vous nous enfeignez qu'il faut traduire : *Du foin pour les bêtes, & de l'herbe pour les bêtes qui fervent l'homme* ; vous prétendez que le pléonafme eft une figure admirable. Vous prononcez du haut de votre chaire de profeffeur : *L'herbe & le foin font fynonymes, prenez-y garde ; les hommes ne mangent pas de foin.*

Non, Monfieur, herbe & foin ne font pas toujours fynonymes, & il n'y a point de mots qui le foient. Les épinards, l'ofeille, la farriette, trente herbes potagères, ne font pas du foin ; nos falades ne font pas la nourriture des bêtes, mais de l'homme. Il eft vrai que l'homme ne mange pas de foin ; mais il y eut bien des gens autrefois dignes d'en manger.

Si ce n'eft pas la une extrême niaiferie, je m'en rapporte à vous-même.

XVIIIme NIAISERIE.

Sur Jean Châtel piacularis, affaffin de Henri IV ; laquelle niaiferie tient à chofes horribles.

VOICI une calomnie odieufe, dont le fond eft une niaiferie puérile, & dont les accompagnemens font atroces.

Commençons par le puéril ; *piacularis adolefcens*, dites-vous, *ne fignifie pas un jeune pénitent, un jeune homme qui expie, il fignifie un jeune miférable.* Ouvrez les *Etienne*, les *Calepin*, les *Scapula*, tous les dictionnaires, Monfieur le profeffeur, vous verrez que *piacularis* vient de *pio, piare*, j'expie ; en grec, *febetai.*

Ce n'eft-là, fans doute, qu'un oubli de votre part ; mais ce qui n'eft que trop réfléchi, c'eft que vous tirez ce mot *piacularis* de l'infcription gravée autrefois fur la colonne expiatoire élevée par arrêt du parlement, à l'endroit où fut la maifon de *Jean Châtel*, l'un des affaffins de notre adorable *Henri IV*. Vous imputez ici à mon ami d'avoir rapporté les paroles de cette infcription, qui regardent les jéfuites, & où fe trouve ce mot *piacularis*. Voici les paroles latines qui défignent les Jéfuites, telles qu'elles font dans le fixième tome des mémoires de *Condé :*

Pulfo præterea totâ Galliâ hominum genere novæ ac maleficæ fuperftitionis, qui rempublicam turbabant, quorum inftinctu piacularis adolefcens dirum facinus inftituerat.

La traduction françaife gravée à côté de la latine, portait : *En outre a été banni & chaffé de toute la France ce genre d'hommes de nouvelle & pernicieufe fuperftition, qui troublaient la république, à la perfuafion defquels ce jeune homme, penfant faire fatisfaction de fes péchés, avait entrepris cette cruelle méchanceté.*

Il eft donc faux, Monfieur, qu'on ait traduit dans le temps du fupplice de *Jean Châtel*, *piacularis adolefcens* par jeune miférable, comme vous le dites : il eft donc faux que *pénitent* foit un contre-fens.

Mais ce qui eft encore plus faux, ce qui eft bien pis qu'une niaiferie, c'eft que vous calomniez mon ami de la manière la plus cruelle. Vous l'accufez d'avoir donné lieu à ce fatras de *piacularis* par un livre intitulé : *L'Evangile du jour ;* dans lequel il s'élève, dites-vous, contre les jéfuites : je lui ai écrit pour m'informer de cet évangile du jour, & voici fa réponfe.

,, Non-feulement je n'ai aucune part à cet évangile
,, du jour, mais vous êtes le premier qui me le
,, faites connaître ; je n'en ai jamais entendu parler.
,, Je ne connais que les évangiles de toute l'année,
,, les quatre évangiles que tous ces calomniateurs
,, ne fuivent guère. Cet évangile du jour eft appa-
,, remment quelque libelle pour ou contre les
,, jéfuites, dont tout le monde parle : on appelle
,, d'ordinaire évangile du jour, ou vaudeville, les
,, nouvelles qui n'ont qu'un temps ; mais je crois
,, que la nouvelle de l'abolition des jéfuites durera
,, plus de temps qu'ils n'ont fubfifté. ,,

Je fuis flatté, Monfieur le fecrétaire, d'égayer la
féchereffe de cette difpute par une lettre de mon
ami ; c'eft une confolation qu'il ne faut pas envier à
mon cœur. Mais comment me confolerai-je des
calomnies dont vous ne ceffez d'accabler un homme
qui doit m'être cher ? Que vous a-t-il fait, encore une
fois ? êtes-vous ex-jéfuite ? êtes-vous ex-convulfion-
naire ? êtes-vous ex-chrétien ? êtes-vous juif ? foyez
homme. Vous prétendez que mon ami a dit dans
les anecdotes fur *Bélifaire* : la falfification eft un cas
pendable : mais il n'a jamais écrit d'anecdotes fur
Bélifaire ; c'eft la calomnie qui eft un cas pendable.

Je ne vous dis pas : vous êtes un calomniateur ;
je vous dis : vous êtes la trompette de la calomnie.
Il ne fied pas à un homme auffi éclairé & auffi
fpirituel que vous l'êtes, de répéter des difcours
de cafés.

XIXme NIAISERIE.

Sur un mot.

On a dit dans la *Philofophie de l'hiftoire*, ou, fi l'on veut, dans le difcours qui précède l'hiftoire de l'efprit humain & des mœurs des nations, qu'*Ifraël* eft un mot chaldéen ; il l'eft en effet, & d'où le favons-nous ? de *Philon* qui nous l'apprend dans le commencement de la relation de fon voyage auprès de l'empereur *Caligula*, dont il fut fi mal reçu. Voici fes paroles, car il faut répéter quelquefois : *Les hommes vertueux font comme le partage de l'être fouverain, dont l'empire eft fans bornes. Les Chaldéens leur donnent le nom d'Ifraël, c'eft-à-dire, voyant* DIEU.

Vous avez cherché ce paffage dans l'hiftorien *Jofephe*, au lieu de le chercher dans *Philon*, qui eft imprimé immédiatement après le cinquième tome de ce *Jofephe* ; & ne trouvant pas ce paffage où il n'eft point, vous avez cru que mon ami voulait vous tromper, qu'il était un falfificateur de livres juifs. De grâce, Monfieur le fecrétaire, un peu de juftice!

XXme NIAISERIE.

Sur un autre mot.

Est-il poffible, Monfieur le fecrétaire, qu'après vous être abaiffé jufqu'à répéter les calomnies dont je viens de vous demander juftice, vous vous abaiffiez encore jufqu'à des plaifanteries de collége fur un mot grec ! Le mot de fymbole eft grec.

Symbolon à *symballo* , *confero*. Symbolon signifie proprement *collatio*. Voyez votre *Calepin*, encore une fois, il vous en rendra raison. Vous demandez si c'est une collation après dîner ? est-ce là, Monsieur, une fine plaisanterie de la cour dans laquelle vous avez présentement une place ? souvenez-vous que symbolon vient de *symballo*, parce qu'il rappelait l'idée des différentes professions de foi qu'on avait conférées, collationnées, comparées, les unes avec les autres.

Mon symbole à moi est : je pardonne à ceux qui se trompent, je les prie de me pardonner de même.

X X I^{me} N I A I S E R I E.

Sur d'autres mots.

Oui, Monsieur, *Epiphania* signifie surface, apparence. Oui, on a écrit aussi communément *idiotoi* qu'*idiotai*, solitaires ; & ce n'est point du tout pour faire une mauvaise plaisanterie qu'on a remarqué qu'idiot signifiait autrefois isolé, retiré du monde, & ne signifie aujourd'hui que sot. On a voulu & on devait faire voir à quel point la valeur, l'intelligence, des termes les plus communs s'écarte de leur origine. *Buse* est le nom d'un oiseau de proie très-dangereux, cependant on appelle buse un homme trop simple qui se laisse surprendre. *Paradis* signifiait verger en grec & en hébreu ; il signifia bientôt le plus haut des cieux. *Euménides* voulait dire compatissantes chez les Grecs, ils en firent des furies. De boule-verd, jeu de boule sur le verd gazon, nous avons fait boulevard , qui signifie en général fortifications :

toutes les langues font pleines de dérivés qui n'ont plus rien de leur racine.

La qualification de *defpote* n'était donnée dans le bas empire qu'à des princes dépendans des empereurs grecs ou des turcs ; defpote de Servie , defpote de Valachie. Ce mot originairement fignifiait maître de maifon. Si on n'avait donné que ce titre à un empereur, c'eût été une infulte. Vous faviez tout cela mieux que moi , Monfieur ; deviez-vous incidenter fur des chofes fi communes ?

X X I Ime   N I A I S E R I E.

Sur une corneille qui prophétifa.

On fait qu'autrefois les bêtes parlaient : pourquoi non ? puifqu'elles ont une langue , & qu'un perroquet eut une fi longue converfation avec le prince *Maurice de Naffau*, rapportée mot pour mot dans le livre de l'entendement humain de *Locke*. Les chênes de Dodone parlaient fans langues un grec très-pur , rendaient des oracles ; à plus forte raifon les animaux devaient-ils être prophètes. Non-feulement le bœuf *Apis* prédifait l'avenir par l'apétit ou le dégoût qu'il témoignait en mangeant fon foin , mais il beuglait les chofes futures avec une grande éloquence. Ni vous ni moi ne fommes étonnés qu'une corneille ait prédit tout haut dans le capitole la mort de l'empereur *Domitien :* mon ami s'eft trompé , je l'avoue, fur les propres paroles que croaffa cette prophéteffe ; elle dit : *Tout ira bien.* Et mon ami emporté par le feu de fon âge, lui fait dire : *Tout va bien.* Cela eft puniffable ; il en demande très-humblement pardon à vous & à la corneille.

XXIIIme NIAISERIE.

Des poliſſons.

JE ſuis bien honteux, Monſieur, pour vous & pour moi, de toutes ces niaiſeries. Vous reprochez à mon ami d'avoir appelé les Juifs *poliſſons :* ce n'eſt pas là ſon ſtyle. Vous citez un livre qu'il n'a pas fait, & qu'il eſt incapable d'avoir fait.

Je ne ſais pas dans quel arſenal vous prenez vos armes. Peut-être dans quelques lettres de plaiſanterie, en parlant de quarante-deux enfans qui coururent après *Eliſée* vers Béthel, & qui lui criaient *tête chauve,* mon ami s'eſt ſervi du terme de petits poliſſons. En effet, il n'y a que des enfans mal appris qui puiſſent crier tête chauve à un prophète qui n'a point de cheveux. Ces petits garçons étaient de francs *poliſſons,* qui méritaient bien d'être châtiés : auſſi le furent-ils, & d'une manière aſſez forte pour les mettre hors d'état de récidiver.

Le révérend père *Calmet* intitule ainſi le deuxième chapitre du quatrième livre des Rois : *Eliſée fait dévorer par des ours quarante enfans qui s'étaient moqués de lui.* *Calmet* ſe trompe ; ils étaient quarante-deux ; l'Ecriture y eſt expreſſe. Je ne dirai pas au père dom *Calmet,* dont j'honore la mémoire : Mon révérend père, vous ne ſavez ni le grec ni l'hébreu ; vous traduiſez quarante quand il faut traduire quarante-deux. M. *Larcher* vous relancera : vous auriez beau dire que vous n'êtes pas correcteur d'imprimerie ; je vous ferai ſiffler dans toute la rue St Jacques, pour avoir oublié deux petits garçons.

Je

Je m'adrefferais à *Elifée* lui-même plutôt qu'à dom *Calmet ;* je lui dirais : Mon révérend père *Elifée*, que ne portiez-vous perruque, plutôt que de faire manger quarante-deux enfans de Béthel par deux ours ? Ces poliffons auraient pu fe corriger ; il ne faut jamais défefpérer de la jeuneffe ; votre févérité a été extrême : j'efpère qu'une autre fois vous aurez plus d'indulgence.

X X I Vme N I A I S E R I E.

Sur des mots encore.

LES mots *Eloïm*, *Bara*, Monfieur, ne font une niaiferie que par la difficulté de collége que vous faites à mon ami ; car il n'eft rien de plus refpectable que ces mots : c'eft le commencement de la Genèfe. Vous favez fans doute qu'*Origène*, St *Jérôme*, St *Epiphane*, les entendent comme vous fuppofez que mon ami les explique ; mais en cela même on vous a trompé. Mon ami n'eft point l'auteur du petit livre où la doctrine d'*Origène* fe rencontre : ce petit livre eft du favant *Boulanger*, qui était inftruit autant qu'on peut l'être à Paris dans les langues orientales ; je vous avertis donc que c'eft M. *Boulanger* & non mon ami que vous attaquez.

Vous l'attaquez bien mal ; vous lui dites que le grand mot devenu ineffable chez les Juifs modernes *Jaho*, ou *Jova*, ou *Jaou*, ne peut être à la fois phénicien, fyrien, & chaldéen. Quoi ! Monfieur, la Phénicie n'était-elle pas en Syrie, la Syrie ne touchait-elle pas à la Chaldée ? Le mot Dio, Dios, Dieu, n'eft-il pas le même pour le fond, en Italie,

Mélanges hift. Tome I.   B b

en Efpagne, en France ? *St Clément d'Alexandrie*, qui
était égyptien, ne nous apprend-il pas quel effet
terrible ce grand mot eut en Egypte ? faut-il vous
répéter que *Moïfe*, en difant *Jeova* à l'oreille du roi
Nekefre, le fit tomber roide mort, & le reffufcita le
moment d'après. (2) Cherchez cette anecdote dans
les Stromates de *St Clément* au livre I. Vous la trouverez encore au chapitre XXVII d'*Eufebe* ; & vous
aurez le plaifir d'apprendre que cela vient d'*Artaban*,
grand-homme que nous ne connaiffons guère, & qui
a pourtant écrit ces chofes.

Voulez-vous combler votre mauvaife volonté par
de miférables difputes de grammaire, après l'avoir
tant fignalée fur des faits importans ?

Au fond, votre livre eft une facétie ; c'eft un
favant profeffeur qui repréfente une comédie où il
fait paraître fix acteurs juifs : il joue tout feul tous
les rôles, comme la *Rancune*, dans le roman comique,
joue feul une pièce entière dans laquelle il fait jufqu'au chien de *Tobie*, fi je ne me trompe. Mais,
Monfieur, en jouant cette parade, vous en avez fait
une atellane un peu mordante, & même cruelle. Vous
la rendriez funefte, fi nous vivions dans ces temps de
fuperftition & d'ignorance, où l'on caffait la tête de
fon voifin à coups de crucifix. Vous avez voulu exciter
la colère de nos fupérieurs ; mais ils ont des occupa-
tions plus importantes que celle de lire votre comédie
juive : & quand ils l'auraient lue, foyez fûr qu'ils
n'auraient pas traité mon ami en Amalécite. Ils font

---

(2) C'eft une plaifanterie ; le roi d'Egypte n'en mourut pas, il fe
trouva mal feulement. Mais qu'un mot ait la vertu de faire trouver mal
les rois à qui on le dit à l'oreille, c'eft déjà un affez beau miracle.

fages, ils font auffi indulgens qu'éclairés. Le temps des perfécutions eft paffé; vous ne le ferez pas revenir.

RÉPONSE

Encore plus courte au troifiéme tome juif.

APRÈS avoir repouffé d'injuftes reproches & des calomnies, après avoir tantôt joué avec des futilités, tantôt brifé les traits mortels qu'elles renfermaient; il eft temps de venger la France des outrages que monfieur le fecrétaire lui prodigue dans fon troifiéme volume, & toujours fous le nom de fes juifs. Je n'emploierai que quelques pages contre un livre entier.

I.

Du jubilé.

IL ne s'agit plus ici d'un combat dans lequel un ennemi puiffe fe couvrir d'un bouclier divin, & percer fon adverfaire d'une flèche facrée. D'abord politiquement parlant, & non pas théologiquement argumentant, il s'agit de favoir fi les lois hébraïques valent mieux que nos lois chrétiennes.

Au fait : le jubilé eft-il préférable aux rentes fur l'hôtel-de-ville? Je vous foutiens, Monfieur, que vous-même vous aimeriez cent fois mieux vous faire une rente perpétuelle de cinq mille livres pour cent mille francs de fonds, que d'acheter un bien de campagne dont vous feriez obligé de fortir au bout de cinquante ans. Je fuppofe que vous êtes juif, que vous achetez une métairie de cent arpens dans la tribu d'Iffakar à l'âge de trente ans : vous l'améliorez, vous l'embelliffez ; elle vaut , quand vous êtes parvenu à quatre-vingts ans , le double de ce qu'elle valait au temps de l'achat ; vous en êtes chaffé , vous , votre femme , & vos enfans ; & vous allez mourir fur un fumier par la loi du jubilé.

Cette loi n'eft guère plus favorable au vendeur qu'à l'acheteur ; car il y a grande apparence que l'acheteur , obligé de déguerpir , n'aura pas fur la fin laiffé la ferme en trop bon état. La loi du jubilé paraît faite pour ruiner deux familles.

Ce n'eft pas tout ; comptez-vous pour rien les difficultés prodigieufes de ftipuler les conditions de ces contrats , d'évaluer un fixième , un feptième de jubilé , & de prévenir les difputes inévitables qui doivent naître d'un tel marché?

Comment aurait-on pu imaginer cette loi impraticable dans un défert, pour l'exécuter dans un petit pays de roches & de cavernes dont on n'était pas le maître , & qu'on ne connaiffait pas encore? n'était-ce pas vendre la peau de l'ours avant de l'avoir tué ? Enfin , Meffieurs les Juifs , votre jubilé était fi peu convenable , qu'aucune nation n'a voulu l'adopter ; vous-mêmes vous ne l'avez jamais obfervé ; il n'y en a aucun exemple dans vos hiftoires. L'irlandais *Ufférius* a compté le premier jubilé 1395 ans avant notre ère vulgaire qui n'eft pas la vôtre ; mais il n'a pu trouver dans vos livres l'exemple d'un feul homme qui foit rentré dans fon héritage en vertu de cette loi.

Nous avons un jubilé auffi nous autres ; il eft charmant, il eft tout fpirituel ; c'eft le bon pape *Boniface VIII* qui l'inftitua, peu de temps après avoir fait venir par les airs la maifon de Notre-Dame de

Lorette. Ceux qui ont dit que *Boniface VIII* entra dans l'évêché de Rome comme un renard, s'y comporta comme un loup, & mourut comme un chien, étaient de grands hérétiques. Quoi qu'il en foit, notre jubilé eft autant au-deffus du vôtre, que le fpirituel eft préférable au temporel. Cette loi du jubilé prouve clairement que la nation juive était une petite horde barbare; toute grande fociété eft fondée fur le droit de propriété.

I I.

Lois militaires.

VOUS vantez, Meffieurs les Juifs, l'humanité noble de vos lois militaires; elles étaient dignes d'une nation établie de temps immémorial dans le plus beau climat de la terre. Vous dites d'abord qu'il vous était ordonné de payer vos vivres quand vous paffiez par les terres de vos alliés, & de n'y point faire de dégât.

Je crois bien qu'on fut obligé de vous l'ordonner; fuppofé encore que vous euffiez des alliés dans des déferts où il n'y eut jamais de peuplade.

Vous ne pouviez, dites-vous, (*) prendre les armes que pour vous défendre; cela eft fi curieux, qu'ayant jufqu'à préfent négligé de citer les pages de votre livre que tout le monde doit favoir par cœur, j'en prends la peine cette fois-ci.

En effet, Meffieurs, lorfque vous allâtes, à ce que vous me dites, faire fept fois le tour de Jéricho dont

(*) Page 45, tome III.

Bb 3

vous n'aviez jamais entendu parler, faire tomber les
murs au fon du cornet-à-bouquin, maffacrer, brûler
femmes, filles, enfans, vieillards, animaux; c'était
pour vous défendre !

I I I.

Filles prifes en guerre.

MAIS vous étiez fi bons, que quand par hafard il
fe trouvait dans le butin une payfanne fraîche & jolie,
il vous était permis de coucher avec elle, & même de
la joindre au nombre de vos époufes ; cela devait
faire un excellent ménage. Il eft vrai que votre captive
ne pouvait avoir les honneurs d'époufe qu'au bout
d'un mois ; mais de braves foldats n'attendent pas fi
long-temps à jouir du droit de la guerre.

I V.

Filles égorgées.

JE ne fais qui a dit que votre ufage était de tuer
tout excepté les filles nubiles. *N'eft-il pas clair,*
répondez-vous, que c'eft calomnier groffièrement nos lois,
ou montrer évidemment à toute la terre que vous ne les avez
jamais lues?

Ah, toute la terre, Monfieur ! n'êtes-vous pas
comme ce favant qui prenait toujours l'univerfité pour
l'univers ? fans doute celui qui vous a reproché
d'épargner toujours les filles, s'eft bien trompé : témoin
toutes les filles égorgées à Jéricho ; au petit village de
Haï traité comme Jéricho ; aux trente & un villages

dont vous pendîtes les trente & un rois, & qui furent
livrés au même anathème. Oui, Messieurs, il est clair
qu'on vous a calomniés grossièrement. Tout ce que je
puis vous dire, c'est qu'il est bien étrange qu'on parle
encore dans le monde de vous, & qu'on perde son
temps à vous calomnier; mais vous nous le rendez
bien.

V.

Mères qui détruisent leur fruit.

LAISSONS-là votre code militaire : je suis paci-
fique; suivons pied à pied votre police.

Vous louez votre législation de n'avoir décerné
aucune peine pour les mères qui détruisent leurs
enfans. Vraiment puisqu'on ne les a pas punies pour
les avoir tués & pour les avoir mangés, on ne les aura
pas punies pour les avoir empoisonnés ou les avoir
fait cuire. On vous a dit que les Juifs mangèrent
quelquefois de petits enfans; mais on ne vous a pas
dit qu'ils les aient mangés tout crus : un peu d'exactitude, s'il vous plaît.

V I.

De la graisse.

VOUS vous extasiez sur ce que, dans votre *Vaïcra*,
dans votre Lévitique, il vous est défendu de manger
de la graisse, parce qu'elle est indigeste : mais,
Messieurs, *Aaron* & ses fils avaient donc un meilleur
estomac que le reste du peuple; car il y a de la graisse
entre l'épaule & la poitrine qui font leur partage.
Vous prétendez que vos brebis avaient des queues

B b 4

dont la graiffe pefait cinquante livres : elle était donc pour vos prêtres. Arlequin difait, dans l'ancienne comédie italienne, que, s'il était roi, il fe ferait fervir tous les jours de la foupe à la graiffe; c'était apparemment celle de vos queues.

V I I.

Du boudin.

VOUS tirez encore un grand avantage de ce que les pigeons au fang & le boudin vous étaient défendus : vous croyez que ce fut un grand médecin qui donna cette ordonnance; vous penfez que le fang eft un poifon, & que *Thémiftocle* & d'autres moururent pour avoir bu du fang de taureau.

Je vous confie que, pour me moquer des fables grecques, j'ai fait faigner une fois un de mes jeunes taureaux, & j'ai bu une taffe de fon fang très-impunément. Les payfans de mon canton en font ufage tous les jours, & ils appellent ce déjeûner, la fricaffée.

V I I I.

De la propreté.

VOUS croyez qu'à Jérufalem on était plus propre qu'à Paris, parce qu'on avait la lèpre, & qu'on manquait de chemifes; & vous regrettez la belle police qui ordonnait de démolir les maifons dont les murailles étaient lépreufes. Vous pouviez pourtant favoir qu'en tout pays les taches qu'on voit fur les murs ne font que l'effet de quelques gouttes de pluie fur lefquelles le foleil a donné; il s'y forme de petites cavités imperceptibles. La même chofe arrive par-tout aux feuilles d'arbres ; le vent porte fouvent dans ces gerfures, des œufs d'infectes invifibles : c'eft-là ce que vos prêtres appelaient la lèpre des maifons ; & comme ils étaient juges fouverains de la lèpre, ils pouvaient déclarer lépreufe la maifon de quiconque leur déplaifait, & la faire démolir pour préferver le refte.

Quant à vos grand'mères, je crois nos parifiennes tout auffi propres qu'elles pour le moins.

Vous triomphez de ce qu'il vous était enjoint de n'aller jamais à la garde-robe que hors du camp, & avec une pioche : vous croyez que, dans nos armées, tous nos foldats font leurs ordures dans leurs têntes. Vous vous trompez, Meffieurs, ils font auffi propres que vous. Si vous êtes engoués de la manière dont vos ancêtres pouffaient leur felle, lifez les cinquante-deux manières de fe torcher le cul, décrites par nôtre grand rabbin *François Rabelais* ; & vous conviendrez de la prodigieufe fupériorité que nous avons fur vous.

Paffons de la garde-robe à votre cuifine. Penfez-vous que votre temple, qui n'était que la cuifine de vos lévites, fût auffi propre que Saint-Pierre de Rome ? Vous nous racontez qu'un jour *Salomon* tua dans ce temple vingt-deux mille bœufs gras, & cent vingt mille moutons pour fon dîner, fans compter les marmites du peuple. Songez qu'à cinquante pintes de fang par bœuf gras, & à dix pintes par mouton, cela fait vingt-trois millions de pintes de fang qui coulèrent ce jour-là dans votre temple. Figurez-vous quels monceaux de charognes dépecées ! que de marmitons, que de marmites, que d'infection ! Eft-ce-là votre propreté, Meffieurs ? eft-ce-là le *fimplex munditiis* d'*Horace* ?

I X.

De la gaieté.

VOUS nous citez le fabbat pour une fête gaie : *Aux six jours de travail fuccède régulièrement un jour de repos :* & moi, je pourrais vous citer le *triftia fabbata cordi*, le *feptima quæque dies turpi facrata veterno*. Et je vous foutiendrai qu'un jour de dimanche, la courtille, les porcherons, les boulevards, font cent fois plus gais que toutes vos fêtes jointes enfemble. Vraiment il vous fied bien de croire être plus joyeux que les Parifiens !

X.

De la gonorrhée.

VOUS confondez la gonorrhée antique, commune aux meffieurs & aux dames dans tous les temps, avec la chaudep.... maladie qui n'eft connue que depuis la fin du 15ᵐᵉ fiècle. *Gonorrheia*, flux de géné-ration, eft la chofe la plus fimple. Vous donnez à entendre que le texte du Lévitique confond ces deux incommodités : non, il ne les confond pas ; la viru-lente était abfolument inconnue dans tout notre hémifphère. *Chriftophe Colomb* alla la déterrer à Saint-Domingue. L'autre dont il eft queftion ici, fe guérit avec du vin chaud encore mieux qu'avec de l'eau fraîche ; elle n'a nul rapport avec le péché d'*Onan*, ni avec l'Onanifme de M. *Tiffot*. Vous les citez en vain en votre faveur ; jamais M. *Tiffot* n'a fait fortir de Laufanne les impurs qu'il a guéris de la gonorrhée virulente. Quant au bon homme *Onan*, voyez fi vous avez quelque chofe de commun avec lui.

X I.

De l'agriculture.

VOUS parlez très-bien de l'agriculture, Monſieur, & je vous en remercie ; car je ſuis laboureur.

X I I.

Du profond reſpeĉt que les dames doivent au joyau des meſſieurs.

VOUS rapportez une étrange loi dans le Deutéro-nome, au chap. XXV. *Si deux hommes ont une diſpute, ſi la femme du plus faible prend le plus fort par ſon joyau, coupez la main à cette femme ſans rémiſſion.*

Je vous demande pardon, Meſſieurs, jamais je n'aurais coupé la main à une dame qui m'aurait pris par-là autrefois ; vous êtes bien délicats & bien durs.

X I I I.

Polygamie.

VOUS prétendez que mon ami a dit : *Je ne ſuis point aſſez habile phyſicien pour décider ſi, après pluſieurs ſiècles, la polygamie aurait un avantage bien réel ſur la monogamie, par rapport à la multiplication de l'eſpèce humaine.*

Soyez ſûr, Monſieur, que mon ami n'a jamais écrit dans ce goût pour décider ſi, après pluſieurs mots inutiles, on inſpirerait au lecteur un dégoût bien réel par rapport à la multiplication de l'ennui. Vous lui imputez ſans ceſſe ce qu'il n'a jamais écrit ; ayez la bonté de jeter les yeux ſur l'article FEMME dans le *Dictionnaire philoſophique* ; il m'a paru moins ennuyeux que le fragment que vous citez par rapport à la multiplication de l'efpèce humaine.

X I V.

Femmes des rois.

POUR nous prouver que Jérufalem l'emporte fur Paris, fur Londres, & fur Madrid, vous nous dites que dans votre défert, lorfque vous étiez fans rois & fans fouliers, il fut défendu à vos monarques, qui ne parurent que quatre cents ans après, d'avoir un trop grand nombre de femmes. Cette loi qui eft dans votre Deutéronome, ne détermine pas le nombre permis : & c'eft ce qui a fait croire à tant de doctes & profonds efprits, mais trop confians en leurs lumières, que votre Pentateuque ne fut écrit que dans le temps où vos roitelets abufèrent de la polygamie fi prodigieufement, qu'il fallut les avertir d'être un peu plus modérés.

X V.

De la défenfe d'approcher de fa femme pendant fes règles.

VOUS êtes, Meffieurs, d'un avis bien différent de notre fameux *Fernel*, premier médecin de *François I* & de *Henri II;* il confeilla à *Henri* de coucher avec *Catherine de Médicis* dans le temps le plus fort de fes menftrues; c'était, dit-il, le plus fûr moyen de la rendre féconde, & l'événement juftifia l'ordonnance du médecin.

Vous au contraire, Meffieurs, vous regardez cette opération qui nous valut trois rois de France l'un après l'autre, comme un crime capital ; vous voudriez qu'on eût puni de mort *Henri II* & fa femme ; vous nous montrez leur condamnation dans le chap. XX du Lévitique : *Qui coïerit cum muliere in fluxu menſtruo & revelavit turpitudinem ejus in fluxu menſtruo , ipſaque aperuerit fontem ſanguinis ; interficiantur ambo de medio populi ſui.* Si un homme ſe conjoint avec ſa femme pendant ſes menſtrues, & ſi elle ouvre la fontaine ſanglante ; qu'ils ſoient tous deux tués, exterminés. (3)

Permettez-moi, Meſſieurs, de vous repréſenter que votre ſentence eſt bien dure. La faculté de médecine de Paris & celle de Londres vous prieront de la réformer ; franchement il n'y a pas là de quoi pendre un père & une mère de famille. On a eu raiſon de dire que votre loi eſt la loi de rigueur, & la nôtre la loi de grâce.

(3) Cette horreur ſuperſtitieuſe pour les femmes, durant cette époque, eſt preſque générale chez les nations ſauvages ; (voyez le voyage de *Carver*, & l'Hiſtoire générale des voyages :) elle tient vraiſemblablement à l'horrible malpropreté des femmes parmi ces peuples. Il eſt très-douteux cependant que la recette de *Fernel* ſoit réelle : on ferait un volume de tout ce qu'on a imaginé d'abſurdités ſur cet objet, depuis les ſyſtèmes des médecins ſur la cauſe des menſtrues, juſqu'à leur uſage dans les préparations magiques, & à l'opinion qu'il peut en réſulter une ſouillure morale. Mais la loi qui condamne a mort la femme & le mari, n'appartient qu'aux Juifs ; les ſauvages d'aucune autre partie du monde n'ont porté à ce point leur férocité ſuperſtitieuſe. Nous invitons le ſecrétaire des Juifs à nous apprendre comment on s'y prenait pour conſtater le délit. Nous ſavons combien toutes les preuves des fautes contre les mœurs ſont indécentes, incertaines, ſouvent auſſi contraires à l'humanité qu'à la bienſéance ; combien ſurtout elles expoſent à condamner des innocens : mais dans le délit juif, il y a quelques difficultés de plus, nous voudrions bien que M. le ſecrétaire nous enſeignât à les lever ; il ſerait bon auſſi qu'il nous expliquât comment une dame juive, amoureuſe d'un velu, s'y prenait pour lui parler de ſa paſſion. Pourquoi ſe refuſerait-il au devoir d'inſtruire & d'édifier ſes frères, en approfondiſſant ces matières ſi importantes pour le bonheur de l'univers, & la conſervation du bon goût ?

X V I.

Du divorce & du paradis.

CHEZ vous, il fut permis de donner une lettre de divorce à fa femme, quand on était las d'elle; & la femme n'avait pas le même droit. Vous reprochez à mon ami d'avoir dit *que c'eſt la loi du plus fort, & la nature pure & barbare.*

Ces paroles ne font dans aucun de fes ouvrages. Vous vous trompez toujours quand vous l'accufez; il n'a rien dit de cela, encore une fois, reprochez-lui de ne l'avoir pas dit. Les Turcs font plus équitables que vous; ils permettent aux dames de demander le divorce.

Vous n'avez affez bonne opinion ni des chrétiens ni des mufulmans : vous vous imaginez que *Mahomet* a fermé l'entrée du paradis aux dames; on vous a trompé, Meſſieurs, fur *Mahomet* comme fur mon ami. Il eſt dit dans la Sunna, qu'une douairière, ayant commis quelques péchés mortels, vint demander au prophète fi elle pouvait encore efpérer une place en paradis. Le prophète que cette dame importunait, lui répondit avec un peu d'humeur : (car vous favez que les prophètes en ont :) Allez vous faire *promener*, Madame, le paradis n'eſt pas pour les vieilles. La pauvre dame pleura & fe lamenta. Le prophète la confola en lui difant : Ma bonne, en paradis il n'y a plus de vieilles, tout le monde y eſt jeune.

XVII.

Permiſſion de vendre ſes enfans.

S<small>I</small> les dames ont été très-maltraitées par vos lois, vous nous aſſurez que les enfans l'étaient encore plus mal. Il était permis, dites-vous, à un père de vendre ſon fils dans le cas d'une extrême indigence : mon ignorance prend ici votre parti contre vous-mêmes. Je n'ai point trouvé l'énoncé de cette loi chez vous ; je trouve ſeulement dans l'Exode, chap. XXI : *Si quelqu'un vend ſa fille pour ſervante, elle ne ſortira point de ſervitude :* je préſume qu'il en était de même pour les garçons.

Au reſte, je ne connais dans l'antiquité d'autre fille vendue par ſon père, que *Métra* qui ſe laiſſa vendre tant de fois pour nourrir ſon père *Eréſichthon*, lequel mourait de faim, comme vous ſavez, en mangeant toujours. C'eſt le plus grand exemple de la piété filiale qui ſoit dans la fable.

A l'égard des garçons, je n'ai vu que *Joſeph* vendu par ſa famille patriarchale ; mais ce ne fut pas aſſurément ſon pauvre père qui le vendit.

XVIII.

Des ſupplices recherchés.

J<small>E</small> vous bénirai, Monſieur & Meſſieurs, quand vous éléverez la voix contre nos abus ; nous en avons eu d'horribles ; il fut des barbares dans Paris comme dans Hershalaïm. Vous vous êtes joints à mon ami pour frémir & pour verfer fur nous des larmes ; mais quand vous nous dites *que les tourmens cruels dont on a puni chez nous des fautes légères, fe reffentent des mœurs atroces de nos aïeux ; que chez vous les peines étaient quelquefois févéres, les fupplices jamais recherchés ;* comment voulez-vous qu'on vous croie ? Relifez vos livres, vous verrez non-feulement un *Jofué*, un *Caleb*, prodiguant tous les genres de mort que le fer & la flamme peuvent faire fouffrir à la vieilleffe, à l'enfance, & à un fexe doux & faible ; mais vous verrez dans les temps que vous appelez les temps de votre grandeur, & de vos mœurs perfectionnées, un *David* qui fort de fon férail de dix-huit femmes pour faire fcier en deux, pour faire déchirer fous des herfes de fer, pour brûler à petit feu dans des fours à brique, de braves gens que fes Juifs ont eu le bonheur de prendre prifonniers, tandis qu'il était entre les bras de la tendre *Bethfabée.* (4)

N'y a-t-il rien de recherché, rien d'extraordinaire, Meffieurs, dans ces inconcevables horreurs ? Vous me direz que l'auteur facré qui les décrit, ne les condamne point, & que par conféquent elles pouvaient avoir un bon motif. Mais remarquez auffi, Meffieurs, que l'auteur facré ne les approuve pas ; il nous laiffe la liberté d'en dire notre fentiment, liberté fi précieufe aux hommes !

_____

(4) Et le fupplice de la croix, Monfieur le fecrétaire juif ; & celui de la lapidation, où chaque citoyen fefait pour fa part l'office de bourreau ; où les infortunés qu'on y condamnait, étaient expofés à toute la férocité de la populace juive. Ceci eft encore une preuve de barbarie : chez toutes les nations un peu policées, les fupplices font infligés fous une forme régulière, par un homme condamné à faire cet horrible métier, & payé par l'Etat.

Avouez

Avouez donc que vous fûtes auffi barbares dans les temps de votre politeffe, que nous l'avons été dans les fiècles de notre groffièreté. Nous fûmes long-temps Gog & Magog ; tous les peuples l'ont été.

Et documenta damus quâ fimus origine nati.

Nos pères furent des fangliers, des ours jufqu'au feizième fiècle ; enfuite ils ont joint des grimaces de finges aux boutoirs de fangliers : enfin ils font devenus hommes, & hommes aimables. Vous, Meffieurs, vous fûtes autrefois les plus déteftables & les plus fots loups-cerviers qui aient fouillé la face de la terre. Vous vivez tranquilles aujourd'hui dans Rome, dans Livourne, dans Londres, dans Amfterdam. Oublions nos bêtifes & nos abominations paffées ; mangeons enfemble en frères des perdrix lardées menu ; car fans lard elles font un peu fèches vers le carême.

XIX.

Encore un petit mot de Salomon.

Votre goût pour les dames, Monfieur & Meffieurs, ainfi que pour l'argent comptant, vous ramène toujours à *Salomon ;* vous y revenez avec tendreffe à la fin de vos gros ouvrages. Je trouve, en vous feuilletant, que vous ne vous émerveillez pas affez des vingt-cinq milliars en efpèces fonnantes, que *Montmartel-David* laiffa à *Brunoi-Salomon* grand amateur d'ornemens de chapelle. D'un autre côté vous me paraiffez trop étonnés qu'un homme qui, en commençant fon commerce d'Ophir, avait d'entrée

Mélanges hift. Tom. I.   C c

de jeu, vingt-cinq milliars, se fit bâtir quarante mille écuries. Il me semble pourtant que ce n'est pas trop d'écuries ou d'étables pour un homme qui fait servir sur table vingt-deux mille bœufs gras, & cent vingt mille moutons pour un seul repas. (*)

Vous supposez que ces quarante mille écuries ne sont que dans la Vulgate, dont vous faites très-peu de cas. Permettez-moi d'aimer la Vulgate recommandée par le concile de Trente, & de vous dire que je ne m'en rapporte point du tout à vos Bibles massorètes qui ont voulu corriger l'ancien texte.

Je conviens que peut-être il y a eu plus d'exagération, un peu de contradiction, dans cet ancien texte ; cependant ma remarque subsiste, comme dit *Dacier*.

X X.

Des veaux, des cornes, & des oreilles d'ânes.

MESSIEURS, il me faut donc vous suivre encore du sérail de votre grand sultan *Salomon*, si rempli d'or & de femmes, à l'armée de *Titus* qui entra le fer & la flamme à la main dans votre petite ville, laquelle n'a jamais pu contenir vingt-mille habitans, & dans laquelle il en périt plus de onze cents mille pendant le siége, si l'on croit votre exact & véridique *Flavien Josephe.*

Dans cette terrible journée on détruisit, non pas votre second temple, comme vous le dites, mais votre troisième temple qui était celui d'*Hérode.* La question

(*) Rois, liv. III, chap. VIII.

importante dont il s'agit, eſt de ſavoir ſi *Pompée* en paſſant par chez vous, & en feſant pendre un de vos rois, avait vu dans ce temple de vingt coudées de long, un animal doré ou bronzé, qui avait deux petites cornes qu'on prit pour des oreilles; ſi les ſoldats de *Titus* en virent autant; & enfin fur quoi fut fondée l'opinion courante que vous adoriez un âne.

Mon ami a cru que vous étiez de très-mauvais ſculpteurs; & que voulant poſer des chérubins fur votre arche, ou fur la repréſentation de votre arche, vous taillâtes ſi groſſièrement les cornes de vos bou-villons chérubins, qu'on les prît pour des oreilles d'âne : cela eſt aſſez vraiſemblable.

Vous croyez détruire cette vraiſemblance en diſant que les Babyloniens de *Nabuchodonoſor* avaient déjà pris votre coffre, votre arche, vos chérubins, & vos ânes, il y avait ſix cents cinquante-huit ans. Vous prétendez que *Titus* fut bien attrapé lorſqu'en entrant dans votre petit temple, il n'y vit point votre coffre, & qu'il fut privé de l'honneur de le porter en triomphe à Rome.

Vous ſavez pourtant, Monſieur & Meſſieurs, que votre arche d'alliance, conſtruite dans le déſert, priſe par les Philiſtins, rendue par deux vaches, placée dans Hershalaïm, y était encore après la captivité en Babylone; l'auteur des Paralipomènes le dit expreſſé-ment. *Fuit arca ibi uſque ad præſentem diem.*

Vos rabbins, je ne l'ignore pas, ont prétendu que cette arche eſt cachée dans le creux d'un rocher du mont Nébo, où eſt enterré *Moïſe*; & qu'on ne la découvrira qu'à la fin du monde : mais cela n'empêche pas qu'on ne la montre à Rome parmi les plus belles

& les plus anciennes reliques qui décorent cette fainte ville. Les antiquaires, qui ont la vue d'une fineffe extrême, & qui voient ce que les autres hommes ne voient point, remarquent dans l'arc de triomphe érigé à *Titus*, la figure d'un coffre qui eft fans doute votre arche. Elle nous appartient de droit : nous vous fommes fubftitués ; vos dépouilles font nos conquêtes.

Ceffez de vouloir, par vos fubtilités rabbiniques, ébranler la foi d'un chrétien qui vous plaint, qui vous aime, mais qui, ayant l'honneur d'être l'olivier franc, ne fouillera jamais cette gloire en vous accordant la moindre de vos prétentions.

Si vous voulez que je fois de votre avis, Meffieurs, vous n'avez qu'à vous faire baptifer, je m'offre à être votre parrain. A l'égard de monfieur votre fecrétaire, vous pouvez le faire circoncire, je ne m'y oppoferai point.

INCURSION

Sur *Nonotte, ex-jéfuite.*

MESSIEURS les fix juifs, monfieur leur fecrétaire, plus vous avez été redoutables à mon ami intime, plus j'ai dû le défendre. Vous étiez déjà affez forts par vous-mêmes ; j'ai été furpris que vous ayez cherché des troupes auxiliaires chez les jéfuites : eft-ce parce qu'ils font aujourd'hui difperfés comme vous, que vous les appelez à votre fecours ? Vous combattez fous le bouclier du révérend père *Nonotte ;* vous renvoyez mon ami à ce favant homme ; vous le regardez comme un de vos grands capitaines, parce qu'il a fervi de goujat, dites-vous, dans une armée levée contre l'*Encyclopédie*. Permettez-moi donc, Messieurs, de vous renvoyer à un des plus braves guerriers qui ait combattu pour l'*Encyclopédie* contre le révérend père *Nonotte;* c'est M. *Damilaville*, l'un de nos plus savans écrivains : daignez lire ce qu'il répondit au savant *Nonotte* il y a quelques années : je remets sous vos yeux ce petit écrit; il a déjà été imprimé ; mais comme vous avez donné une nouvelle édition de vos œuvres judaïques, je puis aussi en donner une des œuvres chrétiennes de M. *Damilaville*.

Eclaircissement historique, à l'occasion d'un libelle calomnieux contre l'Essai sur les mœurs & l'esprit des nations, par M. Damilaville.

S'IL s'agit de goût, on ne doit répondre à personne, par la raison qu'il ne faut pas disputer des goûts : mais est-il question d'histoire? s'agit-il de discuter des faits intéressans? on peut répondre au dernier des barbouilleurs, parce que l'intérêt de la vérité doit l'emporter sur le mépris des libelles. Ceci sera donc un procès pardevant le petit nombre de ceux qui étudient l'histoire, & qui doivent juger. (5.)

(5) Dans les premières éditions on lisait ici le passage suivant : „ Il ne sera pas d'abord inutile de leur dire qu'un prétendu docteur ayant „ été choisi pour combattre des vérités qui se trouvent dans l'*Essai sur les* „ *mœurs & l'esprit des nations*, composa son libelle en hâte, le fit imprimer „ chez le libraire *Fez*, à Avignon ; qu'ensuite se doutant bien que son „ libelle n'aurait pas grand débit, il fit proposer par ce libraire *Fez*, „ à l'auteur de l'*Histoire générale*, de lui vendre toute l'édition du libelle „ pour mille écus ; on se moqua un peu de la proposition. Le lecteur „ verra si ce n'était pas trop payer ; mais il n'est pas question de rire , „ tâchons d'instruire. „

Un ex-jéfuite nommé *Nonotte*, favant comme un prédicateur, & poli comme un homme de collége, s'avifa d'imprimer un gros livre intitulé : *Les erreurs de l'auteur de l'Effai fur les mœurs & l'efprit des nations ;* cette entreprife était d'autant plus admirable que ce *Nonotte* n'avait jamais étudié l'hiftoire. Pour mieux vendre fon livre, il le farcit de fottifes, les unes dévotes, les autres calomnieufes ; car il avait ouï dire que ces deux chofes réuffiffent.

PREMIERE SOTTISE DE NONOTTE.

LE libellifte accufe l'auteur de l'*Effai fur les mœurs &c.* d'avoir dit : *L'ignorance chrétienne fe repréfente Dioclétien comme un ennemi armé fans ceffe contre les fidelles.*

Il n'y a point dans le texte : *L'ignorance chrétienne ;* il y a dans toutes les éditions : *L'ignorance fe repréfente d'ordinaire Dioclétien* &c. On voit affez comment un mot de plus ou de moins change la vérité en menfonge odieux. Ce premier trait peut faire juger de *Nonotte.*

SECONDE SOTTISE DE NONOTTE, SUR UN EDIT DE L'EMPEREUR.

IL s'agit d'un chrétien qui déchira, & qui mit en pièces publiquement un édit impérial. L'auteur de l'*Effai fur les mœurs &c.* appelle ce chrétien *indifcret.* Le libellifte le juftifie, & dit : *Un femblable édit n'était-il pas évidemment injufte ?* &c.

Je dois obferver que c'eft trop foutenir des maximes tant condamnées par tous nos parlemens.

Quelqu'injufte que puiffe paraître à un particulier, un édit de fon fouverain, il eft criminel de lèfe-majefté, quand il le déchire, & le foule aux pieds publiquement. L'auteur du libelle devrait favoir qu'il faut refpecter les rois & les lois.

Si *Nonotte* avait à faire à quelque favant en *us*, ce favant lui dirait: ,, Monfieur, vous êtes un ignorant ,, ou un fripon: vous dites dans votre pieux libelle, ,, page 20, que ce n'eft pas le premier édit de ,, *Dioclétien*, mais le fecond, qu'un chrétien d'une ,, qualité diftinguée, déchira publiquement.

,, Premièrement, il importe fort peu que ce ,, chrétien ait été de la plus haute qualité. Secondement, s'il était de la plus haute qualité, il n'en ,, était que plus coupable.

,, Troifièmement, l'hiftoire eccléfiaftique de *Fleuri* ,, dit expreffément, page 428, tome II, que ce fut ,, le premier édit, portant feulement privation des ,, honneurs & des dignités, que ce chrétien de la ,, plus haute qualité déchira publiquement, en fe ,, moquant des victoires des Romains fur les Goths & ,, fur les Sarmates, dont l'édit fefait mention.

,, Si vous avez lu *Eufèbe* dont *Fleuri* a tiré ce fait, ,, vous avez tort de falfifier ce paffage. Si vous ne ,, l'avez pas lu, vous avez plus de tort encore. Donc ,, vous êtes un ignorant ou un fripon. ,,

Voilà ce qu'on vous dirait, mais dans un fiècle comme le nôtre, on fe gardera bien de fe fervir d'un pareil ftyle.

TROISIEME SOTTISE DE NONOTTE,
SUR MARCEL.

Un centurion nommé *Marcel*, dans une revue
auprès de Tanger en Mauritanie, jeta fa ceinture
militaire & fes armes, & cria : *Je ne veux plus fervir
ni les empereurs ni leurs dieux.*

L'auteur du libelle trouve cette action fort raifonnable; & il fait un crime à l'auteur de l'*Effai fur les
mœurs &c.* de dire que le zèle de ce centurion n'était
pas fage; mais il n'en eft pas dit un mot dans l'*Effai
fur les mœurs &c.*; c'eft dans un autre ouvrage qu'il en
eft parlé. Au refte, je demande fi un capitaine calvinifte ferait bien reçu dans une revue à jeter fes armes,
& à dire qu'il ne veut plus combattre pour le roi, &
pour la Ste Vierge : ne ferait-il pas mieux de fe retirer
paifiblement ?

QUATRIEME SOTTISE DE NONOTTE,
SUR St ROMAIN.

Notre libellifte trouve beaucoup d'impiété à
nier l'aventure du jeune *St Romain*. Voici le paffage
de M. de *Voltaire.*

 ,, Il eft bien vraifemblable que la jufte douleur
 ,, des chrétiens fe répandit en plaintes exagérées.
 ,, Les *actes fincéres* nous racontent que l'empereur
 ,, étant dans Antioche, le préteur condamna un
 ,, enfant chrétien nommé *Romain*, à être brûlé; que
 ,, des juifs préfens à ce fupplice, fe mirent mécham-
 ,, ment à rire, en difant : *Nous avons eu autrefois trois*

,, *petits garçons*, *Sidrach*, *Misach*, & *Abdenago*, *qui ne*
,, *brûlèrent point dans la fournaise;* & *celui-ci brûle.* Dans
,, l'inſtant, pour confondre les juifs, une grande pluie
,, éteignit le bûcher, & le petit garçon en ſortit ſain
,, & ſauf, en demandant : *Où eſt donc le feu?* Les *aɛɛes*
,, *ſincères* ajoutent que l'empereur le fit délivrer, mais
,, que le juge ordonna qu'on lui coupât la langue. Il
,, n'eſt guère poſſible qu'un juge ait fait couper la
,, langue à un petit garçon à qui l'empereur avait
,, pardonné.

,, Ce qui ſuit eſt plus ſingulier. On prétend qu'un
,, vieux médecin chrétien, nommé *Ariſlon*, qui avait
,, un biſtouri tout prêt, coupa la langue de cet enfant
,, pour faire ſa cour au préteur. Le petit *Romain* fut
,, auſſitôt renvoyé en priſon. Le geolier lui demanda
,, de ſes nouvelles ; l'enfant raconta fort au long
,, comment un vieux médecin lui avait coupé la
,, langue. Il faut noter que le petit enfant avant cette
,, opération était extrêmement bègue, mais qu'alors il
,, parlait avec une volubilité merveilleuſe. Le geolier
,, ne manqua pas d'aller raconter ce miracle à
,, l'empereur. On fit venir le vieux médecin ; il jura
,, que l'opération avait été faite dans toutes les règles
,, de l'art, & montra la langue de l'enfant, qu'il
,, avait conſervée proprement dans une boîte. Qu'on
,, faſſe venir, dit-il, le premier venu ; je m'en vais
,, lui couper la langue en préſence de votre majeſté,
,, & vous verrez s'il pourra parler. On prit un pauvre
,, homme à qui le médecin coupa juſte autant de
,, langue qu'il en avait coupé au petit enfant ; l'homme
,, mourut ſur le champ. ,,

Je veux croire que les *actes* qui rapportent ce fait, font auffi *fincères* qu'ils en portent le titre ; mais ils font encore plus finguliers que fincères.

C'eft maintenant au lecteur judicieux à voir s'il n'eft pas permis de douter un peu de ce miracle. L'auteur du libelle peut auffi croire, s'il veut, l'apparition du *Labarum ;* mais il ne doit point injurier ceux qui ne font point de cet avis.

CINQUIEME SOTTISE DE NONOTTE,
SUR L'EMPEREUR JULIEN.

O N peut s'épuifer en invectives contre l'empereur *Julien ;* on n'empêchera pas que cet empereur n'ait eu des mœurs très - pures : on doit le plaindre de n'avoir pas été chrétien, mais il ne faut pas le calomnier. Voyez ce que *Julien* écrit aux Alexandrins fur le meurtre de l'évêque *George*, ce grand perfécuteur des athanafiens ..... *Au lieu de me réferver la connaiffance de vos injures, vous vous êtes livrés à la colère, & vous n'avez pas eu honte de commettre les mêmes excès qui vous rendaient vos adverfaires fi odieux.* *Julien* les reprend en empereur & en père. Qu'on life toutes fes lettres, & qu'on voie s'il y a jamais eu un homme plus fage & plus modéré. Quoi donc ! parce qu'il a eu le malheur de n'être pas chrétien, n'aura-t-il eu aucune vertu ? *Cicéron*, *Virgile*, les *Catons*, les *Antonins, Pythagore, Zaleucus, Socrate, Platon, Epictète, Licurgue, Solon, Ariftide,* les plus fages des hommes, auront-ils été des monftres, parce qu'ils auront eu le malheur de n'être pas de notre religion ?

SIXIEME SOTTISE, SUR LA LEGION THEBAINE.

L'AUTEUR du libelle fait des efforts affez plaifans, page 28, pour accréditer la fable de la légion thébaine, toute compofée de chrétiens, toute entière environnée dans une gorge de montagnes, où l'on ne peut pas mettre deux cents hommes en bataille, aux pieds du grand Saint-Bernard, où cent hommes bien retranchés, arrêteraient une armée. Voici les preuves que notre critique judicieux donne de l'authenticité de cette aventure; il les a copiées du *Pédagogue chrétien*.

Eucher, dit-il, qui rapporte cette hiftoire deux cents ans après l'événement, *était riche*, donc il difait vrai. *Eucher l'avait entendu raconter à Ifac évêque de Genéve*, qui fans doute était riche auffi. *Ifac* difait tenir le tout d'un évêque nommé *Théodore* qui vivait cent ans après ce maffacre. Voilà en vérité des preuves mathématiques. Je prie le libellifte de venir faire un tour au grand Saint-Bernard; il verra de fes yeux s'il eft aifé d'y entourer & d'y maffacrer une légion toute entière. Ajoutons qu'il eft dit que cette légion venait d'Orient, & que le mont Saint-Bernard n'eft pas affurément le chemin en droiture. Ajoutons encore qu'il eft dit que c'était pour la guerre contre les Bagaudes, & que cette guerre alors était finie. Ajoutons furtout que cette fable tant chantée par tous les légendaires, fut écrite par *Grégoire de Tours*, qui l'attribua à *Eucher* mort en 454; & remarquons que dans cette légende, fuppofée écrite en 454, il eft beaucoup parlé de la mort d'un *Sigifmond* roi de Bourgogne, tué en 523.

Il eft de quelque utilité d'apprendre aux ignorans impofteurs de nos jours, que leur temps eft paffé, & qu'on ne croit plus ces miférables fur leur parole.

On propofa à *Nonotte* de marier les fix mille foldats de la légion thébaine avec les onze mille vierges; mais ce pauvre ex-jéfuite n'avait pas les pouvoirs.

SEPTIEME SOTTISE, SUR AMMIEN

MARCELLIN, ET SUR UN PASSAGE

IMPORTANT.

LE libellifte s'exprime ainfi, page 48 : ....
,, *Ammien Marcellin* ne dit nulle part qu'il avait vu
,, les chrétiens fe déchirer comme des bêtes féroces.
,, L'auteur de l'*Effai fur les mœurs &c.* calomnie en
,, même temps *Ammien Marcellin,* & les chrétiens.

Qui eft le calomniateur, ou de vous, ou de l'auteur de l'*Effai fur les mœurs &c.* ? Premièrement vous citez faux; il n'y a point dans le texte qu'*Ammien Marcellin ait vu;* il y a, que de fon temps, les chrétiens fe déchiraient. Secondement, voici les paroles d'*Ammien Marcellin,* page 223, édition de *Henri de Valois: His efferatis hominum mentibus.... iram in Georgium epifcopum verterunt, vipereis morfibus ab eo fæpius appetiti.* On demande au libellifte quel eft le caractère des vipères ? Sont-elles douces ? font-elles féroces ?

d'ailleurs a-t-on (i) befoin du témoignage d'*Ammièn Marcellin* pour favoir que les eufébiens & les athanafiens exercèrent, les uns contre les autres, la plus déteftable fureur? Jufqu'à quand arborera-t-on l'intolérance & le menfonge?

HUITIÈME SOTTISE, SUR CHARLEMAGNE.

Il accufe l'auteur de l'*Effai fur les mœurs &c.* d'avoir dit que *Charlemagne* n'était qu'un heureux brigand. Notre libellifte calomnie fouvent. L'hiftorien appelle *Charlemagne le plus ambitieux, le plus politique, le plus grand guerrier, de fon fiècle.* Il eft vrai que *Charlemagne* fit maffacrer un jour quatre mille cinq cents prifonniers: on demande au libellifte s'il aurait voulu être le prifonnier de St *Charlemagne?*

NEUVIÈME SOTTISE, SUR LES ROIS DE FRANCE BIGAMES.

Notre homme affure, à l'occafion de *Charlemagne*, quels rois *Gontran, Sigebert, Chilpéric*, n'avaient pas plus d'une femme à la fois.

Notre libellifte ne fait pas que *Contran* eut pour femmes dans le même temps, *Vénérande, Mercatrude,* & *Oftrégile*; il ne fait pas que *Sigebert* époufa *Brunehaut* du temps de fa première femme; que *Cherebert* eut à

<hr>

(i) N. B. M. *Damilaville* pouvait citer un autre paffage d'*Ammien Marcellin*, beaucoup plus fort; c'eft à la fin du chapitre V, liv. XXII. Je me fers de la traduction très-eftimée faite à Berlin, imprimée cette année 1775, n'ayant pas fous mes yeux le texte original: Voici les paroles du traducteur: *Julien avait obfervé qu'il n'eft pas d'animaux plus ennemis de l'homme, que le font entre eux les chrétiens, quand la religion les divife.*

la fois *Meroflède*, *Marcovèfe*, & *Théodegilde*. Il faut
encore lui apprendre que ,*Dagobert* eut trois femmes,
& qu'il paſſa d'ailleurs pour un prince très-pieux, car
il donna beaucoup aux monaſtères. Il faut lui apprendre que ſon confrère *Daniel*, quelque partial qu'il puiſſe
être, eſt plus honnête & plus véridique que lui. Il
avoue franchement, page 110 du tome I in-4°, que le
grand *Théodebert* épouſa la belle *Deuterie*, quoique le
grand *Théodebert* eût une autre femme nommée *Viſigalde*,
& que la belle *Deuterie* eût un mari; & qu'en cela il
imitait ſon oncle *Clotaire*, lequel épouſa la veuve de
Clodomir ſon frère, quoiqu'il eût déjà trois femmes.

Il réſulte que *Nonotte* eſt exceſſivement ignorant &
un peu téméraire.

Ex-jéſuite de province, pauvre *Nonotte*, tu parles
de femmes! de quoi t'aviſes-tu? lis ſeulement l'abrégé
du préſident *Hénault*, in-4°, tu verras à l'article *Philippe*
Auguſte, que *Pierre* roi d'Arragon promet par ſon contrat
de mariage, *de ne point répudier ſa femme Marie comteſſe*
de Montpellier, & même de n'en épouſer point d'autre
du vivant de *Marie*. Te voilà bien étonné, *Nonotte*.

DIXIEME SOTTISE, SUR CHOSES PLUS
SERIEUSES.

NON, ex-jéſuite *Nonotte*, non, la perſécution n'était
pas dans le génie des Romains. Toutes les religions
étaient tolérées à Rome, quoique le ſénat n'adoptât pas
tous les dieux étrangers. Les Juifs avaient des ſynago-
gues à Rome. Les ſuperſtitieux Egyptiens, nation
preſque auſſi mépriſable que la juive, y avaient élevé
un temple, qui n'aurait pas été démoli ſans l'aventure

de *Mundus* & de *Pauline*. Les Romains, ce peuple roi, n'agitèrent jamais la controverse, ils ne songeaient qu'à vaincre & à policer les nations. Il est ihouï qu'ils aient jamais puni personne seulement pour la religion. Ils étaient justes. J'en prends à témoin les *Actes des apôtres*: lorsque *St Paul*, suivant le conseil de *St Jacques*, alla se purifier pendant sept jours de suite dans le temple de Jérusalem, pour persuader aux Juifs qu'il gardait la loi de *Moïse;* les Juifs demandèrent sa mort au proconsul *Festus;* ce *Festus* leur répondit : ,, Ce n'est ,, point la coutume des Romains de condamner un ,, homme avant que l'accusé ait son accusateur ,, devant lui, & qu'on lui ait donné la liberté de se ,, justifier. ,,

Ce fut par le fanatisme d'un saducéen, & non d'un romain, que *St Jacques*, frère de JESUS, fut lapidé. Il est donc très-vraisemblable que la haine implacable qu'on porte toujours à ses frères séparés de communion, fut la cause du martyre des premiers chrétiens. J'en parlerai ailleurs: mais à présent, ô libelliste, je ne vous en dirai mot. Je vous avertis seulement d'étudier l'histoire en philosophe, si vous pouvez.

ONZIEME SOTTISE DE NONOTTE,
SUR LA MESSE.

NOTRE *Nonotte* assure que la messe était du temps de *Charlemagne*, ce qu'elle est aujourd'hui; il veut nous tromper; il n'y avait point de messe basse, & c'est de quoi il est question. La messe fut d'abord la cène. Les fidelles s'assemblaient au troisième étage, comme on le voit par plufieurs paffages, furtout au chapitre XX, verfet 9 des *Aĉtes des apôtres*. Ils rompaient le pain enfemble, felon ces paroles : *Toutes les fois que vous ferez ceci, vous le ferez en mémoire de moi :* enfuite l'heure changea, l'affemblée fe fit le matin, & fut nommée la *Sinaxe;* puis les Latins la nommèrent *meffe*. Il n'y avait qu'une affemblée, qu'une meffe dans une églife; & ce terme de *mes frères*, fi fouvent répété, prouve bien qu'il n'y avait point de meffes privées : elles font du dixième fiècle. L'ex-jéfuite *Nonotte* ne connaît pas même la meffe. Dis-tu la meffe, *Nonotte* ? hé bien, je ne te la fervirai pas.

DOUZIEME SOTTISE, SUR LA CONFESSION.

LE libellifte dit que la confeffion auriculaire était établie dès les premiers temps du chriftianifme. Il prend la confeffion auriculaire pour la confeffion publique. Voici l'hiftoire fidelle de la confeffion; l'ignorance & la mauvaife foi des critiques, fervent quelquefois à éclaircir des vérités.

La confeffion de fes crimes, en tant qu'expiation, & confidérée comme une chofe facrée, fut admife de temps immémorial dans tous les myftères d'*Ifis*, d'*Orphée*, de *Mithras*, de *Cérès :* les Juifs connurent ces fortes d'expiations, quoique dans leur loi tout fût temporel. Les peines & les punitions après la mort n'étaient annoncées ni dans le Décalogue, ni dans le Lévitique, ni dans le Deutéronome; & aucune de ces trois lois ne parle de l'immortalité

de

de l'ame : mais les efféniens embraffèrent dans les derniers temps, la coutume d'avouer leurs fautes dans leurs affemblées publiques, & les autres juifs fe contentaient de demander pardon à D i e u dans le temple. Le grand-prêtre, le jour de l'expiation annuelle, entrait feul dans le fanctuaire, demandait pardon pour le peuple, & chargeait des iniquités de la nation un bouc nommé *Hazazel* d'un nom égyptien. Cette cérémonie était entièrement égyptienne.

On offrait, pour les péchés reconnus, des victimes dans toutes les religions, & on fe lavait d'eau pure. De-là viennent ces fameux vers :

> *O faciles nimiùm qui triftia crimina cædis*
> *Flumineâ tolli poffe putatis aquâ !*

St Jacques ayant dit dans fon épître : ,, Confeffez, ,, avouez vos fautes les uns aux autres; ,, les premiers chrétiens établirent cette coutume, comme la gardienne des mœurs. Les abus fe gliffent dans les chofes les plus faintes.

Sozomène nous apprend, livre VII, chapitre XVI, que les évêques ayant reconnu les inconvéniens de ces confeffions publiques, *faites comme fur un théâtre*, établirent dans chaque églife un feul prêtre, fage & difcret, nommé le *pénitencier*, devant lequel les pécheurs avouaient leurs fautes, foit feul à feul, foit en préfence des autres fidelles. Cette coutume fut établie vers l'an 250 de notre ère.

On connaît le fcandale arrivé à Conftantinople du temps de l'empereur *Théodofe I*. Une femme de qualité s'accufa au pénitencier d'avoir couché avec

Mélanges hift. Tome I.   D d

le diacre de la cathédrale. Il faut bien que cette femme se fût confessée publiquement, puisque le diacre fut déposé, & qu'il y eut un grand tumulte. Alors *Nectaire* le patriarche abolit la charge de péni-tencier, & permit qu'on participât aux mystères sans se confesser : *Il fut permis à chacun*, disent *Socrate* & *Sozomène*, *de se présenter à la communion selon ce que sa conscience lui dicterait.*

St *Jean Chrysostome*, successeur de *Nectaire*, recom-manda fortement de ne se confesser qu'à DIEU ; il dit dans sa cinquième homélie : *Je vous exhorte à ne cesser de confesser vos péchés à DIEU ; je ne vous produis point sur un théâtre ; je ne vous contrains point de découvrir vos péchés aux hommes : déployez votre conscience devant DIEU, montrez-lui vos blessures, demandez-lui les remèdes ; avouez vos fautes à celui qui ne vous les reproche point, à celui qui les connaît toutes, à qui vous ne pouvez les cacher.*

Dans son homélie, sur le pseaume 50 : *Quoi ! vous dis-je que vous vous confessiez à un homme, à un compagnon de service, votre égal, qui peut vous les reprocher ? non, je vous dis, confessez-vous à DIEU.*

On pourrait alléguer plus de cinquante passages authentiques qui établissent cette doctrine, à laquelle l'usage saint & utile de la confession auriculaire a succédé. *Nonotte* ne sait rien de tout cela. Il demeure pourtant chez une fille qu'il confesse.

TREIZIEME SOTTISE DE NONOTTE,
SUR BERENGER.

L'ARTICLE de *Bérenger* eft très-curieux : *Il paraît que l'auteur de l'Effai fur les mœurs ne fait point le caté-chifme des catholiques, mais qu'il eft bien inftruit de celui des calviniftes.*

On peut lui répondre que l'auteur de l'*Effai* eft très-bien inftruit des deux catéchifmes ; & il fait que tous deux condamnent les ignorans qui difent des injures fans efprit.

On paffe tout ce que cet honnête homme dit fur l'euchariftie, parce qu'on refpecte ce myftère autant qu'on méprife la calomnie. Il y a des chofes fi facrées, fi délicates, qu'il ne faut ni en difputer avec les fri-pons, ni en parler devant les fanatiques.

QUATORZIEME SOTTISE DE NONOTTE,
SUR LE SECOND CONCILE DE NICÉE,
ET DES IMAGES.

NOUS ne réfuterons pas ce que dit le libelle au fujet du fecond concile de Nicée, du concile de Francfort, & des livres carolins : on fait affez que les livres carolins envoyés à Rome, & non condamnés, traitent le fecond concile de Nicée, de *fynode arrogant & impertinent* : ce font des faits atteftés par des monu-mens authentiques. Ce concile de Francfort rejeta non-feulement l'adoration des images, mais encore le fervice le plus léger, *fervitium*, c'eft le mot dont il fe fert. Ce ne font pas ici des anecdotes, ce font des pièces publiques.

Il eft plaifant que le libellifte accufe l'hiftorien d'être calvinifte , parce que cet hiftorien rapporte fidellement les faits. Lui calvinifte! bon Dieu ; il n'eft pas plus pour *Calvin* que pour *Ignace*.

Le culte des images eft purement de difcipline eccléfiaftique; il eft bien certain que JESUS-CHRIST n'eut jamais d'images, & que les apôtres n'en avaient point. Il fe peut que *St Luc* ait été peintre, & qu'il ait fait le portrait de la vierge *Marie;* mais il n'eft point dit que ce portrait ait été adoré. Les images & les ftatues font de très-beaux ornemens quand elles font bien faites ; & pourvu qu'on ne leur attribue pas des vertus occultes & une puiffance ridicule , les ames pieufes les révèrent , & les gens de goût les eftiment : on peut s'en tenir là fans être calvi-nifte : on peut même fe moquer du tableau de *St Ignace* qu'on a vu long-temps chez les jéfuites à Paris : ce grand faint y eft repréfenté montant au ciel dans un carroffe à quatre chevaux blancs : les jéfuites auront de la peine à faire fervir dorénavant cette peinture de tableau d'autel dans les églifes de Paris.

QUINZIEME SOTTISE DE NONOTTE,
SUR LES CROISADES.

LE bon fens de l'auteur du libelle fe remarque dans les éloges qu'il fait de l'entreprife des croifades, & de la manière dont elles furent conduites ; mais il permettra qu'on doute que des mahométans aient voulu choifir pour leur foudan un prince chrétien , leur ennemi mortel & leur prisonnier, qui ne connaissait ni leurs mœurs ni leur langue.

L'auteur de l'*Essai sur les mœurs & l'esprit des nations* dit que Constantinople fut prise, pour la première fois, par les Francs en 1204, & qu'avant ce temps aucune nation étrangère n'avait pu s'emparer de cette ville. L'auteur du libelle appelle cette vérité une erreur grossière, sous prétexte que quelques empereurs étaient rentrés en victorieux dans Constantinople après des séditions. Quel rapport, je vous prie, ces séditions peuvent-elles avoir avec la translation de l'empire grec aux Latins ?

SEIZIEME SOTTISE DE NONOTTE, SUR LES ALBIGEOIS.

L'ARTICLE des *Albigeois* est un de ceux où l'auteur du libelle montre le plus d'ignorance, & déploie le plus de fureur. Il est certain qu'on imputa aux Albigeois des crimes qui ne sont pas même dans la nature humaine : on ne manqua pas de les accuser de tenir des assemblées secrètes, dans lesquelles les hommes & les femmes se mêlaient indifféremment, après avoir éteint la lumière. On sait que de pareilles horreurs ont été imputées aux premiers chrétiens, & à tous ceux qui ont voulu être réformateurs. On les accusa encore d'être manichéens, quoiqu'ils n'eussent jamais entendu parler de *Manès*.

L'infortuné comte de Toulouse *Raimond VI*, contre lequel on fit une croisade pour le dépouiller de son Etat, était très-éloigné des erreurs de ces pauvres Albigeois : on a encore sa lettre à l'abbé & au chapitre de Cîteaux, dans laquelle il fe plaint des hérétiques, & demande main-forte. C'eft un grand exemple du pouvoir abufif que les moines avaient alors en France. Un fouverain fe croyait obligé de demander la protection d'un abbé de Cîteaux : il n'obtint que trop ce qu'il avait imprudemment demandé. Un abbé de Clervaux, devenu cardinal & légat du pape, marcha avec une armée pour fecourir le comte de Touloufe, & le premier fecours qu'il lui donna, fut de ravager Beziers & Cahors en 1187. Le pays fut en proie aux excommunications & au glaive, à plus d'une reprife, jufqu'à l'année 1207, que le comte de Touloufe commença à fe repentir d'avoir appelé dans fa province des légats qui égorgeaient & pillaient les peuples au lieu de les convertir.

Un moine de Cîteaux, nommé *Pierre Caftelnau*, l'un des légats du pape, fut tué dans une querelle par un inconnu ; on en accufa le comte de Touloufe, fans en avoir la moindre preuve. Le fiége de Rome en ufa alors comme il en avait ufé tant de fois avec prefque tous les princes de l'Europe : il donna au premier occupant les Etats du comte de Touloufe, fur lefquels il n'avait pas plus de droit que fur la Chine ou fur le Japon. On prépara dès-lors une croifade contre ce defcendant de *Charlemagne*, pour venger la mort d'un moine.

Le pape ordonna à tous ceux qui étaient en péché mortel de fe croifer, leur offrant le pardon de leurs péchés, à cette feule condition ; & les déclarant excommuniés, fi, après s'être croifés, ils n'allaient pas mettre le Languedoc à feu & à fang.

Alors le duc de *Bourgogne*, les comtes de *Nevers*, de *Saint-Pol*, d'*Auxerre*, de *Genève*, de *Poitiers*, de *Forez*, plus de mille seigneurs châtelains, les archevêques de Sens, de Rouen, les évêques de Clermont, de Nevers, de Bayeux, de Lisieux, de Chartres, assemblèrent, dit-on, près de deux cents mille hommes pour gagner des pardons & des dépouilles. Ces deux cents mille dévots étaient sans doute en péché mortel.

Tout cela présente l'idée du gouvernement le plus insensé, ou plutôt de la plus exécrable anarchie.

Le comte de Toulouse fut obligé de conjurer l'orage. Ce malheureux prince fut assez faible pour céder d'abord au pape sept châteaux qu'il avait en Provence. Il alla à Valence, & fut mené nu en chemise devant la porte de l'église ; & là il fut battu de verges comme un vil scélérat qu'on fouette par la main du bourreau : il ajouta à cette infamie celle de se joindre lui-même aux croisés contre ses propres sujets. On sait la suite de cette déplorable révolution ; on sait combien de villes furent mises en cendres, combien de familles expirèrent par le fer & par les flammes.

L'histoire des Albigeois rapporte, au chapitre VI, que le clergé chantait *Veni sanĉte Spiritus* aux portes de Carcassonne, tandis qu'on égorgeait tous les habitans du faubourg, sans distinction de sexe ni d'âge ; & il se trouve aujourd'hui un *Nonotte* qui ose canoniser ces abominations, & qui imprime dans Avignon que c'est ainsi qu'il fallait traiter au nom de DIEU les princes & les peuples. *Nonotte* veut qu'on mette à

D d 4

feu & à fang tous les languedociens qui ne vont pas à la meffe. Il eft *mitis corde.*

Après avoir frémi de tant d'horreurs, il eft peut-être affez inutile d'examiner fi les comtes de *Foix*, de *Comminges*, & de *Béarn*, qui combattirent avec le roi d'Arragon pour le comte *Raimond de Touloufe*, contre le fanguinaire *Montfort*, étaient des hérétiques; le libellifte l'affure; mais apparemment qu'il en a eu quelque révélation. Eft-on donc hérétique pour prendre les armes en faveur d'un prince opprimé? Il eft vrai qu'ils furent excommuniés, felon l'ufage auffi abfurde qu'horrible de ce temps-là; mais qui a dit à ce *Nonotte* que ces feigneurs étaient des héré-tiques?

Qu'il dife tant qu'il voudra que DIEU fit un miracle en faveur du comte de *Montfort;* ce n'eft pas dans ce fiècle-ci qu'on croira que DIEU change le cours de la nature, & fait des miracles pour verfer le fang humain.

DIX-SEPTIEME SOTTISE DE NONOTTE, SUR LES CHANGEMENS FAITS DANS L'EGLISE.

Le libellifte s'imagine qu'on a manqué de refpect à l'Eglife catholique, en rapportant les diverfes formes qu'elle a prifes.

Peut-on ignorer que tous les ufages de l'Eglife chrétienne ont changé depuis JESUS-CHRIST? La néceffité des temps, l'augmentation du troupeau, la prudence des pafteurs, ont introduit ou aboli des lois & des coutumes. Prefque tous les ufages des Eglifes grecques & latines diffèrent. D'abord il n'y eut point de temples, & *Origène* dit que les chrétiens n'admettent ni temples ni autels ; plusieurs premiers chrétiens se firent circoncire ; le plus grand nombre s'abstint de la chair de porc. La *consubstantiabilité* de DIEU & de son Fils ne fut établie publiquement, & ce mot *consubstantiel* ne fut connu qu'au premier concile de Nicée. *Marie* ne fut déclarée mère de DIEU qu'au concile d'Ephèse en 431 ; & JESUS ne fut reconnu clairement pour avoir deux natures, qu'au concile de Chalcédoine, en 451 ; deux volontés ne furent constatées qu'à un concile de Constantinople, en 680. L'Eglise entière fut sans images pendant près de trois siècles ; on donna pendant six cents ans l'eucharistie aux petits enfans ; presque tous les pères des premiers siècles attendirent le règne de mille ans. Ce fut très-long-temps une croyance générale, que tous les enfans morts sans baptême étaient condamnés aux flammes éternelles ; *St Augustin* le déclare expressément : *parvulos non regeneratos ad æternam mortem ;* livre de la persévérance, chap. 13. Aujourd'hui l'opinion des limbes a prévalu. L'Eglise romaine n'a reconnu la procession du St Esprit par le Père & le Fils que depuis *Charlemagne*.

Tous les pères, tous les conciles crurent jusqu'au douzième siècle que la vierge *Marie* fut conçue dans le péché originel ; & à présent cette opinion n'est permise qu'aux seuls dominicains.

Il n'y a pas la plus légère trace de l'invocation publique des saints avant l'an 375. Il est donc clair que la sagesse de l'Eglise a proportionné la croyance, les rites, les usages, aux temps & aux lieux. Il n'y a point de fage gouvernement qui ne fe foit conduit de la forte.

L'auteur de l'*Effai fur les mœurs &c.* a rapporté d'une manière impartiale les établiffemens introduits ou remis en vigueur par la prudence des pafteurs. Si ces pafteurs ont effuyé des fchifmes, fi le fang a coulé pour des opinions, fi le genre-humain a été troublé, rendons grâces à DIEU de n'être pas nés dans ces temps horribles. Nous fommes affez heureux pour qu'il n'y ait aujourd'hui que des libelles.

DIX - HUITIEME SOTTISE DE NONOTTE, SUR JEANNE D'ARC.

QUE cet homme charitable infulte encore aux cendres de *Jean Hus* & de *Jérôme de Prague*, cela eft digne de lui; qu'il veuille nous perfuader que *Jeanne d'Arc* était infpirée, & que DIEU envoyait une petite fille au fecours de *Charles VII*, contre *Henri VI*, on pourra rire : mais il faut au moins relever la mauvaife foi avec laquelle il falfifie le procès-verbal de *Jeanne d'Arc*, que nous avons dans les actes de *Rymer*.

Interrogée en 1431, elle dit qu'elle eft âgée de vingt-neuf ans; donc, quand elle alla trouver le roi en 1429, elle avait vingt-fept ans; donc le libellifte eft un affez mauvais calculateur, quand il affure qu'elle n'en avait que dix-neuf. Il fallait douter.

Il convient de mettre le lecteur au fait de la véritable hiftoire de *Jeanne d'Arc*, furnommée *la Pucelle*. Les particularités de fon aventure font très-peu connues, & pourront faire plaifir aux lecteurs.

Paul Jove dit que le courage des Français fut animé par cette fille, & se garde bien de la croire inspirée. Ni *Robert Gagain*, ni *Paul Emile*, ni *Polidore Virgile*, ni *Genebrar*, ni *Philippe de Bergame*, ni *Papire Masson*, ni même *Mariana*, ne disent qu'elle était envoyée de DIEU; & quand *Mariana* le jésuite l'aurait dit, en vérité cela ne m'en imposerait pas.

Mezerai conte *que le prince de la milice céleste lui apparut*; j'en suis fâché pour *Mezerai*, & j'en demande pardon au prince de la milice céleste.

La plupart de nos historiens, qui se copient tous les uns les autres, supposent que la *pucelle* fit des prédictions, & qu'elles s'accomplirent. On lui fait dire qu'elle chassera les Anglais hors du royaume, & ils y étaient encore cinq ans après sa mort. On lui fait écrire une longue lettre au roi d'Angleterre, & assurément elle ne savait ni lire, ni écrire; on ne donnait pas cette éducation à une servante d'hôtellerie dans le Barois; & son procès porte qu'elle ne savait pas signer son nom.

Mais, dit-on, elle a trouvé une épée rouillée dont la lame portait cinq fleurs de lys d'or gravées, & cette épée était cachée dans l'église de Ste Catherine de Fierbois à Tours. Voilà certes un grand miracle!

La pauvre *Jeanne d'Arc* ayant été prise par les Anglais, en dépit de ses prédictions & de ses miracles, soutint d'abord dans son interrogatoire que *Ste Catherine* & *Ste Marguerite* l'avaient honorée de beaucoup de révélations. Je m'étonne qu'elle n'ait rien dit de ses conversations avec le prince de la milice céleste. Apparemment que ces deux saintes aimaient plus à parler que *St Michel*. Ses juges la crurent sorcière, &

elle fe crut infpirée. Ce ferait-là le cas de dire : *Ma foi,
juge & plaideurs*, *il faudrait tout lier*, fi l'on pouvait fe
permettre la plaifanterie fur de telles horreurs.

Une grande preuve que les capitaines de *Charles VII*
employaient le merveilleux pour encourager les foldats
dans l'état déplorable où la France était réduite,
c'eft que *Saintrailles* avait fon berger, comme le comte
de *Dunois* avait fa bergère. Ce berger fefait fes prédictions d'un côté, tandis que la bergère les fefait
de l'autre.

Mais malheureufement la prophéteffe du comte
de *Dunois* fut prife au fiége de Compiègne par un
bâtard de *Vendôme*, & le prophète de *Saintrailles* fut
pris par *Talbot*. Le brave *Talbot* n'eut garde de faire
brûler le berger. Ce *Talbot* était un de ces vrais anglais
qui dédaignent les fuperftitions, & qui n'ont pas le
fanatifme de punir les fanatiques.

Voilà, ce me femble, ce que les hiftoriens auraient
dû obferver, & ce qu'ils ont négligé.

La *pucelle* fut amenée à *Jean de Luxembourg*, comte
de Ligni. On l'enferma dans la forterefle de Beaulieu,
enfuite dans celle de Beaurevoir, & de-là dans celle
de Crotoy en Picardie.

D'abord *Pierre Cauchon*, évêque de Beauvais, qui
était du parti du roi d'Angleterre, contre fon roi
légitime, revendique la *pucelle* comme une forcière
arrêtée fur les limites de fa métropole. Il veut la
juger en qualité de forcière. Il appuyait fon prétendu
droit d'un infigne menfonge. *Jeanne* avait été prife
fur le territoire de l'évêché de Noyon; & ni l'évêque
de Beauvais, ni l'évêque de Noyon n'avaient affurément le droit de condamner perfonne, & encore

moins de livrer à la mort une fujette du duc de Lorraine, & une guerrière à la folde du roi de France.

Il y avait alors, (qui le croirait ?) un vicaire-
général de l'inquifition en France, nommé frère
Martin. C'était bien là un des plus horribles effets
de la fubverfion totale de ce malheureux pays. Frère
Martin réclama la prifonnière comme *fentant l'héréfie,
odorantem hærefim*. Il fomma le duc de Bourgogne
& le comte de Ligni, *par le droit de fon office, & de
l'autorité à lui commife par le St Siége, de livrer Jeanne
à la fainte inquifition.*

La forbonne fe hâta de feconder frère *Martin* : elle
écrivit au duc de Bourgogne & à *Jean de Luxembourg* :
,, Vous avez employé votre noble puiffance à appré-
,, hender icelle femme qui fe dit la *pucelle*, au moyen
,, de laquelle l'honneur de D I E U a été fans mefure
,, offenfé, la foi exceffivement bleffée, & l'Eglife trop
,, fort déshonorée ; car, par fon occafion, idolatrie,
,, erreurs, mauvaife doctrine, & autres maux inefti-
,, mables fe font enfuivis en ce royaume .... mais
,, peu de chofe ferait avoir fait telle prinfe, fi ne
,, s'enfuivait ce qu'il appartient pour fatisfaire l'offenfe
,, par elle perpétrée contre notre doux créateur & fa
,, foi, & fa fainte Eglife , avec fes autres méfaits
,, innumérables ..... & fi , ferait intolérable offenfe
,, contre la majefté divine s'il arrivait qu'icelle femme
,, fût délivrée. ,,

Enfin la *pucelle* fut adjugée à *Pierre Cauchon*, qu'on
appelait l'indigne évêque , l'indigne français, & l'indigne homme. *Jean de Luxembourg* vendit la *pucelle*
à *Cauchon* & aux Anglais pour dix mille livres, & le
duc de *Bedfort* les paya. La forbonne, l'évêque, &

frère *Martin*, préfentèrent alors une nouvelle requête à ce duc de *Bedfort*, régent de France, *en l'honneur de notre feigneur & fauveur* JESUS-CHRIST, *pour qu'icelle Jeanne fût fi brièvement mife ès mains de la juſtice de l'Eglife.* *Jeanne* fut conduite à Rouen. L'archevêché était alors vacant, & le chapitre permit à l'évêque de Beauvais de *befogner* dans la ville. (C'eſt le terme dont on fe fervit.) Il choifit pour fes affeſſeurs neuf docteurs de forbonne, avec trente-cinq autres affiſtans abbés ou moines. Le vicaire de l'inquifition, *Martin*, préfidait avec *Cauchon;* & comme il n'était que vicaire, il n'eut que la feconde place.

Il y eut quatorze interrogatoires; ils font finguliers. Elle dit qu'elle a vu *Ste Catherine* & *Ste Marguerite* à Poitiers. Le doctéur *Beaupère* lui demanda à quoi elle a reconnu les deux faintes : elle répond que c'eſt à leur manière de faire la révérence. *Beaupère* lui demanda fi elles font bien jafeufes : allez, dit-elle, le voir fur le regiſtre. *Beaupère* lui demanda fi quand elle a vu *St Michel* il était tout nu : elle répond : Penfez-vous que Notre-Seigneur n'eût de quoi le vêtir ?

Voilà le ridicule, voici l'horrible.

Un de fes juges, docteur en théologie & prêtre, nommé *Nicolas l'oifeleur*, vient la confeſſer dans la prifon. Il abufe du facrement jufqu'au point de cacher, derrière un morceau de ferge, deux prêtres qui tranfcrivent la confeſſion de *Jeanne d'Arc*. Ainfi les juges employèrent le facrilége pour être homicides. Et une malheureufe idiote, qui avait eu affez de courage pour rendre de très-grands fervices au roi &

à la patrie, fut condamnée à être brûlée par quarante-quatre prêtres français qui l'immolaient à la faction de l'Angleterre.

On fait affez comment on eut la baffeffe artificieufe de mettre auprès d'elle un habit d'homme pour la tenter de reprendre cet habit, & avec quelle abfurde barbarie on prétexta cette prétendue tranfgreffion pour la condamner aux flammes, comme fi c'était dans une fille guerrière un crime digne du feu de mettre une culotte au lieu d'une jupe. Tout cela déchire le cœur, & fait frémir le fens commun. On ne conçoit pas comment nous ofons, après les horreurs fans nombre dont nous avons été coupables, appeler aucun peuple du nom de barbare.

La plupart de nos hiftoriens, plus amateurs des prétendus embelliffemens de l'hiftoire que de la vérité, difent que *Jeanne* alla au fupplice avec intrépidité; mais comme le portent les chroniques du temps, & comme l'avoue M. de *Villaret*, elle reçut fon arrêt avec des cris & avec des larmes; faibleffe pardonnable à fon fexe, peut-être au nôtre, & très-compatible avec le courage que cette fille avait déployé dans les dangers de la guerre; car on peut être hardi dans les combats, & fenfible fur l'échafaud.

Je dois ajouter ici que plufieurs perfonnes ont cru, fans aucun examen, que la *pucelle d'Orléans* n'avait point été brûlée à Rouen, quoique nous ayons le procès-verbal de fon exécution. Elles ont été trompées par la relation que nous avons encore, d'une aventurière qui prit le nom de la *pucelle*, trompa les frères de *Jeanne d'Arc*, & à la faveur de cette impofture, époufa en Lorraine un gentilhomme de la maifon des *Armoifes*. Il y eut deux autres friponnes qui fe firent auffi paffer pour la *pucelle d'Orléans*. Toutes les trois prétendirent qu'on n'avait point brûlé *Jeanne*, & qu'on lui avait fubftitué une autre femme ; de tels contes ne peuvent être admis que par ceux qui veulent être trompés.

Apprends, *Nonotte*, comme il faut étudier l'hiftoire quand on ofe en parler.

DIX - NEUVIEME SOTTISE DE NONOTTE ,
SUR RAPIN THOYRAS.

.IL attaque, page 185, l'exact & judicieux *Rapin Thoyras ;* il dit qu'il n'était ni de fon goût, ni fûr pour lui, de fe déclarer pour la *pucelle d'Orléans*. Ne voilà-t-il pas un homme bien inftruit des mœurs de l'Angleterre ! Un auteur y écrit affurément tout ce qu'il veut , & avec la plus entière liberté : & d'ailleurs le gentilhomme, que ce libellifte infulte, ne compofa point fon hiftoire en Angleterre, mais à Vefel , où il a fini fa vie.

Il faut ajouter ici un mot fur l'aventure miraculeufe de *Jeanne d'Arc*. Ce ferait un plaifant miracle que celui d'envoyer exprès une petite fille au fecours des Français contre les Anglais, pour la faire brûler enfuite !

VINGTIEME

VINGTIEME SOTTISE DE NONOTTE, SUR MAHOMET II, ET LA PRISE DE CONSTANTINOPLE.

L'AUTEUR du libelle renouvelle le beau conte de *Mahomet II*, qui coupa la tête à fa maîtreffe *Irène* pour faire plaifir à fes janiffaires. Ce conte eft affez réfuté par les annales turques, & par les mœurs du férail, qui n'ont jamais permis que le fecret de l'empereur fût expofé aux raifonnemens de la milice.

Il nie que la moitié de la ville de Conftantinople ait été prife par compofition; mais les annales turques rédigées par le prince *Cantemir*, & les églifes grecques qui fubfiftèrent, font d'affez bonnes preuves que le libellifte ne connaît pas plus l'hiftoire des Turcs que la nôtre.

VINGT-UNIEME SOTTISE DE NONOTTE, SUR LA TAXE DES PECHÉS.

L'AUTEUR du libelle demande *où eft cette licence déshonorante, cette taxe honteufe, ces prix faits &c., qui avaient paffé en coutume, en droit & en loi?* Qu'il life donc la taxe de la chancellerie romaine, imprimée à Rome en 1514, chez *Marcel Silbert*, au champ de *Flore*, & l'année d'après à Cologne, chez *Gofvinus Colinius*; enfin à Paris en 1520 chez *Touffaint Denys*, rue Saint-Jacques. Le premier titre eft : *De caufis matrimonialibus.*

In caufis matrimonialibus, pro contraĉu quarti gradûs, taxa eft turonenfes feptem, ducatus unus, carlini fex.

Mélanges hift. Tome I. E e

Faut-il que ce pauvre homme nous oblige ici de dire que dans le titre 18 on donne l'absolution pour cinq carlins à celui qui a connu sa mère ? que pour un père & une mère qui auront tué leur fils il n'en coûte que six tournois & deux ducats ? & si on demande l'absolution du péché de sodomie & de la bestialité , avec la clause inhibitoire, il n'en coûte que trente-six tournois & neuf ducats. Après de telles preuves , que ce libelliste se taise, ou qu'il paye pour ses péchés.

VINGT-DEUXIEME SOTTISE, SUR LE DROIT DES SECULIERS DE CONFESSER.

Il demande où l'historien a pris que les séculiers , & les femmes même avaient droit de confesser. Où? mon pauvre ignorant ; dans *St Thomas* , page 255 de la IIIe partie , édition de Lyon 1738. *Confessio ex defectu sacerdotis laico facta , sacramentalis est quodammodo.* Ignorez-vous combien d'abbesses confessèrent leurs religieuses ? On ne peut mieux faire que de rapporter ici une partie d'une lettre d'un très-savant homme, datée de Valence du 1 février 1769 , concernant cet usage que *Nonotte* ignore.

,, L'auteur demande si on pourrait lui citer quelque
,, abbesse qui ait confessé ses religieuses.

On lui répondra avec M. l'abbé *Fleuri* , livre 76 , tome XVI , page 246 de l'*Histoire ecclésiastique* ,
,, qu'il y avait en Espagne des abbesses qui donnaient
,, la bénédiction à leurs religieuses, entendaient leurs
,, confessions , & prêchaient publiquement lisant
,, l'évangile; que ce fait paraît par une lettre du pape
,, du 10 décembre 1210. C'est *Innocent III* &c. ,,

J'ajoute à la remarque de ce vrai favant l'autorité de *St Bafile* dans fes *Règles abrégées*, tom. II, pag. 453. Il eft permis à l'abbeffe d'entendre avec le prêtre les confeffions de fes religieufes. J'ajoute encore que le père *Martène* dans fes *Rites de l'Eglife*, tome II, page 39, affirme que les abbeffes confeffaient d'abord leurs nones, & qu'elles étaient fi curieufes qu'on leur ôta ce droit. Nous parlerons encore de l'ignorance du confeffeur *Nonotte* fur la confeffion, dans un autre article.

VINGT-TROISIEME SOTTISE DUDIT

NONOTTE.

L'AUTEUR du libelle, en parlant du calvinifme, prétend que l'hiftorien ménage toujours beaucoup *Calvin* & *Luther*. Il doit favoir affez que l'hiftorien ne refpecte que la vérité ; qu'il a condamné hautement le meurtre de *Servet*, toutes les fureurs dans la guerre, & tous les emportemens dans la paix ; qu'il détefte la perfécution & le fanatifme par-tout où il les trouve. La devife de cette hiftoire eft : *Iliacos intra muros peccatur & extra*. Il ne fait pas plus de cas de *Luther* & de *Calvin* que du jéfuite *le Tellier* : mais il croit que *Luther*, *Calvin*, & les autres auteurs de la réforme rendirent un grand fervice aux fouverains en leur enfeignant qu'aucun de leurs droits ne pouvait dépendre d'un évêque.

VINGT-QUATRIEME SOTTISE DE
NONOTTE, SUR FRANÇOIS I.

L'AUTEUR du libelle porte l'efprit de perfécution jufqu'à rapporter ce qui eſt imputé au roi *François I* par *Florimond de Raimon*, cité avec tant de complaiſance dans le jéſuite *Daniel : Si je ſavais un de mes enfans entaché d'opinions contre l'Eglife romaine, je le voudrais moi-même ſacrifier.* Voilà ce que l'auteur du libelle appelle *une tendre piété*, page 255. Quoi ! *François I*, qui accordait à *Barberouſſe* une moſquée en France, aurait eu une *piété aſſez tendre* pour égorger le dauphin, s'il avait voulu prier DIEU en français, & communier avec du pain levé & du vin ! *François I*, par une politique malheureuſe, aurait-il prononcé ces paroles barbares ? De *Thou*, *Duhaillan* les rapportent-ils ? & quand ils les auraient rapportées, quand elles feraient vraies, que faudrait-il répondre ? que *François I* aurait été un père dénaturé, ou qu'il ne penſait pas ce qu'il diſait. Mais il n'y a de père dénaturé que père *Nonotte*.

VINGT-CINQUIEME SOTTISE DE
NONOTTE, SUR LA SAINT-BARTHELEMI.

MALHEUREUX ! avez-vous été aidé dans votre libelle par l'auteur de l'apologie de la St Barthelemi ? Il paraît que vous excuſez ces maſſacres. Vous dites qu'ils ne furent jamais prémédités : liſez donc *Mézerai*, qui avoue que *dès la fin de l'année* 1570 *on continuait*

dans le grand deffein d'attirer les huguenots dans le piège,
page 156, tome V, édition d'Amfterdam. Votre *Daniel*
ne dit-il pas que *Charles IX* joua bien fon rôlet ? &
n'avait-il pas copié ces paroles de l'hiftoriographe
Matthieu ? quel rôlet, grand Dieu ! & dans combien de
mémoires ne trouve-t-on pas cette funefte vérité ?

Un critique qui fe trompe n'eft que méprifable ;
mais un homme qui excuferait la St Barthelemi ferait
un coquin puniffable. Vous jouez, *Nonotte*, un indigne
rôlet.

VINGT-SIXIEME SOTTISE DE NONOTTE, SUR LE DUC DE GUISE, ET LES BARRICADES.

Voici les propres paroles de *Nonotte* :
Quant à la défenfe que Henri III fit au duc de Guife
de venir à Paris, l'auteur de l'Effai fur les mœurs dit que
le roi fut obligé de lui écrire par la pofte, parce qu'il n'avait
point d'argent pour payer un courrier.

Pauvre libellifte ! citez mieux. Il y a dans le texte :
,, Il écrit deux lettres, ordonne qu'on dépêche deux
,, courriers ; il ne fe trouve point d'argent dans
,, l'épargne pour cette dépenfe néceffaire : on met les
,, lettres à la pofte, & le duc de *Guife* vient à Paris,
,, ayant pour excufe apparente qu'il n'a point reçu
,, l'ordre. ,,

Voulez-vous favoir maintenant d'où eft tirée cette
anecdote ? des mémoires de Nevers, & d'un journal
de *l'Etoile*. Vous traitez cet auteur de petit bourgeois ;
l'Etoile était d'une ancienne nobleffe : mais qu'il ait

été bourgeois ou fils d'un crocheteur de Befançon , voici fes paroles, page 95 , tome II.

,, Il y avait cependant une négociation entamée
,, à Soiffons entre le duc de *Guife* & *Bellièvre* , qui
,, devait dans trois jours lui apporter des furetés de
,, la part du roi. Des affaires plus preffées empêchèrent
,, *Bellièvre* d'aller finir la commiffion : il écrivit
,, néanmoins au duc de *Guife* pour l'avertir de fon
,, retard ; mais le commis de l'épargne , c'eft-à-dire
,, du trefor royal, refufa de donner vingt-cinq écus
,, pour faire partir les deux courriers qu'on envoyait
,, à Soiffons : l'on mit les deux paquets à la pofte ;
,, & ils arrivèrent trop tard ; parce que le duc de
,, *Guife* , preffé par les ligueurs de fe rendre à Paris,
,, partit de Soiffons au bout de trois jours. ,,

VINGT-SEPTIEME SOTTISE DE NONOTTE,
SUR LE PRETENDU SUPPLICE DE MARIE D'ARRAGON.

IL eft utile de détruire tous les contes ridicules dont les romanciers , foit moines , foit féculiers , ont inondé le moyen âge. Un *Géofroi* de Viterbe s'avifa d'écrire à la fin du douzième fiècle une chronique telle qu'on les fefait alors : il conte que deux cents ans auparavant, *Othon III* ayant époufé *Marie d'Arragon*, cette impératrice devint amoureufe d'un comte du pays de Modène ; que ce jeune homme ne voulut point d'elle ; que *Marie*, irritée, l'accufa d'avoir voulu attenter à fon honneur ; que l'empereur fit décapiter le comte ; que la veuve du comte vint, la tête de fon mari à la main, demander juftice ; qu'elle offrit l'épreuve des fers ardens ; qu'elle paffa fur ces fers fans les fentir ; que l'impératrice, au contraire, fe brûla la plante des pieds, & qu'alors l'empereur la fit mourir.

Ce conte reffemble à toutes les légendes de ces fiècles de barbarie. Il n'y avait du temps de l'empereur *Othon III*, ni de *Marie d'Arragon*, ni de comte de Modène. C'eft affez qu'un ignorant ait écrit de telles fauffetés, pour que cent auteurs les copient : les *Maimbourgs* les adoptent ; les *Lenglets* les répètent dans leur chronologie univerfelle, avec la bataille des ferpens, & l'aventure d'un archevêque de Maïence, mangé par les rats. Toutes ces fables font faites pour être crues par notre libellifte, mais non par les honnêtes gens.

VINGT-HUITIEME SOTTISE DE NONOTTE,

SUR LA DONATION DE PEPIN.

OUI, l'on perfifte à croire que jamais ni *Pepin* ni *Charlemagne* ne donnèrent ni la fouveraineté de l'exarchat de Ravenne, ni Rome ; 1°. parce que fi cette donation avait été faite, les papes en auraient confervé, en auraient montré l'inftrument authentique ; 2°. parce que *Charlemagne*, dans fon teftament, met Rome & Ravenne au nombre des villes qui lui appartiennent, ce qui paraît décifif ; 3°. parce que les *Othons* qui allèrent en Italie, ne reconnurent point cette donation, qu'elle ne fut pas même débattue, & que fous *Othon I* les papes n'avaient aucune fouveraineté ; 4°. parce que *Pepin* n'avait pu donner des

villes fur lefquelles il n'avait ni droit ni prétention ;
5°. parce que jamais les empereurs grecs ne fe
plaignirent de cette prétendue donation, ni dans leurs
ambaffades, ni dans leurs traités. On objecte un
paffage d'*Eginhard*, qui dit que *Pepin* offrit la Pentapole à S*t* *Pierre* ; cela veut dire feulement qu'il la mit
fous la protection de S*t* *Pierre*, comme *Louis XI* donna
le comté de Boulogne à la S*te* Vierge. Les papes eurent
des domaines utiles dans la Pentapole comme ailleurs ;
mais ils ne furent fouverains ni fous *Pepin*, ni fous
Charlemagne, qui eurent la juridiction fuprême.

Il eft faux que les papes aient jamais été maîtres
de l'exarchat depuis *Pepin* jufqu'à *Othon III*. Cet
empereur affigna aux papes le revenu de la Marche
d'Ancone, & non pas la fouveraineté. Voilà la véritable origine de la puiffance temporelle du fiége de
Rome : elle commence à la fin du dixième fiècle, &
elle n'eft bien affermie que par *Alexandre VI*.

VINGT-NEUVIEME SOTTISE DE NONOTTE,

SUR UN FAIT CONCERNANT LE ROI DE

FRANCE HENRI III.

AUTEUR du libelle, vous dites *que vous n'avez
jamais pu trouver dans quel livre il eft dit que Henri III
affiégea Livron en Dauphiné* ; vous prétendez qu'il n'a
jamais été affiégé, parce que ce n'eft aujourd'hui
qu'un bourg fans défenfe : mais combien de villes
ont été changées en villages par le malheur des temps !
Voyez l'abrégé chronologique de *Mézerai*, page 218
de l'édition déjà citée ; voyez de *Serres*, & le liv. LVIII

du véridique de *Thou* : vous apprendrez que la ville de Livron fut affiégée par *Bellegarde*, fous les ordres du dauphin d'Auvergne ; que le roi alla lui-même au camp, que les affiégés lui reprochèrent la Saint-Barthelemi du haut de leurs murs. Vous trouverez toute cette aventure décrite dans le recueil des chofes mémorables, page 537 ; vous la trouverez dans les mémoires de *l'Etoile*, page 117, tome I. Vous apprendrez que ce n'était pas *Montbrun*, chef du parti, qui commandait dans Livron, mais *Roeffes* qui fut tué dans un affaut. Vous apprendrez qu'à l'approche des affiégeans, les habitans crièrent du haut des murs le 13 janvier : *Affaffins, que venez-vous chercher, croyez-vous nous égorger dans nos lits comme l'amiral ?* Vous faurez que les femmes combattirent fur la brèche, & que ce fiége fut très-mémorable. Vous faurez qu'il n'appartient pas à un pédant de collége de parler de l'hiftoire de France qu'il ignore.

TRENTIEME SOTTISE DE NONOTTE,

SUR LA CONVERSION DE HENRI IV.

C'est mauvaife foi dans le jéfuite *Daniel*, c'eft bêtife dans le libellifte, de prétendre que *Henri IV* changea de religion par conviction. En vérité, l'amant de *Gabrielle d'Etrées* qui lui parlait du *faut périlleux*, l'homme que les papes avaient appelé *bâtard déteftable*, le prince qu'ils avaient déclaré indigne de porter la couronne, le politique qui mandait à la reine *Elifabeth* les raifons politiques de fon changement, le héros qui avait vu cent affaffins catholiques armés contre fa vie,

le proteſtant qui avait écrit à *Coriſande d'Andouin :* (*)
& *vous êtes de cette religion ! j'aimerais mieux me faire
turc ;* le monarque à qui *Roſni* conſeilla de changer,
& auquel il dit : „ Il faut que vous deveniez catho-
„ lique, & que je reſte huguenot ; „ ce même homme,
dis-je, aurait-il cru ſincèrement, que la religion
romaine, dont il était opprimé, était la ſeule bonne
religion ? elle l'eſt ſans doute ; mais était-ce à lui de
le croire, tandis qu'alors même on prêchait contre
lui avec fureur, tandis qu'on avait établi contre lui
cette prière publique : *Délivrez-nous du Béarnais & du
diable ;* tandis qu'on le peignait lui-même en diable,
avec une queue & des cornes ?

Ce grand homme ſi lâchement perſécuté, obligé
de plier ſon courage ſous les lois de ſes ennemis, ne
daigna pas ſeulement ſigner la confeſſion de foi rédigée
après bien des conteſtations par *David Duperron*, telle
qu'on la trouve dans les mémoires du duc de *Sully*,
qui en fit ſupprimer bien des minuties. *Henri IV* la fit
ſeulement ſigner par *Lomenie*.

On peut dans un vain panégyrique repréſenter ce
héros comme un converti : mais l'hiſtoire doit dire la
vérité. *Daniel* ne l'a point dite ; cet hiſtorien parle plus
avantageuſement du frère *Coton* que du plus grand
roi de la France.

On paſſe à *Daniel* d'avoir été aſſez ignorant pour
appeler *Lognac*, ce chef des quarante-cinq, ce gaſcon
aſſaſſin du duc de *Guiſe*, *premier gentilhomme de la
chambre.* On lui paſſe de n'avoir jamais rien ſu des

(*) Voyez les pages 41 & ſuiv. du quatrième tome de l'*Eſſai ſur les
mœurs*, où l'on a imprimé pluſieurs lettres très-intéreſſantes de *Henri IV*
à *Coriſande d'Andouin.*

fameux états de 1355. On lève les épaules quand il dit que les médecins ordonnèrent à *Louis VIII* de prendre une fille pour guérir de fa dernière maladie, & qu'il aima mieux mourir que de guérir par ce remède, lui qui d'ailleurs en avait un tout prêt dans fon époufe, la plus belle princeffe de l'Europe. On eft révolté de fon peu de connaiffance des lois, & ennuyé de fes récits confus de batailles. Mais quand il peint *Henri IV* dévot, & fefant le métier de délateur contre les proteftans auprès de la république de Venife, on joint à bien peu d'eftime beaucoup d'indignation.

Remarquons que l'auteur de la *Henriade* & de l'*Effai fur les mœurs & l'efprit des nations*, ayant lu autrefois dans *Daniel* l'hiftoire de la première race écrite d'après *Cordemoi*, la trouva meilleure que celle de *Mezerai*; il lui rendit juftice. Mais lorfqu'enfuite il lut la troifième race, il la trouva fort infidelle, & lui rendit plus de juftice encore.

TRENTE-UNIEME SOTTISE DE NONOTTE, SUR LE CARDINAL DUPERRON, ET DES ETATS DE 1614.

LE libellifte donne lieu d'examiner une queftion importante. Tous les mémoires du temps portent que le cardinal *Duperron* s'oppofa à la publication de la loi fondamentale de l'indépendance de la couronne; qu'il fit fupprimer l'arrêt du parlement qui confirmait cette loi naturelle & pofitive; qu'il cabala, qu'il menaça; qu'il dit publiquement que fi un roi était arien ou mahométan, il faudrait bien le dépofer.

Non; il faudrait lui obéir s'il avait le malheur d'être mahométan, auffi-bien que s'il était un faint chrétien. Les premiers chrétiens ne fe révoltaient pas contre les empereurs païens; quel droit aurions-nous de nous révolter contre notre fouverain mufulman? Les Grecs, qui ont fait ferment au padisha, ne feraient-ils pas criminels de violer ce ferment? Ce qui ferait un crime à Conftantinople, ne ferait pas affurément une vertu dans Paris. Et fuppofons, ce qui eft impoffible, que le roi à qui *Duperron* avait juré fidélité, fût devenu mufulman; fuppofons que *Duperron* eût voulu le détrôner, *Duperron* eût mérité le dernier fupplice.

On ne dira pas ici ce que le libellifte mérite; mais cette opinion, que l'Eglife peut dépofer les rois, eft de toutes les opinions la plus abfurde & la plus puniffable; & ceux qui les premiers ont ofé la mettre au jour, ont été des monftres ennemis du genre-humain.

Le libellifte demande où l'on trouve les paroles de *Duperron*; où? dans tous les mémoires du temps recueillis par *le Vaffor*, dans l'hiftoire chronologique du jéfuite *d'Avrigny*; dans le procès verbal imprimé de ces états; par-tout. *D'Avrigny* furtout prend le parti du prêtre *Duperron* contre le parlement.

TRENTE-DEUXIEME SOTTISE DE NONOTTE, SUR LA POPULATION DE L'ANGLETERRE.

LE chevalier *Petti* a prouvé qu'il faut les circonftances les plus favorables, pour qu'une nation s'accroiffe d'un vingtième en cent années; & ce calcul fait voir le ridicule de ceux qui peuplent la terre à coups de plume, & qui couvrent le globe d'habitans en un fiècle ou deux. Le libellifte demande *comment l'Angleterre a eu un tiers de plus de citoyens depuis la reine Elifabeth ?* On répondra à cet homme que c'eft précifément parce que l'Angleterre s'eft trouvée dans les circonftances les plus favorables ; parce que des allemands, des flamands, des français, font venus en foule s'établir dans ce pays ; parce que foixante mille moines, dix mille religieufes, dix mille prêtres féculiers, de compte fait, ont été rendus à l'Etat & à la propagation ; & parce que la population a été encouragée par l'aifance. Il eft arrivé à ce royaume le contraire de ce que nous voyons dans l'Etat du pape, & en Portugal. Gouvernez mal votre baffe-cour, vous manquerez de volaille ; gouvernez-la bien, vous en aurez une quantité prodigieufe. Oifons qui écrivez contre ces vérités utiles, puiffe la baffe-cour où vous êtes engraiffés aux dépens de l'Etat, n'être plus remplie que de volatiles néceffaires !

TRENTE-TROISIEME SOTTISE DE NONOTTE, SUR L'AMIRAL DRACKE.

VOUS faites le favant, *Nonotte* : vous dites à propos de théologie que l'amiral *Dracke* a découvert la terre d'Yeffo. Apprenez que *Dracke* n'alla jamais au Japon, encore moins à la terre d'Yeffo ; apprenez qu'il mourut en 1596, en allant à Porto-bello. Apprenez que ce fut quarante-huit ans après la mort de *Dracke* que les Hollandais découvrirent les premiers cette terre d'Yeſſo en 1644. Apprenez juſqu'au nom du capitaine *Martin Jéritſon* , & de ſon vaiſſeau qui s'appelait le Caſtrécom. Croyez-vous donner quelque crédit à votre théologie en feſant le marin ? vous êtes égale-ment ignorant ſur terre & ſur mer ; & vous vous applaudiſſez de votre livre , parce que vos bévues ſont en deux volumes.

TRENTE-QUATRIEME SOTTISE DE NONOTTE SUR LES CONFESSIONS AURICULAIRES.

EN vérité, vous n'entendez pas mieux la théologie que l'hiſtoire de la marine. L'auteur de l'*Eſſai ſur les mœurs* a dit que , ſelon *Sᵗ Thomas d'Aquin* , il était permis aux ſéculiers de confeſſer dans les cas urgens, que ce n'eſt pas tout-à-fait *un ſacrement* , mais que c'eſt *comme un ſacrement*. Il a cité l'édition & la page de la Somme de *Sᵗ Thomas ;* & là-deſſus vous dites que tous les critiques conviennent que cette partie de la Somme de *Sᵗ Thomas* n'eſt pas de lui ; & moi je vous dis qu'aucun vrai critique n'a pu vous fournir cette défaite. Je vous défie de montrer une ſeule Somme de *Thomas d'Aquin* où ce monument ne ſe trouve pas. La Somme était en telle vénération qu'on n'eût pas oſé y coudre l'ouvrage d'un autre. Elle fut un des premiers livres qui ſortirent des preſſes de Rome dès l'an 1474 ; elle fut imprimée à Veniſe en 1484. Ce n'eſt que dans des éditions de Lyon qu'on commença à douter que la troiſième partie de la Somme fût de lui ; mais il eſt aiſé de reconnaître ſa méthode & ſon ſtyle , qui ſont abſolument les mêmes.

Au refte, *Thomas* ne fit que recueillir les opinions
de fon temps, & nous avons bien d'autres preuves
que les laïques avaient le droit de s'entendre en
confeffion les uns les autres; témoin le fameux paffage
de *Joinville*, dans lequel il rapporte qu'il confeffa le
connétable de Chypre. Un jéfuite du moins devrait
favoir ce que le jéfuite *Tolet* a dit dans fon livre de
l'inftruction facerdotale, livre I, chapitre XVI : ni
femme ni laïque ne peut abfoudre fans privilége. *Nec*
fœmina nec laïcus abfolvere poffunt fine privilegio. Le pape
peut donc permettre aux filles de confeffer les hommes.

Il faut inftruire ici *Nonotte* de cette ancienne coutume
de fe confeffer mutuellement. Il fera bien étonné
quand il apprendra qu'elle vient de la Syrie; il faura
que les Juifs mêmes fe confeffaient les uns aux autres,
dans les grandes occafions, & fe donnaient mutuellement trente-neuf coups de fouet fur le derrière en
récitant un verfet du pfeaume 77.

Il ferait bon que *Nonotte* fe confeffât ainfi de toutes
les petites calomnies dont il eft coupable.

On pourrait faire plus de cent remarques pareilles;
mais il faut fe borner.

Si tu n'avais été qu'un ignorant nous aurions eu
de la charité pour toi; mais tu as été un fatirique
infolent; nous t'avons puni.

ADDITIONS

AUX OBSERVATIONS

Sur le libelle intitulé; Les Erreurs de M. de Voltaire,
par M. Damilaville.

L'AUTEUR de l'*Essai sur les mœurs* a daigné réfuter
les bévues du libelle concernant l'*Essai sur les mœurs*,
& a négligé ce qui lui est personnel. L'amitié &
l'équité m'engagent à suppléer à ce que M. de *Voltaire*
a dédaigné de dire.

L'auteur de ce libelle, pages 20, 21, & 22, de
son discours préliminaire, dénonce quatre contradictions dans lesquelles, dit-il, M. de *Voltaire a donné*,
sans compter une infinité d'autres qu'il ne désigne
point.

Sans doute que celles qu'il a citées sont les mieux
constatées; sans doute que l'illustre folliculaire qui
a tant applaudi à cette critique, s'est assuré qu'elle
était judicieuse; qu'il a vérifié les passages dans le
texte, & qu'il a reconnu qu'en effet ils contenaient
les contradictions indiquées par l'auteur dont il est
l'apologiste. C'est ce que nous allons voir.

La première de ces contradictions a rapport à
l'établissement du christianisme; la seconde aux
différentes espèces d'hommes qui se trouvent sur la
terre; la troisième à *Michel Servet*; & enfin la quatrième à *Cromwell.*

Tâchons

Tâchons de faire connaître la bonne foi, la fagacité & l'honnêteté de ces meffieurs.

DE L'ETABLISSEMENT DU CHRISTIANISME.

Première fauffeté du libellifte : abfurdité de fes raifonnemens.

Il eft véritablement étonnant, dit-il pag. 19 de fon difcours préliminaire, *que M. de Voltaire, avec l'étendue de fon génie, fa prodigieufe mémoire, fa vafte érudition, ait donné dans des contradictions fi vifibles. Dans fon Effai fur les mœurs, il nous dit, chapitre V, que ce ne fut jamais l'efprit du fénat romain ni des empereurs de perfécuter perfonne pour caufe de religion ; que l'Eglife chrétienne fut affez libre dès les commencemens qu'elle eut la facilité de s'étendre, & qu'elle fut protégée ouvertement par plufieurs empereurs.*

Et dans fon Siècle de Louis XIV, continue le libel-lifte, *chapitre du calvinifme, il dit que cette même Eglife dès les commencemens bravait l'autorité des empereurs, tenant, malgré les défenfes, des affemblées fecrètes dans des grottes & dans des caves fouterraines, jufqu'à ce que Conftantin la tira de deffous terre pour la mettre à côté du trône.*

Il ferait auffi étonnant que M. de *Voltaire* fe fût exprimé ainfi, qu'il l'eft de voir tant d'ignorance jointe à tant de mauvaife foi.

Eft-ce pour offenfer davantage M. de *Voltaire* que l'auteur lui prête fon ftyle ? heureufement perfonne ne s'y méprendra, & l'on reconnaîtra la fauffeté de fes citations à la feule infpection.

Mélanges hift. Tome I.   F f

M. de *Voltaire* n'a jamais dit *que l'Eglise chrétienne fut affez libre dès les commencemens* ; on fait que ce n'eft pas ainfi qu'il écrit. Voici le premier paffage défiguré par le libellifte, tel qu'il eft dans le texte :

,, Jamais il ne vint dans l'idée d'aucun céfar , ni
,, d'aucun proconful , ni du fénat romain, d'empêcher
,, les Juifs de croire à leur loi. Cette feule raifon fert
,, à faire connaître quelle liberté eut le chriftianifme
,, de s'étendre en fecret. ,,

Indépendamment des changemens que le libellifté a jugé à propos de faire dans ce paffage, on voit qu'il en a fupprimé le mot, *en fecret* , qui ne favorifait point le fens contraire & forcé qu'il a tâché de lui donner par les expreffions fauffes & plates qu'il a fubftituées aux véritables. Première preuve de la fidélité de cet honnête compilateur.

Il en eft de même par rapport au fecond paffage. Ce n'eft qu'à lui qu'il eft permis de dire , *dans des caves fouterraines*. M. de *Voltaire* fait bien qu'il n'a pas befoin d'apprendre à fes lecteurs que les caves font *fouterraines*.

Mais en fuppofant même ces deux paffages tels qu'il les a cités , où cet homme admirable a-t-il pris les contradictions qu'il y trouve , & que fon apologifte applaudit ?

N'eft-il pas certain , Monfieur l'ex-jéfuite , qu'avant *Domitien* , le chriftianifme ne fut point perfécuté ? Ne conviendrez-vous point que malgré cela une religion naiffante , qui contrarie toutes les autres , n'en renverfe pas tout-à-coup les autels, & ne fe profeffe pas d'abord publiquement ?

La crainte, la prudence même obligèrent donc les premiers chrétiens à s'affembler fecrètement ; ils n'étaient point perfécutés , ni même rigoureufement recherchés; mais il exiftait des lois qui défendaient ces affemblées ; donc ils bravaient l'autorité de ces lois.

Les calviniftes en France , où la fageffe du gouvernement commence enfin à les tolérer, ne s'expofent-ils pas à la févérité des lois qui profcrivent leurs affemblées ?

M. de *Voltaire* , en recherchant comment une religion de paix & de charité avait feule produit la fureur des guerres de religion qu'aucune autre n'avait occafionnées, a donc eu raifon de dire dans fon *Siècle de Louis XIV :* ,, Ne pourrait-on pas trouver l'origine de ,, cette pefte qui a ravagé la terre , dans l'efprit ,, républicain qui anima les premières Eglifes, les ,, affemblées fecrètes qui bravaient d'abord dans des ,, grottes & dans des caves l'autorité des empereurs ,, romains ? ,,

Et cela ne contrarie point ce qu'il dit ailleurs , chap. V de fon *Effai fur les mœurs* , que le chriftianifme eut la liberté de s'étendre *en fecret* fous les empereurs qui ont précédé *Domitien :* l'expreffion feule *en fecret* établit un jufte rapport entre les deux paffages , & en éloigne toute apparence de contradiction , parce qu'en effet , quoique les chrétiens fuffent tolérés , & qu'ils euffent la liberté de pratiquer en fecret leur culte , & de l'étendre , ils n'en contrevenaient pas moins aux lois qui leur défendaient de s'affembler; par conféquent ils les bravaient même fous les empereurs qui les protégeaient, & jufqu'à ce que l'entière abolition de ces lois par *Conſtantin* fit du chriſtianiſme, que cet empereur plaça à côté du trône, la religion dominante.

Après cet éclairciſſement, que monſieur l'obſervateur des erreurs dogmatiques, & ſon apologiſte nous permettent une queſtion. N'eſt-ce que dans les temps où il a été défendu aux chrétiens de s'aſſembler, qu'ils ont bravé l'autorité du ſouverain? ſans parler d'une infinité d'autres, à votre avis, Monſieur le théologien libelliſte, les chrétiens de la ligue qui portaient par ordre, & à l'exemple des miniſtres de l'Egliſe, les armes & le crucifix contre *Henri III* & contre *Henri IV;* celui qui ſortant du pied des autels, & ſon DIEU encore ſur les lèvres, courut aſſaſſiner ſon maître; les monſtres qui portèrent des mains ſacriléges ſur le plus grand & le meilleur des rois du monde, & qui pour plaire à DIEU, finirent par lui arracher la vie au milieu d'un peuple dont il était le père; que firent-ils? étaient-ils des ſujets ſoumis? Trouverez-vous de la contradiction à dire qu'ils jouiſſaient ſous ces princes de la plus grande liberté, & qu'ils bravaient leur autorité?

Direz-vous de ces chrétiens furieux ce que vous dites, page 20 de votre premier volume, de celui qui oſa déchirer l'édit de *Dioclétien*, qu'*à la vérité ces chrétiens furent imprudens, mais après tout, généreux & zélés pour leur religion?*

Vous ne pouviez guère faire un plus bel éloge d'une action auſſi criminelle, ſi cet éloge pouvait ſéduire. *Qui eſt-ce qui ne préférerait pas à la prudence la généroſité & le zèle pour ſa religion?* On ſait aſſez que ces maximes furent celles de la ligue, & vous pouviez vous diſpenſer de nous prouver que s'il fut

alors des théologiens affez malheureux pour les prêcher aux peuples dans la chaire qu'ils appellent de
vérité, il en eft encore qui ont bien de la peine à les
oublier.

Mais comment ofez-vous les reproduire parmi
nous ces maximes abominables ? Efpérez - vous
trouver encore dans les ténèbres de l'efprit humain
des difpofitions qui leur foient favorables ? Grâces
aux foins de la philofophie, contre laquelle vous
déclamez en vain, les hommes font éclairés fur leurs
devoirs, & vous ne trouverez plus de rebelles ni
de parricides. Malgré vos efforts & vos perfécutions, les philofophes, ces hommes que vous calomniez, parce que vous les craignez, continueront de
répandre la lumière ; ils ne cefferont d'apprendre
aux autres ce qu'ils fe doivent, ce qu'ils doivent à
leur fouverain; & le fanatifme, ce monftre cruel qui
n'a que trop défolé la terre, reftera dans vos mains
un fantôme inutile.

DES DIFFERENTES ESPECES D'HOMMES.

*Seconde fauffeté du libellifte, & témoignage de fon
ignorance.*

M. de *Voltaire*, dit-il, *tome* **III** *de l'Effai fur les
mœurs, page* 195, *dit que la nature humaine, dont le
fond eft par-tout le même, a établi les mêmes reffemblances
entre tous les hommes.*

Et page 8 *du même volume, il dit qu'il y a des peuples,
des hommes d'une efpèce particulière qui ne paraiffent rien
tenir de leurs voifins ; qu'il eft probable qu'il y a des efpèces*

Ff 3

*d'hommes différentes les unes des autres, comme il y a diffé-
rentes espèces d'animaux.*

Théologien obscur, vous dites des mensonges.
M. de *Voltaire*, en parlant de certaines différences
qui se trouvent entre les peuples du Japon & nous,
tome III de l'*Essai sur les mœurs*, page 195, dit : „La
„ nature humaine, dont le fond est par-tout le même,
„ a établi d'autres ressemblances entre ces peuples &
„ nous. „

Et dans le second endroit, page 8 du même
volume : „ Il est probable que les pygmées méri-
„ dionaux ont péri, & que leurs voisins les ont
„ détruits; plusieurs espèces d'hommes ont pu ainsi
„ disparaître de la face de la terre, comme plusieurs
„ espèces d'animaux. Les Lapons ne paraissent point
„ tenir de leurs voisins, &c. „

On voit qu'il n'y a presque pas un mot dans ces
deux passages qui soit dans ceux cités par le libelliste.
Mais quand M. de *Voltaire* aurait avancé que le fond
de la nature humaine est par-tout le même, & qu'il
y a des espèces d'hommes différentes, il n'y a qu'un
ignorant qui pût trouver de la contradiction dans
cette proposition, & qui ne sache pas que le fond de
la nature est le même pour tous les êtres. Si l'auteur
doute qu'avec ce même fond il puisse y avoir des
espèces différentes, on le renvoie à son propre
témoignage ; il peut juger s'il existe entre M. de
Voltaire & lui d'autres rapports que ce fond de la
nature humaine.

DE MICHEL SERVET.

Troifième fauffeté du libellifle.

M. de *Voltaire affure*, à ce qu'il prétend, *Effai fur les mœurs*, tome *III*, que *Michel Servet*, qui fut brûlé vif à Genève par ordre de Calvin, niait la divinité éternelle de JESUS-CHRIST ; & dans la page fuivante, il affure auffi que Servet ne niait point ce dogme.

C'eft une chofe merveilleufe que l'audace avec laquelle ces meffieurs imaginent des abfurdités pour dire des fottifes.

Il y a dans le texte, *Effai fur les mœurs*, tome III, page 121, en parlant de *Michel Servet* : ,, Il adoptait ,, en partie les anciens dogmes foutenus par *Eufèbe*, ,, par *Arius*, qui dominèrent dans l'Orient, & qui ,, furent embraffés au feizième fiècle par *Lelio* ,, *Socini.* ,,

Et dans la page fuivante, après avoir rapporté le fupplice que *Calvin* fit fouffrir à *Servet* : ,, Ce qui ,, augmente l'indignation & la pitié, c'eft que *Servet* ,, dans fes ouvrages publiés reconnaît nettement la ,, divinité éternelle de JESUS-CHRIST. ,,

Si M. de *Voltaire* n'avait pas eu l'attention d'ajouter que c'était *dans fes ouvrages publiés que Servet reconnaiffait la divinité de* JESUS-CHRIST, on pourrait pardonner à l'auteur d'avoir voulu mettre ces deux paffages en contradiction; mais après de telles infidélités, on ne peut que le livrer au mépris qu'il a mérité.

DE CROMWELL.

Quatrième fausseté du libelliste.

JE voudrais bien qu'il nous dise dans quel endroit du premier volume des *Mélanges de littérature &c.* qu'il a l'audace de citer, il a pris que *Cromwell*, selon M. de *Voltaire*, *depuis qu'il eut usurpé l'autorité royale, ne couchait pas deux nuits dans une même chambre, parce qu'il craignait toujours d'être assassiné, qu'il mourut avant le temps, d'une fièvre causée par ses inquiétudes.*

Quoi qu'il en soit, on peut se précautionner contre les assassinats, & mourir avec fermeté. Plût-à-DIEU, *Nonotte*, que le brave *Henri IV* se fût précautionné !

Lorsque *Cromwell* fut parvenu à la souveraine puissance, il eut avec elle tous les soucis & tous les embarras dont elle est inséparable : il eut de plus le trouble que donnent l'usurpation, la crainte de perdre une autorité illégitime, & les soins de la conserver. C'est ce qui a fait dire à M. de *Voltaire* dans ses *Mélanges* :

,, Il vécut pauvre & inquiet jusqu'à quarante-trois ,, ans; il se baigna dans le sang, passa sa vie dans le ,, trouble, & mourut avant le temps. ,,

Cet usurpateur, digne en effet de régner par son génie & par ses talens, chercha, pour conserver son autorité, à la faire aimer des Anglais; il ne respecta point les lois, mais il les fit respecter; c'est ce qu'on trouve dans le passage suivant de la page 265 du *Siècle de Louis XIV*, tome I :

,, Il affermit fon pouvoir en fachant le réprimer
,, à propos; il n'entreprit point fur les priviléges
,, dont les peuples étaient jaloux. ,,

Ce pauvre libellifte ne fait pas qu'un homme habile
fait refpecter les lois favorables au peuple, pour renverfer celles fur lefquelles le trône fe fonde.

La maxime de *Cromwell* était de verfer le fang de
tout ennemi puiffant, ou dans un champ de bataille,
ou par la main des bourreaux ; c'eft pourquoi M. de
Voltaire a dit qu'il fe baigna dans le fang ; mais cela
n'empêchait pas qu'il ne fût réprimer fon pouvoir
à propos, qu'il n'eût foin que la juftice fût obfervée,
& qu'il ne ménageât le peuple : il avait befoin de s'en
faire un appui, tandis qu'il immolait ceux qui
pouvaient lui nuire. Ainfi il fut en même temps équi-
table par rapport aux peuples, & cruel envers fes
ennemis; il vécut dans le trouble ; mais il y conferva
une grande fermeté d'âme, & mourut avec elle.

Voilà ce qu'était *Cromwell*, & comment il convenait
à M. de *Voltaire* de nous le montrer : voilà ce que tout
le monde reconnaît dans cet homme extraordinaire,
& ce que l'imbécillité & la mauvaife foi appellent des
contradictions.

On peut juger du refte du libelle par les articles
qu'on vient de réfuter; il ne méritait pas qu'on en prît
la peine; mais il était bon de prouver que les erreurs
attribuées dans ce libelle à M. de *Voltaire* ne font que
les fourberies d'un calomniateur, & que les applau-
diffemens que lui prodigue fon illuftre apologifte, ne
font que l'éloge du crime, du menfonge & de l'ignorance fait par un complice.

A MESSIEURS LES SIX JUIFS.

Voilà, Messieurs, ce que M. Damilaville, l'un des plus savans hommes de ce siècle, écrivait à frère Nonotte. Je suis bien loin de prendre avec vous une telle liberté : vous n'êtes point de ceux qui vivent de messes & de libelles. Votre nation a commis autrefois de grandes atrocités, comme toutes les autres; ce n'est point à moi d'appesantir aujourd'hui le joug que vous portez. Si du temps de Tibère quelques pharisiens, en qualité de races de vipères, se rendirent coupables d'un crime inexprimable, dont ils ne connaissaient pas les conséquences, nesciunt quid faciunt, je ne dois point vous haïr, je dois dire seulement felix culpa! je vous répète ce que mon ami, qui aimait à répéter, a dit tant de fois; le monde entier n'est qu'une famille, les hommes sont frères; les frères se querellent quelquefois; mais les bons cœurs reviennent aisément. Je suis prêt à vous embrasser, vous & monsieur le secrétaire dont j'estime la science, le style & la circonspection dans plus d'un endroit scabreux.

J'ai l'honneur d'être sans la moindre rancune, & très-chrétiennement,

MESSIEURS,

Votre très-humble & très-obéissant serviteur,

LA ROUP[...]

A Perpignan, 15 septembre 1776.

Fin du premier Volume.

TABLE

DES MATIERES

CONTENUES DANS CE VOLUME.

Mélanges hist. Tome I. G g

Fin de la Table des matieres du Tome premier.

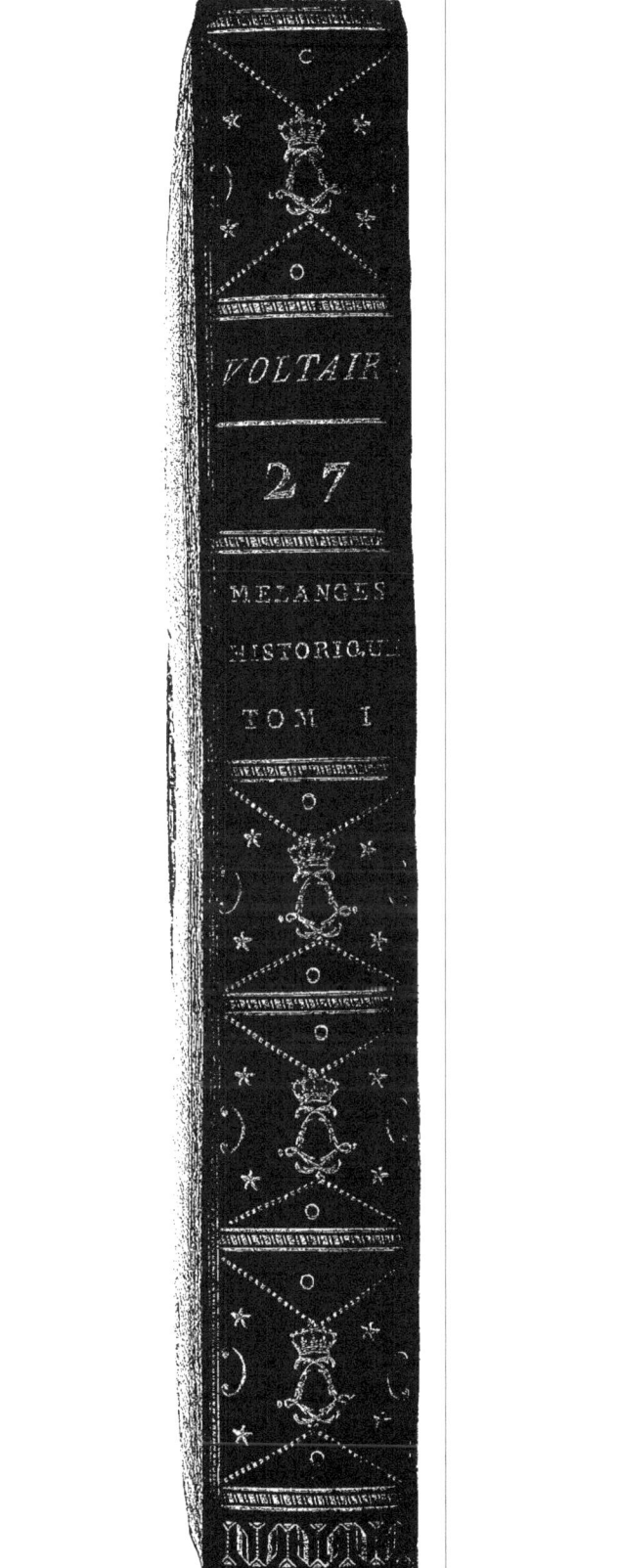

VOLTAIR

27

MELANGES

HISTORIQUE

TOM I

www.ingramcontent.com/pod-product-compliance
Lightning Source LLC
Chambersburg PA
CBHW061036030726
47504CB00002B/393